Caçada

The House of Night
Livro
5

1ª reimpressão - novembro/2010

P.C. Cast e Kristin Cast

Caçada

The House of Night
Livro
5

Tradução
JOHANN HEYSS

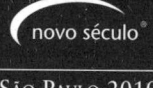

SÃO PAULO 2010

Hunted
Edição original St. Martin's Press.
Copyright © 2009 by P.C. Cast and Kristin Cast
Nenhuma parte deste livro poderá ser utilizada ou reproduzida
sem a permissão do proprietário, exceto pequenos trechos
em artigos ou resenhas. All rights reserved.
Copyright © 2010 by Novo Século Editora Ltda.

PRODUÇÃO EDITORIAL	Equipe Novo Século
EDITORAÇÃO ELETRÔNICA	Sergio Gzeschnik
CAPA	Genildo Santana - Lumiar Design
TRADUÇÃO	Johann Heyss
PREPARAÇÃO DE TEXTO	Bel Ribeiro
REVISÃO DE TEXTO	Alessandra Kormann
	Aline Coelho

Dados Internacionais de Catalogação na Publicação (CIP)
(Câmara Brasileira do Livro, SP, Brasil)

Cast, P. C.
Caçada / P. C. Cast e Kristin Cast; tradução Johann Heyss. –
Osasco, SP: Novo Século Editora, 2010.

Título original: Hunted.

1. Ficção norte-americana I. Cast, Kristin. II. Título

09-13127   CDD-813

Índices para catálogo sistemático:

1. Ficção: Literatura norte-americana   813

2010
IMPRESSO NO BRASIL
PRINTED IN BRAZIL
DIREITOS CEDIDOS PARA ESTA EDIÇÃO À
NOVO SÉCULO EDITORA LTDA.
Rua Aurora Soares Barbosa, 405 – 2º andar
CEP 06023-010 – Osasco – SP
Fone (11) 3699-7107 – Fax (11) 3699-7323
www.novoseculo.com.br
atendimento@novoseculo.com.br

Este livro é dedicado a John Maslin, ex-aluno, braço direito em pesquisas, extraordinário auxiliar de *brainstorm*. Um cara sensacional que lembra demais nosso Damien... Hummm...

Agradecimentos

The House of Night é um trabalho de equipe, não só porque Kristin e eu somos uma dupla dinâmica! A série conta com o apoio de um impressionante grupo de pessoas da St. Martin's Press; sua criatividade só é ultrapassada por sua generosidade. Quero que saibam que Kristin e eu gostamos demais de todos vocês: Jennifer Weis, Anne Bensson, Matthew Shear, Anne Marie Tallberg, Brittany Kleinfelter, Katy Hershberger e nossa maravilhosa equipe gráfica, Michael Storrings e Elsie Lyons. Nós adoramos vocês!

Como sempre, devemos muito a nossa agente e amiga, Meredith Bernstein.

Gostaríamos de agradecer aos muitos fãs que prestigiam nossa série e transformam em diversão a minha presença e a de Kristin em eventos.

Agradecimentos especiais a Will Rogers High School em Tulsa, Oklahoma, que passou a usar *Marcada* nas aulas de Língua Inglesa e fez com que a nossa visita à escola fosse um enorme prazer!

E, já que estamos falando em escolas legais, temos de agradecer a um grupo de fãs de longa data – os professores do sistema escolar de Jenks, Oklahoma. Nós adoramos os professores de lá! (Vejo vocês na próxima tarde de autógrafos!)

1

O sonho começou com um ruflar de asas. Pensando agora, me dou conta de que eu devia ter entendido que era um mau presságio, ainda mais com os *Raven Mockers* soltos e tudo mais; mas em meu sonho era só um barulho de fundo, tipo um ventilador rodando ou a tevê ligada no canal de compras.

No sonho, eu estava no meio de um lindo prado. Era noite, mas havia uma enorme lua cheia pairando logo acima das árvores, irradiando uma luz azul-prateada forte o suficiente para projetar sombra e fazer tudo se refletir na água, impressão fortalecida pela delicada brisa que soprava a grama macia em minhas pernas nuas, enlaçando-as e batendo nelas como se fossem ondas quebrando docemente na praia. O mesmo vento levantava meus grossos cabelos dos ombros descobertos, como se fosse um tecido de seda me roçando a pele.

Pernas nuas? Ombros descobertos?

Olhei para baixo e deixei escapar um grunhido de surpresa. Eu estava usando um minivestido de camurça megacurto. A parte de cima tinha um corte grande em "V" na frente e nas costas, deixando os ombros descobertos e muita pele exposta. O vestido em si era incrível. Branco, decorado com franjas, plumas e conchas, ele parecia brilhar ao luar. Era coberto por desenhos intrincados e impossíveis de tão lindos.

Minha imaginação é boa pra caramba!

O vestido me fez lembrar uma coisa, mas ignorei. Não queria pensar demais, eu estava sonhando! Ao invés de ficar refletindo sobre momentos *déjà vu*, dancei graciosamente pelo prado, imaginando se Zac Efron ou mesmo Johnny Depp não iriam aparecer de repente e me dar um mole obsceno.

Dei uma olhada ao redor enquanto girava e oscilava com o vento, e achei ter visto as sombras tremulando e se mexendo de um jeito esquisito entre as enormes árvores. Parei e tentei apertar os olhos para enxergar melhor o que estava acontecendo na escuridão. Como era típico de mim e dos meus sonhos estranhos, eu havia criado garrafas de refrigerante de cola penduradas nos galhos como se fossem frutas bizarras esperando para ser apanhadas por mim.

Foi quando ele apareceu.

Na beira do prado, dentro das sombras das árvores, uma forma se materializou. Vi seu corpo porque o luar alcançou os traços suaves e nus da sua pele.

Nus?

Parei de novo. Será que minha imaginação tinha pirado? Eu não era de sair pelos prados com um cara pelado, nem que ele fosse um Johnny Depp loucamente sedutor.

– *Hesita, meu amor?*

Ao ouvir o som da sua voz senti um arrepio pelo corpo, e uma risada terrível de escárnio veio em um sussurro por entre as folhas das árvores.

– Quem é você? – fiquei contente por minha voz de sonho não entregar o medo que estava sentindo.

A risada foi profunda e bela como sua voz, e tão assustadora quanto. Ela ecoou nos ramos das árvores que a tudo assistiam, até se tornar quase visível no ar ao redor de mim.

– *Vai fingir que não me conhece?*

Senti sua voz me roçando o corpo e fazendo arrepiar os pelos do meu braço.

– Sim, eu te conheço. Eu te inventei. Este é o *meu* sonho. Você é uma mistura de Zac e Johnny – hesitei e fiquei olhando para ele. Falei do modo mais normal do mundo, apesar de o meu coração estar batendo disparado, pois era mais do que claro que aquele cara não era a mistura dos dois atores. – Bem, talvez você seja o Super-Homem ou o Príncipe Encantado – eu disse, tentando qualquer coisa que não fosse a verdade.

– *Eu não sou fruto de sua imaginação. Você me conhece. Sua alma me conhece.*

Eu não havia mexido os pés, mas meu corpo estava sendo lentamente atraído para ele, como se sua voz estivesse me puxando. Cheguei até ele e olhei para cima, e para cima...

Era Kalona. Eu sabia que era ele desde que começou a falar. Simplesmente não queria admitir a mim mesma. Como eu podia sonhar com ele?

Pesadelo. Isto só podia ser pesadelo, não era sonho.

Ele estava nu, mas seu corpo não era totalmente sólido. Sua silhueta ondulava e se movia ao ritmo da brisa carinhosa. Atrás dele, nas sombras verde-escuras das árvores, vi as silhuetas fantasmagóricas de seus filhos, os *Raven Mockers*, pousados nos galhos das árvores com suas mãos e pés de homem, e eles me olhavam com olhos de homem, apesar de suas caras mutantes de pássaros.

– *Continua alegando não me conhecer?*

Ele tinha olhos escuros como um céu sem estrelas, e pareciam o que tinham de mais substancial. Isso sem falar de sua voz fluida. *Apesar de ser um pesadelo, ainda é meu. Eu posso simplesmente acordar! Eu quero acordar! Eu quero acordar!*

Mas não acordei. Não consegui. Eu não estava no controle da situação. Kalona estava. Ele construíra aquele sonho, aquele pesadelo com o prado sombrio, e de alguma forma me fez chegar a ele e fechou a porta da realidade.

– O que você quer? – eu disse as palavras bem rápido para ele não perceber o tremor em minha voz.

– *Você sabe o que quero, meu amor. Eu quero você.*

– Eu *não* sou seu amor.

– *Claro que é* – desta vez ele se mexeu, chegando tão perto de mim que senti o frio que emanava de seu corpo imaterial. – *Minha A-ya.*

A-ya foi o nome que as Sábias *Cherokee* deram para a boneca que haviam criado para aprisioná-lo séculos antes. Senti o pânico me atingir.

– Eu não sou A-ya!

– *Você comanda os elementos* – sua voz era como uma carícia, terrível e maravilhosa, irresistível e aterrorizante.

– Dons que me foram concedidos por minha Deusa – respondi.

– *Você já comandou os elementos antes. Você foi feita deles. Foi feita sob encomenda para me amar* – suas enormes asas pretas adejaram e se levantaram. Ele as esticou levemente e me envolveu em um abraço espectral e frio como gelo.

– Não! Você deve estar me confundindo com outra. Eu não sou A-ya.

– *Engano seu, meu amor. Eu a sinto dentro de você.*

Suas asas me apertaram o corpo, trazendo-me mais para perto dele. Apesar de sua forma física ser parcialmente imaterial, eu o senti. Suas asas eram macias. Frias como o inverno mais gelado, em contraste com meu sonho, que emanava calor. O contorno de seu corpo era uma névoa gélida. Ela me queimou a pele, emitindo correntes elétricas que me aqueceram com um desejo que não queria sentir, mas ao qual não conseguia resistir.

Sua risada era sedutora. Desejei me afogar nela. Eu me debrucei, fechando os olhos e arfando alto ao sentir o calafrio de seu espírito me roçando os seios, emitindo pontadas agudas que eram dolorosas, mas ao mesmo tempo deliciosamente eróticas, atingindo partes do meu corpo de um jeito que me tirava o autocontrole.

– *Você gosta da dor. Ela lhe dá prazer* – suas asas ficaram mais insistentes e seu corpo, mais duro e frio, e mais apaixonadamente doloroso quanto mais me apertava contra si. – *Renda-se a mim* – sua voz, que já era linda, foi ficando inimaginavelmente sedutora à medida que ele se excitava. – *Eu passei séculos em seus braços. Desta vez, nossa união será controlada por mim, e você vai se regozijar com o prazer que posso lhe dar. Abandone as correntes de sua Deusa distante e venha para mim. Seja meu amor de verdade, em corpo e alma, e eu lhe darei o mundo!*

O sentido de suas palavras atravessou a névoa de dor e prazer como um raio de sol evaporando o orvalho. Recuperei minha força de vontade e saí do abraço de suas asas. Ramos de fumaça negra e gelada serpentearam ao redor do meu corpo, me apertando... tocando... acariciando...

Eu me sacudi como uma gata irritada e molhada de chuva, e os filetes de fumaça deslizaram pelo meu corpo, afastando-se.

– Não! Eu não sou seu amor. Eu não sou A-ya. E nunca vou abandonar Nyx!

Quando eu disse o nome de Nyx, o pesadelo se desfez.

Sentei-me na cama, tremendo e arfando. Stevie Rae estava dormindo profundamente ao meu lado, mas Nala estava bem acordada, grunhindo baixinho, com as costas arqueadas, o corpo todo eriçado e os olhos apertados como lâminas, fitando o ar acima de mim.

– Ah, que inferno! – dei um grito agudo e pulei da cama, virando-me e olhando para cima na expectativa de ver Kalona pairando sobre nós como algum morcego gigante.

Nada. Não havia nada.

Agarrei Nala e me sentei na cama. Fiquei alisando-a sem parar com as mãos trêmulas.

– Foi só um sonho ruim... foi só um sonho ruim... foi só um sonho ruim – repetia para ela, mas sabia que era mentira.

Kalona era real e havia dado um jeito de me alcançar em sonho.

2

Tá, então Kalona pode entrar em seus sonhos, mas agora você está acordada, então, recomponha-se! Disse a mim mesma com severidade enquanto acariciava Nala e me deixei acalmar pelo ronronado familiar da minha gata. Stevie Rae se remexeu no sono e murmurou algo que não consegui entender. Depois, ainda dormindo, ela sussurrou e deu um suspiro. Olhei para ela e fiquei contente por estar tendo mais sorte em seus sonhos.

Levantei delicadamente o cobertor debaixo do qual ela se aninhara e dei um suspiro de alívio ao ver que não estava mais saindo sangue do curativo sobre o terrível ferimento que marcava o ponto onde fora atingida por uma flecha.

Ela se remexeu outra vez. Desta vez, os olhos de Stevie Rae piscaram e se abriram. Por um segundo ela pareceu confusa, depois sussurrou para mim de modo sonolento.

– Como está se sentindo? – perguntei.

– Tô bem – ela respondeu, grogue de sono. – Não se preocupe tanto.

– É meio difícil não me preocupar com uma amiga que vive morrendo – eu disse, sorrindo para ela.

– Eu não morri desta vez; só quase.

– Meus nervos estão mandando dizer que para eles esse "quase" não faz grande diferença.

– Diga aos seus nervos que está na hora de sossegar e dormir – Stevie Rae disse, fechando os olhos e puxando o cobertor para se cobrir de novo. – Eu tô bem – ela repetiu. – Vamos todos ficar bem – ela respirou mais fundo, e posso jurar que caiu no sono novamente em menos tempo do que levei para piscar os olhos.

Contive um grande suspiro e corri de volta para a cama, tentando ficar à vontade. Nala se aninhou entre mim e Stevie Rae e soltou um desconjuntado *miauff!*, que eu sabia que queria dizer que ela estava me pedindo para relaxar e dormir.

Dormir? E correr o risco de sonhar de novo? Ah, não. Improvável.

Na verdade, fiquei prestando atenção na respiração de Stevie Rae e acariciando Nala distraidamente. Era estranho pra caramba ver como tudo parecia normal na pequena bolha de paz que criamos. Olhando Stevie Rae dormir, achei quase impossível acreditar que poucas horas antes ela estava com uma flecha atravessada no peito e que fugíramos da Morada da Noite enquanto o mundo virava um caos só. Como não queria me permitir cair no sono, meus pensamentos exaustos davam voltas, revivendo os eventos da noite. E ao me aprofundar neles, fiquei novamente perplexa por termos sobrevivido...

Lembrei-me de que Stevie Rae havia, inacreditavelmente, me pedido caneta e papel porque achou que era uma boa hora para fazer uma lista de coisas de que precisávamos para descer aos túneis e ter os suprimentos certos e sei lá o quê, já que íamos nos esconder por um tempo. Ela me pediu isso com a voz mais calma do mundo, sentada na minha frente com uma flecha enfiada no peito. Lembro-me de olhar para ela, sentindo o estômago revirar, e desviar os olhos, dizendo: – Stevie Rae, não tenho certeza se agora é a melhor hora para ficar fazendo listas.

– Ai! Caraca, isto dói mais do que espinhos de cactos nos pés – Stevie Rae respirou fundo, chupando o ar entre os dentes com impaciência, e se retraiu, mas ainda conseguiu olhar para trás e sorrir para Darius, que rasgara sua blusa para expor a flecha cravada no meio das costas. – Desculpe, não quis dizer que dói por culpa sua. Como você disse mesmo que era seu nome?

– Meu nome é Darius, Sacerdotisa.

– Ele é um guerreiro Filho de Erebus – Aphrodite acrescentou, sorrindo para ele de um jeito surpreendentemente doce. E digo "surpreendentemente doce" porque Aphrodite costuma ser egoísta, mimada, detestável e insuportável no sentido geral, apesar de eu estar começando a gostar dela. Em outras palavras, de doce ela não tem nada, mas estava ficando cada vez mais claro que *realmente* tinha um fraco por Darius, daí sua doçura peculiar.

– Por favor. Que ele é guerreiro está óbvio. Ele parece uma montanha – Shaunee dissera, lançando um olhar cheio de desejo para Darius.

– Uma montanha megagostosa – Erin reforçou, fazendo sons de beijos para Darius.

– Ele tem dona, gêmeas anormais, por isso podem ir brincar uma com a outra – Aphrodite automaticamente rebateu, mas a mim pareceu que ela não tinha intenção de insultar. Na verdade, agora que estava pensando nisso, ela soou quase legal.

Ah, aliás, Erin e Shaunee são gêmeas na alma, não gêmeas biológicas, até porque Erin é uma loura de olhos azuis de Oklahoma, e Shaunee, uma nativa do Leste dos Estados Unidos cor de caramelo, descendente de jamaicanos. Mas os genes não queriam dizer nada para elas, que podiam perfeitamente ter sido separadas após o nascimento e se reencontrado através do radar de gêmeas.

– Ah, tá. Agradecemos por nos lembrar que nossos namorados não estão aqui – Shaunee disse.

– Porque eles agora devem estar sendo devorados por homens-pássaros bizarros – Erin completou.

– Ei, animem-se. A avó de Zoey não disse que os *Raven Mockers* realmente *matem* gente. Ela só disse que eles pegam as pessoas com seus bicos gigantescos e as jogam contra a parede ou sei lá onde, várias vezes seguidas, até quebrar todos os ossos – Aphrodite respondeu às gêmeas com um sorriso jovial.

– Ahn... Aphrodite, acho que assim você não está ajudando – eu disse, apesar de ela estar certa. Na verdade, por mais assustador que parecesse, tanto ela quanto as gêmeas deviam estar certas. Eu não queria pensar demais nisso, então voltei a prestar atenção em minha melhor amiga, que estava machucada e absolutamente horrível, pálida, suada e coberta de sangue. – Stevie Rae, você não acha que devíamos levá-la a...

– Achei! Achei! – Jack entrou correndo na pequena área lateral do túnel que fora transformada no quarto de Stevie Rae, seguido de perto pela labradora amarela que raramente o perdia de vista. Ele estava corado e balançando um troço branco que parecia uma maleta com uma grande cruz vermelha desenhada. – Estava bem onde você disse, Stevie Rae. Naquela parte do túnel tipo uma cozinha.

– E assim que recuperar o fôlego, vou lhe contar sobre a feliz surpresa que foi descobrir geladeiras e micro-ondas – Damien disse, seguindo Jack para dentro do quarto, respirando pesadamente e dramaticamente se agarrando a ele. – Você vai ter que me explicar como conseguiu trazer tudo isso aqui para baixo, inclusive a eletricidade para ligar os aparelhos – Damien fez uma pausa, avistou o sangue de Stevie Rae, a camisa rasgada e a flecha que ainda estava cravada em suas costas, e suas bochechas rosadas ficaram brancas. – Você vai ter que explicar *depois* de se tratar, e não assim *en brochette*.

– *En* o quê? – Shaunee perguntou.

– *Brocha* o quê? – Erin emendou.

– É francês, significa algo sendo espetado, normalmente comida, burras. "O mundo está enlouquecendo e se deteriorando, deixando escapar as aves da guerra" – ele olhou para as gêmeas arqueando as sobrancelhas enquanto citava Shakespeare, de modo errado de propósito, obviamente esperando que elas reconhecessem, mas elas, claro, não reconheceram. – O que não é desculpa para o péssimo vocabulário – então ele se voltou para Darius: – Ah, achei isto aqui em uma pilha de coisas não muito higiênicas – e levantou o que parecia ser uma tesoura gigante.

– Traga o cortador de metal e o kit de primeiros socorros – Darius disse de um jeito superprofissional.

– O que você vai fazer com o cortador de metal? – Jack perguntou.

– Vou cortar a ponta da flecha para poder puxar o cabo do corpo da Sacerdotisa. Daí ela vai poder começar a se curar – Darius respondeu com simplicidade.

Jack arfou e caiu de costas sobre Damien, que o envolveu com um dos braços. Duquesa, a labradora amarela que ficara completamente ligada a Jack desde a morte de seu dono – um novato chamado James Stark, que depois veio a "desmorrer" e atirou uma flecha em Stevie Rae, cumprindo parte de uma trama maligna que pretende soltar Kalona, um perigoso anjo caído (sim, ao me lembrar agora percebo que é complexo e até meio confuso, mas isso parece típico de planos malignos) –, choramingou e se recostou em sua perna. Ah, Jack e Damien são um casal. Ou seja, são adolescentes *gays*. *Hello!* Isso existe. Mais do que você imagina. Espere. Existe mais do que os *pais* imaginam.

– Damien, quem sabe você e Jack não poderiam, ahn, voltar à cozinha que você achou e ver se arruma algo para a gente comer – pedi, tentando arrumar algo para fazerem que não fosse ficar olhando fixo para Stevie Rae. – Aposto que todos nós nos sentiríamos melhor se pudéssemos comer alguma coisa.

– Eu provavelmente vou vomitar – Stevie Rae disse. – Quer dizer, a não ser que seja sangue – ela tentou dar de ombros como quem pede desculpas, mas interrompeu o movimento, ofegando e ficando ainda mais branca do que já era naturalmente.

– É, eu também não estou com muita fome, não – Shaunee disse, olhando com cara de boba para a flecha cravada nas costas de Stevie Rae com o mesmo tipo de fascínio que fazia as pessoas virarem a cabeça para observar acidentes de carro.

— Isso mesmo, gêmea — Erin concordou. Ela estava olhando para toda parte, menos para Stevie Rae. Eu ia abrir a boca para dizer que, na verdade, não estava muito preocupada se eles estavam com fome ou não e que só queria mantê-los ocupados e longe de Stevie Rae por enquanto, quando Erik Night correu para dentro do quarto.

— Consegui! — ele gritou, segurando um aparelho de CD, cassete e rádio *realmente* velho e gigantesco. Era um daqueles trecos que nos anos 1980 chamavam de *boom box*. Sem olhar para Stevie Rae, ele o colocou na mesa que havia perto dela e de Darius, e começou a mexer nos monstruosos botões cintilantes prateados, murmurando que esperava conseguir sintonizar alguma coisa ali embaixo.

— Onde está Vênus? — Stevie Rae perguntou para Erik. Estava na cara que lhe doía falar, e sua voz estava toda trêmula.

Erik deu uma olhada para trás em direção à entrada, tapada por um cobertor que servia de porta, vazia. — Ela estava bem atrás de mim. Achei que tivesse entrado e... — e então, ele olhou para Stevie Rae e parou de falar. — Ah, cara, isso deve doer muito — ele disse baixinho. — Você tá com uma cara horrível, Stevie Rae.

Ela tentou sorrir para ele, sem conseguir. — Bem, já tive melhores dias. Que bom que Vênus o ajudou com a *boom box*. Às vezes a gente até consegue sintonizar umas estações de rádio aqui embaixo.

— É, foi o que Vênus disse — Erik falou vagamente. Ele estava olhando para a flecha cravada nas costas nuas de Stevie Rae. Apesar da minha preocupação com Stevie Rae, comecei a pensar na ausência de Vênus e tentei, feito louca, me lembrar de sua aparência. Na última vez em que havia dado uma boa olhada nos novatos vermelhos, eles ainda não eram vermelhos, o que significa que o contorno em formato de lua crescente no meio de suas testas ainda era cor de safira como o dos demais novatos quando são Marcados. Mas esses novatos morreram. E depois desmorreram. E eram todos monstros loucos e bebedores de sangue, até Stevie Rae passar por uma espécie de Transformação. De alguma forma, a humanidade de Aphrodite (e não é que ela tinha alguma?), somada ao poder dos cinco elementos, que eu sabia controlar... *Voilà*! Stevie Rae recuperou sua humanidade, além de ganhar lindas tatuagens de vampiros adultos que pareciam videiras e flores emoldurando seu rosto. Mas, em vez de a tatuagem ser azul-escura, ficou vermelha. Como sangue fresco. Quando isso aconteceu com Stevie Rae, todas as tatuagens dos novatos mortos-vivos também ficaram vermelhas. E eles reconquistaram sua humanidade também. Em tese. Eu realmente não tinha ficado muito perto deles nem de Stevie Rae desde que ela se Transformara para ter certeza se estava tudo cem por cento bem com todos eles. Ah, e Aphrodite perdera sua Marca, totalmente. Então ela era supostamente humana de novo, apesar de continuar tendo visões.

Tudo isso explica por que na última vez em que estive com Vênus ela estava com uma aparência das mais nojentas, sinistramente morta-viva. Mas agora estava curada, mais ou menos, e eu sabia que ela se dava bem com Aphrodite antes de morrer (e desmorrer), o que significa que ela devia ter sido superlinda, porque Aphrodite não acreditava em amigas feias.

Tá, antes de eu parecer uma anormal megainvejosa, vou explicar: Erik Night é um gostoso estilo "Super-Homem-Clark Kent" e, para continuar com a analogia de super-heróis, ele também é um cara talentoso e honesto. Quer dizer, um vampiro. Aliás, recentemente Transformado em vampiro. Ele também é meu namorado. Quer dizer, ex-namorado. Aliás, ex-namorado recente. Infelizmente, isso significa que sentirei ciúmes ridículos de todo mundo, até de uma dessas novatas vermelhas meio bizarras, que podiam estar tendo atenção demais do meu namorado (demais = qualquer atenção).

A voz "profissional" de Darius felizmente interrompeu meu blá-blá-blá interno.

– O rádio pode esperar. No momento, Stevie Rae precisa de cuidados. Ela vai precisar de uma camisa limpa e de sangue assim que eu acabar aqui – Darius disse enquanto colocava o kit de primeiros socorros na mesinha de cabeceira de Stevie Rae e pegava gaze, álcool e uns troços assustadores.

Então todo mundo tratou de calar a boca.

– Vocês sabem que sou louquinha por vocês todos, não sabem? – Stevie Rae disse, sorrindo para nós corajosamente. Meus amigos e eu assentimos desajeitadamente. – Tá, então vocês não vão levar a mal se eu disser que todos, menos Zoey, precisam arrumar algo para fazer enquanto Darius arranca esta flecha do meu peito.

– Todos eles, menos eu? Na-na-ni-na-não. Por que você quer que eu fique?

Percebi que havia senso de humor nos olhos repletos de dor de Stevie Rae.

– Porque é a nossa Grande Sacerdotisa, Z. Você tem que ficar para ajudar Darius. Além disso, já me viu morrer uma vez. O que pode ser pior do que isso? – ela fez uma pausa e arregalou os olhos ao ver as palmas das minhas mãos ainda pateticamente trêmulas, e disse: – Caraca, Z., olhe só suas mãos!

Virei as mãos para ver que diabo ela estava vendo, e então senti meus próprios olhos se arregalando. Havia tatuagens espalhadas pelas palmas das minhas mãos, com o mesmo padrão lindo e intrincado tipo redemoinhos que decorava meu rosto e meu pescoço, descendo pela espinha e dando a volta na cintura. *Como pude me esquecer?* Senti aquela ardência familiar nas palmas enquanto estávamos todos correndo para o abrigo nos túneis. Entendi então o que era aquela ardência. Nyx, a minha Deusa, a personificação da Noite, me Marcara outra vez exclusivamente para si. Ela novamente me separara de todos os outros novatos e vampiros do mundo. Nenhum outro novato jamais tivera uma Marca preenchida e expandida. Isso só acontecia depois que a pessoa passava pela Transformação, e então o contorno da lua crescente na testa se preenchia e se expandia em uma tatuagem única e original, que lhe emoldurava o rosto, proclamando ao mundo que ele ou ela era um vampiro.

Então, meu rosto proclamava que eu era vampira, mas meu corpo dizia que ainda era uma novata. E o resto de minhas tatuagens? Bem, isso era algo que jamais havia acontecido antes, com novato nem *vamp* nenhum, e até agora eu não sabia com certeza o que aquilo significava.

– Uau, Z., são impressionantes – a voz de Damien soou atrás de mim. Hesitando, ele tocou minha palma. Desviei o olhar de minhas mãos e fitei seus olhos castanhos amigos, procurando neles algum traço diferente na maneira com que me viam. Procurei sinais de devoção ou de nervosismo ou, pior ainda, de medo. E o que vi foi apenas Damien, meu amigo, e o calor do seu sorriso.

– Senti acontecer antes, quando chegamos aqui embaixo. Eu... eu acho que apenas me esqueci – respondi.

– Esta é a nossa Z. – Jack disse. – Só ela podia se esquecer de algo que é praticamente um milagre.

– Mais do que praticamente – Shaunee retrucou.

– Mas é um milagre da Zoey. Eles têm acontecido muito ultimamente – Erin falou de um jeito prático.

– Eu não consigo segurar minha tatuagem, e ela está coberta delas – Aphrodite disse. – Vai entender... – e, com um sorriso, tirou a amargura das palavras.

– Elas são a Marca das bênçãos de nossa Deusa, mostrando-lhe que está realmente seguindo o caminho que ela escolheu para você. Você é nossa Grande Sacerdotisa – Darius falou solenemente. – A Escolhida de Nyx. E, Sacerdotisa, preciso que me ajude com Stevie Rae.

– Ah, desgraça – murmurei, mordendo o lábio com nervosismo e cerrando os punhos, escondendo minhas exóticas tatuagens novas.

– Ah, caceta! Eu fico para ajudar – Aphrodite marchou até Stevie Rae, que estava sentada na beira da cama. – Sangue e dor não me incomodam nem um pouquinho, contanto que não seja eu quem esteja sentindo.

– Acho melhor levar isto mais para perto da entrada dos túneis. Provavelmente assim conseguirei mais sinal – Erik disse e, sem olhar para mim nem dizer nada sobre minhas tatuagens novas, sumiu pela porta de cobertor.

— Sabe, acho que procurar comida foi uma boa ideia — Damien lembrou, pegando a mão de Jack e começando a seguir Erik para fora do quarto.

— É, Damien e eu somos *gays*. Ou seja, somos ótimos cozinheiros — Jack observou.

— Vamos com eles — Shaunee disse.

— É, não estamos muito convencidas desse papo de *gays* terem boa genética para cozinhar. Melhor supervisionarmos — Erin completou.

— O sangue. Não se esqueça do sangue. Misturado com vinho, se tiver. Ela vai precisar para se recuperar — Darius os alertou.

— Uma das geladeiras está cheia de sangue. Então, vão encontrar Vênus — Stevie Rae pediu, fazendo nova careta quando Darius começou a limpar o sangue seco com um pedaço de algodão embebido em álcool em suas costas ao redor do ferimento com a flecha. — Ela gosta de vinho. Diga-lhe do que você precisa que ela arruma.

As gêmeas hesitaram, trocando um olhar entre si. Erin falou por ambas: — Stevie Rae, esses garotos vermelhos estão realmente bem? Tipo, *foram* eles que mataram os jogadores de futebol do Union e sequestraram o namorado humano da Z., não foram?

— Ex-namorado — corrigi, mas fui ignorada.

— Vênus acabou de ajudar Erik — Stevie Rae disse. — E Aphrodite ficou aqui por dois dias, e ainda está inteira — Stevie Rae afirmou.

— É, mas Erik é um *vamp* homem, grande e saudável. Seria difícil mordê-lo — Shaunee argumentou.

— Apesar de que ele é definitivamente apetitoso — Erin disse.

— Verdade, gêmea — ambas deram de ombros para mim como quem pede desculpa, e Shaunee continuou: — E Aphrodite é tão ruim que ninguém ia querer mordê-la.

— E nós somos pedacinhos de baunilha e chocolate. Somos uma tentação até para o mais legal dos monstros bebedores de sangue — Erin completou.

– Sua mãe é um monstro bebedor de sangue – Aphrodite disse sorrindo docemente.

– Se vocês não calarem a boca, eu mesma vou mordê-las! – Stevie Rae gritou, depois fez mais uma careta e arfou de dor.

– Pessoal, vocês estão fazendo com que ela se machuque, além de me fazer ficar com dor de cabeça – falei rapidamente, cada vez mais preocupada com a aparência de Stevie Rae, que piorava a cada segundo. – Stevie Rae disse que os novatos vermelhos são legais. Acabamos de escapar de todo aquele inferno na Morada da Noite com eles, e eles não tentaram comer ninguém no caminho. Então, sejam boazinhas e vão encontrar Vênus como Stevie Rae pediu.

– Z., isso não livra muito a barra desses novatos vermelhos – Damien disse. – Nós estávamos correndo para salvar nossas vidas. Ninguém tinha tempo de comer ninguém.

– Stevie Rae, de uma vez por todas, os novatos vermelhos são confiáveis? – perguntei.

– Eu realmente gostaria que todos se concentrassem em ser mais legais e receptivos com eles. Vocês sabem que não é culpa deles terem morrido e desmorrido.

– Viu, eles são legais – confirmei. Só depois fui me lembrar de que na verdade Stevie Rae jamais respondeu à minha pergunta se os novatos vermelhos eram realmente confiáveis.

– Tudo bem, mas Stevie Rae é responsável por eles – Shaunee retrucou.

– É, se um deles tentar nos morder, vamos ter uma palavrinha com ela depois que melhorar – Erin emendou.

– Sangue e vinho. Já. Menos papo. Mais ação – Darius ordenou, sem meias palavras.

Todo mundo saiu do quarto às pressas, me deixando com Darius, Aphrodite e minha melhor amiga, no momento *en brochette*.

Inferno.

3

— Sério, Darius. Não podemos fazer isso de outro jeito? Algo mais tipo hospital. Ou *no* hospital. Com médicos e salas de espera para os amigos aguardarem enquanto... a... – fiz um gesto de semipânico para a flecha cravada no corpo de Stevie Rae. – Enquanto você tira esse *troço* dela.

— Pode haver um jeito melhor, mas não nestas circunstâncias. O material que tenho para usar aqui embaixo é limitado e, Sacerdotisa, se a senhorita parar para pensar um instante, creio que não vai querer que nenhum de nós vá esta noite para algum hospital lá em cima – Darius respondeu.

Mordi o lábio em silêncio, pensando que ele tinha razão, mas mesmo assim continuei tentando arrumar uma alternativa menos aterrorizante.

— Não. Não vou voltar lá para cima. Não só Kalona foi solto com seus bebês pássaros meganojentos, como também não posso subir depois que o sol nascer. E sinto que não está faltando muito para amanhecer. Acho que não sobreviveria do jeito que já estou sentindo dor. Z., você vai ter que simplesmente fazer isso – Stevie Rae disse.

— Quer que eu empurre a flecha enquanto você a segura? – Aphrodite perguntou.

— Não, deve ser pior ficar só olhando do que ajudar – respondi.

— Vou fazer de tudo para não gritar alto demais – Stevie Rae respondeu.

Ela estava séria, o que me fez sentir um aperto no coração, do mesmo jeito que sinto agora ao relembrar.

– Ah, meu bem! Grite o quanto quiser. Inferno, eu vou gritar com você – olhei para Darius. – Estou pronta para qualquer coisa quando você estiver.

– Vou cortar a ponta emplumada da flecha que ainda está saindo do peito dela. Quando eu cortar, você pega isto aqui – ele me deu um pedaço de gaze embebido em álcool – e aperta no furo no peito. Quando eu segurar com força na parte da frente da flecha, vou lhe pedir para empurrar. Empurre bem enquanto puxo. Acho que vai sair bem fácil.

– Talvez doa só um pouquinho, não é? – Stevie Rae perguntou, parecendo a ponto de desmaiar.

– Sacerdotisa – Darius pousou sua mão grande no ombro dela. – Isso vai doer mais do que só um pouquinho.

– Por isso eu estou aqui – Aphrodite disse. – Vou te agarrar para que não fique se debatendo de tanta dor, senão vai acabar estragando o plano de Darius – ela hesitou, e acrescentou em seguida: – Mas fique sabendo que, se você se fizer de louca e me morder *de novo*, vou te enfiar a porrada.

– Aphrodite. Eu não vou te morder. De novo – Stevie Rae respondeu.

– Vamos acabar logo com isso – pedi.

Antes de arrancar o que restava da camisa de Stevie Rae, Darius disse: – Sacerdotisa, vou ter de expor seu seios.

– Bem, eu estava pensando nisso enquanto você trabalhava nas minhas costas. Você é como um médico, não é?

– Todos os Filhos de Erebus são treinados no campo da Medicina para podermos cuidar de nossos irmãos quando estão feridos – ele relaxou sua expressão severa por um momento e sorriu para Stevie Rae. – Então, sim, pode me considerar um médico.

– Então, tudo bem você ver meus peitos. Os médicos são treinados para não dar bola para esse tipo de coisa.

– Tomara que seu treinamento não tenha sido *tão* completo – Aphrodite murmurou.

Darius lhe deu uma piscadinha rápida. Eu fingi engasgar, o que fez Stevie Rae dar risada e arfar de dor por causa do movimento. Ela tentou sorrir para mim como quem diz que está tudo bem, mas estava pálida e trêmula demais para convencer.

Foi mais ou menos então que realmente comecei a me preocupar. Lá na Morada da Noite, o morto-vivo Stark seguiu as ordens "pé no saco" de Neferet e atirou em Stevie Rae, fazendo jorrar sangue do seu corpo em quantidade alarmante. Tanto, que parecia que o chão ao redor estava sangrando, cumprindo assim a profecia idiota de libertar Kalona, aquele anjo caído idiota, da sua prisão embaixo da terra, onde estava fazia zilhões de anos. Parecia que todo o sangue no corpo de Stevie Rae tinha ficado no chão e, apesar de ela ter se saído muito bem até então, e de estar caminhando, falando e, em geral, consciente, o fato é que estava rapidamente se transformando em uma espécie de nada branco e fantasmagórico bem debaixo dos nossos olhos.

– Pronta, Zoey? – Darius perguntou, me fazendo pular. Meus dentes batiam tanto de medo, que mal consegui gaguejar – T-tô.

– Stevie Rae? – ele perguntou gentilmente. – Está preparada?

– Como sempre estarei. Eu acho. Mas posso lhe dizer que realmente gostaria que esse tipo de coisa parasse de acontecer comigo.

– Aphrodite? – ele olhou para ela em seguida.

Aphrodite se ajoelhou no chão em frente à cama e segurou os antebraços de Stevie Rae com bastante força.

– Tente não se debater muito – ela disse a Stevie Rae.

– Farei o possível.

– Quando eu disser três – Darius anunciou, com o cortador de metal pronto para agarrar a ponta emplumada da flecha. – Um... dois... três!

Então tudo aconteceu rápido. Ele arrancou a ponta da flecha como se cortasse um galho frágil.

– Cubra! – ele mandou com um berro, e eu apertei a gaze sobre mais ou menos uns três centímetros da flecha que ainda estavam para fora do peito de Stevie Rae, bem no vão entre seus seios, enquanto ele dava a volta por trás dela. Os olhos de Stevie Rae estavam bem fechados, sua respiração entrecortada e ofegante de novo, e seu rosto cheio de gotinhas de suor. – Quando eu disser três de novo, desta vez você empurra a ponta da flecha – Darius explicou. Minha vontade era parar com tudo e gritar *Não, vamos só cobri-la e arriscar chegar a um hospital*, mas Darius já havia começado a contar. – Um... dois... três!

Empurrei a ponta dura e recém-cortada da flecha enquanto Darius, segurando o ombro de Stevie Rae com uma das mãos, puxou a flecha do seu corpo com um movimento ágil que emitiu um som horrível.

Stevie Rae gritou, sim. E eu também. E Aphrodite também. Então, Stevie Rae caiu nos meus braços.

– Fique apertando o ferimento com a gaze – Darius limpou com rapidez e eficiência o buraco recém-exposto nas costas de Stevie Rae.

Eu me lembrei de ficar repetindo: – Está tudo bem. Está tudo bem. Já saiu. Já acabou...

Agora me lembro que Aphrodite e eu estávamos choramingando. A cabeça de Stevie Rae estava apoiada sobre meu ombro, razão por que não vi seu rosto, mas senti minha camisa ficando úmida. Quando Darius a levantou gentilmente e a deitou na cama novamente para fazer um curativo no ferimento, senti uma pontada do mais puro medo me atravessar.

Nunca tinha visto ninguém mais pálida do que Stevie Rae. Quer dizer, pelo menos ninguém que estivesse vivo. Seus olhos estavam apertados, mas lágrimas vermelhas formavam trilhas medonhas em seu rosto, e o tom rosado contrastava demais com sua pele quase transparente e sem cor.

– Stevie Rae? Você está bem? – vi seu peito subindo e descendo, mas ela não abrira os olhos e não estava fazendo nenhum ruído.

– Eu... ainda... tô aqui – ela sussurrou as palavras com longas pausas entre uma e outra. – Mas... me sentindo... meio que... flutuando... sobre... vocês.

– Ela não está sangrando – Aphrodite falou com uma voz baixa.

– Ela não tem o que sangrar – Darius disse enquanto fechava o curativo.

– A flecha não atingiu seu coração – eu afirmei. – O propósito não era matá-la. Era fazê-la sangrar.

– É muita sorte nossa o novato errar o alvo – Darius completou.

Suas palavras ficaram girando na minha cabeça, pois eu conhecia o segredo de Stark, eles não. Era simplesmente impossível ele errar um alvo. O dom que ganhara de Nyx era o de sempre acertar o alvo apontado, mesmo que as consequências fossem horríveis. Nossa Deusa me dissera pessoalmente que, uma vez que concedesse um dom, jamais o tomava, por isso, apesar de Stark ter morrido e voltado como uma versão deturpada de si mesmo, se fosse sua intenção, ele teria, sim, atingido o coração de Stevie Rae para matá-la. Será que isso queria dizer que Stark ainda tinha mais humanidade em si do que parecia? Ele chamou meu nome; ele me reconheceu. Estremeci ao reviver a química que se acendeu entre nós pouco antes de ele morrer.

– Sacerdotisa? A senhorita não me ouviu? – Darius e Aphrodite estavam olhando para mim.

– Ah, desculpe. Desculpe. Eu estava distraída porque... – eu não queria explicar que estava pensando no cara que quase matara minha melhor amiga. Eu ainda não queria explicar isso.

– Sacerdotisa, eu estava dizendo que, se Stevie Rae não tiver sangue, o ferimento, apesar de não ter atingido o coração, pode acabar causando sua morte – ele balançou a cabeça enquanto examinava Stevie Rae. – Apesar de eu não saber dizer com certeza se vai ficar boa. Ela é um tipo novo de vampiro, e não sei como seu corpo vai reagir. Mas, se ela fosse um de meus irmãos guerreiros, eu estaria muito preocupado.

Respirei fundo e me preparei antes de falar: – Tá. Bem... Esqueça essa ideia de esperar pelas gêmeas com a droga do carregamento de sangue. Me morde – disse a Stevie Rae.

Seus olhos se abriram e ela conseguiu dar uma espécie de sorriso. – Sangue humano, Z. – ela disse antes de fechar os olhos outra vez.

– Ela deve estar certa. Sangue humano sempre teve efeito maior sobre nós do que o sangue de um novato ou mesmo de um vampiro – Darius lembrou.

– Bem, se é assim, vou correndo chamar as gêmeas – eu disse, apesar de não fazer ideia de para onde ir.

– Sangue fresco funciona melhor do que aquele material refrigerado sem gosto – Darius falou.

Ele nem olhou para Aphrodite, mas ela entendeu a mensagem direitinho. – Ah, caceta! Vou ter que deixar Stevie Rae me morder? De novo?

Pisquei os olhos, sem saber o que dizer. Felizmente, Darius me ajudou.

– Pergunte a si mesma o que sua Deusa gostaria que você fizesse – ele pediu.

– Ora, merda! Esse negócio de ser boazinha é um saco. Um *saco*.

Ela deu um suspiro, ficou de pé e levantou uma das mangas de seu vestido de veludo preto. Levou o pulso para a frente do rosto de Stevie Rae e disse: – Tá bom. Vamos lá. Me morde. Mas você me deve essa. Deve muito. De novo. Nem sei por que sou eu que fico salvando sua vida. Tipo, eu nem... – suas palavras foram interrompidas por um gritinho de surpresa.

Ainda agora é meio desconcertante lembrar do que aconteceu depois. Quando Stevie Rae agarrou o braço de Aphrodite, vi sua expressão mudar totalmente. Ela logo se transformou, deixando de ser a minha doce melhor amiga para se transmudar em uma estranha bestial. Seus olhos cintilaram com um brilho vermelho-escuro sinistro e, soltando um chiado medonho, mordeu com força o pulso à sua frente.

Imediatamente os gritinhos de Aphrodite se transformaram em um gemido perturbadoramente sensual. Seus olhos se fecharam enquanto Stevie Rae agarrava seu pulso com a boca, rasgando a carne com facilidade e fazendo o sangue quente e pulsante fluir, para logo sugar gulosamente e engolir como uma predadora.

Tá, ok. A coisa foi perturbadora e desagradável, mas também foi estranhamente erótica. Percebi que a sensação era boa, só podia ser. Vampiros são assim mesmo. Até mesmo a mordida de um novato causa no mordido (um ser humano) e no mordedor (um novato) uma experiência de intenso prazer sexual. É assim que sobrevivemos. Os velhos mitos sobre *vamps* rasgando gargantas e levando as vítimas à força é basicamente uma bobagem das grandes. Bem... A não ser que alguém realmente tire um *vamp* do sério. E, neste caso, mesmo tendo a garganta cortada, o mordido provavelmente acabará gostando muito.

De qualquer forma, nós somos o que somos. E, ao observar o que estava acontecendo com Stevie Rae e Aphrodite, percebi claramente que esses vampiros vermelhos com certeza compartilhavam desse mesmo fenômeno de dar prazer ao ser humano. Tipo, Aphrodite chegou até a se recostar em Darius de um jeito sugestivo, e ele a envolveu com um braço e se abaixou para beijá-la enquanto Stevie Rae continuou sugando seu pulso.

O beijo entre o guerreiro e Aphrodite foi tão ardente que eu podia jurar que estava quase soltando faíscas. Darius a segurou com cuidado para não fazer Stevie Rae torcer seu pulso. Aphrodite o envolveu com seu braço que estava livre e se entregou a ele de um jeito irrestrito que demonstrava com exatidão o quanto ela confiava nele. Senti-me culpada por ficar olhando, apesar de haver uma inegável beleza sensual no que estava acontecendo entre eles.

– Putz. Bizarro.

– Sério mesmo. Eu podia ter passado sem essa.

Desviei o olhar de Stevie Rae e companhia e vi as gêmeas paradas logo depois da porta de cobertor. Erin estava com vários pacotes que, sem dúvida, eram sacos de sangue. Shaunee tinha na mão uma garrafa de algum tipo de vinho tinto e uma taça daquelas nas quais as mamães servem chá gelado.

Duquesa passou por elas e veio se balançando caninamente quarto adentro, seguida de perto por Jack.

— *Aimeudeus*! Duas garotas se pegando enquanto o cara se dá bem — Jack disse.

— Interessante... E pensar que alguns caras realmente se excitam com essas coisas — Damien entrara no quarto depois de Jack segurando um saco de papel e olhando para Stevie Rae, Aphrodite e Darius como quem observa um experimento científico.

Foi Darius quem conseguiu interromper o beijo, trazendo Aphrodite mais para perto de si e apertando-a com força junto ao peito.

— Sacerdotisa, isto é uma humilhação para ela — ele me disse com voz grave e urgente. Não parei para pensar a qual delas estava se referindo, Aphrodite ou Stevie Rae. Antes que terminasse a frase e, eu já estava me dirigindo às gêmeas.

— Eu cuido disso — eu disse, pegando um saco de sangue de Erin. Desviando totalmente a atenção delas sobre o que estava acontecendo na cama, usei os dentes para rasgar o saco como se ele contivesse balinhas de frutas, me certificando de derramar uma quantidade satisfatória de sangue na minha boca. — Segure a taça para mim — pedi a Shaunee. Ela fez o que pedi, apesar de me olhar com cara de nojo. Sem lhe dar atenção, derramei a maior parte do sangue na taça, fazendo questão de lamber os lábios e aproveitar o restinho do fluido. Virei o saco de cabeça para baixo deliberadamente e chupei o restinho de sangue antes de jogá-lo para o lado. Então peguei a taça de sangue da mão dela. — Agora o vinho — pedi. A garrafa já tinha sido aberta, de modo que Shaunee só precisava puxar a rolha. Levantei a taça, que já tinha três quartos com sangue, e rapidamente acrescentei o vinho até enchê-la.

— Obrigada — agradeci vivamente, me virei e fui até a cama.

Com um movimento prático, peguei o antebraço de Aphrodite e o puxei, soltando-a de Stevie Rae, que a segurava de modo surpreendentemente gentil. Parei discretamente na frente dela, bloqueando a visão do corpo nu de minha melhor amiga para que o povo (leia-se as gêmeas, Damien e Jack) não ficasse mais olhando com cara de bobo.

Stevie Rae me olhou com olhos faiscantes e lábios retraídos, expondo seus dentes afiados e vermelhos de sangue. Apesar de ter ficado chocada com sua aparência monstruosa, mantive a voz calma e até adicionei um tom de irritação.

– Chega, já deu. Experimente isto aqui agora.

Stevie Rae rosnou para mim.

Por mais estranho que pareça, Aphrodite fez um som parecido com o grunhido de Stevie Rae. Que droga era aquela? Quis me virar para Aphrodite e ver o que estava acontecendo, mas sabia que era melhor me concentrar na minha melhor amiga, que rosnava para mim.

– Eu disse chega! – eu a repreendi usando um tom de voz baixo na esperança de ninguém mais ouvir minhas palavras. – Recomponha-se, Stevie Rae. Você já sugou o suficiente de Aphrodite. Beba... Isto... Agora – separei as palavras de modo bem claro e enfiei a mistura de sangue e vinho entre suas mãos.

A expressão de seu rosto mudou e ela piscou os olhos, parecendo dispersa. Levei a taça aos seus lábios e, assim que o aroma alcançou suas narinas, ela começou a virar tudo de uma vez. Bebeu sofregamente, e assim me permiti dar uma olhada em Aphrodite. Ainda nos braços de Darius, ela pareceu estar bem, apesar de bem tonta, e estava olhando para Stevie Rae com olhos arregalados.

Uma sensação desconfortável me desceu pela espinha ao ver a expressão de perplexidade no rosto de Aphrodite, que se revelou uma precisa premonição do que estava por vir. Mas então voltei minha atenção para os meus amigos, que me olhavam com cara de bobos.

– Damien – fiz minha voz soar incisiva. – Stevie Rae precisa de uma camisa. Pode arrumar uma?

– No cesto de roupa da lavanderia. Tem camisas limpas lá – Stevie Rae disse entre um gole e outro. Ela já estava falando e parecendo mais normal. Com a mão trêmula, apontou uma pilha de coisas. Damien assentiu e atravessou o recinto correndo.

– Deixe ver seu pulso – Darius pediu a Aphrodite.

Sem dizer nada, ela virou de costas para as gêmeas e Jack, que não paravam de olhar, e deu o braço a Darius, de modo que fui a única que realmente viu o que ele fez. O guerreiro levou seu pulso à boca. Sem tirar seus olhos dos dela, pôs a língua para fora e lambeu as marcas de mordida que ainda gotejavam sangue. Ela prendeu a respiração e estremeceu, mas, no momento em que a língua dele tocou o ferimento, o sangue começou a coagular. Eu estava vendo de perto e percebi o jeito com que os olhos de Darius se arregalaram em súbita surpresa.

– Ora, merda – ouvi Aphrodite dizer baixinho para ele. – É verdade, não é?

– É verdade – ele respondeu em voz baixa para que só ela ouvisse.

– Merda! – Aphrodite repetiu, parecendo aborrecida.

Darius sorriu e seus olhos brilharam como quem estava achando graça de alguma coisa. Então ele beijou o pulso de Aphrodite gentilmente e disse: – Não importa, isso não vai nos afetar.

– Jura? – ela sussurrou.

– Dou minha palavra. Você se saiu bem, minha linda. Seu sangue salvou a vida de sua amiga.

Por um momento vi a expressão desprotegida de Aphrodite. Ela balançou a cabeça levemente e seu sorriso exibia traços de genuíno assombro e bastante sarcasmo.

– Não sei por que diabos tenho que ficar salvando a caipirona da Stevie Rae. Só sei dizer que eu costumava ser muito, *muito* má, então tenho uma quantidade inacreditável de merdas a consertar – ela limpou a garganta e esfregou a testa com as costas da mão trêmula.

– Você quer beber alguma coisa? – perguntei, imaginando sobre o que os dois estavam falando, mas sem querer perguntar, pois eles obviamente não queriam que o resto do pessoal soubesse.

– Sim – Stevie Rae me surpreendeu ao responder por ela.

– Aqui está a camisa – Damien disse, aproximando-se da cama de Stevie Rae, que agora estava bebericando ao invés de sugar o sangue da taça, seminua, e evitou olhar para ele.

– Obrigada – sorri brevemente para ele e joguei a camisa para Stevie Rae. Então voltei a olhar para as gêmeas. Os goles de sangue começaram a fazer efeito em meu corpo, e a exaustão que estava sentindo desde que invoquei e controlei os cinco elementos enquanto fugíamos da Morada da Noite finalmente passou, e pude voltar a pensar com mais clareza. – Bem, pessoal, tragam o vinho para cá. Tem outra taça para Aphrodite?

Antes que alguém pudesse responder, Aphrodite falou: – Ahn, nada de sangue para mim. Eu tenho uma só palavra para isto: nojento. Mas aceito uma bebida.

– Não trouxemos outra taça – Erin disse. – Ela vai ter que beber da garrafa como uma grosseirona.

– Tipo... desculpe, tá? – Shaunee fingiu arrependimento ao entregar a garrafa a Aphrodite. – Então, como humana, você pode nos explicar como é ter o sangue sugado por uma *vamp*?

– Sim, mentes curiosas querem saber, pois você pareceu estar gostando, e nós não sabíamos que você era chegada – Erin justificou.

– Vocês nunca prestaram atenção nas aulas de Sociologia *Vamp*, suas compartilhadoras de cérebro? – Aphrodite respondeu antes de beber da garrafa.

– Bem, eu li na parte de fisiologia d'*O Manual do Novato* – Damien se adiantou. – A saliva dos vampiros tem coagulantes, anticoagulantes e endorfinas que agem nas zonas de prazer do cérebro do humano e do *vamp*. Sabe, Aphrodite tem razão. Vocês duas realmente deviam prestar mais atenção na aula. Frequentar a escola não é só um evento social – ele concluiu com exatidão enquanto Jack assentia entusiasticamente.

– Sabe, gêmea, com todo esse drama acontecendo lá em cima, anjo caído do mal e seus valentões à solta e a Morada da Noite em pânico geral, acho que por enquanto não vai ter escola nenhuma – Shaunee disse.

– Excelente observação, gêmea – Erin respondeu. – O que significa que por enquanto não precisamos das dicas professorais da Rainha Damien.

– Então podemos, sei lá, segurá-lo e puxar seu cabelo? O que você acha? – Shaunee perguntou.

– Parece divertido – Erin respondeu.

– Ótimo. Estou bebendo vinho barato na garrafa. A *Miss Country Vamp Teen* acabou de me morder de novo. E agora vou ter de testemunhar uma briga de *nerds* – soando mais tipicamente cachorra como de costume, Aphrodite suspirou dramaticamente e se jogou na ponta da cama ao lado de Darius. – Bem, pelo menos sendo humana eu devo conseguir ficar bêbada. Talvez possa ficar bêbada pelos próximos dez anos ou coisa assim.

– Acho que não tenho vinho suficiente para isso – todos nós levantamos os olhos quando uma novata vermelha entrou no quarto, seguida por vários outros que se amontoaram nas sombras atrás dela. – E esse vinho não é *barato*. Eu não uso nada barato.

Todos voltaram a atenção para a novata vermelha, mas eu estava olhando para Aphrodite reclamando com as gêmeas (e me preparando para interferir, mandando todo mundo calar a boca), de modo que vi o breve relance do que pareceu uma mistura de constrangimento e desconforto atravessar seu rosto antes de retomar o controle de sua expressão e dizer tranquilamente: – Horda de *nerds*, esta é Vênus. Gêmeas e Damien, vocês devem se lembrar de minha ex-colega de quarto que morreu uns seis meses atrás, mais ou menos.

– Na verdade, parece que as notícias de minha morte foram prematuras – a linda loura disse tranquilamente. Então algo totalmente bizarro aconteceu. Vênus fez uma pausa e farejou o ar. Estou querendo dizer que ela literalmente levantou o queixo e deu várias farejadas curtas e intensas na direção de Aphrodite. Os novatos vermelhos que ainda estavam agrupados atrás dela a seguiram e começaram a farejar também. Então Vênus arregalou os olhos azuis e disse, com um tom de quem está achando graça:

– Bem... bem... bem... que interessante.

– Vênus, não... – Stevie Rae começou a falar, mas Aphrodite a interrompeu.

– Não. Nem vem. Todo mundo deve saber também – a loura continuou, dando um sorriso maldoso. – Eu estava dizendo como era interessante saber que Stevie Rae e Aphrodite agora estão Carimbadas.

4

Tive de me segurar para não ficar de queixo caído como as gêmeas.

– *Aimeudeus*! Carimbadas! Mesmo? – Jack exclamou.

Aphrodite deu de ombros.

– Aparentemente – achei que ela estava levando na esportiva demais e evitando sequer olhar para a direção de Stevie Rae, mas acho que quase todos no quarto se deixaram enganar por sua atitude "tô nem aí".

– Bem, tô passada, engomada e guardada na gaveta! – Shaunee disse.

– Somos duas, gêmea – Erin entrou na conversa. E então as duas começaram a dar risadinhas quase histéricas.

– Eu acho interessante – Damien falou alto para se fazer ouvir acima das risadas das gêmeas.

– Eu também – Jack concordou. – Num sentido bizarro.

– Parece que o carma de Aphrodite começou a bater – Vênus disse em um tom de desprezo que fez sua beleza ganhar um traço repugnante de réptil.

– Vênus, Aphrodite acabou de salvar minha vida. De novo. E não é certo você pegar pesado com ela – Stevie Rae a repreendeu.

Aphrodite finalmente olhou para Stevie Rae. – Não comece com isso.

– Com isso o quê? – Stevie Rae perguntou.

– Ficar me defendendo! A gente pode estar Carimbada, e essa porra já é ruim demais por si só. Mas não fique bancando minha melhor amiga! – ela disse lentamente, pronunciando palavra por palavra.

– Você bancar a cachorra não vai mudar os fatos – Stevie Rae respondeu.

– Olha, vamos fazer de conta que *isso* nunca aconteceu – Aphrodite olhou feio para as gêmeas ao ouvir o ataque de riso que tiveram. – Gêmeas *nerds*, vou dar um jeito de asfixiar vocês quando estiverem dormindo se não pararem de rir de mim.

Naturalmente, as gêmeas gargalharam mais alto ainda.

Aphrodite deu as costas e olhou para mim. – Então, como eu estava dizendo antes de ser rudemente interrompida, Vênus "pé no saco", esta é Zoey, a supernovata da qual tenho certeza de que você já ouviu falar muito, e Darius, o guerreiro Filho de Erebus com o qual você *não* vai se engraçar, e Jack. Com ele também não vai rolar nada, basicamente porque é mais *gay* do que um folheado francês. Sua cara-metade é Damien, o cara que está me olhando como se eu fosse uma porra de um experimento científico. Você já sabe que as gêmeas são aquelas duas caindo na risada logo ali.

Senti os olhos de Vênus sobre mim, então deixei de olhar para Aphrodite (Carimbada! Por Stevie Rae!) para olhar para ela. Ela estava mesmo me encarando com uma expressão que me deixou instantaneamente na defensiva. Eu ainda estava tentando decidir se minha reação negativa a Vênus era por ela ser (obviamente) uma cachorra, e andar se escondendo nos túneis com Erik, ou por eu estar com um pressentimento ruim em relação aos novatos vermelhos em geral, quando ela falou: – Zoey e eu já nos conhecemos, mas não fomos apresentadas. Parece que da última vez que nos vimos ela estava tentando nos matar.

Eu pus a mão na cintura e encarei seu olhar azul gelado. – Já que estamos no Momento Memória, acho melhor você se lembrar direito. Eu não estava tentando matar ninguém, mas salvar um garoto humano que vocês estavam tentando comer. Ao contrário de vocês, eu teria preferido mil vezes comer panquecas de chocolate em vez de jogadores de futebol.

— Isso não muda o fato de você ter matado aquela garota — Vênus disse enquanto os novatos vermelhos atrás dela ficaram inquietos.

— Z.? Você matou alguém? — Jack perguntou.

Abri a boca para responder, mas Vênus foi mais rápida. — Matou. Elizabeth Sem Sobrenome.

— Tive de fazer isso — respondi com simplicidade, falando com Jack e ignorando Vênus e os novatos vermelhos, apesar de sentir alguma coisa vindo deles que me fazia arrepiar os cabelos da nuca. — Eles não iam deixar Heath e eu sairmos daqui vivos — então me voltei para Vênus novamente. Ela era dona de uma beleza glacial, elegante e *sexy* dentro de sua apertada calça jeans de grife, com uma camiseta preta curta com uma caveira feita de imitações de diamante. Ela tinha cabelos longos e grossos, de um tom louro-dourado. Em outras palavras, era, sem dúvida, atraente o bastante para andar com Aphrodite, o que não era pouca coisa, já que Aphrodite é linda de morrer. E Vênus era uma cachorra detestável como Aphrodite costumava ser, e provavelmente já era assim antes de morrer e desmorrer. Olhei para ela com raiva. — Olha, mandei vocês se afastarem e nos deixar sair. Vocês não deixaram. Eu disse o que ia fazer para proteger uma pessoa querida, e vocês fiquem sabendo que eu seria capaz de fazer tudo de novo — tirei os olhos de Vênus e procurei os novatos atrás dela enquanto me segurava para não invocar uns dois elementos e usar o vento e o fogo para adicionar mais ênfase à minha ameaça. Vênus me devolveu o olhar agressivo.

— Muito bem, vocês vão ter que aprender a se dar bem. Vocês se lembram que o mundo inteiro lá fora está contra nós, ou pelo menos cheio de monstros assustadores? — Stevie Rae soou cansada, mas como ela mesma. Então, sentou-se, esticando cuidadosamente sua camiseta das Dixie Chicks e lentamente se recostando nos travesseiros que Darius ajeitara atrás dela. – Então, como diria Tim Gunn do *Project Runway*,[1] vamos fazer a coisa dar certo.

– Aaaaah, eu adoro esse programa – Jack disse sem pensar.

Ouvi uns dois novatos vermelhos murmurarem, concordando, e concluí que Stevie Rae tinha razão em um ponto de uma de nossas várias discussões sobre tevê: *reality shows* podiam tornar o mundo melhor e trazer paz a toda a humanidade.

– Por mim, fazer dar certo seria uma boa – apesar de meu alarme interno ainda me avisar que os novatos vermelhos não estavam numa de amor, luz e bem-querer, sorri para Stevie Rae, que me devolveu seu sorriso de covinhas. Tá, ela acreditava mesmo que podíamos dar um jeito de ficar numa boa. Talvez então meu alarme interno estivesse enganado, simplesmente porque Vênus era uma cachorra desgraçada, e não porque ela e os demais fossem a encarnação do mal.

– Ótimo. Então, para começar, posso beber mais um pouquinho de sangue e vinho? Capricha no sangue – Stevie Rae levantou a taça vazia em direção às gêmeas, que se aproximaram da cama, contentes por se afastar dos novatos vermelhos. Percebi que Damien e Jack, com Duquesa ao lado, também foram chegando mais para perto de onde eu estava. – Obrigada – ela disse quando Erin pegou sua taça. – E tem uma tesoura naquela gaveta ali para você não ter que rasgar o saco com o dente – ela revirou os olhos para mim. Enquanto Erin e Shaunee estavam ocupadas em pegar mais vinho com sangue para Stevie Rae, ela observou o pequeno grupo de novatos vermelhos. – Olha, nós já falamos sobre isso. Todos vocês sabem que vão ter de ser legais com Zoey e o resto do pessoal – ela olhou para Darius e sorriu. – Bem, galera, é isso.

– Ei, dá licença, pessoal. Preciso passar.

Automaticamente ericei-me toda quando Erik abriu caminho em meio ao grupo que estava na porta. Se alguém (Vênus) tentasse mordê-lo, alguém (eu) ia baixar a porrada. Ponto final.

---

1 *Reality show* norte-americano que apresenta competição entre participantes estilistas. (N.R.)

Ignorando a tensão no recinto, Darius perguntou: – O que diz o noticiário do rádio sobre o que está acontecendo lá em cima?

Erik balançou a cabeça.

– Não consegui captar nada. Cheguei a subir até o porão. Só estática. Não consegui fazer o celular funcionar ainda. Deu para ouvir uns trovões e ver uns lampejos de relâmpagos. Ainda está chovendo, apesar de estar esfriando, o que significa que provavelmente vai ter gelo. Além disso, o vento estava batendo pesado. Não sei dizer se o tempo estava assim naturalmente ou se foi causado por Kalona e aqueles seres aves. Seja como for, deve ser por causa disso que as estações de rádio estão fora do ar e os celulares não funcionam. Achei que vocês iam querer saber, por isso desci – vi seus olhos passarem de Darius para Stevie Rae, e ele sorriu ao perceber que ela já estava sem a flecha. – Você parece melhor.

– Aphrodite salvou Stevie Rae dando seu sangue para ela beber – Shaunee disse e deu risada.

– É, e agora as duas são Carimbadas – Erin completou às pressas e começou a rir também.

– Uau, vocês estão brincando, não é? – ele perguntou, parecendo totalmente chocado.

– Não, elas não estão brincando – Vênus disse tranquilamente.

– Ahn. Bem. Que interessante – reparei que os lábios de Erik se retorceram enquanto olhava para Aphrodite. Ela o ignorou totalmente e continuou bebendo direto da garrafa de vinho em sua mão. Ele tossiu para disfarçar a vontade de gargalhar, e então seus olhos se acenderam sobre Vênus. Ele a cumprimentou com um movimento de cabeça bem típico de seu jeito tranquilo e popular. – Olá de novo, Vênus.

– Erik – ela disse, com um sorriso bestial que me deu vontade de esmagá-la como a um besouro.

– Aphrodite estava certa ao começar as apresentações – Stevie Rae disse, e antes que Aphrodite pudesse falar alguma coisa, ela completou: – Não, não estou dizendo isso porque somos Carimbadas.

– Eu realmente gostaria que você parasse de falar neste assunto – Aphrodite murmurou.

Stevie Rae continuou como se não a tivesse escutado. – Eu acho que ser educada é uma ótima ideia, e apresentações são sempre sinal de boa educação. Vocês todos já conhecem Vênus – ela disse, e então continuou rapidamente. – Portanto, vou começar por Elliott.

O garoto ruivo se aproximou. Tá, o fato de morrer e desmorrer não o havia ajudado em nada. Ele continuava gorducho e branquelo, com seu despenteado bolo de cabelos encaracolados cor de cenoura que grudavam em partes estranhas de sua cabeça.

– Eu sou o Elliott – ele disse.

Todos balançaram a cabeça para ele.

– O próximo é Montoya – Stevie Rae o apresentou.

Era um cara latino, baixinho, que parecia bem barra-pesada com aquele visual que incluía calça folgada e múltiplos *piercings*. Ele balançou a cabeça e seus cabelos pretos grossos balançaram ao redor de seu rosto.

– Oi – ele disse com um leve sotaque e um sorriso surpreendentemente bonitinho e simpático.

– E esta é Shannon Compton – Stevie Rae falou nome e sobrenome juntos, de modo que soou Shannoncompton.

– Shannoncompton? Ei, você não fez a leitura no palco daquela cena dos *Monólogos da Vagina* no ano passado? – Damien perguntou.

Seu rosto bonito se iluminou. – É, fui eu.

– Eu me lembro porque adoro *Os Monólogos da Vagina*. São tão poderosos – Damien disse. – E então, logo depois da apresentação você... hummm... – sua voz sumiu e ele ficou sem graça.

– Eu morri – Shannoncompton completou.

– É, exatamente – Damien confirmou.

– Ah, meu Deus, que péssimo – Jack exclamou.

Aphrodite deu um suspiro.

– Ela não está mais morta, debiloides.

— E esta é Sophie — Stevie Rae disse rapidamente, olhando de cenho franzido para Aphrodite, que já estava parecendo meio de pilequinho. Uma morena alta deu um pequeno passo à frente e nos ofereceu um sorriso vacilante, mas simpático.

— Oi — ela nos cumprimentou.

Nós acenamos e murmuramos "oi". Na verdade, eu estava até me sentindo melhor em relação aos novatos vermelhos agora que estavam se tornando indivíduos — e não seres que estavam tentando nos devorar. Pelo menos no momento, não estavam.

— Dallas é o próximo — Stevie Rae apontou para o garoto que estava atrás de Vênus. Ao ouvir seu nome ele deu uma volta meio desengonçada ao redor dela e murmurou o que pareceu sua versão de um "oi". Era do tipo que passaria facilmente despercebido se não fosse a viva inteligência de seus olhos e o sorriso até charmoso que deu para Stevie Rae. *Hummm*, eu pensei, *será que estava rolando alguma coisa?*

— Dallas nasceu em Houston,[2] o que todos nós achamos esquisito e confuso — Stevie Rae estava dizendo.

O garoto deu de ombros. — É uma história nojenta que meu pai conta de quando ele e minha mãe me fizeram em Dallas. Eu nunca quis saber dos detalhes.

— Eca, pai e mãe transando — Shaunee disse.

— Completamente repulsivo — Erin concordou.

Uma risadinha irrompeu entre o grupo de novatos vermelhos por causa dos comentários das gêmeas, e a tensão que pairava entre os dois grupos começou realmente a se dissolver.

— O próximo é Anthony, que todo mundo chama de Ant.

Ant acenou para nós desajeitadamente e disse "oi". Bem, estava na cara porque todos o chamavam de Ant.[3] Ele era um daqueles meninos mirrados. Sabe, aqueles que parecem ter dez anos quando na

---

[2] Dallas e Houston são cidades do Estado do Texas. (N.T.)
[3] "Formiga", em inglês. (N.T.)

verdade têm catorze e já deviam estar na puberdade? Então, como se para provocar o maior contraste possível, Stevie Rae passou para o garoto seguinte.

– Este é o Johnny B.

Johnny B era alto e corpulento. Ele me lembrou Heath com seu corpo atlético e a tranquila segurança que transmitia.

– Oi – ele nos cumprimentou, exibindo dentes brancos brilhantes e nitidamente dando uma conferida nas gêmeas, que levantaram as sobrancelhas e também deram uma conferida nele.

– A próxima é Gerarty. Ela é a melhor artista que já conheci, e começou a decorar parte dos túneis. Vai ficar superlegal depois que ela terminar – Stevie Rae sorriu para mais essa loura, só que Gerarty não era alta nem fazia o estilo Barbie. Era linda, mas seu cabelo não era louro platinado, e sim "louro sujo", repicado à moda dos anos 1970. Ela balançou a cabeça para nós, parecendo sem graça.

– E por último, mas não menos importante, Kramisha.

Uma garota negra emergiu do grupo com um movimento ágil. O fato de eu não ter reparado nela antes só reforçava o quanto estava distraída com Vênus, Aphrodite e Stevie Rae. Ela vestia uma camiseta amarela brilhante ajustada ao corpo, de corte baixo, que deixava à mostra seu sutiã rendado preto, calça jeans colante de cintura alta e cinto largo de couro combinando com os pesados sapatos dourados. Seu cabelo tinha um corte geométrico que formava um pequeno monturo em sua cabeça, metade do qual era pintado com um tom vivo de laranja.

– Vamos deixar claro desde já que não vou dividir minha cama com ninguém – Kramisha afirmou, meneando a cabeça e parecendo ao mesmo tempo entediada e irritada.

– Kramisha, eu já lhe disse um zilhão de vezes, não crie caso sem razão – Stevie Rae falou.

– Só quero deixar claro – Kramisha respondeu.

– Ótimo. Você foi clara – Stevie Rae fez uma pausa e olhou para mim na expectativa. – Bem, este é o meu grupo.

– Então esses são todos os novatos vermelhos? – Darius perguntou antes que eu pudesse começar minhas apresentações.

Stevie Rae mordeu a parte interna da bochecha e não encarou os olhos de Darius.

– Sim, estes são todos os meus novatos vermelhos.

Essa não, ela fez aquele olhar de "não estou dizendo toda a verdade". Eu já sabia, mas quando ela me olhou nos olhos, ficou claro que estava me pedindo silenciosamente para não dizer nada. Então resolvi ficar de boca calada e conversar sobre o assunto quando não estivéssemos mais sendo objeto da atenção de todo mundo.

Mas adiar o interrogatório de Stevie Rae não diminui aquela *sensação* que havia voltado, com alarmes soando dentro da minha cabeça em alto e bom som por causa daquela omissão. Com certeza estava acontecendo alguma coisa com aqueles novatos vermelhos, e não estava me cheirando nada bem.

– Bem, eu sou Zoey Redbird – limpei a garganta e tentei soar educada e normal em uma situação que não parecia nem uma coisa nem outra.

– Já lhes falei sobre Zoey. Ela tem afinidade com todos os cinco elementos, e foi através dos seus poderes que pude me Transformar e que todos nós recobramos nossa humanidade – Stevie Rae disse. Eu percebi que ela estava olhando diretamente para Vênus.

– Bem, não aconteceu só através de mim. Meus amigos têm muito a ver com isso também – balancei a cabeça olhando para Aphrodite, que ainda estava bebendo no gargalo da garrafa de vinho. – Vocês obviamente já conhecem Aphrodite. Agora ela é humana, mas digamos apenas que não seja normal – tentei explicar, evitando completamente o assunto de sua Carimbagem com Stevie Rae.

Aphrodite deu um riso irônico, mas não disse nada.

– Estas são Erin e Shaunee, as gêmeas. Erin tem afinidade com a água e Shaunee, com o fogo – as gêmeas acenaram com a cabeça e disseram "oi".

– Damien e Jack são namorados – eu os apresentei. – Damien tem afinidade com o ar. Jack é nosso homem do audiovisual.

– Oi – Damien cumprimentou.

– E aí, beleza? – Jack também, e levantou a bolsa que ainda estava carregando. – Fiz sanduíches. Alguém está com fome?

– Alguém pode me explicar o que esse cachorro está fazendo aqui? – Vênus perguntou, ignorando totalmente Jack e sua tentativa de papo amigável.

– Ela está aqui porque é minha – Jack respondeu. – Ela fica comigo – ele se abaixou e acariciou as orelhas macias de Duquesa.

– Duquesa fica com Jack – confirmei firmemente, olhando para Vênus de um jeito duro e pensando como me faria feliz estrangulá-la com a coleira de Duquesa antes de continuar com as apresentações. – E este é Erik Night.

– Eu me lembro de você da aula de Teatro – Shannoncompton disse, enrubescendo. – Você é bem famoso.

– Oi, Shannon – Erik sorriu para ela. – É bom revê-la.

– Eu também me lembro de você. Você estava com Aphrodite – Vênus disse.

– Mas não está mais – Aphrodite falou rapidamente, dando um *olhar* para Darius.

– Obviamente. Você não é mais novato – Vênus rebateu com uma voz sedosa que soou interessada demais. – Quando você se Transformou?

– Poucos dias atrás – ele respondeu. – Estava a caminho da academia de teatro na Europa quando Shekinah me pediu para ocupar temporariamente o lugar da professora Nolan na Morada da Noite.

– Uau, eu sabia que aquela Sacerdotisa era familiar. Aquela era Shekinah, a Suprema Sacerdotisa! – Shannoncompton disse. – Eu a vi logo antes de ela começar a se aproximar daquele cara com asas e... – ela parou de falar e mordiscou o lábio com uma cara apreensiva.

– E ela foi morta por Neferet – terminei de uma vez para ela.

– Foi? Tem certeza? – Darius perguntou.

– Ela está morta, eu vi Neferet fazer isso. Acho que a matou com sua mente – respondi.

– Rainha Tsi Sgili – Damien murmurou. – Então é verdade.

– Preciso que tudo isso me seja explicado – Darius disse sumariamente.

– E este é nosso guerreiro Filho de Erebus, Darius – apresentei-o.

– Ele tem razão – Stevie Rae falou. – Precisamos que nos expliquem o que aconteceu esta noite.

– Não só o que aconteceu esta noite – Darius afirmou. Seu olhar se deteve no grupo de novatos diferentes. – Eu preciso de informações para poder protegê-los. Tenho que saber de tudo que está acontecendo.

– Concordo – eu disse, mais feliz do que podia expressar em palavras por termos um experiente Filho de Erebus em nosso grupo.

– Podemos comer e conversar – Jack propôs. Quando olhei para ele recebi um grande sorriso. – Uma refeição em grupo sempre ajuda. Deixa as coisas melhores.

– A não ser que seja *você* a refeição – ouvi Aphrodite murmurar.

– Jack tem razão – Stevie Rae disse. – Por que vocês não vão pegar algumas daquelas caixas de ovos que temos na cozinha e uns sacos de batatas e sei lá o quê? Vamos comer enquanto conversamos.

– O "sei lá o quê" quer dizer sangue? – Vênus perguntou.

– Pode ser sim – Stevie Rae disse de modo prático, deixando claro que não queria dar muita importância à questão do sangue.

– Tudo bem. Vou pegar mais um pouco – Vênus respondeu.

– Ei, quando pegar o sangue, me traz outra garrafa de vinho – Aphrodite pediu.

– Você sabe que não sou dada a fazer caridade, então você vai me ressarcir – Vênus disse.

– Eu me lembro – Aphrodite respondeu. – E você deve se lembrar de que pago o que devo.

– É, você costumava ser assim, mas parece que mudou – ela disse.

– Não brinca? Quer dizer que você acabou de reparar que me tornei humana?

– Não era disso que eu estava falando. Então, vá se servir de vinho você mesma – ela falou antes de sair do quarto.

– Ei, vocês não eram colegas de quarto? – Stevie Rae perguntou para Aphrodite.

Aphrodite ignorou Stevie Rae, e senti vontade de sacudi-la e gritar *Ficar sem falar e sem olhar para ela não vai quebrar a Carimbagem*.

– Eram, sim – Erik respondeu, interrompendo o silêncio mortal e me relembrando que, como ele e Aphrodite tinham ficado, ele conhecia sua colega de quarto, talvez até bem demais.

– É, bem, as coisas mudam – Aphrodite conseguiu dizer.

– As pessoas mudam – eu disse, tirando meus olhos de Erik.

Aphrodite me olhou nos olhos. Seus lábios se aninharam em um sorriso triste e sarcástico.

– Isso é verdade *mesmo* – ela confirmou.

5

– Então, temos manteiga de amendoim, geleia, mortadela e fatias de queijo cheddar – Jack disse "fatias de queijo cheddar" como se relutasse em nos oferecer vermes e lama. – E o preparado de meu *personal Top Chef gourmet*: maionese, manteiga de amendoim e alface no pão de fôrma integral.

– Tá, Jack. Péssimo – Shaunee disse.

– Você surtou, cacete? – Erin retrucou.

– Esse branquelo *gay* é esquisito – Kramisha disse, pegando um dos sanduíches de queijo com mortadela.

As gêmeas balançaram a cabeça, concordando e dizendo "isso aí" enquanto Kramisha se sentava em uma embalagem de ovos perto delas.

Jack pareceu mortalmente ofendido.

– Eu gosto, e vocês deviam experimentar as coisas antes de desrespeitá-las.

– Eu vou experimentar um – Shannoncompton disse docemente.

– Obrigado – Jack sorriu e lhe entregou um sanduíche envolto em papel toalha.

Veio então o ruído de um monte de papel enquanto todos nos aglomerávamos no quarto de Stevie Rae, pegávamos sanduíches e passávamos sacos de batata frita uns para os outros. Fiquei surpresa de ver a quantidade de comida, batatas e refrigerante de cola (viva o refrigerante de cola!), e a mistura disso tudo com as garrafas de vinho tinto e sacos de sangue que estavam sendo compartilhados. Sentei-me na cama com Aphrodite, Darius e Stevie Rae, que estava parecendo cada vez melhor. Por um instante, com os sons normais do pessoal comendo e conversando, foi fácil imaginar que estávamos apenas em algum prédio velho da Morada da Noite, e não em um túnel debaixo da cidade, esquecendo-nos que nossas vidas estavam prestes a mudar para sempre. Por um instante, éramos apenas um grupo de garotos, alguns amigos, outros não, que estávamos apenas curtindo juntos.

– Diga o que você sabe sobre aquela criatura que surgiu da terra e aquelas aves esquisitas que o seguiram – as palavras de Darius derrubaram toda aquela fachada de curtição como se fosse uma casa de cartas de baralho.

– Infelizmente, não sabemos tanto sobre ele quanto gostaríamos, e o que sabemos vem da minha avó – engoli em seco ao ouvir aquilo. – Vovó está em coma, por isso não pode nos ajudar no momento.

– Ah, Z.! Sinto muito! O que aconteceu? – Stevie Rae me perguntou com uma voz triste, tocando meu braço.

– Segundo a versão oficial, ela sofreu um acidente de carro. A verdade é que o acidente foi causado pelos *Raven Mockers*, porque ela sabia coisas demais sobre eles – respondi.

– *Raven Mockers* são aqueles seres que saíram da terra depois que apareceu aquele homem alado? – Darius perguntou.

Eu fiz que sim.

– São filhos dele; nasceram dos estupros que ele cometeu contra as mulheres do povo da minha avó mais de cem anos atrás. Quando Kalona brotou do chão, eles ganharam seus corpos novamente.

– E você sabe essas coisas por serem criaturas de uma lenda Cherokee? – Darius perguntou.

– Na verdade, sabemos essas coisas porque na visão que Aphrodite teve uns dias atrás, ela viu o que concluímos tratar-se de uma profecia sobre o retorno de Kalona. Estava escrito com a caligrafia de minha avó, então a chamamos e contamos tudo. Ela reconheceu as referências e veio para a Morada da Noite para nos ajudar – fiz uma pausa para firmar minha voz. – Por isso os *Raven Mockers* a atacaram.

– Eu gostaria demais de ver essa profecia – Damien disse. – Queria dar outra olhada nela agora que Kalona foi libertado.

– Isso é bem fácil – Aphrodite respondeu. Ela tomou um bom gole na garrafa de vinho, deu um pequeno soluço e então recitou:

Ancestral adormecido, esperando para despertar
Quando o poder da terra sangra em sagrado vermelho
A marca atinge a verdade; a Rainha Tsi Sgili conceberá
Ele será levado de seu leito de morte

Pelas mãos dos mortos ele se liberta
Beleza terrível, visão monstruosa
Eles haverão de ser regidos outra vez
As mulheres hão de se curvar à sua misteriosa força

Doce é a canção de Kalona
Enquanto assassinamos com um calor gelado

– Uau! Muito bem! – Jack disse, aplaudindo.

Aphrodite inclinou a cabeça regiamente e disse: – Obrigada... Obrigada... Não foi nada. Mesmo – e então voltou a beber seu vinho.

Fiz uma nota mental para ficar de olho naquela bebedeira. Tá, eu sei, ela andou passando por muito estresse ultimamente, e ser mordida duas vezes por Stevie Rae e, por mais bizarro que pareça, a Carimbagem podiam não ser muito boas para seus nervos, mas a última coisa de que precisávamos era que a Garota das Visões se transformasse na Garota Bêbada das Visões.

Darius assentiu atenciosamente.

– Kalona é o ancestral, mas isso não explica que tipo de ser ele é.

– Vovó disse que a forma mais fácil de descrevê-lo é pensar nele como um anjo caído, um ser imortal que viveu na terra em tempos ancestrais. Parece que muitos deles apareciam nas mitologias de muitas culturas, como na Grécia antiga e no Velho Testamento.

– É, tirando férias do paraíso ou sei lá o quê, e acharam as mulheres gostosas e então se *acasalaram* com elas – Aphrodite disse, enrolando um pouquinho as palavras. – Acasalaram. Que modo mais tenso de dizer que eles fo...

– Obrigada, Aphrodite. Eu continuo deste ponto – eu a interrompi. Fiquei contente por ela ter parado com sua birrinha silenciosa, mas não estava tão certa se seu sarcasmo bêbado era muito melhor. Sem dizer nada, Damien me passou um sanduíche e eu assenti, olhando para Aphrodite. Passei o sanduíche para ela, dizendo: – Coma alguma coisa – então peguei o fio da meada da história. – Então Kalona começou a ficar com as mulheres Cherokee e se tornou bizarramente viciado em sexo. As mulheres o rejeitaram, e ele começou a estuprá-las e a escravizar os homens da tribo. Um grupo de Sábias chamadas *Ghiguas* fizeram uma boneca de terra para aprisioná-lo.

– Ahn? – Stevie Rae perguntou. – Uma boneca de terra?

– É, mas atraente. Todas as mulheres deram um dom específico à boneca, depois lhe sopraram vida e a batizaram de A-ya. Kalona queria A-ya, e ela correu dele, levando-o para uma caverna no fundo da terra. Ele a seguiu para dentro da caverna, apesar de normalmente evitar qualquer coisa no subsolo, e foi lá que elas conseguiram prendê-lo.

– Por isso você nos trouxe para estes túneis subterrâneos – Darius disse.

Fiz que sim com a cabeça.

– Então devemos considerar Kalona um perigoso imortal e os *Raven Mockers* seus servos. Quem é a outra criatura mencionada na profecia e também por Damien, a Rainha Tsi Sgili? – Darius perguntou.

– De acordo com vovó, as Tsi Sgili são umas bruxas Cherokee realmente bem sinistras. Nada de Wiccans ou Sacerdotisas gente boa. Nada disso, elas são tipo demônios na verdade, mas mortais, e conhecidas por seus talentos mediúnicos, principalmente a capacidade de matar com a mente – expliquei. – Neferet é a rainha da profecia da qual estamos falando.

– Mas Neferet anunciou para a Morada da Noite que Kalona é Erebus na terra, e seu consorte, como se ela tivesse se tornado a encarnação literal de Nyx – Darius disse lentamente, como se estivesse pensando alto.

– Ela está mentindo. A verdade é que abandonou Nyx – respondi. – Já faz um tempo que sei disso, mas agir abertamente contra ela ficou bem perto do impossível. Tipo, olha só o que aconteceu esta noite. Ao ver Stevie Rae e os novatos vermelhos, ninguém ali se voltou contra ela. Tirando Shekinah, eles nem estranharam quando ela mandou Stark atirar.

– Então, esta foi a razão por que ela providenciou a transferência de Stark da Morada da Noite de Chicago para a de Tulsa – Damien concluiu. Todos o olharam com cara de quem não estava entendendo, então ele explicou: – Stark é James Stark, o novato que ganhou a medalha de ouro nos Jogos de Verão em arco e flecha. Neferet o queria aqui para que pudesse usá-lo para atirar em Stevie Rae.

– Faz sentido – Aphrodite observou. – Nós já sabemos que Neferet tem algo a ver com os novatos virarem mortos-vivos. Claro que ela quis usá-lo, e seu plano deu certo, pois não resta dúvida de que ele virou morto-vivo e está sendo controlado por ela – parecendo satisfeita com seus poderes de dedução, ela levantou a garrafa de vinho para mais um bom gole.

– Acho que tive sorte por ele não ter mais a mesma pontaria de quando era vivo – Stevie Rae disse.

– Não é isso – minha boca falou antes que eu conseguisse calar. – Ele errou seu coração de propósito.

– Como assim? – Stevie Rae quis saber.

– Antes de Stark morrer, ele me contou do dom que recebeu de Nyx. Ele nunca erra. Não consegue errar. Sempre acerta o alvo para onde aponta.

– Então, se ele deixou de matar Stevie Rae de propósito, isso pode significar que não está totalmente sob a influência de Neferet – Damien concluiu novamente.

– Ele disse o seu nome – Erik falou. Seus olhos azuis penetrantes pareciam me enxergar por dentro. – Eu me lembro muito bem. Antes de atirar em Stevie Rae, ele com certeza a reconheceu. Ele até disse que havia voltado para você.

– Eu estava com ele quando morreu – respondi, devolvendo o olhar inquisidor de Erik e tentando não parecer tão culpada quanto me sentia por ter estado atraída por mais um cara além dele. – Logo antes de Stark morrer, contei-lhe sobre os novatos que estavam voltando da morte na Morada da Noite. Era disso que ele estava falando.

– Bem, sem dúvida houve uma ligação entre vocês dois – Darius confirmou. – E provavelmente foi isso que salvou a vida de Stevie Rae.

– Mas tenho certeza de que Stark não era mais o mesmo – falei, desviando o olhar de Erik. Fazia poucos dias que havia beijado Stark e que ele morrera em meus braços, mas parecia que uma eternidade havia se passado. – Ele estava sob influência de Neferet, mesmo que estivesse tentando resistir.

– É, como se ela o tivesse enfeitiçado ou algo assim – Jack completou.

– Peraí, isso me faz lembrar de uma coisa – Damien interrompeu. – Com certeza reparei que quase todos ficaram boquiabertos, e até um pouco desorientados, quando Kalona apareceu.

Vênus deu uma risada ferina, bem ao modo de Aphrodite em seus momentos mais sarcásticos (e menos atraentes).

– Todos menos nós – ela fez um gesto em referência aos novatos vermelhos. – Nós sabíamos que ele era do mal e totalmente cheio de merda no segundo em que o vimos.

– Como? – perguntei abruptamente. – Como vocês sabiam? Todos os outros novatos, bem, menos nós, ficaram de joelhos ao vê-lo. Nem os guerreiros Filhos de Erebus fizeram nada contra ele – também me senti atraída por ele, mas não queria admitir isso na presença dela.

Vênus deu de ombros.

– Era simplesmente óbvio. Tá, ele era gostoso e tudo, mas peraí! Ele explodiu do chão depois que Stevie Rae sangrou daquele jeito.

Eu a observei com atenção, pensando que talvez ela tivesse reconhecido a maldade de Kalona devido à sua familiaridade com o mal.

– Olha, ele tinha asas. Isso não pode ser certo – Kramisha acrescentou, fragmentando minha atenção. – Minha mãe sempre me disse para jamais acreditar em garotos brancos, nem que fossem bonitos. Acho que um branco lindo com asas que sai de uma explosão no chão em meio a sangue e com uns homens-pássaros horrorosos é problema na certa.

– É um argumento – Jack concordou, obviamente se esquecendo de que ele mesmo era um garoto branco e bonito.

– Eu tenho que compartilhar uma coisa com vocês – Damien disse. Desviamos nossa atenção de Kramisha para ele. – Se eu não estivesse no meio de um círculo mágico, cercado por vocês todos e com Aphrodite gritando para ficarmos juntos e sairmos de lá, eu também teria ficado de joelhos.

Senti um desconfortável formigamento.

– E vocês? – perguntei às gêmeas.

– Ele era gostoso – Shaunee disse.

– Demais – Erin confirmou e olhou para Shaunee. A gêmea assentiu e ela continuou: – Ele também nos teria ganhado. Se Aphrodite não estivesse dando aqueles berros feios para mantermos o círculo fechado, ainda estaríamos no meio daquela confusão.

– O que não seria nada bom – Shaunee lembrou.

– É o que eu estou dizendo – Kramisha acrescentou.

– Mais uma vez, salvei os membros da horda de *nerds* – Aphrodite se gabou, enrolando a língua.

— Coma logo seu sanduíche — disse a ela. Então me voltei para Erik: — E você? Ele fez você ficar com vontade de...? — não completei, sem saber direito que termo usar.

— Ficar e reverenciá-lo? — Erik completou, e assenti. — Bem, senti seu poder sim. Mas não se esqueça de que eu já sabia que havia algo de errado com Neferet. Se ela estava com ele, concluí que não ia querer nada com ele. Então me concentrei em outras coisas.

Nossos olhares se encontraram. Claro que Erik sabia que Neferet não era do bem, pois testemunhara meu confronto com ela. Além disso, na ocasião ele já havia se dado conta de que eu só o traí com o poeta *vamp* laureado Loren Blake porque Neferet o mandara me seduzir e me fazer brigar com meus amigos.

— Então os novatos vermelhos não foram afetados por Kalona como os novatos normais — Darius estava falando —, apesar de parecer que estes podem controlar o efeito que ele exerce, se assim tiverem de fazer. E o que Erik está descrevendo, somado à minha reação a ele, me diz que talvez os vampiros sejam menos suscetíveis a ele do que os novatos — ele fez uma pausa e olhou para Jack. — Você quis ficar e reverenciar Kalona?

Jack balançou a cabeça.

— Não. Mas na verdade não olhei muito para ele. Quer dizer, eu estava muito preocupado com Stevie Rae, e depois só pensei em ficar com Damien. Além disso, Duquesa estava triste por causa de S-T-A-R-K — ele soletrou o nome enquanto acariciava Duquesa. — E eu tive de cuidar dela.

— Por que você não foi afetado por ele? — perguntei a Darius.

Vi seus olhos se voltarem para Aphrodite, que estava mordiscando seu sanduíche, ligeiramente bêbada.

— Eu tinha outras coisas em minha mente — ele fez uma pausa —, apesar de sentir algo me puxando para ele. E não se esqueça de que estou em posição levemente diferente da de meus irmãos guerreiros. Nenhum deles teve tanta intimidade com seu grupo. Quando um Filho de Erebus faz um voto de proteção, como fiz quando comecei a acompanhar a senhorita e Aphrodite, um forte laço se estabelece – ele me deu um sorriso caloroso. – Frequentemente uma Grande Sacerdotisa é protegida pelo mesmo grupo de guerreiros a vida inteira. Não é por acaso que somos chamados de Filhos de *Erebus*, nome do fiel consorte de nossa Deusa.

Também sorri para ele, torcendo para que Aphrodite não bancasse a cachorra e magoasse seu nobre coração.

– O que você acha que está acontecendo agora lá em cima? – Jack perguntou de repente.

Todo mundo olhou para o teto encurvado do pequeno quarto-túnel, e senti que não era a única contente com a grossa espessura da terra entre nós e a superfície.

– Não sei – respondi, falando com sinceridade, em vez de dizer qualquer coisa sem sentido, tipo *Tenho certeza de que tudo vai dar certo*. Pensei bastante, escolhendo minhas palavras com cuidado. – Sabemos que um imortal ancestral se libertou de sua prisão debaixo da terra. Sabemos que traz consigo criaturas que são como demônios, e que a última vez em que ele pisou na terra estuprou mulheres e escravizou os homens. Nós conhecemos nossa Grande Sacerdotisa, e talvez até o que restou da Morada da Noite tenha, bem... na falta de descrição melhor, tenha passado para o Lado Negro.

Após a pausa silenciosa que se seguiu às minhas palavras, Erik disse: – Uma analogia com *Guerra nas Estrelas* sempre funciona.

Sorri para ele e voltei a falar sério. – O que não sabemos é até onde vai o estrago que Kalona e os *Raven Mockers* fizeram na comunidade. Erik disse que havia uma espécie de tempestade elétrica que seria seguida de chuva e gelo, mas que talvez não tenha sido causada de forma sobrenatural. Estamos em Oklahoma, e o tempo pode ser totalmente bizarro.

– *Ooooooooklahoma!* Terra de redemoinhos de poeira e tempestades de gelo sinistras – Aphrodite cantarolou.

Contive um suspiro e ignorei a Garota das Visões Bêbada e Carimbada.

— Mas, por outro lado, o que sabemos é que aqui embaixo é bem seguro. Temos comida, abrigo e tudo mais — *ao menos eu esperava que estivéssemos bem aqui embaixo*. Dei uma batidinha na cama em que estávamos sentados, forrada com uns lençóis de linho verde-claro bem bonitinhos. — Ei, falando em "tudo mais". Como foi que vocês trouxeram estas coisas aqui para baixo? — perguntei a Stevie Rae. — Não estou querendo ser maldosa nem nada, mas esta cama, a mesa, a geladeira e as outras coisas são uma melhora e tanto em relação àqueles farrapos e outras coisas nojentas que vi aqui embaixo mais ou menos um mês atrás.

Stevie Rae sorriu para mim com seu típico jeito doce e disse:
— Graças, sobretudo, a Aphrodite.

— Aphrodite? — perguntei, levantando as sobrancelhas, e olhando para ela, assim como o resto do pessoal.

— O que posso dizer? Tornei-me um exemplo de boa menina. Graças a Deus sou gostosa — Aphrodite disse e arrotou como um garoto. — *Oops, scusa* — ela disse, enrolando a língua.

— *Scusa*? — Jack perguntou.

— Italiano, toupeira — Aphrodite respondeu. — Expanda seu horizonte *gay*!

— Então, o que Aphrodite tem a ver com as coisas que vocês trouxeram para cá? — interrompi, sabendo que aquilo ia terminar em briga.

— Ela trouxe estas coisas. Na verdade, foi ideia dela — Stevie Rae disse.

— *Scusa*? — agora fui eu quem disse, sem sequer tentar esconder o riso.

— Fiquei aqui embaixo por dois dias. Você achou que eu ia morar em um barraco? É ruim, hein? Tenho cartões de crédito, então faço mesmo a decoração. Acho que vem de família, junto com o gosto por um Martíni bem seco — ela completou. — Tem uma Pottery Barn[4] logo

---
4 Rede de lojas de móveis. (N.T.)

ali, na Utica Square. Eles entregam. E também tem a Home Depot,[5] que também não fica longe daqui, apesar de eu só ficar sabendo disso quando um dos vermelhos anormais me informou, pois não faço compras em lojas de eletrodomésticos.

– Eles não são anormais – Stevie Rae a repreendeu.

– Ah, não enche – Aphrodite resmungou.

– Olha que ela te morde de novo, hein? – Vênus provocou.

Aphrodite lançou um olhar embriagado em sua direção, mas antes que pudesse dar uma resposta bêbada, o garoto de nome Dallas interveio: – Eu sabia que tinha uma Home Depot aqui – meus amigos e eu olhamos para ele. Ele deu de ombros. – Sou bom em construir coisas.

– A Home Depot e a Pottery Barn fizeram entrega aqui embaixo? – Erik perguntou.

– Bem, tecnicamente, não – Stevie Rae respondeu. – Mas entregam no edifício Tribune, praticamente ao lado. E, com um pouquinho de, ahn, amigável persuasão, trouxeram as coisas para cá e depois que foram embora se esqueceram de tudo. Então, *tcham-tcham-tcham*! Coisas novas!

– Eu ainda não entendi. Como os humanos foram persuadidos a vir aqui embaixo? – Darius perguntou.

– Algo que você precisa saber sobre os vampiros vermelhos... – respondi num suspiro

– E os novatos vermelhos também, que só têm um pouco menos de força que os vampiros – Stevie Rae me interrompeu.

– E novatos vermelhos – corrigi. – Eles sabem usar o poder da mente para controlar os humanos.

– Falando assim a coisa parece bem pior do que é na verdade – Stevie Rae logo afirmou para Darius. – Eu só ajustei a memória do entregador. Não controlei sua mente. Nós não ficamos usando nossos

---

5 Loja varejista de produtos para o lar. (N.T.)

poderes para o mal nem nada disso – ela olhou para o grupo de novatos vermelhos. – Certo?

O grupo murmurou "Certo", mas percebi que Vênus não disse nada e que Kramisha olhou para o lado com um jeito de culpa.

– Eles sabem controlar as mentes humanas, não suportam exposição direta à luz do sol, têm excelente capacidade de recuperação e precisam comungar com a terra para se sentirem realmente à vontade – Darius detalhou. – Falta alguma coisa?

– Falta – Aphrodite respondeu. – Eles mordem.

6

– Chega. Vou tirar essa garrafa de você – eu disse a Aphrodite enquanto os novatos vermelhos caíam na gargalhada.

– Aphrodite é doida até sem estar bêbada e Carimbada – Kramisha disse. – Mas já estamos todos acostumados com ela.

– Mas, sim – continuei, respondendo a Darius em meio à onda de gargalhadas. – Todas essas coisas sobre os novatos vermelhos são verdade.

– E sobre a única vampira vermelha – Stevie Rae soou cansada, mas orgulhosa. – Ah, e eu também posso lhe dizer que o sol nasceu há exatamente... – ela fez uma pausa, virando a cabeça como se estivesse ouvindo cigarras – ...sessenta e três minutos atrás.

– Todos os vampiros adultos sabem quando o sol nasce – Darius observou.

– Aposto que isso não deixa todos os *vamps* com tanto sono quanto estou sentindo – Stevie Rae pontuou suas palavras com um grande bocejo.

– Não, normalmente não – Darius respondeu.

– Bem, eu fico com muito sono – ela disse. – Principalmente hoje, pois aposto que meu sono tem algo a ver com aquela flecha idiota que estava fincada em mim.

Já que Stevie Rae havia mencionado o assunto, eu estava me sentindo megaexausta de novo, agora que o efeito do sangue que bebi havia passado. Olhei ao redor para nosso misturado grupo de vermelhos e azuis e vi olheiras e bocejos. Kalona e os problemas na Morada da Noite estavam martelando em minha mente, bem como uma sensação cada vez mais forte de que as coisas não eram o que pareciam ser em relação aos novatos vermelhos. Mas estava cansada demais para pensar nisso.

O que eu queria era abrir o berreiro, mas limpei a garganta, me concentrei e disse: – Que tal todo mundo dormir um pouco? Estamos em segurança aqui, e ninguém pode fazer nada agora quanto ao que está acontecendo lá em cima, pois estamos todos cansados e praticamente dormindo em pé.

– Concordo – Darius disse. – Mas acho que devíamos colocar sentinelas nas entradas dos túneis, com sua aprovação, Sacerdotisa, só para garantir.

– É, boa ideia – concordei. – Stevie Rae, existe alguma outra entrada para os túneis além daquela pela estação ferroviária?

– Z., eu pensei que você sabia que existem túneis que conectam um monte de edifícios velhos no centro da cidade – Stevie Rae respondeu. – Esta divisão em que estamos faz parte desse sistema.

– Mas ninguém desce aqui para usar estes túneis além de vocês, não é?

– Bem, não, não até esta parte, pois todo mundo pensa que é um buraco abandonado e nojento.

– Talvez por ser mesmo um buraco velho, abandonado e nojento – Aphrodite entrou na conversa, enrolando a língua sarcasticamente. Reparei que ela ignorou o fato de eu ter ameaçado lhe tirar a primeira garrafa de vinho e começou a beber a segunda.

– Não é assim. Aqui não é nojento e abandonado – Kramisha falou, franzindo o cenho para Aphrodite. – Estamos aqui e decoramos o lugar. Você devia saber disso, já que a gente *usamos* seu cartão dourado sem limites para comprar as coisas.

– Você falou errado quando foi comprar as coisas? Como agora? – Aphrodite perguntou com desdém, desviando os olhos desfocados de Darius em direção a Kramisha.

– Olha, eu sei que você é humana e passou pela situação terrível de ser Carimbada por Stevie Rae, para não falar que foi bem avacalhada, por isso eu detestaria ter de usar meus talentos de novata vermelha para dar um chute nessa sua bunda ossuda, mas se você falar mal de mim outra vez, vou me esquecer de ser gente boa – Kramisha a ameaçou.

– Podemos nos concentrar nos canalhas que devem estar pensando num jeito de nos devorar, ao invés de ficar brigando uns com os outros? – eu as repreendi, exausta. – Stevie Rae, os outros túneis se conectam a este?

– Sim, mas foram bloqueados, ao menos é o que parece para todo mundo.

– Só tem uma entrada ligando esta parte dos túneis aos túneis ativos? – Darius perguntou.

– Que eu saiba, só uma. E estava bloqueada por umas portas de metal bem grossas. E vocês? Chegaram a encontrar alguma outra ligação? – Stevie Rae perguntou.

– Bem, talvez – Ant respondeu.

– Talvez? – Stevie Rae quis saber.

– Eu estava dando uma explorada na região e descobri uma coisa, mas a abertura era pequena até para mim mesmo, então não entrei. Quis voltar para dar uma olhada com uma pá ou, melhor ainda, com Johnny B e seus músculos, mas ainda não voltei.

Johnny B sorriu e mostrou os músculos para nós. Eu o ignorei, mas as gêmeas deram risinhos de aprovação.

– Então, basicamente, o que vocês estão dizendo é que, tirando a entrada da estação ferroviária, tem uma que sabemos com certeza que liga estes túneis aos outros? – perguntei.

– Acho que é isso – Stevie Rae respondeu.

– Então aconselho a colocar dois sentinelas, Sacerdotisa – Darius disse. – Um na entrada da estação e um na entrada conhecida para a outra rede de túneis.

— Tá, parece boa ideia — concordei.

— Eu faço o primeiro turno na entrada da estação — Darius agora estava no comando. — Erik, você assume a guarda lá depois de mim. É nosso lugar mais vulnerável, por isso deve ser guardado por vampiros formados.

— Concordo — Erik assentiu.

— Jack e eu fazemos o primeiro turno na entrada bloqueada para os túneis do centro — Damien se ofereceu. — Quer dizer, se vocês concordarem.

— Sim, podemos até planejar alguns menus e fazer uma lista do que precisamos na cozinha — Jack completou.

— É uma boa — respondi, sorrindo para Jack e Damien.

— Concordo. Shaunee e Erin, vocês assumem o turno depois deles dois? — Darius perguntou.

As gêmeas deram de ombros.

— Pela gente, tudo bem — Erin respondeu.

— Ótimo. Acho mesmo uma ideia sábia não usarmos os novatos vermelhos para guardar as entradas durante o dia — Darius disse.

— Ei, podemos dar umas porradas — disse Johnny B, todo fortão e cheio de testosterona.

— Não é isso — emendei, imaginando o que Darius queria. — Vocês precisam dormir de dia para ficar de guarda à noite, quando estiverem mais fortes. Quer dizer, tomara que vocês sejam mais fortes que as criaturas que virão contra nós — o que eu não disse foi que, apesar de Darius não ter dito nada sobre o problema dos novatos vermelhos com a luz do sol, a verdade é que eu não queria ser "protegida" pelos garotos de Stevie Rae até ter certeza sobre quem eram eles.

— Ah, bom. Tá. Podemos fazer isso. Por mim tudo bem proteger uma Sacerdotisa e seu grupo — disse Johnny B, piscando o olho para mim de modo atrevido.

Eu me segurei para não revirar os olhos. Mesmo sem a questão de ele ser um novato vermelho, a última coisa de que eu precisava era de outro jogador de futebol na minha vida. Voltei o olhar para Erik e tive de me esforçar para não me jogar sobre ele, cheia de culpa. Sim, ele estava me olhando. Ótimo. Ele havia basicamente me ignorado desde que chegamos aos túneis e resolveu olhar para mim no exato instante em que outro cara me paquerava. Jack levantou o braço como um aluno bonzinho: – Hum, pergunta...

– Sim, Jack.

– Onde *nós* dormimos?

– Boa pergunta – me voltei para Stevie Rae. – Onde dormimos?

Johnny B falou antes de Stevie Rae responder. – Se quer saber, estou disposto a dividir minha cama. Tenho coração mais generoso do que Kramisha.

– Não é bem o seu coração que você quer dividir com ela – Kramisha respondeu.

– Não me venha com maus sentimentos! – Johnny B tentou (sem conseguir) falar de um jeito descolado.

Kramisha revirou os olhos para ele. – Você é muito doido.

– Bem, nós temos uns sacos de dormir – Stevie Rae intercedeu, com voz de quem estava prestes a cair no sono. – Vênus, você poderia mostrar a Zoey e ao resto dos garotos onde estão? Acho que vocês podem dormir no quarto de quem quiserem – ela fez uma pausa e deu um sorriso cansado para Kramisha. – Menos Kramisha, que não quer dividir a cama.

– Você pode ficar no meu quarto. Por mim, tudo bem – Kramisha disse. – Mas não na cama.

– Todos vocês têm quartos agora? – não consegui disfarçar o tom de surpresa da minha voz. Estava tudo tão diferente de quando eu estivera ali naquele lugar pela primeira vez. Naquela ocasião, os garotos mal podiam ser chamados de humanoides, e os túneis eram escuros, sujos e sinistros. Agora, o recinto onde estávamos entulhados era aconchegante, iluminado por cintilantes lanternas a óleo e velas, e os móveis eram confortáveis, obviamente novos, e tinham até travesseiros bem bonitinhos e combinados na cama. Tudo parecia tão normal. Será que eu só estava achando que havia algo de errado com eles porque estava tão cansada que mal conseguia pensar?

– Todo mundo que quis um quarto conseguiu – Vênus respondeu. – Eles não são tão difíceis assim de arrumar. Nesta parte dos túneis há muitos becos sem saída. Nós os transformamos em quartos de verdade. Eu, com certeza, tenho meu próprio quarto – ela sorriu para Erik. Tive de me esforçar para me lembrar de que talvez não fosse muito ético invocar o fogo para esturricar todo o cabelo daquela cabecinha de boneca.

– Possivelmente era aqui que estocavam a maioria das bebidas ilegais durante a Lei Seca – Damien disse. – Faz sentido, pois a via férrea fica bem ao lado, e deveria ser fácil trazer e pegar tudo às escondidas à noite.

– Isso é tão legal e romântico! – Jack suspirou. – Tipo, todo esse negócio de rebeldia, barzinhos com jukeboxes e os gângsteres.

Damien deu um sorriso indulgente para Jack. – Na verdade, a Lei Seca durou até 1957 em Tulsa.

– Bem, esqueça. Não é tão romântico. Parece papo *gay* do Cinturão da Bíblia[6] – ele deu risada. – *Gay*! Hihihi.

– Você é divertido e lindinho. Por isso eu te amo – Damien disse, dando um beijo na boca de Jack e fazendo Duquesa latir de felicidade.

– Ok, vomitei – Aphrodite falou.

– Ah, eu tenho mais uma pergunta – Jack se lembrou, franzindo o cenho e olhando para Aphrodite.

Quando ele começou a levantar a mão, me adiantei: – Sim, Jack. O que foi?

– Onde fica o troninho?

– Troninho? Ele disse mesmo *troninho*? – Aphrodite deu uma risada sarcástica. Nós a ignoramos.

---

6 Região no Sudeste dos Estados Unidos com grande incidência de fanáticos religiosos protestantes. (N.T.)

– Simples – Stevie Rae disse, dando um bocejo gigante – Vênus, pode mostrar a eles?

– Vocês têm banheiro? – como é? Havia sistema de esgoto nos túneis?

Vênus me deu um olhar de desprezo, como quem diz "Você não me conhece".

– Banheiros, de verdade. Com chuveiro.

– E chuveiro com água quente? – Jack perguntou, já todo entusiasmado.

– Claro. Não somos bárbaros – Vênus respondeu.

– O quê? – perguntei.

– Eles ficam no edifício da estação acima de nós – Stevie Rae esclareceu. – Nós exploramos bastante o edifício. Ele está totalmente coberto por tábuas, ninguém pode entrar, a não ser pelo subsolo, de modo que controlamos quem entra e quem sai.

– E não deixamos entrar qualquer um – Vênus acrescentou, parecendo um pouquinho ameaçadora.

Sinceramente, a cada segundo gostava menos dessa garota. E desta vez não tinha nada a ver com ela ficar se oferecendo para Erik.

– Exclusssssivo. Meu tipo de lugar – Aphrodite disse e arrotou.

– Seja como for... – Stevie Rae revirou os olhos para Aphrodite – ... nós estávamos dando uma olhada no que havia na estação e descobrimos dois vestiários, masculino e feminino. Imaginamos que eram para os empregados da estação ferroviária. Eles tinham até uma academia lá em cima. Dallas cuidou do resto – ela deixou o corpo exausto cair sobre os travesseiros, fazendo um sinal de "conte-o-resto-da-história" para Dallas.

Dallas deu de ombros de modo casual, mas seu sorriso deu a entender que havia feito algo legal.

– Eu simplesmente encontrei o cano de água principal da estação e abri. A tubulação ainda está boa.

– Não foi só isso que você fez – Stevie Rae exclamou.

Ele sorriu para ela e senti de novo um *clima* entre eles. Hummm... Mais tarde ia, com certeza, fazer Stevie Rae entregar o jogo.

– Bem, eu também descobri como ligar a eletricidade. Assim, o aquecedor de água voltou a funcionar, e depois conseguimos comprar cabos bem compridos e outras coisas com o cartão de crédito de Aphrodite, e eu fiz as extensões com o antigo sistema de iluminação do túnel. Um trabalhinho aqui, outro ali, e conseguimos ter água quente lá em cima e eletricidade aqui embaixo.

– Uau – Jack estava surpreso. – Legal demais.

– Impressionante – Damien concordou.

Dallas só ficou sorrindo.

– Então vocês querem usar as instalações ou não? – Vênus perguntou. Achei que ela soou mal-humorada, ou talvez "grossa" fosse a palavra mais adequada.

– Sim! – Jack respondeu, feliz da vida. – Eu bem que gostaria de tomar um banho quente antes de começarmos a guarda.

– Ahn, e quanto a produtos para o cabelo, tem alguma coisa por aqui? – Shaunee perguntou.

– Ah, garota. Esta foi minha primeira providência depois que recobrei os sentidos. Não se preocupe. Tenho o que você precisa – Kramisha respondeu, levantando-se e limpando com a mão a parte traseira da justíssima calça jeans.

– Excelente – Erin respondeu. – Vamos.

Hesitei enquanto todos começaram a sair do quarto de Stevie Rae.

– Ei, Z., quer voltar a dividir o quarto comigo? – Stevie Rae parecia esgotada, mas estava sorrindo para mim daquele jeito tão seu.

– Com certeza – respondi. Nossos olhares se voltaram para Aphrodite, que ainda estava empoleirada na ponta de sua cama, meio que recostada em Darius.

– Aphrodite, vá pegar um saco de dormir para você. Pode dormir aqui também – Stevie Rae disse.

– Bom, olha aqui. Sem chance de eu dormir com você – ela respondeu, tentando não enrolar a língua. – Nossa Carimbagem não é *desse* tipo. E, mesmo que eu fosse lésbica, coisa que não sou, você não é meu tipo.

– Aphrodite, não estou te dando mole. Que idiotice – Stevie Rae rebateu.

– Só estou avisando. E também vou logo avisando que vou desfazer essa droga de Carimbagem assim que eu souber como.

– Não faça nada que cause dor a nós duas. Acho que já senti dor demais por enquanto – Stevie Rae deu um suspiro.

Eu estava ouvindo o diálogo entre as duas com genuíno interesse. Tipo, eu fora Carimbada com meu namorado humano, Heath, então sabia um pouco sobre estar ligada a um ser humano pela magia do sangue. E sabia como era desfazer uma Carimbagem, e a coisa podia doer bastante.

– Zoey, seria demais pedir para você parar de olhar com cara de boba para mim? – Aphrodite explodiu, quase me fazendo pular, sentindo-me culpada.

– Eu não estou te olhando com cara de boba – menti.

– Não interessa. Mas pare assim mesmo.

– Uma Carimbagem não é motivo de vergonha, minha linda – Darius disse, colocando o braço gentilmente sobre o ombro de Aphrodite.

– Mas foi esquisito – Stevie Rae interveio.

Darius lhe deu um sorriso carinhoso. – Há muitos tipos de Carimbagem.

– Bem, a nossa não é do tipo "beber o sangue e transar" – Aphrodite reafirmou.

– Claro que não – Darius a beijou na testa.

– Ou seja, você pode dormir aqui sem surtar – Stevie Rae a provocou.

– E outra vez eu digo: nem morta. Além disso, vou com Darius. Vou ficar de guarda com ele – Aphrodite disse de um jeito decidido, levantando a segunda garrafa de vinho, já pela metade, em uma saudação bêbada e esquisita.

— Darius tem que guardar a entrada para os túneis. Ele não tem que ficar tomando conta da sua bebedeira — Stevie Rae falou em tom de ordem.

— Eu vou com Darius — Aphrodite repetiu de modo lento e teimoso.

— Ela pode vir comigo — Darius disse, tentando (sem conseguir) esconder o sorriso. — Vou levar um saco de dormir para ela. Não acredito que vá causar muito problema, e gosto de mantê-la perto de mim.

— Não vai causar muito problema? — perguntei. Stevie Rae e eu levantamos as sobrancelhas para ele. Juro que vi suas bochechas altas e bem desenhadas corarem ligeiramente.

— Ele deve estar falando de outra Aphrodite. Alguma desconhecida nossa — Stevie Rae observou.

— Dá um tempo — Aphrodite disse, levantando-se cambaleante. — Eu sei onde guardam as drogas dos sacos de dormir. Ignore-as — ela fez uma tentativa hilária de cara feia para nós, que acabou se desfazendo em outro arroto masculinizado, então agarrou a mão de Darius e saiu do quarto trocando as pernas enquanto Stevie Rae e eu ríamos.

Antes de passar pelo cobertor, Darius falou com Erik, que eu quase me esquecera que estava lá. Quase.

— Erik, vá dormir. Eu o acordo para o segundo turno.

— Tá bem. Estarei... — Erik hesitou.

— O quarto de Dallas fica logo ali. Aposto que não vai ligar se você ficar com ele — Stevie Rae disse.

— Certo, estarei lá — Erik respondeu.

Darius assentiu e se virou para mim. — Sacerdotisa, a senhorita pode dar uma olhada nos curativos de Stevie Rae? Se for preciso trocar...

— Se for preciso trocar, sei como fazer — eu o interrompi. Ora, droga, eu já havia até ajudado a empurrar uma flecha para fora do peito dela. Com certeza poderia trocar um curativo sem surtar.

– Bem, se você precisar de mim, basta mandar um novato...

A frase do guerreiro foi interrompida quando Aphrodite o puxou pela mão com força suficiente para arrastá-lo para fora do recinto. Então ela enfiou a cabeça pela porta outra vez: – Boa noite, cacete. Não nos incomodem – ela foi falando e sumiu.

– Antes ele do que eu – ouvi Erik murmurar ao observar o cobertor balançar e voltar ao lugar. Nem fiz questão de esconder o sorriso. Estava contente por Erik não ter mais interesse em Aphrodite. Ele me olhou nos olhos e, lentamente, sorriu também.

7

— Não, vocês dois podem ir. Alcancem os outros. Eu vou só dormir – Stevie Rae disse enquanto deitava de lado, mexendo-se cuidadosamente.

Ouvi um *miauff* e uma bolinha peluda, gorducha e alaranjada veio trotando para dentro do quarto e pulou na cama de Stevie Rae.

— Nala! – Stevie Rae coçou o topo da cabeça de minha gata. – Oi, senti saudade de você.

Nala espirrou na cara de Stevie Rae, girou três vezes sobre o travesseiro ao lado da cabeça da minha amiga, deitou-se e ligou a máquina de ronronar. Stevie Rae e eu sorrimos.

Ok – *Observação especial*: Duquesa, a labradora amarela de Jack, é uma anomalia. Stark a trouxera ao ser transferido da Morada da Noite de Chicago para a nossa. Depois ele morreu. Jack a adotou. Então Stark "desmorreu", mas estava na cara que já não era o mesmo de antes, pois a primeira coisa que fez foi atirar uma flecha em Stevie Rae. Daí o porquê de Duquesa ainda estar com Jack. Além disso, acho que o garoto estava realmente se afeiçoando a ela.

De toda forma, quando nosso grupo fugiu da Morada da Noite, nossos gatos, mais Duquesa, nos seguiram. E ver Nala ficando à vontade deu um toque mais aconchegante e caseiro àquele quarto.

— Você e Erik vão indo. Tomar banho ou sei lá o quê – Stevie Rae repetiu, sonolenta, aninhando-se com Nala. – Nala e eu vamos tirar uma sonequinha. Ah, você pode alcançar os outros saindo, virando à esquerda e dando a volta para a direita. A entrada da estação fica no quarto onde colocaram as geladeiras.

– Ei, Darius disse que eu devia dar uma olhada nos seus curativos – eu a lembrei.

– Depois – ela deu um bocejo daqueles. – Ainda não precisa.

– Tá bem, se você diz... – tentei não demonstrar meu alívio. Eu jamais chegaria sequer perto de parecer uma enfermeira. – Durma um pouco. Volto daqui a pouquinho – avisei. Posso jurar que ela apagou antes de eu e Erik passarmos pelo cobertor xadrez.

Viramos à esquerda e seguimos por uma trilhazinha sem dizer nada. Os túneis estavam menos sinistros do que quando eu descera até eles antes, mas isso não os tornava menos claustrofóbicos nem mais iluminados ou simpáticos. Havia lanternas a intervalos de poucos metros, presas ao que me pareceram estacas de ferrovia nas paredes de cimento, mais ou menos ao nível dos olhos, mas a umidade permeava tudo. Não tínhamos ido muito longe quando avistei algo com o canto do olho e diminuí o passo, prestando atenção nas sombras pesadas entre as lanternas.

– O que é isso? – Erik perguntou baixinho.

Senti no estômago uma pontada de medo.

– Não sei, eu... – minhas palavras morreram quando algo explodiu perto de mim na escuridão. Abri a boca para gritar, esperando que fossem novatos vermelhos furiosos ou, pior ainda, o horror dos *Raven Mockers*. Mas Erik me envolveu com seu braço e me tirou da reta de uma meia dúzia de morcegos que passaram voando.

– Eles estão com tanto medo de você quanto você deles – ele disse, tirando o braço de mim assim que as criaturas passaram por nós.

Estremeci, tentando forçar meu coração a bater regularmente de novo.

– Tá, até parece que eles têm medo de mim como eu tenho deles. *Eeecaaa*, morcegos são ratos com asas.

Ele começou a rir quando voltamos a caminhar.

– Pensei que os pombos fossem ratos com asas.

– Morcegos, pombos, corvos... Eu não tô nem aí para essas diferenças agora. Não gosto de nada que venha voando pra cima de mim.

– Entendi o que você quer dizer – ele disse, sorrindo para mim. Seu sorriso não me ajudou a diminuir a taquicardia e, enquanto caminhávamos, senti o calor de seu braço sobre meus ombros. Poucos passos depois, chegamos a uma parte do túnel que era ao mesmo tempo impressionante e surpreendente. Erik e eu paramos para olhar.

– Uau, isto é legal demais! – exclamei.

– É, uau! – Erik concordou comigo. – Isto deve ser obra daquela garota, a Gerarty. Stevie Rae não a apresentou como sendo a artista que vem decorando os túneis?

– É, mas não estava esperando nada assim – já me esquecendo dos morcegos, passei a mão pela bela e complexa estampa de flores, corações, pássaros e todo tipo de torvelinho, tudo enroscado de modo a formar um mosaico de cores vivas que parecia soprar vida e magia dentro daquelas paredes sombrias e claustrofóbicas.

– As pessoas, tanto humanos quanto *vamp*s, pagariam fortunas por arte deste tipo.

Erik não acrescentou *Se o mundo um dia souber dos novatos e vamps vermelhos,* mas a ideia pairou no ar entre nós.

– Tomara que sim – respondi. – Seria legal se o resto do mundo soubesse dos novatos vermelhos – além disso, acrescentei para mim mesma, se eles aparecessem para todos, talvez as perguntas que ainda me fazia sobre seus poderes e suas tendências pudessem ser mais facilmente respondidas. – De qualquer forma, acho que os vampiros e os humanos deveriam manter melhores relações – acrescentei.

– Como as suas e de seu namorado humano? – ele fez a pergunta com uma voz discreta e sem um pingo de sarcasmo.

– Eu não estou mais com Heath – respondi, olhando bem nos olhos dele.

— Tem certeza?

— Tenho certeza — confirmei.

— Tá bem. Ótimo — foi tudo que ele disse, e voltamos a caminhar em silêncio, perdidos em nossos pensamentos.

Pouco depois o túnel virou levemente para a direita, que era a direção que devíamos seguir, mas à nossa esquerda havia uma saída abobadada coberta com outro cobertor. Este era de falso veludo preto adornado com uma foto brega de Elvis com roupa branca de paraquedista.

— Deve ser o quarto de Dallas — sugeri.

Erik hesitou por um breve instante e afastou o cobertor, e então demos uma espiada. O quarto não era muito grande, e Dallas não tinha cama, só dois colchões, um sobre o outro, no chão, mas tinha um edredom vermelho e fronhas na mesma cor (havia um monturo enorme debaixo do edredom, que imaginei ser Dallas dormindo), uma mesa com um monte de coisas que não pude ver direito o que eram por causa da luz fraca e dois pufes pretos. Na parede curva sobre a cama havia um pôster de... franzi os olhos, tentando enxergar...

— Jessica Alba, em *Sin City*. O garoto tem excelente gosto. Ela é uma atriz *vamp* das mais gostosas — Erik disse baixinho para não acordar Dallas.

Fiz cara feia para ele e baixei o cobertor com a imagem de Elvis.

— Que foi? O pôster não está no *meu* quarto — ele disse.

— Vamos encontrar logo o resto do pessoal — respondi e voltei a caminhar.

— Ei — ele disse depois de alguns minutos de silêncio total. — Eu lhe devo um grande obrigado.

— A mim? Por quê? — olhei para ele.

— Por me salvar no meio daquela confusão toda — ele respondeu olhando nos meus olhos.

— Eu não o salvei daquilo. Você veio com a gente por livre e espontânea vontade.

Ele balançou a cabeça. – Não, eu tenho certeza de que você me salvou, pois sem você acho que não teria tido livre e espontânea vontade. Ele parou e tocou meu braço, gentilmente me virando para encará-lo. Eu olhei para seus olhos azuis brilhantes, emoldurados por sua Marca de vampiro adulto, um intricado padrão que me deu a impressão de uma máscara, transformando seu jeito de Super-Homem–Clark Kent em algo tipo Zorro – e loucamente gostoso. Mas Erik era mais do que superlindo. Erik era talentoso e um cara legal de verdade. Eu odiava o fato de termos rompido. Odiava ter provocado nosso rompimento. Apesar de tudo que acontecera, eu queria voltar a ser sua namorada. Queria que ele voltasse a confiar em mim. E sentia falta dele pra caramba...

– Eu sinto muito sua falta, mesmo! – dei-me conta de que as palavras expressaram o que eu estava pensando quando ele arregalou os olhos e levantou os lábios fartos e sensuais.

– Eu estou bem aqui.

Senti meu rosto corar quase até o pescoço, e sabia que estava ficando toda vermelha, o que não era nada atraente.

– Bem, não estou me referindo a você estar *aqui* – respondi, meio sem graça.

Ele abriu um sorriso maior ainda.

– Não quer saber como foi que você me salvou?

– Claro que quero – bem que eu quis poder abanar meu rosto para tirar aquela cor de beterraba da minha cara.

– Você me salvou porque, em vez de ser hipnotizado pelo poder de Kalona, eu estava pensando em você.

– Estava?

– Você não tem noção de como estava impressionante ao traçar aquele círculo?

Balancei a cabeça, tocada pelo brilho de seus olhos azuis. Eu não queria respirar. Não queria fazer nada que pudesse estragar o que estava acontecendo entre nós.

– Você foi incrível. Foi linda, poderosa e segura. Você foi tudo.

– Eu cortei sua mão – foi tudo que consegui fazer sair da minha boca.

– Você teve que cortar. Fazia parte do ritual – ele levantou a mão e virou a palma para cima para que eu pudesse ver um corte fino na parte carnuda interna do polegar.

– Odiei cortar você – disse enquanto passava de leve o dedo na linha rosada.

Ele pegou minha mão e a virou, deixando visíveis as tatuagens cor de safira que cobriam minhas palmas. Então, bem como eu acabara de fazer, ele passou o dedo de leve em minha pele. Estremeci, mas não tirei a mão.

– Não senti dor alguma quando você me cortou. Só senti você. O calor de seu corpo. Seu cheiro. A sensação de você nos meus braços. Foi por isso que aquela criatura não me afetou. Por isso não acreditei em Neferet. Você me salvou, Zoey.

– Você consegue dizer isso mesmo depois de tudo que aconteceu entre nós? – meus olhos se encheram de lágrimas, e tive de piscar muito para elas não caírem.

Erik respirou fundo. Ele parecia um mergulhador prestes a pular de um penhasco alto e perigoso. Então ele disse de uma vez: – Eu te amo, Z. O que aconteceu entre nós não mudou isso, mesmo quando eu quis que mudasse – ele envolveu meu rosto com as suas mãos. – Eu não enlouqueci por causa de Neferet, nem fui hipnotizado por Kalona, porque já sou louco por você, e já fui hipnotizado por este sentimento. Eu ainda quero ficar com você, Zoey, basta você dizer que sim.

– Sim – sussurrei, sem um instante sequer de hesitação. Ele abaixou a cabeça e nossos lábios se encontraram. Entreabri a boca e aceitei aquele beijo já conhecido. Seu gosto era o mesmo; seu toque era o mesmo. Levantei os braços, envolvi seu pescoço e me apertei junto a ele, mal conseguindo acreditar que ele tinha me perdoado, que ainda me queria e me amava.

– Zoey – ele murmurou junto aos meus lábios. – Também senti sua falta – então ele me beijou de novo, e juro que fiquei tonta. Foi diferente dos beijos de antes; antes de ele se transformar em vampiro feito e eu perder minha virgindade com outro homem. Agora era como se ele conhecesse um segredo que eu não conhecia, mas do qual fazia parte. Eu mais *senti* do que ouvi o gemido que ele soltou, e senti que ele me pressionou de costas contra a parede do túnel, me prendendo com os braços. Com uma das mãos ele me acariciou as costas, me apertando firme junto a si. Senti a outra mão deslizando pela lateral do meu corpo, por cima do meu vestido cerimonial e alcançando a parte de trás da coxa, levantando a bainha do vestido e avançando com a mão quente que contrastou com minha pele fria e nua.

Pele nua?

De costas contra a parede do túnel?

Sendo bolinada no escuro?

Então me veio o pior pensamento de todos: *Será que Erik achava que, por eu ter feito sexo (uma vez!), havia começado a temporada de comer a Zoey? Ah, caraca!*

Eu não ia fazer aquilo. Ali não. Não assim. Inferno, eu nem sabia se estava pronta para *fazer aquilo* de novo. A primeira e única vez em que eu fizera sexo terminara em desastre; havia sido o maior equívoco da minha vida. Mas nem por causa disso eu tinha virado uma vadia ninfomaníaca!

Empurrei o peito de Erik e afastei minha boca da dele. Ele não pareceu se importar. Pareceu até nem ter reparado direito. Ele simplesmente continuou se esfregando em mim e roçando os lábios no meu pescoço.

– Erik, pare, por favor – pedi, ofegante.

– Hummm, você é tão gostosa.

Ele soou tão *sexy* e excitado, que por um momento fiquei confusa quanto ao que eu realmente queria. Quero dizer, eu queria ficar com ele de novo, e ele era tão atraente, familiar e...

Eu tinha começado a relaxar nos braços dele quando avistei algo por sobre seu ombro. Senti uma pontada de medo ao me dar conta de que era algo com olhos vermelhos brilhantes no fundo de um mar de escuridão trepidante que pareceu menear e se contorcer no ar como um fantasma composto só de breu.

— Erik! Pare. Agora — empurrei-o com força e ele cambaleou ligeiramente para trás. Com o coração batendo loucamente, fiz um movimento rápido para tentar ver o que havia atrás dele. Não havia nenhum olho vermelho brilhando para mim, mas juro que vi algo mais escuro ainda em meio às sombras. Pisquei os olhos para focalizar melhor a vista e a esquisitice sumiu, deixando apenas Erik e eu naquele túnel escuro e silencioso.

De repente, ouvi o ruído de sapatos sobre o concreto vindo do outro lado e respirei fundo, preparando-me para invocar qualquer elemento que fosse preciso para combater esta nova ameaça sem rosto, quando Kramisha saiu da sombra na maior tranquilidade. Ela olhou longa e observadoramente para Erik e disse: — Caaaara, você mandou ver aqui no túnel, hein? Caraca! Você é bom nisso.

Erik se voltou para ela enquanto me puxava para debaixo de seu braço. Nem precisei levantar os olhos para ele para saber que estava com aquele sorriso tranquilo no rosto. Erik era muito bom ator. O rosto que estava mostrando para Kramisha exibia uma expressão controlada, com uma dose exata de "fui-pego-no-flagra".

— Oi, Kramisha — ele a cumprimentou tranquilamente.

Por outro lado, eu mal conseguia me firmar em pé, que dirá falar. Sabia que meu rosto estava vermelho como uma beterraba, e minha boca, ferida e molhada. Inferno, eu devia estar toda ferida e molhada.

— Kramisha, você viu algo aqui no túnel? — apontei as sombras atrás de nós com o queixo, tomando cuidado de soar apenas *parcialmente* pornô e ofegante.

— Não, garota, só vi você e seu garoto aí se engolindo um ao outro — Kramisha respondeu logo.

Fiquei pensando se ela talvez não tivesse respondido um tantinho rápido demais.

– Ahh! Erik e Z. estavam se pegando? Que lindo! – parecendo sair do nada, Jack de repente se materializou atrás de Kramisha, com Duquesa ao lado latindo e balançando o rabo.

– Z., não surta. Você deve ter visto mais um daqueles morcegos, só isso – Erik disse, apertando meu ombro em sinal de apoio e balançando a cabeça para Jack. – Ei, Jack. Pensei que a essa hora você estava tomando um banho quente.

– Ele vai tomar banho, mas veio me ajudar a pegar umas toalhas e outras coisas – Kramisha disse. – E morcegos não faltam mesmo aqui embaixo. Eles não se metem com a gente se a gente não se meter com eles – ela bocejou e se alongou tanto que pareceu um gato preto esguio e comprido. – Já que vocês estão aqui, que tal ajudarem Jack a levar as coisas até os chuveiros enquanto eu tiro meu soninho de beleza?

– Tudo bem. Será um prazer ajudar – respondi, recobrando a voz e me sentindo uma retardada de quase fazer xixi nas calças por causa de um bando de morcegos em um túnel escuro. Nossa, eu estava realmente precisando dormir. – Erik e eu estávamos indo para os banheiros.

– Ahã. Vocês pareciam mesmo que estavam indo para os banheiros – ela respondeu, dando-nos um olhar lento, longo e esperto, apesar de sonolento.

Corei de novo.

Ela se virou, e pensei que fosse caminhar (bizarramente) bem na direção da parede atrás dela, mas, em vez disso, desapareceu túnel adentro. Então ouvi alguém riscar um fósforo, e uma lanterna vacilante iluminou uma parte oca do túnel, só um pouquinho menor do que o quarto de Dallas. Kramisha pendurou a lanterna em um gancho e virou o pescoço para olhar para nós.

– Ué? Estão esperando o quê?

– Ah, é, tá certo – respondi.

Jack, Duquesa, Erik e eu fomos em direção à Kramisha para dar uma olhada no quarto novo. Haviam feito prateleiras nas paredes cimentadas, parecendo até um guarda-roupa arrumadinho. Dei uma olhada nas pilhas que Duquesa estava fuçando, de toalhas bem dobradas e, por estranho que pareça, de robes de banho grandes e fofos.

— Essa cachorra é limpa? — Kramisha perguntou.

— Damien disse que a boca de um cão é mais limpa do que a de um humano — Jack disse, dando tapinhas na cabeça da enorme labradora amarela.

— Nós não somos humanos — Kramisha respondeu. — Então pode fazer o favor de manter o focinho molhado dela longe das mercadorias?

— Ótimo. Mas tente se lembrar de que ela passou por um trauma e fica magoada com muita facilidade.

Enquanto Jack puxava Duquesa para perto dele e conversava com ela, dizendo para não ficar fuçando as coisas, olhei para as pilhas de toalhas.

— Hã... Quem sabia que havia tudo isso aqui?

— Aphrodite — Kramisha respondeu enquanto nos enchia os braços com toalhas felpudas. — Ela pagou por tudo. Ou o cartão dourado da mamãe pagou. Você não acredita nas coisas que pode comprar na Potter Barn se tiver crédito ilimitado. Isso me fez decidir de uma vez por todas minha futura carreira.

— É mesmo? O que você quer fazer? — Jack perguntou. Com Duquesa educadamente sentada ao seu lado, ele encheu os braços de toalhas e robes.

— Vou ser escritora. Do tipo rica. Com cartão de crédito *gold* ilimitado. Sabe que as pessoas te tratam diferente quando você tem um cartão de crédito *gold* ilimitado?

— É, imagino. Já vi vendedores de loja lambendo o rabo das gêmeas — Jack disse. — Suas famílias também têm dinheiro — ele sussurrou a última parte como se fosse um grande segredo; e nem era. Todo mundo sabia que os pais das gêmeas eram ricos. Tudo bem que não eram ricos como os de Aphrodite, mas, mesmo assim... Elas me deram botas de quase 400 dólares de presente de aniversário. Para mim não resta dúvida de que isso é presente de rico.

– Bem. Eu concluí que gosto de ser bajulada. Então vou fazer por onde. Tá, já peguei coisas demais. Vamos lá. Vou acompanhar vocês até parte do caminho, mas quando chegarmos ao meu quarto, vou cair dura. Jack, você sabe o caminho até os chuveiros, não sabe?

– Sei.

Descemos o túnel e seguimos pela curva à direita. A próxima porta de cobertor estava decorada com uma faixa cintilante de seda púrpura.

– Este aqui é o meu quarto – Kramisha sussurrou ao me ver olhando para o impressionante tecido no lugar da porta. – A cortina é do Pier One. Eles não fazem entregas, mas aceitam cartões *gold* sem limite de crédito.

– A cor é linda – eu disse, pensando que era muito retardo da minha parte ficar imaginando aquelas melecas daqueles monstros em todas as sombras, quando, na verdade, o local era decorado com peças do Pier One.

– Obrigada. Sou chegada a cores. Elas são parte importante da decoração. Querem ver o meu quarto?

– Quero – respondi.

– Com certeza – Jack ecoou.

Kramisha olhou para Duquesa. – Ela é treinada para ir ao troninho?

Jack ficou furioso: – É claro. Ela é uma perfeita dama.

– Melhor que seja mesmo – Kramisha resmungou e puxou a cortina para o lado, fazendo um gracioso floreado com a mão livre. – Queiram entrar no meu espaço – o quarto de Kramisha tinha mais ou menos o dobro do tamanho do de Stevie Rae. Havia dois lampiões e uma dúzia de velas perfumadas acesas, encobrindo o cheiro de tinta fresca com um perfume cítrico. Estava evidente que ela tinha pintado recentemente as paredes arredondadas de verde-limão brilhante. Seus móveis eram de madeira escura, cama, cômoda, mesinha de cabeceira e estante de livros. Não havia cadeira, mas almofadas enormes de cetim roxo e rosa espalhadas pelo quarto, combinando com a roupa de cama, sobre a qual havia meia dúzia de livros com marcadores ou abertos, como se ela estivesse lendo todos ao mesmo tempo. Reparei que aqueles livros, bem como os da estante, tinham etiquetas com o Sistema Decimal de Dewey nas lombadas. Kramisha percebeu que reparei.

– Biblioteca Central. Eles ficam abertos até tarde nos fins de semana.

– Eu não sabia que podia pegar tantos livros ao mesmo tempo na biblioteca – Jack disse.

Kramisha se inquietou. – Não pode. Tecnicamente, não. Só fazendo umas coisinhas nas mentes do pessoal de lá. Vou devolver assim que puder ir à Borders e comprar os meus – ela acrescentou.

Suspirei e acrescentei "roubar livros da biblioteca" à lista na minha cabeça de coisas que os novatos vermelhos precisavam ser encorajados a parar de fazer, mas logo me censurei por pensar assim. Kramisha com certeza pareceu se sentir culpada por roubar livros da biblioteca. Será que uma garota com tendências monstruosas perderia tempo com pequenos roubos? *Não, não, claro que não,* disse a mim mesma, automaticamente dando uma olhada na cama para conferir alguns dos títulos. Havia uma cópia enorme das obras completas de Shakespeare, bem como uma encadernação de capa dura de *Jane Eyre,* que estava em cima de um livro chamado *The Silver Metal Lover,* de Tanith Lee; uma edição em capa dura de *O Voo do Dragão,* de Anne McCaffrey, ao lado de *Thug-A-Licious, Candy Licker* e *G-Spot,* os três títulos de um escritor de nome Noire.[7] Aqueles três livros estavam abertos com suas capas megapesadas para cima. Cheia de curiosidade, pus minha pilha de toalhas sobre a cama forrada de rosa-claro, peguei *Thug-A-Licious* e comecei a ler na página que estava aberta.

---

[7] *The Silver Metal Lover, Thug-A-Licious, Candy Licker* e *G-Spot,* nenhum traduzido para o português.

Juro que minha retina quase queimou, de tão quente que era a cena.

– Literatura pornô. Eu gosto – Erik disse por sobre meu ombro.

– Hummm, fazem parte da minha pesquisa – Kramisha rapidamente tirou o livro da minha mão, lançando um olhar tranquilo para Erik. – E, pelo que vi lá fora, você não precisa de ajuda nesse quesito.

Senti meu rosto esquentar outra vez e dei um suspiro.

– Ei, que poesias legais – ouvi Jack dizer. Aproveitando a distração, olhei para ele, que apontava para vários pôsteres cuidadosamente colados às paredes verdes de Kramisha. Todos continham poesias escritas com a mesma caligrafia curvilínea e diferentes cores de marcadores fluorescentes.

– Você gostou? – Kramisha perguntou.

– Sim, são ótimas. Adoro poesia – Jack respondeu.

– São minhas. Eu escrevi – Kramisha disse.

– Tá brincando? Cara, pensei que você tivesse tirado de um livro ou algo assim. Você é boa mesmo – Jack exclamou.

– Obrigada, eu te disse que vou ser escritora. Famosa, rica e com um maravilhoso e poderoso cartão *gold* ilimitado.

Ouvi vagamente Erik entrar na discussão. Toda minha atenção havia se voltado para um pequeno poema que estava escrito com tinta preta em um pôster vermelho-sangue.

– Você escreveu este aqui também? – perguntei, sem me importar em interromper a discussão que eles estavam tendo sobre quem era melhor, Robert Frost ou Emily Dickinson.

– Escrevi todos eles – ela respondeu. – Sempre gostei de escrever, mas depois que fui Marcada passei a escrever cada vez mais. Os poemas simplesmente passaram a vir para mim. E minha vontade é escrever mais do que poemas. Gosto de poesia e tudo mais, mas poetas não ganham dinheiro. Sabe, fiz uma pesquisa sobre eles, também na Biblioteca Central, porque fica aberta até tarde, você sabe. Enfim, os poetas não ganham...

– Kramisha – eu a interrompi –, quando você escreveu este aqui? – senti uma sensação estranha no estômago e minha boca ficou seca.

– Escrevi todos nos últimos dias. Sabe, desde que Stevie Rae nos fez voltar ao normal. Antes disso eu não pensava em mais nada a não ser em comer humanos – ela sorriu como quem pede desculpas e levantou um dos ombros.

– Então você escreveu este aqui, com tinta preta, nos últimos dias? – apontei para o poema.

Sombras em sombras
Ele observa através dos
sonhos
Asas negras como a África
Corpo forte como pedra
Cansou de esperar
Os corvos chamam

Jack arfou ao ler o poema pela primeira vez.

– Ah, Deusa! – ouvi Erik dizer entredentes ao ler o poema.

– Este é simples. Foi o último que escrevi, ontem mesmo. Eu estava... – suas palavras sumiram quando entendeu nossas reações. – Merda! É sobre ele!

8

– O que te levou a escrever isso? – perguntei, ainda olhando para as palavras.

Kramisha soltou o corpo pesadamente sobre a cama, subitamente parecendo quase tão exausta quanto Stevie Rae. Balançava a cabeça para a frente e para trás, fazendo seus cabelos pretos e alaranjados dançarem sobre as bochechas lisas.

– Simplesmente me veio, como tudo que escrevo. As coisas simplesmente me vêm à cabeça e eu escrevo.

– O que você acha que significa? – Jack perguntou, acariciando seu braço gentilmente, de um jeito parecido como fizera em Duquesa (que estava aninhada aos seus pés).

– Na verdade não parei para pensar muito nisso. O poema me veio. Escrevi, e só.

Ela fez uma pausa, deu uma olhada no pôster e desviou o olhar rapidamente, como se tivesse visto algo que a assustou.

– Você escreveu todos esses poemas desde quando Stevie Rae passou pela Transformação? – voltei minha atenção para as outras poesias. Havia vários *haikais*.

Olhos à espreita
Sombras nas sombras esperam
Pluma negra cai

De início aceito, amado
Depois traído – cuspido na face
Vingança doce sem parar

– Santa e doce Nyx – a voz perplexa de Erik veio por trás de mim, falando baixo para chegar apenas aos meus ouvidos. – Todos os poemas são sobre ele.

– O que quer dizer "doce sem parar"? – Jack perguntou a Kramisha.

– Sabe, Sem Parar, aquelas bolinhas de chocolate. Eu adoro Sem Parar – ela respondeu.

Erik e eu demos a volta pelo quarto de Kramisha. Quanto mais lia, maior o nó que se formava no meu estômago.

Fizeram tudo
Errado
Como tinta de uma caneta quebrada
Jogada fora por causa de outrem
Consumida
Mas ele volta
Vestido de noite
Belo como um rei
Com sua rainha
O errado
Vira certo
Tão certo

– Kramisha, no que você estava pensando quando escreveu este aqui? – perguntei-lhe, apontando para o último que lera.

Ela levantou um dos ombros outra vez. – Acho que estava pensando que fomos embora da Morada da Noite, mas não devíamos ter ido. Quero dizer, sei que é melhor ficarmos debaixo da terra, mas não acho certo apenas Neferet saber de nós. Ela é o tipo errado de Grande Sacerdotisa.

– Kramisha, será que você me faria o favor de copiar todos esses poemas?

– Você acha que fiz besteira, não é?

– Não. Eu *não* acho que você fez besteira – afirmei, torcendo para que minha intuição estivesse me guiando corretamente, e não apenas afugentando morcegos na escuridão de novo. – Acho que você recebeu um dom de Nyx. Só quero ter certeza de usarmos seu dom da maneira certa.

– Acho que ela daria uma boa Poeta *Vamp* Laureada, e bem melhor que o último Poeta Laureado – Erik observou. Lancei-lhe um olhar crítico, mas ele deu de ombros e sorriu. – Foi só um pensamento que me veio, só isso.

Tudo bem, apesar de eu me sentir bastante desconfortável ao falar de Loren, especialmente sendo Erik a tocar em seu nome, senti bem no fundo das entranhas a exatidão do que ele estava falando, que dizia mais sobre a verdadeira natureza de Kramisha do que minha esgotada capacidade de reflexão e minha imaginação aparentemente exagerada me mostravam. Nyx obviamente estava tocando essa garota. *Que diabo. Eu era a única Grande Sacerdotisa que tínhamos. Eu podia fazer uma proclamação.*

– Kramisha, vou torná-la nossa primeira Poeta Laureada.

– O quêêêêê?! Está brincando? Você tá brincando, não é?

– Não estou, não. Somos um novo tipo de grupo de vampiros. Somos um grupo do tipo *civilizado*, e isso significa que precisamos de uma Poeta Laureada. E é você.

– Hummm, concordo com você e tudo mais, Z., mas o Conselho não tem que fazer uma votação para eleger um Poeta Laureado? – Jack perguntou.

– Sim, e meu Conselho está aqui embaixo comigo – dei-me conta de que Jack estava falando *do Conselho* de Nyx, aquele do qual Shekinah era líder e que tinha autoridade sobre todos os vampiros. Mas eu também tinha um, um Conselho Sênior reconhecido pela escola, formado por mim, Erik, as gêmeas, Damien, Aphrodite e Stevie Rae.

– Eu voto em Kramisha – Erik se manifestou.
– Viu, é praticamente oficial – respondi.
– *Yes!* – Jack se animou.
– É uma ideia maluca, mas eu gosto – Kramisha ficou radiante.
– Então, escreva esses poemas para mim antes de dormir, tá?
– Tá, vou fazer isso.
– Vamos, Jack. Nossa Poeta Laureada precisa dormir – Erik chamou. – Ei, parabéns Kramisha.
– É, parabéns mesmo! – Jack ecoou, dando um abraço em Kramisha.
– Vocês todos vão embora agora. Tenho uma tarefa a cumprir. E depois vou descansar. Uma Poeta Laureada tem que cuidar da aparência – Kramisha disse recatadamente, já terminando de copiar um poema.

Erik, Jack, Duquesa e eu saímos do quarto e seguimos pelo túnel.
– Aquele poema era mesmo sobre Kalona? – Jack perguntou.
– Acho que todos os poemas eram – afirmei. – E você? – perguntei a Erik.

Ele balançou a cabeça, concordando com uma expressão feia no rosto.
– *Aimeudeus!* O que isso significa? – Jack parecia assustado.
– Não faço a menor ideia. Mas Nyx está agindo. Eu sinto. A profecia chegou a nós em forma de poema. E agora isso? Não pode ser coincidência.
– Se for obra da Deusa, então deve haver um jeito de usarmos isso em nosso benefício – Erik disse.
– É, também acho.
– Agora só nos falta descobrir como – Erik voltou a dizer.
– Para isso precisamos de alguém mais inteligente do que eu – ressaltei. Houve uma breve pausa e então nós três falamos ao mesmo tempo: – Damien.

Sombras sinistras, morcegos e preocupações com os novatos vermelhos temporariamente postos de lado, Erik, Jack e eu saímos em disparada pelo corredor.

– A porta da estação fica logo ali – Jack nos levou, através da cozinha surpreendentemente caseira, para um quarto contíguo, obviamente uma despensa, apesar de eu apostar que antes estocavam naquele lugar mais sacos contendo determinado líquido do que as embalagens de batatas fritas e caixas de cereais que agora estavam lá. Ao longo de uma parede, muito bem enrolados, empilhados lado a lado, havia um monte de volumosos travesseiros e sacos de dormir.

– Então é este o caminho que dá na estação? – apontei para uma escadaria de madeira que se abria no canto da despensa e que dava para uma porta aberta.

– É esse, sim – Jack respondeu.

Jack foi primeiro e eu o segui, enfiando a cabeça no edifício supostamente abandonado. A primeira impressão que tive foi de muita escuridão e poeira invadidas a intervalos de minutos por uma súbita luminosidade que penetrava pelas bordas da porta e das janelas cobertas por tábuas de madeira, parecendo vir de um canhão de luz. Quando ouvi o ruído do trovão, entendi e me lembrei do que Erik havia dito sobre um grande temporal a caminho, o que não seria incomum em Tulsa, mesmo no começo de janeiro.

Mas aquele não era um dia normal, e tive de concluir que aquele também não era um temporal normal.

Antes de olhar ao redor, tirei o celular da bolsa. Abri o aparelho. Sem serviço.

– O meu também não tem funcionado. Desde que chegamos aqui – Erik disse.

– O meu está carregando lá embaixo, na cozinha, mas sei que Damien conferiu o dele quando subimos aqui, e também não estava pegando.

– Você sabe que o mau tempo pode derrubar as torres – Erik respondeu ao ver minha cara, certamente de preocupação. – Você se lembra daquele grande temporal mais ou menos um mês atrás? Meu celular ficou sem serviço por três dias inteirinhos.

— Obrigado por tentar me fazer sentir melhor, mas é que eu... simplesmente não acredito que seja um fenômeno natural.

— É — ele falou baixinho. — Eu sei.

Suspirei profundamente. Bem, natural ou não, tínhamos que lidar com aquilo, e no momento não podíamos fazer porcaria nenhuma isolados debaixo da terra. Havia um temporal castigando o lado de fora, e ainda não estávamos prontos para encarar aquilo.

Então o negócio era começar do começo. Endireitei os ombros e olhei ao redor. Saímos em um pequeno recinto que tinha meia parede e janelas tipo aquelas de caixa de banco, com esquadrias de metal fosco na frente. Concluí rapidamente que aquilo devia ter sido a bilheteria da estação. De lá entramos em uma sala enorme. O chão era de mármore e ainda tinha aspecto polido e amanteigado à meia-luz. Mas as paredes eram estranhas. Todas meio toscas e sem pintura do chão até mais ou menos meio metro acima da minha cabeça, para só então começar a parte decorada. Estavam borradas de poeira, pelo tempo e a falta de cuidados, e havia teias de aranha penduradas por toda parte (*eeecaaa*, primeiro morcegos, e agora aranhas!), mas as vibrantes cores *Art Déco* ainda estavam visíveis, contando histórias com mosaicos dos índios americanos, cocares de pluma, cavalos, couro e margens ornadas.

Olhei para toda aquela beleza corroída e pensei: *isto aqui daria uma ótima escola*. Era grande e tinha o mesmo tipo de graciosidade de muitos edifícios do centro de Tulsa, graças ao *boom* do petróleo e ao estilo *Art Déco* dos anos 1920. Perdida em pensamentos sobre o que poderia vir a ser, atravessei a entrada vazia, olhando ao redor, reparando nos corredores que se formavam a partir do salão e davam para outros corredores, e fiquei imaginando se haveria outros corredores que dariam para várias salas de aula. Pegamos um desses corredores, que terminou em um enorme par de portas de vidro. Jack apontou com a cabeça.

— Esta é a academia de ginástica — olhamos para as portas sujas pela passagem do tempo. Com aquela penumbra, só consegui ver formas indistintas que pareciam grandes bestas adormecidas de um mundo morto. – E aquela é a porta do vestiário dos meninos – Jack apontou para a porta fechada à direita da academia. – E o das garotas fica lá.

– Tá. Então, vou tomar uma chuveirada – eu disse de um jeito pouco convincente. – Erik, será que você e Jack podiam contar a Damien sobre os poemas de Kramisha? Digam que, se ele quiser conversar comigo sobre isso, vou estar no quarto de Stevie Rae, e espero estar dormindo profundamente pelo menos por algumas horas. Se a conversa puder esperar, a gente pode se encontrar, depois que estiver todo mundo descansado, para tentar decifrar o que os poemas querem dizer – esfreguei sonolentamente no rosto as toalhas e o roupão aos quais estava praticamente abraçada.

– Você precisa descansar, Z. Nem mesmo você aguenta passar por tudo isso sem dormir – Erik me alertou.

– É. Se Damien não fosse ficar comigo, eu teria medo de cair no sono enquanto estou de guarda – Jack falou em meio a um bocejo.

– As gêmeas vão substitui-lo daqui a pouco – sorri para Jack. – É só aguentar firme até elas chegarem – meu sorriso se ampliou, abrangendo Erik. – Daqui a pouco vejo vocês.

Comecei a dar meia-volta, mas parei ao sentir Erik tocar meu braço.

– Ei, nós estamos juntos de novo. Não estamos?

Fitei Erik nos olhos e vi sua vulnerabilidade na segurança fingida de seu sorriso. Ele não entenderia se eu dissesse que precisava falar com ele sobre... bem... sobre sexo antes de concordar em voltar. Ele ia ficar magoado e com o ego ferido, e eu estaria de volta à estaca zero, culpando-me de novo por não estar mais com ele. Então, eu simplesmente disse: – Sim, estamos juntos de novo.

A doce vulnerabilidade se refletiu no beijo que ele se abaixou para dar nos meus lábios. Não foi um beijo abusado nem autoritário, do tipo "vamos para a cama agora". Foi um beijo quente, gentil, do tipo "estou feliz por estarmos juntos de novo", e eu fiquei toda derretida.

– Vá dormir. A gente se vê daqui a pouco – ele sussurrou, beijou minha testa rapidamente e entrou no vestiário dos meninos com Jack.

Fiquei lá um tempinho, só olhando para a porta fechada e pensando. Será que tinha entendido mal a mudança de Erik? Será que interpretara errado o que estava por trás daquela demonstração de paixão no túnel? Afinal, ele não era mais novato. Era um vampiro adulto e plenamente Transformado. Ou seja, era um homem, apesar de ainda ter dezenove anos, a mesma idade da semana passada, antes de se Transformar. Talvez fosse natural o aumento da tensão sexual entre nós, e não só por ele achar que eu era uma vadia, agora que perdera a virgindade. *Erik era homem,* repeti para mim mesma. Eu sabia, por causa do desastre com Loren Blake, que estar com um homem era diferente de estar com um garoto ou um novato. *Erik era um vampiro plenamente Transformado, como Loren.* Ao pensar nisso, senti um formigamento nervoso por todo o corpo. "Como Loren" não era uma analogia das melhores. Mas Erik não era Loren, não mesmo! Erik jamais me usara ou mentira para mim. Ele se Transformara, mas continuava sendo o Erik que eu conhecia e podia até amar. Eu realmente não devia ficar me estressando nem me preocupando com isso. A coisa do sexo ia se resolver por si mesma. Quero dizer, em comparação com o fato de sermos perseguidos por um imortal ancestral, Neferet estar com a escola inteira na palma de sua mão maligna, eu estar surtando sem saber se havia ou não algo de bizarro acontecendo com os novatos vermelhos, vovó estar em coma e aqueles *Raven Mockers* nojentos levando terror a Tulsa, pensar se Erik ia ou não tentar me pressionar para transar com ele devia ser algo próximo da hora do recreio. É ou não é?

— Z.! Você está aí. Pode entrar logo? — Erin enfiou a cabeça pela porta do vestiário das garotas. Havia uma enorme nuvem de vapor atrás dela, mas vi que estava só de sutiã e calcinha (combinadas, claro, e da Victoria's Secret). Fiz um esforço e parei de pensar em Erik.

— Desculpe... desculpe, estou indo — respondi e entrei logo no vestiário.

9

Tá, tomar banho de chuveiro coletivo com garotas que tinham afinidade com a água e com o fogo foi uma experiência que começou esquisita, foi ficando interessante e acabou sendo divertida pra caramba. No começo foi esquisito porque, bem, apesar de sermos todas garotas, não estamos exatamente acostumadas a banhos coletivos. Mas nem foi nada tão horrivelmente bárbaro assim. Havia cerca de meia dúzia de chuveiros (todos brilhando de novos; tenho certeza de que graças a Kramisha ou a Dallas, ou a ambos, com a ajuda do popular cartão de crédito *gold* de Aphrodite). Havia divisórias entre os chuveiros. Não, não havia portas, nem cortina, nem nada mais, mas sim barras no alto de cada chuveiro, o que me levou a achar que se usava cortina antigamente, o que certamente fazia muito tempo. Ah, as divisórias dos vasos sanitários tinham portas, apesar de não gostarem muito de ficar trancadas. Enfim, no começo foi esquisito ficar pelada com minhas amigas. Mas somos *todas* garotas, e heteros, aliás, de modo que não estávamos realmente interessadas nos peitos e outras coisas umas das outras, por mais difícil que seja para os garotos compreender isso; portanto, a parte esquisita da história durou pouco. Além disso, o recinto estava repleto de um denso vapor, o que dava a ilusão de privacidade. Então, depois de escolher um chuveiro e um dos maravilhosos produtos de banho e xampus à disposição, comecei a me ensaboar e me ocorreu que o banheiro estava *realmente* cheio de vapor. Tipo, de um jeito anormal. E que o fator anormal se dava porque *todos* os chuveiros, até os que não estavam sendo usados, soltavam jatos de água quente, gerando uma névoa cálida e quase espessa como fumaça.

Hummm...

– Ei! – pus a cabeça para fora da minha divisória tentando ver as gêmeas em seus chuveiros. – Vocês estão fazendo alguma coisa com a água?

– Ahn? – Shaunee perguntou, tirando as bolhas de xampu dos olhos.

– O quê?

– Isto – balancei os braços, formando ondas na grossa névoa ao redor de mim, como em um sonho. – Isso não parece estar acontecendo sem algum tipo de interferência de alguém que sabe manipular o fogo e a água.

– Nós? A senhorita Fogo e a senhorita Água? – Erin perguntou. Eu mal conseguia enxergar o alto de sua louríssima cabeça em meio ao vapor. – O que ela está querendo dizer, gêmea?

– Creio que nossa Z. está querendo dizer que usamos nossos dons concedidos pela Deusa para finalidades egoístas, como produzir um vapor grosso, quente e cheiroso para nos ajudar a relaxar após termos passado todas por um dia tão horroroso – Shaunee disse com fingida inocência de patricinha.

– Nós seríamos capazes de fazer algo assim, gêmea? – Erin perguntou.

– Nem pensar, gêmea – Shaunee respondeu.

– Que horror, gêmea. Que horror – Erin bradou, fingindo severidade. E então caíram na risada – risadas gêmeas.

Revirei os olhos para elas, mas percebi que Shaunee tinha razão. A névoa tinha um cheiro doce. O cheiro me fez lembrar uma chuva primaveril, com aroma de ar puro misturado a flores e grama, e era quente. Não, a água estava quente, como em um preguiçoso dia de verão na praia. A verdade é que, apesar de o recinto ficar parcialmente iluminado de vez em quando por flashes de trovões do temporal que estava caindo do lado de fora, e de o barulho ser desconfortavelmente alto, a atmosfera criada pelas gêmeas era totalmente relaxante.

Então, aqui vai a parte interessante. Concluí que não havia nada de errado com o fato de as gêmeas usarem seus dons para ajudar a nos sentirmos mais aquecidas, limpas e confiantes. Nós havíamos acabado de passar por uma experiência tenebrosa – fugimos de nossa casa, caçadas por aqueles homens-pássaros demônios bizarros – e agora estávamos basicamente presas neste edifício velho e nos túneis abaixo de nós, no meio de um temporal de inverno anormalmente violento, sem qualquer tipo de comunicação com o mundo externo, a não ser que saíssemos. Ahn, e nenhuma de nós queria fazer isso, com ou sem temporal. Então, por que não nos permitirmos um pouquinho de prazer?

– Ei, vocês vão mandar um pouquinho disso para o banheiro dos meninos? – perguntei, esfregando o cabelo.

– Não – Shaunee respondeu, feliz da vida.

– Nadinha – Erin sorriu.

Eu sorri para elas. – É bom ser menina.

– É, mesmo tendo que ficar de bunda de fora na frente das outras e tomar banho neste negócio, que mais parece uma fileira de estábulos de cavalos – Erin observou.

– Estábulos de cavalos. Sendo assim, acho que vocês são pôneis – eu disse rindo.

– Pôneis! Nós? – Erin perguntou.

– Ah, não, ela não pode ter nos chamado de pôneis – Shaunee protestou.

– Pega ela! – Erin berrou, apontando as mãos para mim e me jogando água; foi água pra todos os lados. Claro que não doeu de verdade, o que me fez rir ainda mais.

– Vou aquecê-la, gêmea! – Shaunee gritou, dando uns petelecos no ar em minha direção, e de repente minha pele ficou bem, *bem* quente. Tanto que o vapor em minha divisória dobrou de intensidade.

Então, sussurrei entre uma risada e outra: – Vento, venha para mim – e instantaneamente senti a fricção do poder ao meu redor. Comecei a rodopiar os dedos no vapor que me envolvia e disse: – Vento, mande tudo isto de volta para as gêmeas! – e apertei os lábios, soprando gentilmente na direção delas. O vapor produziu um poderoso som. *Vuuuush...* E, então, um calor aguado girou ao meu redor uma vez, duas, e então soprou diretamente sobre as gêmeas, que deram gritinhos, riram e tentaram revidar. Claro que elas não conseguiriam vencer. Tipo, qual é? Eu posso invocar todos os cinco elementos, mas foi uma versão hilária de uma guerra de travesseiros, ou melhor, guerra de água, que nos fez cair na risada.

Finalmente resolvemos dar uma trégua. Tá, para ser mais precisa, fiz as gêmeas gritarem:

– Nós nos rendemos! Nós nos rendemos! – elas gritaram várias vezes, e então graciosamente aceitei a rendição. Foi maravilhoso entrar naqueles robes macios e felpudos e me sentir tinindo de limpa e com sono. Penduramos nossas roupas nas divisórias e invocamos a água mais uma vez para vaporizá-las e, depois, comandei o fogo e o ar para secá-las. E nós três voltamos para os túneis, ignorando o espetáculo de barulheira e quebra-quebra que estava acontecendo lá fora, na certeza de estarmos cercadas pela terra e protegidas por vampiros que não deixariam ninguém ficar nos espionando.

Eu diria que Stevie Rae estava morta para o mundo quando voltei para seu quarto, mas a frase me assustou. Ela já havia estado morta, ou quase, o que era demais para os meus nervos. Admito que me aproximei dela pé ante pé e fiquei parada, olhando para ter certeza de que estava respirando antes de me deitar no meu lado da cama e me acomodar debaixo das cobertas. Nala levantou a cabeça e espirrou, nitidamente descontente por ser perturbada, mas veio, sonolenta, para perto de mim e se aninhou em meu travesseiro, pousando uma das patinhas brancas na minha bochecha. Sorri para ela e, limpa, aquecida e muito, muito cansada, me ajeitei para dormir.

Então tive aquele sonho horrível que me trouxe de volta ao momento presente. Minha esperança era a de que relembrar o que havia acontecido nas últimas horas tivesse o mesmo efeito de contar carneirinhos e talvez me ajudasse a cair em um sono sem sonhos. Mas não adiantou nada. Eu estava surtada demais com Kalona e preocupada demais com o que devia fazer depois.

Meu celular estava ao lado da mesinha de cabeceira, e eu o peguei para ver as horas: duas e cinco da madrugada. Então, que ótimo, tive três colossais horas de sono. Não era de se admirar que me sentisse como se estivesse com areia nos olhos. Refrigerante de cola. Eu precisava de um pouco de refrigerante de cola da pior maneira possível.

Dei outra olhada em Stevie Rae antes de sair do quarto, desta vez tomando cuidado para não acordá-la. Ela se aninhou de lado, roncando baixinho e parecendo ter uns doze anos de idade. Foi difícil imaginá-la com olhos vermelho-sangue, rosnando ameaçadoramente e sorvendo Aphrodite com tamanha intensidade que as duas acabaram Carimbadas. Dei um suspiro, sentindo como se o mundo inteiro estivesse me pressionando. Como deveria lidar com tudo isso, especialmente os bons parecendo tão maus, e os maus parecendo tão... tão... Imagens de Stark e Kalona me passaram pela mente, deixando-me terrivelmente confusa e estressada.

Não, eu disse a mim mesma com firmeza, *você beijou Stark quando ele estava morrendo. Ele era diferente antes de Neferet se meter, mas agora ela havia se metido, você tem que se lembrar disso. Você teve um pesadelo com Kalona. Ponto final. Só isso.*

Era pura loucura o fato de, em meu pesadelo, Kalona ter insistido que eu era A-ya. Não era verdade. Claro que me sentia atraída por ele, mas isso acontecia com praticamente todo mundo. Além disso, eu era eu, e A-ya era, bem, *terra*, até as Ghiguas lhe soprarem vida e lhe concederem dons especiais. *Eu com certeza me pareço com ela, por mais estranho que isso seja,* disse a mim mesma. *Ou talvez ele tenha me chamado de A-ya só para mexer com minha cabeça.* Isso parecia bastante possível, especialmente se Neferet tivesse lhe falado sobre mim.

Nala tinha voltado para o travesseiro ao lado de Stevie Rae, ronronando outra vez com os olhos fechados. Obviamente não havia monstros de pesadelo à espreita, pois, se houvesse, Nala estaria surtando. Contente ao menos com isso, acariciei de leve a cabeça dela e a de Stevie Rae – nenhuma delas abriu os olhos – e então espiei o corredor pela porta de cobertor.

Os túneis estavam num silêncio absoluto. Fiquei contente ao ver que os lampiões a óleo ainda estavam acesos; a escuridão e eu não estávamos exatamente combinando às mil maravilhas no momento. Também admito que, apesar de ficar de olho nas sombras entre as partes iluminadas para ver se havia morcegos ou sei lá o quê, era de fato reconfortante estar aconchegada debaixo da terra e bem longe de qualquer prado enluarado ou árvores com sombras fantasmagóricas empoleiradas nelas. Estremeci. *Não. Nem pense nisso.*

No caminho para a cozinha, fiz uma pausa à porta de Kramisha e dei uma discreta espiada. Consegui discernir apenas sua cabeça no meio da cama, debaixo de camadas do edredom púrpura e dos travesseiros cor-de-rosa. As gêmeas estavam apagadas em seus sacos de dormir com Beelzebub, aquele gato antipático, aninhado no chão entre elas.

Fechei o cobertor-cortina devagarzinho, pois não queria acordar as gêmeas antes de chegar sua vez de ficar de guarda. Na verdade, eu devia pegar meu refrigerante de cola e dar um descanso a Damien e Jack, dizendo para eles deixarem as gêmeas dormindo. Eu com certeza não ia mais dormir tão cedo – como há *anos* não dormia. Tá, brincadeira. Quase isso.

Não havia ninguém na cozinha. O único som que se ouvia era o ruído familiar das geladeiras. A primeira que abri me fez dar um passo para trás, chocada. Estava repleta de sacos lacrados de sangue. Sério mesmo. E, é claro, minha boca começou a salivar.

Bati a porta.

Mas reconsiderei e abri de novo. Resolutamente, peguei um saquinho. Quase não dormira nada. Estava sob enorme estresse. Um idiota de um anjo caído imortal e mau-caráter estava atrás de mim e me chamando pelo nome de uma garota de terra que já morrera. Vamos combinar, eu precisava de mais do que refrigerante de cola para encarar o dia.

Encontrei uma tesoura na gaveta de cima da pia, logo abaixo de onde se corta carne e se bate bife e, antes que pudesse sentir alguma culpa ou nojo, abri o saquinho e virei tudo.

Eu sei, eu sei. Virar o sangue para dentro daquele jeito, como se fosse uma caixinha de suco de frutas, soa totalmente podre, mas foi uma delícia. O gosto não era de sangue, pelo menos não tinha aquele gosto de cobre salgado que o sangue tinha antes de eu ser Marcada. Era delicioso e energizante, algo como um mel especial misturado a vinho (para quem gosta de vinho) com Red Bull (mas com gosto melhor). Senti o líquido se espalhando pelo meu corpo, envolvendo-me em uma onda de energia e espantando aquele pesadelo que me perseguia.

Amassei o saco plástico e o joguei na enorme lixeira que havia no canto da cozinha. *Só então* peguei uma garrafa de refrigerante de cola e um saco de Doritos. Tipo, eu já estava com bafo podre de sangue. Podia também comer Doritos no café da manhã.

Então me dei conta: primeiro, eu não sabia onde estavam Damien e Jack; e segundo, eu realmente precisava ligar para a irmã Mary Angela e saber como minha avó estava passando.

É, eu sei que o fato de eu ligar para uma freira soa bizarro. Soa ainda mais esquisito eu ter confiado a vida de minha avó à referida freira. Literalmente.

Mas toda a esquisitice acabou no momento em que conheci irmã Mary Angela, diretora do Convento das Irmãs Beneditinas de Tulsa. Além de fazer coisas de freiras (rezar e sei lá o quê), ela e as freiras do convento dirigiam o Tulsa Street Cats, que foi onde a conheci. Eu tinha resolvido que os novatos da Morada da Noite precisavam se envolver mais com a comunidade. Quer dizer, a Morada da Noite já estava em

Tulsa há mais de cinco anos, mas era como se fôssemos uma pequena ilha. Todo mundo que tenha um mínimo de bom-senso sabe que isolamento e ignorância resultam em preconceito – *hello*, eu li "Carta da Prisão de Birmingham", de Martin Luther King Jr., no começo do segundo ano do ensino médio. De qualquer forma, depois dos assassinatos de dois professores vampiros, Shekinah concordara com minha ideia de ajudar algum serviço de caridade da comunidade, contanto que estivesse bem protegida. E foi assim que Darius se envolveu tanto comigo e com meu grupo. Assim, escolhi o Street Cats, bem, porque, com a quantidade de gatos que havia na Morada da Noite, fazia sentido.

A irmã Mary Angela e eu nos demos bem logo de cara. Ela é gente boa e espiritualizada, é sábia e não julga os outros. Ela até pensa que Nyx é apenas outra versão da Virgem Maria (e Maria é da maior importância para as Irmãs Beneditinas). Então, acho que dá para dizer que a irmã Mary Angela e eu fizemos amizade, e quando vovó foi atacada pelos *Raven Mockers* e terminou em coma no Hospital St. John's, foi ela que chamei para ficar com vovó e protegê-la para que não deixasse que eles a ferissem de novo. Quando o bicho pegou na Morada da Noite e Neferet matou Shekinah e fez Stark atirar em Stevie Rae, Kalona ressurgiu e os *Raven Mockers* ganharam corpo, foi a irmã Mary Angela quem levou vovó para ficar em segurança debaixo da terra. Ou, ao menos em tese, devia ter levado vovó e o resto das irmãs.

Eu não falava com ela desde a noite passada pouco antes de meu celular ficar sem serviço. Então, em ordem de importância, precisava primeiro ligar para a irmã Mary Angela, isto se meu telefone tivesse voltado a pegar, e, depois, dar as instruções para Damien e Jack para aliviá-los. Considerando que eu podia matar dois coelhos com uma cajadada só, fiz o caminho de volta pelo túnel para chegar à entrada do porão e falar com Darius. Ele saberia como chegar aos garotos, e eu provavelmente conseguiria fazer o celular pegar no porão; a não ser que a superfície do mundo tivesse sofrido um apocalipse e os celulares jamais voltassem a pegar. Felizmente, estar cheia de sangue fez-me sentir levemente otimista, e a mera possibilidade de um mundo repulsivo (e nada atraente) do tipo *Eu sou a lenda* não parecia tão fora de questão.

Uma coisa de cada vez. Eu simplesmente enfrentaria uma coisa de cada vez. Primeiro, precisava saber como estava minha avó. Depois ia deixar Damien e Jack descansarem. Depois tentaria escapar daquele pesadelo pavoroso.

Lembrei-me da voz daquele anjo tenebroso e do jeito com que dor e prazer se misturaram quando ele me tocou e me chamou de seu amor. Procurei afastar esse tipo de pensamento da cabeça. Dor e prazer não podiam ser equivalentes. O que senti no sonho foi só isso, *um sonho*, e, por definição, sonho (ou pesadelo) refere-se a algo que não é real. E eu, sem dúvida, não era o amor de Kalona.

Foi mais ou menos quando também me dei conta de que alguns dos nervos que tremiam pelo meu corpo *estavam tremendo* de medo, mas nada a ver com Kalona. Enquanto estava preocupada em pensar nele, basicamente ignorei a tensão subconsciente em meu corpo. Meu coração começou a disparar de novo. Meu estômago deu voltas. Tive a distinta e tenebrosa sensação de estar sendo observada.

Virei-me, na expectativa de ver, no mínimo, morcegos esvoaçando, nojentos, ao redor. Mas não havia nada, a não ser o silêncio mortal do túnel iluminado se abrindo atrás de mim.

– Você está ficando doida de pedra – disse em voz alta para mim mesma.

Como se por culpa de minhas palavras, o lampião mais próximo se apagou.

Tomada pelo terror, comecei a voltar pelo túnel, mantendo os olhos abertos para qualquer coisa que pudesse ser mais do que minha imaginação. Sem perceber, cheguei à escada de metal soldada à parede que dava no porão da estação. Tonta de alívio por encontrar o fim dos túneis, balancei minha lata de refrigerante de cola com uma das mãos e amassei o enorme saco de Doritos com a outra, fazendo o maior barulho.

Tinha acabado de começar a subir a escada quando um braço forte de homem apareceu do alto, quase me matando de susto.

— Venha, me dê o refrigerante e os Doritos. Você vai acabar caindo de bunda se ficar tentando se equilibrar na escada com tudo isso nas mãos.

Levantei os olhos e vi Erik sorrindo para mim. Engoli em seco rapidamente, agradeci-lhe na maior alegria, entregando-lhe o refrigerante e os Doritos, e subi o resto da escada bem mais facilmente. No porão, o frio era vários graus abaixo do frio dos túneis, e a sensação foi boa na minha cara corada de medo.

— Bom saber que ainda sou capaz de fazer você corar — Erik disse, acariciando minha bochecha quente.

Quase deixei escapar que, na verdade, estava morrendo de medo das sombras e de qualquer droga que não dava para enxergar naqueles túneis, mas cheguei a imaginar a cena, ele rindo e me acusando de novo de ficar apavorada por causa de morcegos. E se eu estivesse mesmo ultrassensível por causa do sonho? Será que queria mesmo falar com Erik ou com quem quer que fosse sobre Kalona naquele momento?

Não.

Então, eu disse: — Tá frio aqui em cima, e você sabe que odeio quando fico corada.

— É, a temperatura caiu loucamente nas últimas horas. Lá fora vai ficar um gelo só. Sabe, acho que você fica uma graça com as bochechas vermelhas.

— Você e minha avó são as únicas pessoas no mundo que acham isso — respondi, dando-lhe um sorriso relutante.

— Bem, então estou em boa companhia — Erik riu e pegou um Dorito enquanto eu olhava ao redor do porão. Estava tudo parado por ali também, mas nada daquele silêncio assustador que fazia naquelas drogas de túneis. Erik colocou uma cadeira perto da entrada, ao lado de dois lampiões a óleo (que brilhavam muito), uma garrafa de um litro de Mountain Dew[8] (*eeeeca!*) pela metade, e, surpresa, *Drácula*, de Bram Stoker, com um marcador no meio. Balancei as sobrancelhas para ele.

– O que foi? Peguei emprestado de Kramisha – Erik deu um sorriso meio culpado que o fez parecer um garotinho lindo. – Tá, reconheço. Fiquei curioso sobre o livro desde que você me disse que era um dos seus favoritos. Mas ainda estou na metade, por isso não me diga o que acontece.

Sorri para ele, toda boba por ele estar lendo *Drácula* só por minha causa.

– Ah, por favor, né – brinquei. – Você sabe como o livro termina. Todo mundo sabe – eu realmente adorava o fato de Erik ser aquele cara grande, alto, gostoso, um gato que lia todo tipo de livro e assistia a filmes antigos tipo *Guerra nas Estrelas*. Sorri mais ainda. – E aí, tá gostando?

– Tô, sim. Apesar de nem esperar gostar tanto assim – seu sorriso se ampliou tanto quanto o meu. – Tipo, qual é. É um pouquinho antiquado, com aqueles *vamps* virando monstros e tudo mais.

Minha mente se voltou instantaneamente para Neferet (que eu considerava um monstro disfarçado de beldade) e para minhas perguntas sem resposta sobre os novatos vermelhos, mas parei de pensar nisso, não queria que as trevas se intrometessem naquele meu momento com Erik. Reconcentrando-me no *Drácula*, falei: – Bem, é, Drácula é um monstro e tudo mais, mas sempre fiquei com pena dele.

– Você ficou com pena dele? – a surpresa de Erik foi evidente. – Z., ele é o mal em pessoa.

– Eu sei, mas ele ama Mina. Como pode o mal em pessoa saber amar?

– Ei, ainda não cheguei tão longe no livro! Não conte nada.

---

8 Refrigerante de sabor cítrico produzido pela Pepsi. (N.T.)

– Erik, não é possível que você não saiba que Drácula persegue Mina. Ele a morde e ela começa a mudar. É através de Mina que o Conde é localizado e acaba... – revirei os olhos.

– Chega! – Erik me interrompeu, rindo e me agarrando para tapar minha boca. – Eu não estava brincando. Não quero que você me conte o fim.

Minha boca estava coberta pela sua mão, mas eu sabia que estava sorrindo para ele com os olhos.

– Se eu tirar a mão, você promete ser boazinha?

Fiz que sim.

Ele tirou a mão da minha boca lentamente, mas sem se afastar de mim. Era legal ficar junto dele. Ele estava olhando para mim com um sorrisinho ainda nos cantos da boca. Pensei em como ele era gostoso e como eu estava feliz por voltar com ele, e disse: – Quer que eu lhe diga como eu *gostaria* que o livro terminasse?

– Como você *gostaria*? Então você não vai mesmo me contar o fim? – ele levantou as sobrancelhas.

– Juro por Deus – automaticamente cruzei e beijei os dedos. Estávamos tão perto um do outro que as costas da minha mão roçaram seu peito.

– Diga – sua voz foi bem no fundo de mim.

– Queria que Drácula não tivesse deixado que as pessoas o separassem de Mina. Ele devia ter mordido Mina, devia tê-la feito gostar dele e a levado para longe, para ficarem juntos e viverem felizes para sempre.

– Porque eles são iguais e nasceram um para o outro – ele disse.

Olhei nos olhos impressionantemente azuis de Erik e vi que não estava mais brincando.

– É, apesar de coisas ruins terem acontecido no passado. Eles teriam de perdoar um ao outro pelo que aconteceu, mas acho que teriam se perdoado.

– Eu tenho certeza que sim. Acho que quando duas pessoas se gostam o bastante, tudo pode ser perdoado.

Obviamente Erik e eu não estávamos falando de personagens fictícios de um livro velho, mas de nós mesmos, sentindo o terreno mutuamente para saber se as coisas dariam certo entre nós. Eu tinha de perdoar Erik por ter sido tão mesquinho comigo após me flagrar com Loren. E ele podia ter sido horrível, mas a verdade é que eu o magoei muito mais do que ele a mim, e não só por causa de Loren. Quando comecei a ficar com Erik, ainda tinha um relacionamento com Heath, meu namorado humano. Erik ficou "p" da vida por eu ter ficado com Heath ao mesmo tempo, mas acreditou que no fim eu fosse cair em mim mesma e entender que Heath era parte do meu velho mundo, da minha antiga vida, e que não se encaixava no meu futuro como ele.

E Erik tinha razão. Agora a Carimbagem com Heath fora quebrada, fato do qual eu tinha certeza, pois ele e eu tivemos uma discussão bem pesada quando nos encontramos por acaso poucos dias antes no Charlie's Chicken (logo lá). Meu erro ridículo em ir para a cama com Loren teve um efeito dominó, causando estragos em vários setores da minha vida. Um deles foi o modo doloroso com que se rompeu minha Carimbagem com Heath, que deixou bem claro que ele não queria me ver nunca mais. Claro, eu avisei Heath que os *Raven Mockers* e Kalona estavam à solta, disse-lhe que se protegesse e à sua família, mas com Heath estava tudo acabado, assim como também não havia mais nada entre mim e Loren (antes mesmo de ele ser assassinado), e era assim que tinha de ser.

— Então você gostou da minha nova versão de *Drácula*? – disse, encarando o olhar de Erik.

— Eu gosto do seu final, com os dois que são vampiros vivendo felizes para sempre, especialmente porque gostam tanto um do outro que aceitam passar por cima dos erros do passado.

Ainda sorrindo, ele se abaixou para me beijar. Seus lábios eram suaves e quentes, e tinham gosto de Doritos e de Mountain Dew, o que não era tão ruim quanto se possa pensar. Ele me abraçou e me puxou para perto, beijando-me com mais intensidade. Era bom estar em seus braços. Tão bom que, no começo, consegui ignorar o alarme que soou na parte racional da minha mente quando as mãos de Erik deslizaram pelas minhas costas e seguraram meu traseiro. Mas quando ele me apertou com força contra si, esfregando a parte interna de um jeito bem íntimo, o calor gostoso que começou a me despertar se desfez. Eu gostava de ser tocada por ele. O que não gostava era de sentir que seu toque de repente ficara agressivo demais, insistente demais, tipo *ela é minha, eu a quero e vou tê-la agora.*

Ele deve ter sentido que fiquei tensa, porque recuou, me deu um sorriso tranquilo e perguntou: – Bem, o que você estava fazendo aqui?

Pisquei os olhos, desorientada por sua mudança súbita. Afastei-me ligeiramente e peguei meu refrigerante da cadeira onde ele havia colocado, tomei um bom gole e me recompus. Finalmente, consegui falar: – Ah, eu, ahn, vim para falar com Darius e ver se meu celular pegava. Peguei o aparelho no bolso e o levantei feito uma tonta. Ao olhar, vi a luzinha se acender. – Oba! Acho que agora está pegando!

– Bem, a chuva parou de virar gelo não faz muito tempo, e também não tenho mais ouvido nenhum trovão. Se não tivermos mais nenhuma onda desse tempinho de merda, os celulares vão voltar a funcionar. Tomara que seja um bom sinal.

– É, eu também espero. Vou tentar ligar para a irmã Mary Angela, já já, para saber como está minha avó – minhas palavras agora estavam saindo com mais facilidade. Observei Erik enquanto conversávamos. Ele parecia estar legal, bem normal, daquele seu jeito típico de cara do bem. Será que eu estava reagindo de maneira exagerada ao seu beijo? Será que havia ficado sensível demais por causa do que acontecera entre mim e Loren? Sentindo que havia algo esquisito no ar entre nós, Erik começou a me olhar com dúvida nos olhos, mas eu disse logo: – E Darius, onde está?

– Eu o dispensei mais cedo. Acordei e não consegui voltar a dormir, então pensei que ele ia precisar de mais descanso, já que representa praticamente nosso exército inteiro.

– Aphrodite ainda estava destruída?

– Estava desmaiada. Darius a levou daqui. Ela vai ter uma ressaca daquelas quando acordar – aquela perspectiva pareceu agradá-lo. – Ele estava indo dormir no quarto de Dallas. Isso não faz muito tempo, então talvez você nem precise acordá-lo.

– Bem, o que eu queria mesmo é saber como chegar a Damien e Jack. Também não consegui dormir, então pensei em liberá-los e deixar as gêmeas descansando.

– Ah, isso é fácil. Posso lhe dizer como encontrá-los. Não estão longe da entrada da estação lá em cima, a mesma que já usamos.

– Ótimo. Na verdade, não quero incomodar Darius se ele já estiver descansando. Você tem razão. Nosso exército precisa dormir um pouco – fiz uma pausa e acrescentei com tom de quem não quer nada: – Ei, você não reparou em nada... ahn... esquisito nos túneis a caminho daqui, reparou?

– Esquisito? Como assim?

Não quis usar a palavra escuridão, porque, bem, eram túneis, e nada mais normal que fossem escuros. Além disso, já podia imaginar Erik lembrando de como eu ficara assustada com os morcegos. Então disse, sem pensar muito: – Parecia que os lampiões estavam se apagando de repente.

Ele deu de ombros e balançou a cabeça.

– Não, mas isso nem é tão esquisito assim. Tenho certeza de que os novatos vermelhos precisam colocar mais óleo nos lampiões com bastante frequência, e aposto que os últimos acontecimentos bagunçaram a rotina de manutenção deles.

– É, faz sentido – e fazia. Então, apenas por aquele breve instante, senti um alívio, apesar de no fundo saber que era um alívio irreal, e sorri para Erik. Ele sorriu também, e lá estávamos nós, sorrindo um para o outro. Procurei me lembrar que Erik era um namorado maravilhoso. Fiquei feliz por estarmos juntos outra vez. Eu ainda estava feliz por termos voltado, não estava? Será que não podia só ficar contente e não estragar o que havia de bom entre nós só porque estava surtando numa de que ele estaria querendo de mim coisas que eu não podia oferecer no momento?

Empurrei bem para o fundo da minha mente a memória do beijo entre mim e Stark e a presença de Kalona em meu pesadelo, me fazendo sentir coisas que nenhum cara no mundo jamais fez.

Levantei-me de modo tão abrupto que quase derrubei a cadeira.

– Tenho que ligar para a irmã Mary Angela!

Erik me olhou de um jeito estranho, mas só disse: – Bem, vá para aquele canto, mas não fique perto demais da porta. Não quero que ninguém a ouça, caso tenha alguém do lado de fora.

Assenti e sorri para ele, torcendo para não transparecer culpa. Então caminhei um pouquinho pelo porão, reparando que agora não estava mais repulsivo como da última vez. Stevie Rae e seu grupo sem dúvida fizeram muita limpeza, além de jogar fora as coisas do povo da rua que entulhavam o lugar. E, felizmente, não fedia mais a xixi, o que era um senhor avanço.

Digitei o número da irmã Mary Angela e cruzei os dedos mentalmente enquanto a ligação completava... e completava... até que chamou uma vez, duas, três vezes... Meu estômago estava começando a doer quando ela respondeu. A ligação estava uma porcaria, mas pelo menos dava para entender.

– Ah, Zoey! Que bom que você ligou – irmã Mary Angela falou do outro lado.

– Irmã, a senhora está bem? E vovó?

– Ela está bem... tudo bem. Estamos... – agora ela estava com certeza desmoronando.

– Irmã, não a estou ouvindo muito bem. Onde a senhora está? Vovó está consciente?

– Sua avó... está consciente. Estamos debaixo do convento, mas... – veio um ruído e de repente a ouvi com mais clareza. – Você está influenciando o tempo, Zoey?

– Eu? Não! E minha avó? A senhora e ela estão em segurança, no porão do convento?

–... bem. Não se preocupe, nós... – e a linha ficou muda.

– Inferno! Droga de conexão do cacete! – andei um pouquinho a esmo, frustrada, tentando ligar de novo. Nada. O celular estava funcionando, mas a tela dava a ligação como perdida. Tentei de novo, várias vezes, antes de perceber que não só não estava conseguindo falar com ela de novo, como meu celular estava quase descarregando – Inferno! – repeti.

– O que ela disse? – Erik se aproximou por trás de mim.

– Não disse muita coisa, a ligação caiu e não consegui ligar de novo. Mas consegui ouvi-la dizendo que estava tudo bem com ela e com minha avó. Acho até que ela recobrou a consciência.

– Que excelente notícia! Não se preocupe; tudo vai dar certo. As freiras levaram sua avó para debaixo da terra, não é?

Assenti, sentindo-me uma idiota prestes a chorar, mais de frustração do que por receio de algo errado com minha avó. Eu confiava totalmente na irmã Mary Angela, então, se ela disse que vovó estava bem, eu acreditava nela.

– É terrível ficar sem saber o que está acontecendo. Não só com minha avó, mas com todo mundo – apontei o mundo exterior com o polegar.

Erik parou ao meu lado e fechou sua mão quente sobre a minha. Ele me fez virar de frente e então passou o polegar de leve sobre as novas tatuagens que me cobriam a palma da mão.

– Ei, vamos conseguir dar a volta por cima. Nyx está agindo, esqueceu? Olhe só para suas mãos, nelas estão a prova de como ela a protege. É, nosso grupo é pequeno, mas somos fortes e sabemos que estamos do lado certo.

Foi quando meu celular deu aquela tremedinha, avisando que havia chegado mensagem de texto.

– Ah, ótimo. Talvez seja a irmã Mary Angela – abri o aparelho e olhei para a mensagem sem entender direito.

Todos os novatos e vampiros devem retornar à Morada da Noite imediatamente.

— Que diabo é isso? — perguntei sem tirar os olhos da tela do aparelho.

— Deixa eu ver — Erik pediu. Virei o telefone para ele. Ele assentiu lentamente, como se o texto confirmasse algo que ele já tivesse pensado antes. — É, Neferet. E, apesar de parecer uma daquelas mensagens gerais para toda a escola, aposto que ela está falando diretamente conosco.

— Tem certeza de que é ela?

— É. Conheço o número.

— Ela te deu o número do telefone dela? — tentei não demonstrar a irritação que senti, mas duvido que tenha conseguido.

Erik deu de ombros. — É, ela me deu antes de eu viajar para a Europa. Disse que se precisasse de qualquer coisa, era só ligar para ela.

Dei uma risada sarcástica.

Erik sorriu.

— Está com ciúme?

— Não! — menti. — É que essa cachorra manipuladora me tira do sério.

— Bem, não resta dúvida de que ela está envolvida em alguma merda das grandes com Kalona.

— É, sem dúvida. E não vamos voltar à Morada da Noite. Pelo menos não agora.

— Acho que você tem razão quanto a isso. Precisamos saber mais sobre o que aconteceu lá em cima antes de dar o próximo passo. Além disso, se a sua intuição lhe diz para ficar longe da escola, então é isso que devemos fazer.

Olhei para ele. Erik deu um sorriso tranquilizador e afastou uma mecha de cabelo caída sobre meu rosto. Seu olhar era caloroso e gentil, não era o olhar de um cara desesperado por sexo. Cara, eu tinha que me controlar. Erik me dava segurança. Ele acreditava no que ele dizia. E acreditava em mim.

– Obrigada – agradeci. – Obrigada por ainda acreditar em mim.

– Sempre vou acreditar em você, Zoey – ele respondeu. – Sempre – Erik me envolveu em seus braços e me beijou.

A porta que dava para fora estava escancarada, deixando penetrar a lúgubre luz do entardecer tempestuoso, com uma onda de ar gelado. Erik se virou, me empurrando para trás de si. Senti meu coração trovejar de medo.

– Vá para baixo! Chame Darius! – Erik gritou enquanto avançava em direção à silhueta que vinha do cinzento mundo superior.

Eu já tinha começado a descer correndo a escada quando ouvi a voz de Heath. – Ei, é você, Zo?

10

– Heath! – corri até ele, praticamente gritando de alívio por ser ele, e não um daqueles *Raven Mocker*s pavorosos ou coisa pior, como um imortal ancestral com olhos de céu noturno e uma voz que parecia um segredo proibido.

– Heath? – Erik não pareceu nada satisfeito. Agarrou meu braço para eu não passar correndo por ele. E fechou a cara, ainda tentando ficar na minha frente, me protegendo. – Você quer dizer o seu namorado humano?

– *Ex-namorado* – Heath e eu dissemos ao mesmo tempo.

– Ei, você não é o tal Erik? O novato ex-namorado de Zo? – Heath perguntou. Ele ignorou os três degraus que faltavam para o porão e pulou sem esforço, com todo o seu tamanho (e estou falando de pelo menos um metro e oitenta e três, com cabelos louro-escuros encaracolados e os olhos e covinhas mais lindos jamais vistos) de astro zagueiro que era. Sim, reconheço abertamente, meu namorado de escola era um clichê, mas ao menos era um clichê adorável.

– Namorado – Erik falou com voz dura. – Não ex. E não sou mais novato, sou vampiro.

– Ah. Eu até poderia lhe dar parabéns por fazer as pazes com Zo, ao invés de morrer afogado no próprio sangue, mas seria tudo mentira. Tá ligado, camarada? – enquanto falava, ele deu a volta por Erik para pegar meu pulso, mas, antes que pudesse me dar um abraço dos grandes, olhou para baixo e viu as novas tatuagens que me cobriam as palmas.

— Uau! Maneiro demais! Então sua Deusa ainda está cuidando de você?

— É, tá sim — respondi.

— Que bom — ele disse e me deu o abraço que eu estava esperando.

— Droga, fiquei preocupado com você! — ele se afastou, me segurando pelos ombros e conferindo se eu estava bem. — Você tá inteira?

— Tô bem — respondi, um pouco ofegante. Tipo, na última vez que estive com Heath, ele estava terminando comigo. Além disso, senti seu cheiro quando me abraçou, e ele era muito cheiroso. Era um cheiro de casa, misturado a infância, algo que era delicioso e excitante, e que me chamava por toda parte em que sua pele tocava a minha. Eu sabia o que estava me chamando: seu sangue. E isso atingia não só minha cabeça, alcançava muito além.

— Excelente — Heath soltou meu pulso, e dei um passinho para trás, afastando-me dele e voltando mais para perto de Erik. Percebi o brilho de dor nos olhos de Heath, mas foi rápido; logo ele sorriu daquele seu jeito casual, como se o abraço não tivesse sido nada demais, pois agora éramos apenas amigos. — É, bem, imaginei que você estava bem. Quer dizer, acho que apesar de ter acabado aquela nossa *ligação de sangue*, eu ainda saberia se algo ruim lhe acontecesse — ele pronunciou as palavras *ligação de sangue* com uma ênfase *sexy* que fez Erik se remexer ao meu lado. — Mas eu precisava ver por mim mesmo. Além disso, queria saber que porra de ligação maluca foi aquela de ontem?

— Ligação? — Erik perguntou. Ele olhou para mim com olhos resguardados.

— Sim, ligação — empinei o queixo. Erik podia ser meu namorado de novo, mas nem morta ia aceitar que bancasse o possessivo nem que tivesse loucas crises de ciúmes. Chegou a me passar pela cabeça que talvez Erik jamais fosse confiar em mim de verdade depois do que acontecera entre nós e que eu teria de aturar ciúmes descontrolados. E que eu meio que merecia isso. Mas disse com uma voz tranquila: – Eu liguei para Heath para avisar sobre os *Raven Mockers* e lhe dizer para levar a família para algum lugar seguro. Eu e ele não estamos mais juntos, mas isso não quer dizer que eu desejo que algo de ruim lhe aconteça.

– *Raven Mockers*? – Heath perguntou.

– O que está acontecendo lá em cima? – Erik perguntou com um tom de voz prático.

– Acontecendo? Como assim? Tipo o temporal sinistro que começou de madrugada e não parou mais, e que virou uma sujeirada de gelo, ou as merdas que aquela gangue aprontou? E o que são *Raven Mockers*?

– Merdas aprontadas por qual gangue? O que está querendo dizer com isso? – Erik perguntou com impaciência.

– Não. Não vou dizer nada se não responderem à minha pergunta.

– *Raven Mockers* são criaturas demoníacas da mitologia Cherokee – respondi. – Até mais ou menos meia-noite da noite passada, eles eram apenas espíritos maus, mas tudo mudou quando o pai deles, um imortal chamado Kalona, se libertou de sua prisão dentro da terra e agora fez da Morada da Noite de Tulsa seu novo endereço.

– Você realmente acha boa ideia contar tudo isso a ele? – Erik perguntou.

– Ei, por que você não deixa Zoey decidir o que ela quer e o que não quer me contar? – Heath bufou, parecendo louco de vontade de enfiar a mão em Erik.

– Você é *humano* – Erik disse a palavra como se fosse uma doença sexualmente transmissível. – Você não consegue lidar com as coisas do mesmo jeito que nós. Tente se lembrar de que tive de salvar a droga da sua pele humana de um monte de fantasmas de vampiros poucos meses atrás.

– Quem me salvou foi a Zoey, não você! E tenho *lidado* com Zoey zilhões de anos antes de você sequer conhecê-la.

– É? Quantas vezes você a expôs a riscos desde que ela foi Marcada, palhaço?

Com esta, Heath saiu do sério: – Olha, não a estou fazendo correr risco nenhum por vir aqui. Só queria ter certeza de que ela estava bem. Tentei ligar algumas vezes, mas o celular não estava dando linha.

– Heath, não sou eu que corro perigo por você vir aqui. Mas, sim, você – expliquei, lançando um olhar duro de "agora chega" para Erik.

– É, eu já sabia que aqueles novatos nojentos que tentaram me comer da última vez ficavam aqui. Não me lembro direito de tudo que aconteceu, mas o suficiente para vir lhe trazer isto aqui – ele enfiou a mão no seu casaco com camuflagem de exército Carhartt e tirou um revólver preto ameaçador e bicudo. – É do meu pai – ele disse, todo orgulhoso. – Trouxe até uns cartuchos extras de munição. Pensei que, se eles tentassem me comer de novo, eu ia meter bala naqueles que você não matasse.

– Heath, não me diga que você está levando no bolso uma arma carregada – quis saber.

– Zo, a arma está travada, e o lugar da primeira bala no cartucho está vazio. Não sou retardado.

Erik deu uma risada sarcástica. Heath olhou para ele com ódio. E, mais que rapidamente, falei, invadindo aquele ar repleto de testosterona antes que eles começassem a bater nos peitos.

– Os novatos não comem mais gente, Heath, portanto, você não vai ter que atirar em ninguém. Quando eu disse que estava preocupada com sua segurança, foi por causa dos *Raven Mockers*.

– Ela respondeu à sua pergunta. Agora, que papo de gangue é esse?

Heath deu de ombros.

– Está em todos os noticiários. Claro que a eletricidade fica indo e voltando, e a droga da tevê a cabo ficou fora do ar o dia inteiro, além dos celulares, que não pegavam direito. Mas estão dizendo que alguma gangue surtou ontem à noite, lá pela meia-noite, em algum tipo de iniciação de Ano Novo. Chera Kimiko, da Fox News, disse que foi um banho de sangue. Os guardas demoraram a agir por causa do temporal. Algumas pessoas morreram no centro da cidade, o que está deixando todo mundo de cabelo em pé, porque as gangues não costumam agir ali, então uma galera de ricos brancos deu uma surtada. Da última vez que vi o noticiário, eles estavam berrando que iam chamar a Guarda Nacional, apesar de os guardas dizerem que está tudo sob controle – ele fez uma pausa, e praticamente vi seu cérebro raciocinando. – Ei, centro da cidade! É onde fica a Morada da Noite – Heath olhou para mim e para Erik, e depois para mim de novo. – Então não foi gangue nenhuma. Foi coisa desses *Raven* sei lá o quê.

– Gênio – Erik murmurou.

– Sim, foram mesmo os *Raven Mockers*. Eles começaram a atacar quando estávamos fugindo da Morada da Noite – falei antes que ele e Erik voltassem a entrar em posição de ataque. – O noticiário não disse nada sobre criaturas esquisitas atacando gente?

– Não. Disseram que um grupo de pessoas foi atacado por uma gangue. Alguns morreram com as gargantas cortadas. É isso que fazem os *Raven Mockers*?

Lembrei-me de como um deles me atacou na Morada da Noite, quase concretizando uma das duas visões de morte que Aphrodite tivera comigo, e isso foi antes de eles recuperarem seus corpos materiais. Estremeci.

– É, parece que é isso mesmo que eles fazem, mas, na verdade, não sei tanto sobre eles. Vovó sabe mais, mas eles a fizeram sofrer um acidente de carro.

– Ah, Zo, vovó sofreu um acidente? Droga! Sinto muito. Ela está melhorando? – Heath ficou sinceramente aborrecido. Ele era o queridinho de minha avó e visitou sua fazenda de lavandas comigo tantas vezes que eu já havia até perdido a conta.

– Ela está melhorando. Tem que melhorar – respondi com firmeza. – As freiras Beneditinas estão cuidando dela no porão do convento lá na Rua Lewis com a Vinte e Um.

– Porão? Freiras? Ahn? Ela não deveria estar no hospital?

– Ela estava antes de Kalona surgir e os *Raven Mockers* começarem a reconstituir seus corpos meio humanos, meio de pássaros.

Ele franziu a cara toda. – Meio humano, meio de pássaro? Que sinistro.

– É pior do que você imagina, e eles também são grandes. E maus. Olha aqui, Heath, você tem que me ouvir. Kalona é imortal, um anjo caído.

– "Caído" no sentido de não ser mais do bem e não sair mais voando por aí com asas e tocando harpa?

– Ele tem asas. Grandes e pretas – Erik interveio. – Mas não é do bem, e tudo que sabemos sobre ele indica que sempre foi do mal.

– Não, nem sempre – tá, as palavras saíram da minha boca, mas na verdade não tive intenção de dizê-las.

Os dois olharam para mim com cara de quem não estava acreditando. E sorri com nervosismo.

– Bem, ahn, de acordo com minha avó, Kalona era um anjo, então acho que antes ele era do bem. Tipo, muito tempo atrás.

– Acho que devemos simplesmente entender que ele é do mal. Totalmente do mal – Erik disse.

– Um monte de gente foi ferida ontem à noite. Não sei quantas pessoas morreram, mas a coisa foi feia. Se esse tal de Kalona está por trás disso, então ele só pode ser do mal – Heath concordou.

– Tá. É... bem... vocês devem estar certos – concordei. Que diabo estava acontecendo comigo? Eu sabia melhor que ninguém como Kalona era do mal! Senti seu poder maligno. Sabia que Neferet estava envolvida com ele até o pescoço, tão envolvida que chegara até a se voltar contra Nyx. Bem, tudo isso com certeza indicava algo *do mal*.

– Peraí. Eu quase me esqueci disso – Erik correu de volta para a cadeira, e Heath e eu fomos atrás. Da sombra atrás da cadeira ele tirou um gigantesco e monstruoso aparelho de som três em um tipo *boom box*. – Deixa ver se eu consigo pegar alguma coisa – ele mexeu nos enormes botões prateados e logo sintonizou o Canal 8 em meio aos ruídos de estática. O locutor estava falando sério e bem rápido.

– *Repetindo nossa matéria especial sobre a violência das gangues no centro de Tulsa ontem à noite, o Departamento de Polícia reitera que a cidade está em segurança, e o problema, sob controle. De acordo com o chefe de polícia, "Foi um ritual de iniciação de uma nova gangue, que se autointitula* Mockers. *Os líderes da gangue foram presos e as ruas do centro de Tulsa já estão novamente seguras para nossos cidadãos"* – o locutor continuou: – *É claro que Tulsa e arredores estão debaixo de um severo temporal de inverno e foi declarado estado de emergência até amanhã de noite, portanto aconselhamos que ninguém viaje, a menos que seja uma situação de emergência. Estamos esperando pelo menos mais quinze centímetros de chuva com gelo, o que fará com que a companhia de eletricidade precise de mais tempo para restaurar o serviço nas várias regiões que ficaram sem luz ontem à noite. Fiquem sintonizados para ouvir as últimas notícias e a previsão completa do tempo no noticiário das cinco, daqui a meia hora.*

– *Temos mais um anúncio da comunidade: todos os alunos e funcionários da Morada da Noite estão sendo convocados para a escola devido ao mau tempo. Repetindo, todos os alunos e funcionários da Morada da Noite estão sendo convocados para a velha escola. Continuem sintonizados para ouvir as últimas notícias. Voltamos agora à programação normal.*

– Não teve gangue nenhuma no centro ontem à noite – eu disse. – Isso foi a coisa mais ridícula que já ouvi na vida.

– Foi ela. Ela manipulou a imprensa e provavelmente o público também – Erik afirmou com cara de revolta.

– "Ela" é a Grande Sacerdotisa que bagunçou minha mente? – Heath me perguntou.

– Não – Erik respondeu.

– Sim – eu disse ao mesmo tempo que Erik e franzi a testa para ele. – Heath precisa saber da verdade para se proteger.

– Quanto menos souber, melhor para ele – Erik insistiu.

– Não. Sabe, foi isso que pensei antes, e foi por isso que todo mundo ficou furioso comigo. E também por isso cometi alguns erros cruciais – olhei de Erik para Heath. – Se eu não tivesse guardado tantos segredos e deixado meus amigos enfrentarem as coisas do seu jeito, eu teria falado mais e feito menos besteiras.

Erik deu um suspiro.

– Tá, entendi – ele olhou para Heath. – O nome dela é Neferet. Ela é a Grande Sacerdotisa da Morada da Noite. Ela é poderosa. Muito poderosa. E é médium.

– É, eu já sei que ela faz coisas com a mente. Foi assim que bagunçou minhas ideias. Ela me fez esquecer um montão de coisas que aconteceram. E só agora comecei a me lembrar de algumas delas.

– E quando você se lembra, sua cabeça dói? – perguntei, lembrando-me da dor que senti quando quebrei o bloqueio de memória que Neferet colocara na minha mente.

– Dói. Mas está melhorando bastante – ele deu aquele sorriso indulgente que eu conhecia tão bem, e senti um aperto no coração.

– Neferet também é uma espécie de rainha para Kalona – Erik continuou.

– Então ela toca o terror pra todo lado *mesmo* – Heath concluiu.

– Toca o terror e é perigosa de verdade. Não se esqueça disso – ressaltei. – E Kalona não suporta ficar debaixo da terra. Ele já não suportava antes de ser aprisionado lá pelas mulheres Cherokee e, agora que escapou, aposto que vai sentir mais pavor ainda da terra. Então, não se esqueça, debaixo da terra você vai estar em segurança.

– E os tais *Raven Mockers*?

Balancei a cabeça.

– A gente simplesmente não sabe. Nenhum deles desceu aqui, mas isso não quer dizer muita coisa – pensei na escuridão daqueles túneis lá embaixo e na sensação ruim que me deram, sem saber que diabo aquilo era afinal: novatos vermelhos? *Raven Mockers*? Algum outro ser sem cara que Kalona estava mandando para nos pegar? Ou seria tudo algo tão simples quanto minha imaginação? A única coisa que eu sabia com certeza é que ia ficar parecendo uma idiota choramingona se ficasse falando de coisas baseadas em "talvez, quem sabe". E isso significava, por enquanto, que eu tinha de ficar de boca calada.

– Bem, hoje é sábado, mas não temos aula porque as férias de inverno só terminam na quarta-feira e, se esse temporal de gelo cair com a força que estão dizendo, vamos ficar sem aula a semana inteira – Heath estava dizendo. – Vai ser fácil ficar em um lugar seguro, mesmo se os *Raven Mockers* atacarem de novo e seus ataques avançarem do centro de Tulsa para Broken Arrow.

Senti um oco no estômago.

– E eles devem fazer isso. Neferet sabe que sou de Broken Arrow, e que lá ainda tem gente de quem eu gosto.

– Então ela deve mandar os *Raven Mockers* para Broken Arrow só para te zoar? – Heath perguntou.

Fiz que sim. – Principalmente se meu grupo e eu ignorarmos sua chamada de volta à escola.

– Peraí, Zo. Você *tem* que estar na escola cercada por um monte de *vamps*, ou você e os outros novatos vão ficar doentes, não é isso?

– Eu estou aqui – Erik lembrou. – E também tem outro vampiro adulto aqui. Para não falar de Stevie Rae.

– Ela não está toda nojenta e morta-viva? – Heath perguntou.

– Não está mais – respondi. – Ela se Transformou em um tipo diferente de *vamp*, com tatuagens vermelhas. E todos aqueles novatos nojentos que tentaram matá-lo... Bem, agora são novatos vermelhos, e não mais tão nojentos.

– Ahn – Heath respondeu. – Bem, fico contente de saber que sua melhor amiga está bem.

– Também fico contente por isso – dei-lhe um sorriso.

– E será que três *vamps* adultos bastam para impedir que vocês adoeçam? – Heath perguntou.

– Teremos de bastar. Heath, você tem que ir embora – Erik disse abruptamente.

Heath e eu olhamos para ele. Percebi que eu estava sorrindo demais para Heath e gostando de verdade do fato de estarmos nos falando outra vez.

– A tempestade de gelo – Erik continuou. – Não é boa ideia Heath ficar preso aqui, e é isso que vai acontecer se ele ainda estiver aqui depois do pôr do sol – Erik fez uma pausa e disse: – E o sol vai se pôr daqui a uma hora e meia. Quanto tempo você levou de Broken Arrow para cá?

Heath franziu a testa. – Quase duas horas. As estradas estão péssimas.

Em um dia normal, ele teria levado cerca de trinta minutos para chegar da casa dele à estação. Erik tinha razão. Heath tinha que ir embora. Além de não fazermos ideia do risco que corríamos em relação a Kalona, eu também não tinha cem por cento de certeza se Heath estaria em segurança em meio aos novatos vermelhos. À parte minhas dúvidas em relação a eles, a verdade era que não importava o que eram ou deixavam de ser agora, mas Heath era cem por cento humano, cheio de sangue gostoso, fresco, quente, *sexy* e pulsante (ignorei o fato de minha boca salivar só de pensar), e não sabia até onde ia o autocontrole deles.

– Erik tem razão, Heath. Você não pode sair esta noite, menos ainda tão perto da meia-noite. Além do gelo, não sabemos o que está pegando com os *Raven Mockers*.

Heath olhou para mim como se estivéssemos completamente sozinhos.

– Você está preocupada comigo.

Minha garganta secou. Eu não queria ter esse tipo de conversa na frente de Erik.

– É claro que me preocupo com você. Faz tempo que somos amigos – senti os olhos de Erik em mim. Forcei-me a não agir de um jeito culpado e acrescentei: – Um amigo se preocupa com o outro.

Heath deu um sorriso longo e íntimo. – Amigos. Tá.

– Hora de ir embora – Erik soou irritado.

Sem olhar para Erik, Heath disse: – Eu vou quando Zo disser pra eu ir.

– Está na hora de você ir embora, Heath – eu disse logo.

Heath cravou os olhos nos meus por vários segundos.

– Tudo bem. Que seja – ele respondeu. Então se voltou para Erik. – Agora você é *vamp* de verdade, né?

– Sim.

Heath olhou para ele de cima a baixo. Os dois tinham mais ou menos a mesma altura. Erik era mais alto, mas Heath era mais musculoso. Mesmo assim, os dois pareciam ter condições de encarar um ao outro em uma briga. Fiquei tensa. Será que Heath ia dar um soco em Erik?

– Dizem que os *vamps* homens são bons na proteção de suas Sacerdotisas. É verdade?

– É verdade – Erik disse.

– Ótimo. Então tomara que você garanta a segurança de Zoey.

– Enquanto eu estiver vivo nada vai acontecer com ela – Erik afirmou.

– Faça de tudo para que não aconteça mesmo – a voz de Heath havia perdido o tom charmoso e tranquilo que usava normalmente, e agora soava dura e ameaçadora. – Porque, se você deixar alguma coisa acontecer com ela, vou te achar e, vampiro ou não, vou te arrebentar.

11

Agi rápido e me coloquei entre os dois.

– Parem com isso! – gritei. – Já tenho coisas demais com que me preocupar agora para ter que ficar separando vocês dois. Nossa, quanta imaturidade – os dois continuaram trocando olhares ameaçadores por sobre minha cabeça. – Eu falei pra parar! – e bati nos peitos dos dois. Só assim piscaram e prestaram atenção em mim. Agora era eu quem estava olhando para eles com raiva. – Sabe, vocês dois ficam ridículos bufando e dando vazão à testosterona e essa palhaçada toda. Tipo, eu podia invocar os elementos e arrebentar com *os dois*.

Heath arrastou os pés e pareceu constrangido. Então, sorriu para mim como um garotinho lindo que acabou de levar bronca da mãe.

– Desculpa, Zo. Eu me esqueci que você agora é superpoderosa.

– É, desculpe – Erik disse. – Eu sei que não tenho razão para me preocupar com você em relação a ele – e terminou dando um sorrisinho falso para Heath.

Heath olhou para mim como se esperasse que eu dissesse algo como *Bem, na verdade você precisa se preocupar, Erik, pois eu ainda gosto de Heath,* mas eu não disse nada disso. Não podia. Não importava o que houvesse entre mim e Erik, Heath era parte de meu velho mundo, e ele se encaixava melhor no meu passado do que no meu presente ou no meu futuro. O fato de Heath ser cem por cento humano significava que ele era cem por cento mais vulnerável caso alguma coisa nos atacasse.

– Bem, tô indo embora – Heath disse, quebrando aquele silêncio pesado. Ele deu meia-volta e começou a caminhar em direção à porta. Estava quase lá quando fez uma pausa e olhou para mim. – Mas primeiro eu preciso mesmo falar com você, Zo. Sozinho.

– Não vou a parte alguma – Erik se intrometeu.

– Ninguém te pediu nada – Heath disse. – Zo, você pode ir lá fora comigo um minuto?

– Que inferno, não – Erik esbravejou, vindo para perto de mim de um jeito todo possessivo. – Ela não vai a lugar nenhum com você.

Eu estava olhando para Erik de cara feia, prestes a lhe dizer que não era meu chefe, quando ele fez uma coisa que me deixou total, completa e inteiramente "p" da vida. Ele agarrou meu pulso e me puxou para junto dele, apesar de eu não ter dado nem um passo na direção de Heath.

Um reflexo automático me fez puxar o pulso da mão dele. Seus olhos azuis me encararam com irritação. Naquele instante ele pareceu louco e maldoso, mais um estranho do que um namorado.

– Você não vai a lugar nenhum com ele – ele repetiu.

Aquilo me tirou do sério. Eu não aguentava que mandassem em mim. Era uma das razões pelas quais o novo marido de minha mãe e eu nunca nos demos. No fundo, o padrastotário não passava de um valentão. De repente, vi aquela mesma atitude refletida em Erik. Eu sabia que depois podia ficar sentida, mas naquele momento minha raiva suplantou qualquer outra emoção que pudesse sentir.

Não gritei. Não berrei, nem bati nele, como eu realmente queria fazer. Ao invés disso, apenas balancei a cabeça e disse com a voz mais fria possível: – Chega, Erik. Não é porque voltamos que você pode ficar me dando ordens.

– Como vou saber se você não vai me trair de novo com seu namorado humano? – ele perguntou.

Arfei e dei um passo para trás, como se ele tivesse me dado um tapa.

– Que diabo te deu na cabeça pra achar que pode falar desse jeito comigo? – senti um nó tão apertado no estômago que achei que fosse vomitar, mas ignorei e encarei o olhar furioso de Erik com ira equivalente. – Como sua namorada, você acaba de me aborrecer. Como sua Grande Sacerdotisa, você acaba de me insultar. E como alguém com cérebro, você me faz achar que perdeu completamente a noção. O que você acha que vou fazer em um ou dois minutos sozinha com Heath no estacionamento lá fora, debaixo de uma tempestade de gelo? Deitar no chão para transar com ele? É esse tipo de garota que você acha que sou?

Erik não disse nada; ficou só me encarando com raiva.

A risada ultrazombeteira de Heath quebrou o silêncio pesado que se formara.

– Ei, Erik, vou te dar um conselho sobre a nossa Zo. Ela detesta muito, mas muito *mesmo* quando tentam lhe dar ordens. E ela é assim desde, ahn, sei lá, a terceira série do fundamental ou coisa assim. Tipo, mesmo antes de ganhar esses dons de *vamp* da Deusa, já odiava que mandassem nela – Heath estendeu a mão para mim. – Então, você pode ir lá fora comigo um minuto para podermos conversar sem plateia?

– Sim, posso sim. Acho que preciso de ar fresco – respondi, ignorando o olhar furioso de Erik e a mão estendida de Heath, e fui pisando forte até a porta de metal rangente, que parecia bem mais fechada e segura do que era, e a abri com um gesto irritado. Saí na rigorosa noite de inverno. Foi bom sentir o golpe de ar frio e úmido no rosto quente e respirei fundo, tentando me acalmar e não berrar para o céu cinza toda a raiva que estava sentindo de Erik.

Primeiro pensei que estivesse chovendo, mas logo me dei conta de que o céu estava cuspindo pedacinhos de gelo. Não pedaços grossos, mas constantes, e o estacionamento, os trilhos de trem e a lateral do edifício da antiga estação já estavam começando a ganhar aquele visual mágico da cobertura de gelo.

– Minha caminhonete está logo ali – Heath apontou para onde sua caminhonete estava estacionada, na extremidade do estacionamento deserto, debaixo de uma árvore que fora um dia plantada para decorar a calçada que margeava a estação. Mas, após anos sendo ignorada e maltratada, ao invés de se encaixar direitinho na abertura circular de cimento da calçada, a árvore crescera bem mais do que devia e suas raízes destruíram a calçada ao redor. Seus galhos cobertos de gelo pendiam precariamente perto do velho edifício de granito; alguns até pousavam sobre o teto. Fiquei com vontade de me encolher só de olhar para a árvore. Se caísse muito gelo, a coitadinha provavelmente ia se desfazer em zilhões de pedaços.

– Aqui – Heath levantou um dos lados de seu casaco sobre a minha cabeça. – Vamos para dentro da caminhonete para conversarmos longe desse temporal.

Olhei para a paisagem cinzenta e encharcada. Não havia nada de assustador nem de bizarro à vista. Nenhuma mistura nojenta de homem com pássaro. Estava apenas tudo molhado, silencioso e vazio.

– Ok, tá – respondi e deixei Heath me levar até sua caminhonete. Provavelmente não devia tê-lo deixado me cobrir com seu casaco e se encostar juntinho de mim quando me aproximei dele para me equilibrar e não cair na calçada escorregadia de gelo, mas me pareceu tão familiar e fácil ficar com ele que nem hesitei. Vamos encarar a realidade, Heath estava na minha vida desde o ensino fundamental. Eu ficava literalmente mais à vontade com ele do que com qualquer pessoa no mundo, exceto minha avó. Não interessa o que acontecia ou deixava de acontecer entre nós, Heath, para mim, era parte da família. Na verdade, ele era melhor do que a maioria da minha família. Era difícil me imaginar tratando-o com formalidade, como se fosse um estranho. Afinal, Heath já era meu amigo antes de ser meu namorado. *Mas ele jamais seria apenas meu amigo de novo; sempre haveria algo mais do que isso entre nós,* sussurrou minha consciência, mas ignorei.

Chegamos na sua caminhonete e Heath abriu a porta para mim, e o cheiro no interior do veículo era uma mistura estranha e familiar de

Heath e Armor All.⁹ (Heath é todo cheio de cuidados com sua caminhonete; juro que os bancos eram tão limpos que dava até para comer neles.) Ao invés de entrar, hesitei. Sentar ao lado dele na caminhonete já era intimidade demais, como nos tempos do nosso namoro. Então, em vez disso, me afastei dele um pouquinho e fiquei sentada na ponta do banco do acompanhante, me cobrindo parcialmente da chuva gelada. Heath me deu um sorriso triste, parecendo entender que eu estava resistindo ao máximo em ficar com ele, então se recostou à parte interna da porta aberta.

– Bem, sobre o que você quer falar?

– Não gosto desse negócio de você ficar aqui. Não me lembro de nada, mas o suficiente para saber que aqueles túneis lá embaixo são uma furada. Sei que você disse que aqueles mortos-vivos mudaram, mas mesmo assim não gosto de saber que você está lá com eles. Não parece seguro – ele parecia sério e preocupado.

– Bem, entendo que você pense que lá embaixo é tudo nojento e podre, mas as coisas mudaram mesmo. Os garotos também estão diferentes. Eles retomaram sua condição humana. Além disso, lá é o lugar mais seguro para nós neste momento.

Heath observou meu rosto longamente e soltou um pesado suspiro.

– É você a Sacerdotisa e tudo mais, então você deve saber o que está fazendo. Só que eu acho estranho. Tem certeza de que não quer voltar para a Morada da Noite? Talvez esse tal anjo caído não seja tão mau assim.

– Não, Heath, ele é mau. Acredite em mim. E os *Raven Mockers* são extremamente perigosos. Não é seguro voltar à escola. Você não viu quando ele surgiu do chão. Foi como se ele enfeitiçasse os novatos e os vampiros. Foi sinistro mesmo. Você já sabe como Neferet é poderosa. Bem, acho que Kalona é ainda mais poderoso do que ela.

---

9   Produto para limpar, dar brilho e proteger os acessórios de carros.

– Isso é ruim – Heath concordou.

– Pois é.

Heath assentiu e não disse mais nada. Só olhou para mim. Eu olhei para ele e me deixei capturar por seus doces olhos castanhos. Fiquei um tempinho em silêncio, apenas olhando nos seus olhos, e então comecei a senti-lo intensamente. Senti o cheiro de Heath. Era aquele cheiro bom, de banho recém-tomado, o cheiro típico de Heath com o qual eu crescera. Ele estava tão perto de mim que senti o calor de seu corpo.

Lentamente, sem dizer uma palavra, Heath pegou minha mão e virou para ver as intricadas tatuagens que a decoravam. Ele traçou os desenhos com um dos dedos.

– É realmente impressionante isso ter acontecido com você – ele disse baixinho, ainda observando minha mão. – Às vezes, quando acordo de manhã, me esqueço que você foi Marcada e que está na Morada da Noite, e a primeira coisa em que penso é como estou ansioso para chegar a noite de sexta para você me ver jogar. Ou então penso que mal posso esperar para te ver antes da escola, comprando salsichas enroladas e refrigerante de cola no Daylight Donuts – ele olhou para minha mão e para os meus olhos. – E então acordo e me dou conta de que você não vai fazer nada disso. Quando nós ainda éramos Carimbados, achei que nem era tão ruim, pois ainda tinha alguma chance, eu ainda era parte de você. Mas agora nem isso tenho mais.

Heath me fez tremer por dentro.

– Desculpe, Heath. Eu... eu não sei mais o que dizer. Não posso mudar nada disso.

– Pode sim – Heath pegou minha mão e a colocou na sua camiseta de futebol do Broken Arrow Tigers, sobre o coração. – Está sentindo bater? – ele sussurrou.

Fiz que sim. Eu sentia seu coração batendo firme e forte, apesar de um pouquinho rápido. O que me fez lembrar de como o sangue correndo em suas veias era incrivelmente delicioso, e como seria tão bom tirar só uma provinha dele... E agora meu coração estava batendo acelerado, junto com o dele.

– Da última vez que te vi, eu disse que doía demais te amar. Mas estava errado quanto a isso. A verdade é que dói demais *não* te amar – Heath me contou.

– Heath, não. Não podemos – minha voz soou dura, na tentativa de conter o desejo que estava sentindo por ele.

– Claro que podemos, gata. Nós nos damos bem juntos. Temos muita prática nisso – Heath chegou mais perto de mim. Ele tirou meu dedo apontado sobre seu peito e passou o polegar de leve sobre minha unha benfeita. – É verdade que suas unhas são tão duras que podem cortar a pele de alguém?

Fiz que sim. Eu sabia que devia me afastar e voltar para os túneis e para a vida que esperava lá por mim, mas não consegui. Heath também era uma vida que esperava por mim e, certo ou errado, para mim era quase impossível me afastar dele.

Heath pegou meu dedo e levantou, apertando de leve minha unha sobre o ponto macio na curva entre o ombro e o pescoço.

– Me corta, Zo. Bebe meu sangue de novo – sua voz soou profunda e áspera de tanto desejo. – Já somos ligados. Sempre seremos. Então faça voltar a Carimbagem entre nós, é o certo para nós.

Ele apertou meu dedo com mais força contra o pescoço. Ambos estávamos agora com a respiração pesada. Quando minha unha rompeu sua pele, fazendo um arranhãozinho em seu pescoço, observei, mesmerizada, um lindo filete escarlate brotar na palidez de sua pele.

Então o cheiro me atingiu, o aroma mais do que familiar do sangue de Heath. O sangue que já fora Carimbado com o meu próprio. Nada se compara ao cheiro de sangue humano fresco, nem o sangue de outro novato; nem mesmo o sangue de um vampiro consegue ser tão irrecusável e hipnoticamente desejável.

– Sim, gata, sim. Beba meu sangue, Zo. Lembra como era gostoso? – Heath sussurrou enquanto sua mão na minha cintura me puxava para perto dele.

Será que eu não podia tirar só uma provinha? E daí se me Carimbasse de novo com Heath? Inferno, claro que ficaríamos Carimbados. E isso não seria tão ruim. Eu adorei ser Carimbada com ele. Ele também gostou, até... até eu quebrar a Carimbagem junto com seu coração e, possivelmente, danificar sua alma irremediavelmente.

Eu o empurrei e saí da cabine da caminhonete, rapidamente dando a volta por ele. A chuva gelada foi até gostosa em meu rosto, refrescando o calor de meu sangue quente de desejo.

– Tenho de voltar, Heath – eu disse, tentando ajustar minha respiração e fazer meu coração disparado ficar sob controle. – Você também tem que voltar para seu lugar. E seu lugar não é aqui.

– Zoey, o que houve? – ele deu um passo em minha direção e eu dei mais um passo para trás. – O que foi que eu fiz?

– Nada. Não... não é você, Heath – afastei o cabelo molhado do rosto. – Você é ótimo. Você sempre foi ótimo, e eu amo você. Por isso é que não pode mais acontecer nada entre nós. A Carimbagem não é boa para você, agora menos ainda.

– Por que você não deixa eu me preocupar com o que é ou não bom para mim mesmo?

– Porque você não pensa direito quando se trata de nós dois! – gritei. – Você se lembra de como doeu quando nossa Carimbagem se rompeu? E se lembra de ter dito que fiz você sentir vontade de morrer?

– Então não quebre a Carimbagem de novo.

– Não é tão simples assim. Minha vida não é mais tão simples assim.

– Talvez seja você quem esteja complicando tudo. Existe você. Existo eu. Nós nos amamos desde crianças, então devemos continuar juntos. Ponto final – ele concluiu.

– A vida não é um livro, Heath! Não existe garantia de final – rebati.

– Eu não preciso de garantia tendo você.

– Mas é isso mesmo. Você não me tem, Heath. Não pode ter. Não pode mais – balancei a cabeça e levantei a mão para detê-lo quando ele tentou falar algo mais. – Não! Não posso fazer isso agora. Eu só quero que você entre na sua caminhonete e volte para B.A. Eu vou voltar lá para baixo. Para o meu povo e para meu namorado vampiro.

– Ah, por favor! Você e aquele bundão *vamp*? Você não vai ficar nessa de jeito nenhum, Zo.

– A questão não é apenas Erik e eu. A verdade é que você e eu não podemos mais ficar juntos, Heath. Você precisa me esquecer e tocar sua vida. Sua vida de *humano* – dei as costas a ele e me afastei, não sem ter de me esforçar muito. Quando ouvi que ele estava me seguindo, não olhei para trás. Apenas berrei: – Não! Eu quero que você vá embora e não volte mais, Heath. Nunca mais.

Prendi minha respiração e parei de ouvir seus passos. Mas não olhei para ele. Estava com medo de, se fizesse isso, sair correndo para me jogar nos seus braços.

Eu estava quase chegando perto da velha grade de metal quando ouvi o primeiro grasnado. O som me fez parar como se eu tivesse dado de cara com um muro de tijolos. Dei meia-volta. Heath estava de pé sob a chuva gélida, debaixo da árvore, a poucos metros de sua caminhonete. Eu mal olhei para ele. Meus olhos se voltaram para a árvore envergada de tanto gelo.

Dentro das sombras dos galhos nus alguma coisa se mexeu na escuridão. Aquilo me fez lembrar de algo e pisquei os olhos, olhando fixo e tentando me lembrar de quando havia visto algo como aquilo antes. Então a imagem se mexeu... mudou... Eu arfei quando ficou mais visível. Neferet! Ela estava empoleirada em um galho grosso apoiado sobre o teto da estação. Seus olhos tinham um brilho escarlate e seus cabelos giravam loucamente, como se tivesse sido atingida por um vento súbito.

Neferet sorriu para mim. Sua expressão transmitiu uma maldade tão pura que fiquei congelada onde estava.

Então, enquanto eu assistia àquilo horrorizada, sua imagem se alterou novamente, oscilou e, sobre a silhueta da maldita Grande Sacerdotisa, surgiu agora um enorme *Raven Mocker*. O troço empoleirado na lateral do teto da estação não era humano nem animal. Era uma terrível mutação de ambos. Olhava para mim com olhos cor de sangue do tamanho dos de um homem. Seus braços e pernas humanos estavam nus, parecendo asquerosos e pervertidos ao emergir do corpo daquela ave gigante. Eu vi sua língua bifurcada e a saliva cintilante que gotejava com fome daquela bocarra horrorosa.

– Zoey, o que está havendo? – Heath perguntou. E, antes que dissesse a ele para não falar mais nada, ele acompanhou meu olhar, virando-se para os galhos congelados apoiados sobre o teto da estação. – Que porra é essa? – mas, enquanto a expressão no seu rosto mostrava que ele estava entendendo o que era aquela criatura, o pássaro tirou os olhos flamejantes de Heath e se voltou para mim.

– Zzzzzoey? – ele arfou meu nome com aquela voz errada, sem expressão e totalmente não humana. – Estamos à sssssssua procurrrra.

Senti meu corpo congelar. Minha mente gritou *Eles estão me procurando!* Mas não saiu nada da minha boca, nem mesmo um aviso para Heath. Não saiu da minha boca nem mesmo um grito agudo e feminino de terror.

– Meu pai vai ficar muito felizzzzzzzzzzzz quando eu der você de pressssssente para ele – disse o *Mocker*, abrindo as asas como que prestes a descer voando da árvore para me pegar.

– Vou ter que dizer "é ruim" para esse seu planozinho idiota – Heath berrou.

12

Desviei meu olhar horrorizado do *Raven Mocker* e vi Heath parado poucos metros à minha frente. Ele estava com a arma na mão, apontando diretamente para aquele ser na árvore.

– Humano insignificante! – guinchou a criatura. – Você ssssse acha capazzzzzz de deter um dossss Antigosssss?

A partir daí a coisa toda aconteceu como num relâmpago. A criatura explodiu da árvore ao mesmo tempo em que meu corpo descongelou e eu avancei correndo. Vi Heath apertar o gatilho e ouvi o estampido ensurdecedor da arma, mas os movimentos do *Raven Mocker* eram de uma velocidade inumana. Ele se esquivou e o local para onde Heath apontara ficou vazio no exato instante em que a bala passou cortando o ar, incrustando-se na árvore coberta de gelo. Quando aquela coisa voou em direção a Heath, vi suas unhas encurvadas virando garras e me lembrei de quando uma criatura dessas, mesmo em forma espiritual, quase me cortou o pescoço. Agora os *Raven Mockers* tinham seus corpos de volta, e eu sabia que tinha que ser rápida, senão aquele ser ia matar Heath.

Um berro deu voz ao meu medo e à minha raiva, e me joguei sobre Heath, derrubando-o um segundo antes de o *Raven Mocker* alcançá-lo, de modo que a criatura acabou batendo em mim. Na hora não senti dor nenhuma, só uma pressão estranha na pele, que começava no alto do meu ombro esquerdo e atravessava a parte de cima do peito, acima dos seios, atingindo em cheio o ombro direito. A força do golpe me fez dar meia-volta, de modo que eu ainda estava olhando para o *Raven Mocker* quando ele passou por nós voando e pousou no chão sobre suas terríveis pernas humanas.

Seus olhos cor de sangue se arregalaram quando ele olhou para mim.

– Não! – ele gritou com uma voz que não podia pertencer a ninguém são. – Ele quer voccccccê viva.

– Zoey! Ah, meu Deus, Zoey! Vem pra trás de mim! – Heath gritou comigo, enquanto tentava se levantar aos trancos e barrancos, mas ele escorregou na calçada congelada que agora estava, por alguma razão, vermelha e molhada, e levou um tombo feio.

Olhei para ele e achei esquisito sentir que estava gritando de dentro de um longo túnel, apesar de estar tão perto de mim. Não entendi por que, mas meus joelhos cederam e caí na calçada. O ruflar arrepiante das asas enormes do *Raven Mocker* me fez olhar para a criatura. E o troço abriu mesmo as asas. Obviamente estava vindo me pegar. Levantei a mão e senti que estava pesada e quente. Quando olhei, fiquei chocada de ver que estava banhada em sangue. *Sangue? É isso que está espalhado pela calçada? Que esquisito.* Dei de ombros mentalmente, desconsiderei o sangue que estava formando uma poça e berrei:

– Vento, venha para mim!

Pelo menos achei que gritei. O que realmente saiu da minha boca mal podia ser chamado de sussurro. Felizmente, o vento ouve bem, pois o ar instantaneamente começou a girar ao meu redor.

– Mantenha esse troço no chão – ordenei. O vento obedeceu imediatamente e um adorável minitornado engolfou o grotesco homem-pássaro, deixando suas asas inúteis. Soltando um guincho terrível, a criatura encolheu as asas nas costas e começou a se arrastar em minha direção, abaixando a cabeça mutante contra o ataque do vento.

– Zoey! Merda, Zoey! – Heath de repente estava ao meu lado. Ele me abraçava com seu braço forte, o que foi realmente bom, pois eu estava achando que ia cair.

Sorri para ele, me perguntando por que ele estava chorando.

– Só um segundo. Tenho que terminar isso aqui – exaurida, voltei a atenção para o homem-pássaro. – Fogo, preciso de você – e ele se fez presente, aquecendo o ar revolto que me envolvia. Então usei o dedo da mão ensanguentada que ainda estava levantada e apontei para a coisa que estava chegando cada vez mais perto de Heath e de mim. – Queime – ordenei.

O calor que me cercava mudou de ritmo, e o que era um calor delicado se transformou em uma coluna de fogo intenso, que seguiu a reta apontada pelo meu dedo e pela minha vontade e avançou em direção ao *Raven Mocker*, engolfando-o em uma chama amarela furiosa. O ar ficou tomado pelo cheiro ruim de carne tostada e penas queimadas. Achei que fosse vomitar.

– Ah, eca. Fogo, obrigada. Vento, antes de partir, pode me fazer o favor de soprar para longe este fedor? – era muito estranho eu achar que estava dizendo tudo isso bem alto, quando na verdade minha voz estava saindo fraca como um sussurro. Os elementos me obedeceram de qualquer forma, o que foi bom, pois me bateu uma tontura e de repente caí em cima de Heath, incapaz de ficar em pé por mim mesma.

Tentei entender o que havia de errado comigo, mas meus pensamentos estavam totalmente embolados e, por alguma razão, saber com exatidão o que estava se passando não pareceu tão importante.

Bem ao longe ouvi passos correndo e então olhei para o rosto choroso de Heath, que gritava: – Socorro! Estamos aqui! Zoey precisa de ajuda!

Depois disso só me lembro de ver o rosto de Erik ao lado do de Heath. Só consegui pensar *Ah, que ótimo, eles vão começar a rosnar um para o outro de novo.* Mas não fizeram nada disso. Na verdade, a reação de Erik quando olhou para mim me fez sentir uma preocupação distante que me despertou vagamente algum interesse.

– Merda! – ele disse, e seu rosto ficou realmente pálido. Sem dizer nenhuma palavra, Erik arrancou a camisa (aquela linda camisa polo preta de mangas compridas que ele estava usando em nosso último ritual), fazendo os botões pularem para toda parte. Pisquei os olhos, surpresa, reparando que ele ficava realmente bem com aquela camiseta tipo "mamãe-tô-forte". Na boa, sério mesmo, ele tinha um corpo muito gostoso. Ele se ajoelhou do meu outro lado. – Desculpe, isto deve doer – Erik enrolou a camiseta e a apertou sobre meu peito.

Arfei de dor ao sentir algo como se fosse um corte no peito.

– Ah, Deusa! Desculpe, Z., desculpe! – Erik ficou repetindo sem parar.

Olhei para baixo para ver o que estava me causando tanta dor e fiquei completamente chocada ao ver meu corpo inteiro banhado em sangue.

– O... o que... – tentei formular uma pergunta, mas estava difícil falar por causa da dor misturada ao torpor cada vez mais forte.

– Temos que levá-la para Darius. Ele vai saber o que fazer – Erik disse.

– Eu a carrego. Me leve até esse tal de Darius – Heath disse.

– Vamos lá! – Erik assentiu.

Heath olhou para mim.

– Vou ter que te pegar, Z. Aguenta firme, tá?

Tentei assentir com a cabeça, mas o movimento terminou em outro ofego quando Heath me pegou e, me apertando junto ao peito como se eu fosse uma criança grande demais, foi correndo atrás de Erik, tomando cuidado para não escorregar.

O trajeto de volta pelos túneis foi um pesadelo do qual jamais vou me esquecer. Heath correu atrás de Erik pelo porão. Quando alcançaram a escada de metal que dava para a rede de túneis, pararam por um breve segundo.

– Desce que eu vou entregá-la a você – Heath disse.

Erik assentiu e desceu pelo buraco. Heath foi até a beirada. – Desculpe, gata. Sei que isso deve ser terrível pra você.

Então ele me beijou de leve na testa, se agachou e deu um jeito de me passar para Erik, que esperava abaixo de nós.

Eu digo que ele "deu um jeito" porque eu estava entretida com meus próprios gritos de dor e não prestei muita atenção à logística da operação.

Depois disso, só me lembro de Heath pisando com cuidado no chão do túnel e de Erik me passando de volta para ele.

– Vou correr na frente para chamar Darius. Você continue seguindo pelo túnel. Não pegue nenhum desvio. Fique onde for mais iluminado, eu volto com Darius.

– Quem é Darius? – Heath perguntou, mas falou para o nada.

– Ele é bem mais rápido do que pensei que fosse – tentei dizer, mas o que saiu da minha boca foi só uma precária mistura de palavras. E reparei no lampião, que tinha certeza que estava apagado logo antes de eu subir ao porão, e agora estava aceso de novo. – Que esquisito – foi o que quis dizer. Em vez disso, mal me ouvi murmurar algo que soou mais ou menos como "Quisssquisiiii" em meio ao barulho do meu coração, cuja batida me preenchia os ouvidos.

– Shhh – Heath procurou me acalmar enquanto começou a correr o mais rápido que pôde sem me sacudir muito para não me fazer gritar de novo. – Fique comigo, Zo. Não feche os olhos. Fique me olhando. Fique comigo.

Heath ficou falando sem parar, o que foi realmente irritante, pois meu peito doía muito e tudo que eu queria era fechar os olhos e dormir.

– Preciso descansar – murmurei.

– Não! Nada de descansar! Ei, vamos fingir que estamos naquele filme que você ficava assistindo sem parar, o *Titanic*. Você sabe, aquele com Leonardo DiOtário.

– DiCaprio – sussurrei, irritada por Heath continuar com ciúme depois de tantos anos, só porque eu tinha um fraco por Leonardo DiCaprio quando era criança. Ou, como eu gostava de dizer, "meu namorado Leo".

– Não interessa – ele disse. – Você se lembra de quando falou que se fosse a Rose nunca teria deixado que ele partisse? Então, vamos fazer essa cena. Eu sou o bichinha do DiCaprio e você é a Rose. Você tem de ficar de olhos abertos, olhando para o meu rosto, ou então você me deixa e eu viro um grande picolé.

– Pateta – consegui dizer.

Heath sorriu. – Só não me deixe partir, Rose. Tá?

Tudo bem que era patético "interpretar" essa cena, mas reconheço que ele me pegou de jeito. A cena me deixou louca na primeira vez que vi o filme (e chorei feito uma bezerra desmamada – e estou falando de uma crise de choro daquelas de sacudir os ombros). A idiota da Rose diz que nunca vai deixá-lo partir, mas deixa. E por que não podia ter puxado Leo/Jack para se segurar naquela madeira flutuante com ela? Tinha espaço de sobra. Então, enquanto minha mente desfocada dava voltas naquela cena devastadora de um dos meus filmes favoritos, Heath me segurou bem nos braços e correu.

Ele havia acabado de fazer uma leve curva no túnel quando Erik nos encontrou. Darius vinha logo atrás. Heath parou e só então me dei conta de como estava ofegante. Ahn. Conjecturei vagamente se deveria sentir vergonha por ser pesada.

Darius olhou para mim e começou a gritar ordens para Erik.

– Vou levá-la para o quarto de Stevie Rae. Vou chegar lá bem antes de você, mas vou precisar que este humano me acompanhe, portanto mostre a ele o caminho. Depois traga as gêmeas e Damien. Acorde Aphrodite. Talvez precisemos dela também – Darius se voltou para Heath. – Eu levo Zoey.

Heath hesitou. Senti que não queria me entregar. O olhar duro de Darius ficou mais suave. – Não tema. Eu sou um Filho de Erebus e fiz um juramento de protegê-la sempre – com relutância Heath me passou para os braços fortes de Darius. O guerreiro me olhou com uma expressão muito séria. – Vou correr bastante. Não se esqueça de confiar em mim.

Assenti sem forças e, apesar de já saber o que aconteceria em seguida, ainda fiquei impressionada quando Darius partiu a uma velocidade que transformou as paredes do túnel em um borrão e me deixou de cabeça tonta. Eu já havia experimentado a impressionante capacidade que Darius tinha de praticamente se teletransportar uma vez, e a segunda não foi menos espantosa.

Parecia que meros segundos haviam se passado quando Darius parou de repente em frente à entrada tapada por um cobertor do quarto de Stevie Rae. Ele entrou. Stevie Rae estava sentada, esfregando os olhos e nos fitando ainda sem ver direito. Então ficou boquiaberta de puro choque e pulou para fora da cama.

– Zoey! O que aconteceu?

– *Raven Mocker* – Darius disse. – Tire essas coisas da mesa.

Stevie Rae empurrou para fora tudo que estava na mesa ao pé da cama. Eu quis reclamar e dizer que ela não precisava fazer tamanha bagunça. Tenho certeza de que ela quebrou uns dois copos e jogou um monte de DVDs para o outro lado do quarto, mas não só minha voz não estava funcionando direito, como eu estava realmente ocupada tentando não desmaiar de tanta dor que senti na parte de cima do corpo quando Darius me colocou na mesa.

– O que podemos fazer? O que podemos fazer? – Stevie Rae repetiu a pergunta. Achei que ela parecia uma menininha perdida e reparei que também estava chorando.

– Pegue a mão dela. Fale com ela. Faça com que continue consciente – Darius disse. E então deu meia-volta e começou a pegar coisas do seu kit de primeiros socorros.

– Zoey, você está me ouvindo? – eu podia sentir que Stevie Rae estava segurando minha mão, mas sentia muito de leve.

Foi preciso um esforço quase sobre-humano, mas eu sussurrei: – Tô.

Stevie Rae agarrou minha mão com mais força.

– Você vai ficar bem. Tá? Nada pode lhe acontecer, porque não sei o que eu faria... – sua voz ficou presa por um nó na garganta, e então ela disse: – Você não pode morrer, pois sempre acreditou no meu melhor lado, e venho tentando ser aquilo que você acha que sou.

Sem você, bem, tenho medo que meu lado bom morra também e eu me entregue às trevas. Além disso, tem tanta coisa que ainda preciso te dizer. Coisas importantes.

Tive vontade de mandá-la parar de bobeira, dizer que não estava falando coisa com coisa e que eu não estava indo a parte alguma, mas comecei a sentir algo estranho em meio à dor e ao torpor. A única maneira de descrever seria dizer que era uma sensação de algo errado. O que quer que tivesse acontecido, ou estivesse acontecendo comigo, era a origem deste algo errado. E esta nova sensação, mais do que o sangue, mais do que o medo no rosto dos meus amigos, me dizia que havia algo de tão errado comigo que eu devia mesmo estar indo para algum lugar.

Foi quando a dor começou a diminuir e concluí que, se aquilo era morrer, era melhor do que viver com aquela dor infernal.

Heath entrou no quarto correndo, veio direto para perto de mim e pegou minha outra mão. Ele mal olhou para Stevie Rae. Em vez disso, afastou do meu rosto uma mecha de cabelo.

– Como você está gata? Aguentando firme?

Tentei sorrir, mas ele me pareceu tão distante que não consegui fazer a mudança de expressão chegar a ele.

As gêmeas entraram no quarto correndo, com Kramisha logo atrás.

– Ah, não! – Erin, a alguns metros de onde eu estava, levou a mão à boca.

– Zoey? – achei que Shaunee estava com uma cara confusa. Então ela piscou várias vezes, me olhando de cima a baixo, e caiu no choro.

– Isso não tem cara boa – Kramisha disse. – Não mesmo – ela fez uma pausa e olhou para Heath, cuja atenção estava tão grudada em mim que eu podia jurar que seria incapaz de reparar até se entrasse no quarto um elefante com roupa de bailarina. – Esse não é o humano que já veio aqui embaixo uma vez?

Não sei por que, mas, tirando meu próprio corpo, que não parecia me pertencer mais, tornei-me plenamente consciente do que estava acontecendo ao meu redor. As gêmeas estavam de mãos dadas e chorando tanto que escorria meleca de seus narizes. Darius ainda procurava algo no kit de primeiros socorros. Stevie Rae dava tapinhas na minha mão e tentava (mas não conseguia) ficar sem chorar. Heath sussurrava falas do *Titanic* pra mim feito um bobo. Em outras palavras, todos estavam concentrados em mim. Menos Kramisha. Ela estava olhando para Heath de um jeito esfomeado.

Uma sirenezinha começou a soar em minha mente e tentei retomar a sensação do meu corpo. Precisava avisar Heath para ficar alerta. Precisava dizer que tinha de ir embora antes que algo lhe acontecesse.

– Heath – consegui sussurrar.

– Tô aqui, meu bem. Não vou a lugar nenhum.

Revirei os olhos mentalmente. Heath era uma gracinha com aquele seu heroísmo todo, mas eu estava com medo de que ele acabasse devorado pelos novatos vermelhos de Stevie Rae.

– Ei, você não é aquele garoto humano que já veio aqui embaixo uma vez? – Kramisha foi para perto de Heath. Seus olhos ganharam um tom vermelho que era um aviso e tanto. Será que eu era a única que estava enxergando perigo no modo intenso com que ela estava olhando para ele?

– Darius! – finalmente arfei.

– Felizmente, o guerreiro tirou os olhos do kit de primeiros socorros. Olhei nos olhos dele e depois para Kramisha, que estava praticamente babando em Heath, e vi que Darius entendeu.

– Kramisha. Saia daqui. Agora – Darius ordenou.

Ela hesitou, mas então tirou o olhar de Heath e olhou diretamente para mim. *Vai!*, eu disse sem voz. Seus olhos não mudaram, mas ela assentiu uma vez e saiu rapidamente do quarto.

Foi quando Aphrodite abriu a porta de cobertor com um tapa lateral e fez sua grande entrada. Com uma cara de merda daquelas, e brava, ela olhou para o quarto.

– Droga, esta Carimbagem é um "pé no saco"! Stevie Rae, dá para você controlar esse seu sentimentalismo barato e mostrar um mínimo de respeito com quem ainda está com uma ressaca de matar um... – ela finalmente focalizou a vista embaçada e me viu. Seu rosto já pálido e de olhos fundos ficou ainda mais pálido, tipo branquela azeda. – Ah, Deusa! Zoey! – ela começou a balançar a cabeça para a frente e para trás enquanto corria para perto de mim.

– Não, Zoey. Não. Eu não vi isto – ela estava falando sério comigo. – Eu nunca vi isto. Você superou a primeira visão de morte que tive. Na vez seguinte não lhe cortavam, era para você se afogar. Não! Isto está errado!

Tentei dizer alguma coisa, mas ela já tinha se voltado para Heath.

– Você! Que porra está fazendo aqui?

– Eu... eu vim ver se ela estava bem – Heath gaguejou, obviamente assustado com aquele jeito de ela falar.

Aphrodite balançou a cabeça de novo.

– Não. Você não devia estar aqui. Isto não está certo – ela fez uma pausa e olhou para Heath com raiva. – Foi você quem causou isto, não foi?

Vi os olhos de Heath se encherem de lágrimas.

– É, acho que fui eu, sim.

13

Damien, Jack e Erik correram para dentro do quarto, seguidos de perto por Duquesa. Jack deu uma olhada para mim, gritou como uma garotinha e desmaiou. Damien o segurou a tempo de impedir que ele desse com a cabeça no chão e o deitou na cama de Stevie Rae, enquanto a coitada da labradora, confusa, choramingou e ficou olhando com seus grandes e preocupados olhos castanhos para Damien e para mim, e depois para Jack outra vez. Damien se juntou aos demais, inclusive Erik, que era um dos que se aglomeraram ao meu redor. Darius atravessou o grupo com dificuldade, abrindo caminho entre os garotos como se fosse uma espécie de Moisés Vampiro e os novatos fossem o Mar Vermelho.

– Eles precisam traçar um círculo e se concentrar nos poderes curativos dos elementos agindo sobre Zoey – Darius disse a Aphrodite.

Ela assentiu, tocou minha testa gentilmente e começou a dar ordens aos meus amigos.

– Horda de *nerds*! Assumam seus lugares. Vamos traçar esse círculo.

Shaunee e Erin olharam para ela sem entender nada. Damien disse com voz embargada: – Eu... eu não sei para onde fica o leste.

Stevie Rae apertou minha mão outra vez antes de soltar. – Eu sei. Eu sempre sei onde fica o norte, então também sei onde fica o leste – ela falou com Damien.

– Faça o círculo ao redor da mesa – Darius disse. – E me dê o lençol da cama.

Damien pegou o lençol de cima da cama de Stevie Rae, murmurando que tudo ia dar certo para Jack, que estava voltando a si, e então deu o lençol a Darius.

– Fique comigo, Sacerdotisa – ele me disse e deu uma olhada em Heath e em Erik. – Vocês dois, continuem falando com ela.

Erik pegou a mão que Stevie Rae havia soltado. – Tô aqui, Z. – ele entrelaçou seus dedos aos meus. – Você tem que dar a volta por cima. Nós precisamos de você – fez uma pausa e seus lindos olhos azuis encontraram os meus. – Eu preciso de você, e sinto muito por tudo que aconteceu antes.

Depois Heath levou minha outra mão aos lábios, beijando-a suavemente.

– Ei, Zo, eu já te disse que faz mais de dois meses que não bebo? – era megaesquisito estar com meus dois caras ali. Fiquei feliz por não estarem mais rosnando um para o outro, mas entendi que boa coisa isso não podia ser e que eu devia estar mais ferida do que me dava conta. – Não é ótimo? Eu parei de beber totalmente – Heath voltou a falar.

Tentei sorrir para ele. Era ótimo. Eu havia rompido com Heath, logo antes de ser Marcada, por ele andar bebendo. A coisa havia saído totalmente de controle...

Darius puxou a camiseta enrolada de Erik do meu peito e rapidamente rasgou a parte de cima do meu vestido no meio, de modo que senti o ar frio do túnel em minha pele ensopada de sangue.

– Santa Deusa, não! – Erik disse.

– Ah, merda! – Heath balançou a cabeça para a frente e para trás. – Isso é péssimo. Péssimo mesmo. Ninguém pode sobreviver com...

– Nenhum *humano* pode sobreviver a esse tipo de ferimento, mas ela não é humana, e não vou deixá-la morrer – Darius interrompeu Heath enquanto (felizmente) cobria meus seios nus com o lençol.

Cometi o erro de olhar para baixo. Talvez fosse até melhor não ter energia para gritar. Havia uma enorme laceração que começava no meu ombro esquerdo, atravessava o peito a cinco centímetros acima dos seios e terminava no ombro direito. O corte era profundo e irregular. As bordas da minha pele estavam divididas de um jeito nojento, mostrando mais músculo, gordura e camadas de pele do que jamais iria querer ver. Pingava sangue de todo aquele ferimento horroroso, mas nem era tanto quanto eu esperava. Seria porque eu estava ficando sem sangue? Inferno! Devia ser isso mesmo! Comecei a soltar pequenos ofegos histéricos.

— Zoey, olhe para mim — Erik disse. Ao ver que eu não parava de olhar para o ferimento no qual Darius apertava grossos pedaços de gaze, ele segurou meu queixo gentilmente e me fez virar o rosto, forçando-me a olhar para ele. — Você vai ficar bem. Você tem que ficar bem.

— É, Zo. Simplesmente não olhe — Heath disse. — Sabe, é como você sempre me dizia quando eu me ferrava jogando futebol. Você dizia "Se você não olhar, não vai doer tanto".

Erik soltou meu queixo e consegui balançar a cabeça. Se pudesse falar, teria dito a eles *Droga, não vou olhar de novo!* Eu já tinha conseguido ficar apavorada agora. Não precisava rever.

— Trace esse círculo — Darius disse.

— Estamos prontos — Damien respondeu.

Olhei ao redor (com certeza evitando olhar para mim mesma outra vez) e vi que Damien, Stevie Rae e as gêmeas haviam assumido suas posições no círculo ao nosso redor.

— Então tracem logo! — Darius ordenou novamente.

Houve uma pausa e Erin aproveitou para falar: — Mas Zoey sempre traça os círculos. Nós nunca fizemos isso.

— Eu faço — Aphrodite adentrou o círculo e foi até Damien com passos decididos. Damien olhou para ela de um jeito que até eu percebi que estava cheio de dúvida. — Você não precisa ser novato nem vampiro para traçar um círculo. Só precisa ser ligado a Nyx. E eu sou – ela disse com firmeza. – Mas preciso que vocês me deem apoio. Posso contar com vocês?

Damien fez uma pausa longa o bastante para olhar para mim. Com um esforço que pareceu sugar o resto de minhas forças, assenti para ele. Ele sorriu para mim e balançou a cabeça também.

– Pode contar comigo – Damien disse a Aphrodite.

Aphrodite olhou para as gêmeas.

– Pode contar com a gente também – Erin falou por ambas.

Finalmente ela se voltou para Stevie Rae, que enxugou os olhos, me deu um grande e confiante sorriso e disse a Aphrodite: – Você salvou minha vida duas vezes. Acredito que possa fazer o mesmo por Zoey.

Vi o rosto de Aphrodite corar. Ela empinou o queixo, endireitou os ombros e percebi que, pela primeira vez em muito tempo, sentiu-se aceita como parte do grupo.

– Então tá, vamos fazer isso – Aphrodite respondeu. – É o primeiro elemento, aquele que a todos abarca desde o primeiro até o último suspiro. Eu invoco o vento ao círculo! – vi, de verdade, uma brisa súbita levantar os cabelos de Aphrodite e de Damien e, com um olhar de evidente alívio, ela seguiu na direção horária pelo círculo e parou em Shaunee.

Então parei de prestar atenção. Ou melhor, minha atenção *começou* a se estreitar, ficando acinzentada e afunilada.

– Zoey, você ainda está com a gente? – Darius perguntou, pressionando meu peito com mais gaze.

Não consegui responder. Minha cabeça estava realmente leve, mas o resto do meu corpo, inacreditavelmente pesado, como se algum debiloide tivesse estacionado um caminhão daqueles gigantescos em cima de mim.

– Z.? – Erik estava chamando. – Z., olhe para mim!

– Zoey? Benzinho? – Heath parecia prestes a chorar de novo.

Tá, eu realmente queria dizer alguma coisa para fazer com que eles se sentissem melhor, mas simplesmente não dava. Não conseguia mais fazer meu corpo funcionar. Foi como se tivesse me tornado uma espectadora distante do que estava acontecendo ao meu redor. Eu podia assistir, mas não podia participar.

– Todos os elementos foram invocados, menos o espírito – Aphrodite disse. Ela estava ao lado de Darius. – É o elemento que Zoey sempre personifica, e eu me sinto esquisita de invocá-lo no lugar dela.

– Invoque – Darius ordenou. Ele tirou os olhos de mim e olhou para meus amigos ao redor do círculo. – Concentrem-se no poder de seus elementos em Zoey. Pensem em enchê-la de luz, calor e vida.

Ouvi vagamente Aphrodite invocando o espírito, apesar de não conseguir sentir a energia que ele sempre me trazia. Senti rapidamente um calor distante, e também pensei ter sentido por um segundo cheiro de chuva e de grama cortada, mas a impressão se desfez rapidamente enquanto minha vista ficava cada vez mais coberta por uma camada acinzentada.

– É você o humano com quem Zoey foi Carimbada? – ouvi Darius falando com Heath. Ouvi, mas não consegui me importar muito com o que estavam dizendo.

– Sim – Heath respondeu.

– Ótimo. Seu sangue vai ser ainda melhor do que o de Aphrodite para ela.

– É a primeira boa notícia que ouço há décadas – Aphrodite murmurou, enxugando os olhos com as costas da mão.

– Você deixa Zoey beber seu sangue?

– Claro! – Heath disse. – É só dizer o que preciso fazer.

– Sente-se aqui em cima. Segure a cabeça dela em seu colo. Depois, me dê seu braço – Darius deu as instruções.

Heath se levantou da outra extremidade da mesa e, com ajuda de Erik e de Darius, colocou minha cabeça para repousar em sua coxa quente, como se ele fosse um travesseiro vivo. Heath estendeu o braço e

Darius segurou firme. Minha mente estava nebulosa demais para entender o que eles estavam fazendo, até que Darius pegou uma ferramenta que era uma mistura de faca/tesoura/abridor de garrafa do kit de primeiros socorros atrás de mim, abriu a faca pela metade e apertou a lâmina contra a pele macia da parte interna do musculoso antebraço de Heath.

O cheiro do seu sangue se instalou em mim como uma deliciosa bruma.

– Aperte o corte na boca de Zoey – Darius ordenou. – Faça-a beber.

– Vamos, gatinha. Beba um pouquinho. Vai te ajudar a melhorar.

Tá bem, minha mente racional sabia que Erik estava bem ali do lado, vendo tudo com meus melhores amigos. Em circunstâncias normais jamais teria feito o que fiz a seguir, por mais delicioso, atraente e provocante que fosse o cheiro do sangue de Heath.

Mas eu não estava passando nem perto de qualquer circunstância normal. Então, quando Heath pressionou em meus lábios seu braço sangrando, abri a boca, cravei meus dentes... e comecei a sugar.

Heath gemeu e me envolveu com seu outro braço, afundando o rosto em meu cabelo enquanto eu bebia seu sangue. O mundo imediatamente se afunilou, só havíamos Heath e eu, enquanto seu sangue explodia pelo meu corpo adentro. Ao começar a beber, senti a consciência me golpear o peito com uma dor tão intensa que teria tirado a boca do braço dele se Heath não tivesse me segurado com força e sussurrado em meu ouvido: – Não! Você não pode parar. Se eu aguento, você também aguenta, Zo.

Bem, eu já sabia que não estava lhe fazendo sentir apenas o delicioso prazer que aquele gesto causava tanto no vampiro quanto na vítima. Nós nos Carimbamos de novo, de imediato. Mesmo nas condições em que me encontrava, dava para sentir que estava acontecendo. Tudo que Heath estava sentindo me preencheu com seu sangue e nos unimos novamente pelo tecido mágico que era o desejo e a atração entre humano e vampiro, unidos em uma conexão única que era a Carimbagem. Mas eu não estava só bebendo seu sangue. Estava me alimentando em um frenesi que era um instinto natural de sobrevivência e, através de nossa conexão, Heath estava sentindo minha dor, meu medo e meu desejo, tudo aquilo que meu corpo estava ignorando quando entrei em estado de choque quase fatal. Mas o sangue dele mudou tudo. Ele me revitalizou, e assim me arrancou do estado de choque mortal e me atirou diretamente em um mar de dor cáustica. E me dei conta de ter chegado perigosamente perto da morte.

Choraminguei, ainda me alimentando dele, mas me senti péssima por saber o que o estava fazendo sentir.

Claro que ele sabia o que eu estava sentindo também e como me fazia mal lhe causar dor.

– Tudo bem, gatinha. Está tudo bem. Nem é tão ruim assim – ele sussurrou, rangendo os dentes em meu ouvido em meio à intensa mistura de dor e de desejo.

Não sei quanto tempo se passou quando, de repente, me dei conta de que, apesar do corte no peito doer pra diabo, meu corpo estava quente, e senti a carícia de uma suave brisa com aroma de chuva primaveril e de um prado cheio de feno. Meu espírito também estava revigorado, e eu sabia que o sangue de Heath já havia me energizado o bastante para poder aceitar a ajuda curativa dos elementos que confortaram minha alma e me acalmaram o corpo.

Mais ou menos na mesma hora percebi que Heath parara de falar comigo. Abri os olhos e olhei para cima. Ele estava meio caído por sobre mim, de olhos fechados e cara pálida, mas Darius o segurava firmemente pelos ombros. Instantaneamente tirei a boca do braço dele.
– Heath! – será que eu o havia matado? Em pânico, tentei me sentar, mas fui impedida pela dor que me golpeou o corpo.

– O humano está bem, Sacerdotisa – Darius disse, me acalmando. – Feche o ferimento em seu braço para que ele pare de perder sangue.

Automaticamente passei a língua no corte estreito no braço de Heath e no ferimento maior que fiz quando o mordi e pensei *Cure... não sangre mais*, e desta vez, ao tirar a boca, notei que o corte feito à faca e as marcas de meus dentes haviam parado completamente de sangrar.

– Você pode fechar o círculo – Darius disse a Aphrodite, que me observava com indisfarçada curiosidade.

Viu, eu quis dizer a ela, há muitos tipos diferentes de Carimbagem. A que tenho com Heath com certeza não é como a que você tem com Stevie Rae.

Mas não consegui juntar energia para pronunciar as palavras. Na verdade, não estava nada ansiosa para ouvir os zilhões de perguntas que tinha certeza que ela ia me fazer. Então, antes de ela se voltar para Stevie Rae para começar a agradecer aos elementos e dispensá-los, vi Aphrodite sorrir para Darius de um jeito sensual e cheio de promessas, e me lembrei de que a primeira Carimbagem que tive com Heath fora quebrada quando transei com Loren, e me dei conta de que era Darius quem teria de lhe dar essas respostas. Pelo sorriso íntimo que ele lhe dirigiu, achei que ia gostar beeeeeem mais daquele tipo de pergunta do que eu jamais seria capaz de gostar.

Eca, que nojo.

Enquanto a sorridente Aphrodite fechou o círculo, Darius voltou-se para Heath e para mim.

– Erik, me ajude a levá-lo para a cama – Darius pediu.

Erik, com uma expressão pétrea no rosto, levantou minha cabeça do colo de Heath. Ele e Darius o carregaram pela pequena distância até a cama e deitaram seu corpo inerte no ponto do qual Jack acabara de sair (ele estava observando tudo de olhos arregalados enquanto acariciava Duquesa mecanicamente, sem parar).

– Vá rápido pegar algo de comer e de beber. Ah, e traga mais do vinho de Vênus – Darius disse a Jack. – Mas diga aos novatos vermelhos para ficarem afastados – ele acrescentou e Jack assentiu e saiu com Duquesa em seu encalço.

– Eles não vão atacar Heath – Stevie Rae disse. Ela veio para perto de mim e segurou minha mão. – Principalmente agora que ele está Carimbado com Zoey outra vez. Seu sangue agora tem cheiro ruim.

– Não tenho tempo para testar agora se eles vão ou não atacar – Darius disse e voltou para perto da cama para inspecionar meu ferimento. – Ótimo. Parou completamente de sangrar.

– Acho que vou acreditar na sua palavra. Não quero olhar de novo – eu estava feliz da vida por recuperar minha voz, apesar de soar fraca e bastante abalada. – Pessoal, obrigada pelo círculo – agradeci aos meus amigos, que me sorriram e começaram a se aglomerar ao redor da mesa.

– Não! – Darius levantou a mão, acabando com a animação deles. – Preciso de espaço para trabalhar. Aphrodite, pegue uns curativos naquele kit e me dê.

– Ei, já parei de quase morrer? – perguntei ao guerreiro.

Darius tirou os olhos do machucado e os focou direto em meus olhos, e enxerguei um alívio que me disse com exatidão como eu chegara perto de passar desta para outra.

– Você parou de morrer – ele fez uma pausa antes de quase dizer algo mais.

– Mas? – eu o incitei.

– Não tem mas, nem meio mas – Stevie Rae disse logo. – Você parou de morrer. Ponto final.

Não tirei os olhos de Darius, e ele finalmente me respondeu. – Mas você precisa de mais ajuda do que eu posso dar para se recuperar totalmente.

– Como assim, mais ajuda? – Aphrodite perguntou, passando para o lado de Darius com a mão cheia de curativos de formato de borboleta.

Darius deu um suspiro. – O ferimento de Zoey foi sério. O sangue humano lhe salvou a vida ao repor o que ela perdeu e lhe deu forças para aceitar a energia dos elementos, mas nem mesmo Zoey podia se recuperar sozinha de um ferimento tão grave. Ela ainda é apenas uma novata. Mas, mesmo que fosse uma vampira Transformada, seria difícil se recuperar de um ferimento desses.

– Mas ela parece melhor agora, e está falando com a gente – Damien disse.

— É, eu não me sinto mais como se não estivesse aqui – respondi.

Darius assentiu. — Tudo muito bem, mas a verdade é que você precisa de muitos pontos para que o ferimento se feche e fique bom.

— E isto aqui? — Aphrodite levantou as caixas de curativos. — Pensei que fosse para isso que precisava deles.

— Eles são apenas temporários. Ela precisa tomar pontos de verdade.

— Então, me costure logo – tentei soar o mais corajosa possível, apesar de sentir vontade de vomitar, chorar ou as duas coisas, só de pensar em Darius me costurando.

— Não há suturas no kit – Darius respondeu.

— Não podemos arrumar? — Erik perguntou. Quando ele falou, percebi que olhava para toda parte, menos para mim. — Eu posso dirigir a caminhonete de Heath até a Farmácia St. John's, e Stevie Rae pode usar seu controle mental sobre um dos médicos de lá. Nós podemos trazer o que você precisar para dar os pontos.

— É, podemos. Eu posso até trazer um médico aqui embaixo se você quiser e depois limpar a memória dele quando voltarmos – Stevie Rae confirmou.

— Tá, Stevie Rae, é uma boa oferta da sua parte – eu disse, mais do que incomodada por ela falar com aquela naturalidade de sequestro e lavagem cerebral. — Mas realmente não acho boa ideia.

— Não é um problema tão simples de resolver, de qualquer forma – Darius disse.

— Então explique e vai passar a ser – Heath disse, apoiando-se nos cotovelos e parecendo totalmente ferrado, apesar de sorrir docemente para mim.

— Zoey não precisa só dos cuidados de um médico. Ela precisa estar entre vampiros adultos para que a lesão em seu corpo não seja fatal.

— Peraí. Pensei que você tivesse dito que eu tinha parado de morrer – eu disse.

– Você parou de quase morrer deste ferimento específico, mas se não estiver em um *coven* de vampiros, e com isso quero dizer mais do que um ou dois ou três de nós, a lesão irá consumir todas as suas forças e você começará a rejeitar a Transformação – Darius fez uma pausa para que todos digeríssemos o que estava dizendo. – Você vai morrer disso. E pode voltar para nós, como Stevie Rae e o resto dos novatos vermelhos voltaram, mas pode não voltar.

– Ou então pode voltar como aquele idiota do Stark e virar uma escrota maluca que vai sair nos atacando – Aphrodite disse.

– Então você realmente não tem escolha – Darius disse. – Temos que levá-la de volta para a Morada da Noite.

– Ai, que inferno – respondi.

14

– Mas ela não pode voltar! Kalona está lá – Erin disse.

– Para não falar dos *Raven Mockers* – Shaunee completou.

– Foi um deles quem fez isso com ela – Erik disse. – Não foi, Heath?

– Foi, e aquele bicho é nojento – Heath respondeu. Ele estava virando refrigerante de cola de uma lata que Jack lhe dera, ao mesmo tempo em que comia Doritos de *nacho cheese*, fazendo barulho como se estivesse esganado de fome. Fiquei feliz em ver que ele parecia melhor, completamente normal, o que prova que Doritos e refrigerante de cola são alimentos altamente saudáveis.

– Então eles vão simplesmente atacá-la de novo, e levá-la para lá não vai salvar Zoey. Só vai fazer com que eles acabem matando-a – Erik disse.

– Bem, talvez não – admiti com relutância. – O *Raven Mocker* não me atacou, pelo menos não de propósito. Ele ia atacar Heath e eu meio que entrei no meio – dei um sorriso sem-graça para Heath. – Na verdade, ele surtou quando me feriu.

– Porque ele disse que seu pai a estava procurando – Heath acrescentou. – Eu me lembro. Ele realmente surtou logo depois que a cortou. Zoey, gatinha, sinto muito por você quase ter morrido.

– Eu te disse, porra! – Aphrodite praticamente rosnou para Heath. – O que aconteceu foi culpa sua! Você não devia estar aqui!

– Calma, Aphrodite, espere aí – eu disse. Comecei a levantar as mãos para fazer sinal para ela pegar leve, mas Darius me fuzilou com os olhos, deixando claro que eu não devia me mexer. Além disso, doía demais sempre que eu fazia qualquer movimento. Então procurei falar sem mexer as mãos, o que era meio esquisito. – Você já ficou culpando Heath antes. Qual é?

Ela olhou para mim e juro que se incomodou, de verdade. Franzi a testa para ela. – O que está pegando, Aphrodite?

Ao ver que ela não dizia nada, Stevie Rae deu um suspiro e disse: – Porque ela é a Garota das Visões, e desta vez ela estava no escuro.

– Não invada minha mente desse jeito! – Aphrodite berrou com Stevie Rae.

– Então responda à pergunta de Zoey. Ela está baleada demais para arrancar de você – Stevie Rae a repreendeu.

Aphrodite lhe deu as costas. – É que eu esperava saber antes se você fosse morrer, só isso.

– Ahn? – perguntei, falando por todos nós que a encarávamos com cara de interrogação.

Ela revirou os olhos. – *Hello*! Eu tive duas visões de sua morte, então, nada mais lógico do que imaginar que, se você ia chegar tão perto da morte, eu ficasse sabendo um pouquinho antes, só isso. Mas Nyx não me mandou nenhuma espécie de visão, então imaginei que o Camisa 10 ali tivesse zoado com tudo, pois a Deusa não esperava que ele fosse aparecer onde não devia estar – ela franziu a testa para Heath e balançou a cabeça, contrariada. – Tipo, qual é! Você tem algum tipo de retardo, deficiência ou o quê? Você quase não foi morto aqui antes?

– É, mas Zo me salvou, então achei que ela ia dar uma de heroína de novo se as coisas dessem errado, e que no final tudo daria certo – Heath respondeu, e sua expressão linda e apatetada mudou, e ele ficou parecendo alguém que perdeu o que tinha de mais precioso. – Mas não achei que Zoey quase morreria por minha culpa.

— E dizem que jogadores de futebol não são inteligentes. Por que será, não é? – Aphrodite disse sarcasticamente.

— Tá bom, agora já chega – quase gritei. – Heath, você não teve culpa. Foi o idiota do *Raven Mocker* que quase me matou. Você acha que eu deixaria isso acontecer? Claro que não, cacete!

— Mas eu... – ele começou.

Eu o interrompi: – Heath, se você não estivesse aqui, qualquer hora dessas eu teria posto a cabeça para fora. Aquele homem-pássaro nojento disse que eles estavam me procurando, o que significa que mais cedo ou mais tarde teriam me encontrado e eu teria de enfrentá-los. Ponto final. E, Aphrodite, não é porque você tem visões que sabe de tudo. Às vezes acontecem coisas que você não consegue prever. Acostume-se a isso e pare de ser tão mesquinha, caramba. Além disso, a questão não tem nada a ver com os *Raven Mockers*. Antes que ele me atacasse, estava com a aparência de Neferet – terminei, falando rápido.

— O quê? – Damien perguntou. – Como podia estar com a aparência de Neferet?

— Não faço a menor ideia, mas tenho certeza de que quando olhei era ela quem estava lá, em cima da árvore. Ela deu um sorriso sinistro para mim, um sorriso pavoroso. Pisquei os olhos, e então ela sumiu e vi um *Raven Mocker* no seu lugar. Só sei isso – e sabia que havia algo mais de que precisava me lembrar sobre o que tinha acontecido, mas minha mente estava confusa de tanta dor e desmoronei, totalmente exausta.

— Temos que voltar à Morada da Noite – Darius voltou a falar.

— E levá-la direto para Neferet? Não parece muito inteligente – Heath disse.

— Mesmo assim, ela tem de ir.

— Não tem outro jeito? – perguntei olhando diretamente para Darius.

— Se você quiser sobreviver, não tem outro jeito – ele respondeu.

— Então Zoey tem que voltar à escola – Damien confirmou.

— Ah, maravilha! Assim os *Raven Mockers* e Neferet vão conseguir que Zoey esteja exatamente onde querem que ela esteja! – Aphrodite gritou.

Olhei para Aphrodite e vi que, além de sua postura antipática que usava como armadura, havia uma preocupação sincera comigo. Basicamente, ela estava com medo. Eu nem podia culpá-la. Eu também estava com medo por mim mesma e por meus amigos. Droga, estava com medo pela porcaria do mundo inteiro.

— Eles me querem lá, mas viva – respondi solenemente. – Isso significa que, antes de qualquer coisa, eles vão me curar.

— Você se esqueceu de que a curandeira da Morada da Noite é Neferet? – Damien perguntou.

— Claro que me lembro – respondi, irritada. – Só espero que Kalona me queira mais viva do que morta.

— Mas, e se ela fizer algo de terrível contra você depois de curá-la? – Aphrodite perguntou.

— Nesse caso, vocês vão ter de me resgatar – respondi.

— Ahn... Zoey – Damien chamou minha atenção. – Parece que você está falando como se fosse para lá sozinha. Mas não vai.

— É, não vai mesmo – Erin disse.

— Não vamos te perder de vista – Shaunee confirmou.

— Onde você for, nós vamos – Jack ecoou.

— É isso aí. Estamos nessa juntos – Stevie Rae afirmou. – Não se esqueça de que a única coisa que se repetiu nas visões de Aphrodite foi o fato de você estar sozinha. Não vamos deixar você ficar sozinha.

A voz de Erik soou entre as nossas: – Não podemos voltar todos com ela.

— Escute aqui, Erik – Aphrodite falou em tom de desprezo. – A gente sabe que você é megaciumento e que ver sua namorada chupando o sangue de outro não deve ser muito agradável, mas você vai ter que aprender a lidar com isso.

Erik a ignorou completamente. Então, me olhou nos olhos e percebi que, mais uma vez, ele estava usando seu talento cênico para fazer o papel de um "estranho". Ao observá-lo, não vi nenhum traço do cara que me queria tanto que sua paixão se tornara até um pouco assustadora. Também não vi nenhuma pista do troglodita possessivo que queria quebrar a cara de Heath e me dar ordens. Ele conseguiu encobrir todas essas versões de si mesmo e todas essas emoções com tamanha perfeição que comecei a me perguntar quem diabos seria o verdadeiro Erik.

– Stevie Rae não pode voltar com você. Se ela for, quem estará aqui para controlar os novatos vermelhos? Aphrodite não pode voltar com você. Ela é apenas uma humana e, por mais que eu queira que alguém a devore, imagino que você e Nyx ainda queiram tê-la por perto.

– Antes que ele diga alguma merda, você fique sabendo que vou voltar com você de qualquer jeito – Heath disse.

Erik nem piscou. – Sim, e vai apanhar como o humano idiota que é, provavelmente até ser morto, mais rápido até do que Aphrodite seria. E, além de conseguir ser morto, provavelmente também conseguirá que matem Zoey desta vez. Zoey tem que voltar, pois do contrário vai morrer. Darius é o único que deveria voltar com ela. Qualquer outro estará correndo um risco enorme. Com certeza vai acabar preso na Morada da Noite. Talvez até acabe morrendo.

Como sempre, o recinto explodiu à medida que meus amigos começaram a vociferar suas opiniões negativas sobre a declaração desprovida de emoção de Erik.

– Pessoal... pessoal... – tentei falar mais alto do que eles, mas não tive forças.

– Silêncio! – Darius ordenou, e todos enfim calaram a boca.

– Obrigada – agradeci-lhe e depois olhei para os meus amigos. – Acho que Erik tem razão. Qualquer um que volte comigo estará correndo risco, e não quero perder nenhum de vocês.

– Mas vocês cinco não ficam mais fortes quando estão juntos? – Heath perguntou.

– Ficamos, sim – Damien respondeu.

Heath assentiu. – Foi o que pensei. Então vocês que têm essa coisa especial com os elementos não deveriam acompanhar Zoey?

– Afinidade com o elemento – Damien explicou. – É assim que se chama. E eu concordo com Heath. O círculo deve ficar completo.

– Não é possível – Darius disse. – Stevie Rae tem que ficar aqui com os novatos vermelhos. Se ficar presa no campus ou, na pior das hipóteses, morrer, não temos como saber se a presença de Erik, na condição de Vampiro Transformado, bastará para mantê-los saudáveis e sob controle. Caso Zoey e eu tenhamos sido os únicos a reparar, vou lhes dizer que Kramisha aparentemente teve dificuldade em se controlar perto de Heath. O efeito dominó que pode ser causado pela ausência de Stevie Rae pode ser desastroso. Por isso o círculo não pode ficar completo.

– Espere, talvez possa – Aphrodite disse.

– Como assim? – perguntei a ela.

– Bem, não posso mais representar a terra. Essa afinidade foi devolvida a Stevie Rae quando ela se Transformou, e quando tentei invocar o elemento, ele ficou revoltado e derrubou a vela da minha mão.

Balancei a cabeça, lembrando-me de como foi terrível para Aphrodite acreditar que Nyx a abandonara, coisa que a Deusa na verdade não havia feito. Mas, mesmo assim, o certo é que a garota não conseguia mais invocar a terra.

– Mas – Aphrodite continuou – Zoey pode invocar a terra, como qualquer um dos cinco elementos. Certo?

Balancei a cabeça outra vez, assentindo. – Certo.

– E eu acabei de invocar o espírito sem problema nenhum. E se nós apenas trocássemos de posição? Zoey personificaria a terra e eu invocaria o espírito. Funcionou agorinha mesmo. Acho que tendo Zoey por perto para me ajudar a alimentar o espírito, não vejo por que não funcionaria.

– Ela tem razão. Assim o círculo fica completo sem mim – Stevie Rae disse. – Por mais que eu queira ficar com você, Darius tem razão. Não posso correr o risco de não voltar aqui para meus novatos.

– Vocês estão se esquecendo de mais uma razão pela qual não podem voltar com Zoey – Darius disse. – Neferet pode ler as mentes de vocês, e talvez Kalona também. O que significa que tudo que vocês sabem sobre os novatos vermelhos e este abrigo, eles ficarão sabendo.

– Ahn, pessoal, tenho uma ideia – Heath falou. – Tudo bem que não entendo muito dessas coisas, então posso estar totalmente errado, mas vocês não podem, cada um, sei lá, pedir ajuda aos elementos para bloquear suas mentes?

Olhei para Heath sem entender direito, e ele sorriu.

– Você pode ter razão nessa. O que acha, Damien?

– Acho que fomos idiotas em não pensar nisso antes – Damien sorriu para Heath, parecendo animado com a ideia. – Muito bem!

– Tudo bem. Às vezes é preciso alguém de fora reparar em certas coisas – Heath deu de ombros, todo simpático.

– Acha mesmo que pode dar certo? – Darius perguntou.

– Pode dar – Damien respondeu. – Ao menos daria para aqueles de nós que têm afinidade com um elemento. As gêmeas e eu já invocamos nossos elementos para nos proteger e abrigar antes. Não deve ser difícil pedir a eles que envolvam nossa mente com uma barreira – ele hesitou e olhou para Aphrodite. – Mas você pode fazer isso? Você não tem afinidade de verdade com o espírito, tem? Não quero ser maldoso, mas ficar no lugar de Zoey e invocar o elemento dentro de um círculo não quer dizer que vá conseguir invocar o espírito sozinha.

– Eu não preciso conjurar o espírito para proteger minha mente – Aphrodite disse. – Neferet não consegue ler minha mente desde que fui Marcada, e também não consegue ler a mente de Zoey. E vou dizer uma coisa, estou de saco cheio de vocês pegando no meu pé por eu ter voltado a ser humana!

– Tá, você tem razão quanto a esse negócio de ler a mente. Desculpe – Damien disse. – Mas acho que devíamos saber com certeza se o espírito vai realmente funcionar com Aphrodite *antes* de cairmos na besteira de voltar para a Morada da Noite.

— É, Aphrodite — Jack completou. — Não a estamos julgando por ser humana e tudo mais. Só precisamos saber se a coisa vai funcionar.

Então, tive uma súbita ideia.

— Não importa de verdade se Aphrodite consegue conjurar o elemento do lado de fora de um círculo mágico, porque eu consigo. Espírito — chamei baixinho. — Venha para mim — com a mesma facilidade de quem respira, invoquei o elemento e senti sua maravilhosa presença. — Agora vá ficar com Aphrodite. Proteja-a e sirva-a — cansada, estalei os dedos em direção a ela e senti o espírito se afastar de mim.

Um instante depois Aphrodite arregalou os enormes olhos azuis e sussurrou: — Ei! Funciona!

— Quanto tempo você pode manter isso? — Erik me perguntou.

Irritada com a total falta de emoção de sua voz, respondi em tom de censura: — Quanto tempo for preciso.

— Então o círculo fica intacto — Damien disse.

— Isso, nós vamos para a escola com Zoey — Erin disse.

— Juntos. Nós cinco — Shaunee confirmou.

— Eu me sinto uma pateta, como aqueles mosqueteiros — Aphrodite disse, mas estava sorrindo.

— Então estamos de acordo — Darius decidiu. — Vocês cinco e eu vamos voltar lá. Stevie Rae, Erik, Jack e Heath ficam aqui.

— Que inferno! Não, ele não vai ficar aqui — Erik disse, finalmente mostrando alguma emoção.

— Cara, você não decide nada. De qualquer forma, não vou ficar. Vou com Zoey.

— Você não pode ir, Heath. É perigoso demais — disse-lhe.

— Aphrodite é humana e vai. Então eu também posso — sua voz estava teimosa.

— Em primeiro lugar, futeboleiro retardado, posso ser humana, mas também sou especial, por isso posso ir. Segundo, você não pode ir porque eles podem usá-lo para atingir Zoey. Você está Carimbado com ela de novo. Se eles machucam você, machucam Zoey também. Então, mostre que tem um mínimo de juízo e volte para seu subúrbio.

– Ah... Eu não tinha pensado nisso – Heath respondeu.

– Você tem que ir para casa, Heath. Depois que tudo se resolver, a gente conversa.

– Será que não devo ficar aqui, perto de você? Assim, se você precisar de mim, será tudo mais rápido.

Eu quis dizer que sim, apesar de Erik me olhar com uma cara de quem ia morrer, e mesmo sabendo que o melhor para Heath seria nunca mais me ver de novo. Nossa Carimbagem era incrivelmente forte, mais ainda do que da primeira vez. Eu o sentia, tão perto, tão doce e tão familiar que, apesar de saber que era errado e que não devia, quis ficar com ele por perto. Mas então me lembrei de como Kramisha olhou para ele, como se estivesse prestes a devorá-lo. Eu sabia que seu sangue teria gosto estranho para qualquer novato ou vampiro, pois éramos Carimbados, mas não tinha certeza se eles iam deixar de querer provar do sangue de Heath só por causa disso. E só de pensar na ideia de alguém beber o sangue de Heath eu ficava muito "p" da vida.
– Não, Heath – insisti. – Você tem que ir pra casa. Aqui não é seguro para você.

– Não ligo se é seguro ou não. Eu quero é ficar com você – Heath disse.

– Eu sei, mas me importo com a sua segurança. Por isso, vá embora. Eu te ligo assim que puder.

– Tá, mas eu vou voltar no instante em que você chamar.

– Quer que eu mostre a saída pra ele? – Stevie Rae perguntou. – Os túneis podem ser meio confusos para quem não está acostumado.

Além disso, eu posso impedir que algum novato vermelho resolva mordê-lo. O pensamento estava lá, suspenso no ar.

– Bem, obrigada Stevie Rae – respondi.

– Erik, levante Zoey. Aphrodite, termine de enfaixá-la. É melhor eu também acompanhar Heath – Darius disse.

– O *Raven Mocker* estava na árvore acima da caminhonete dele, meio que empoleirado no teto da estação – avisei Darius.

– Vou prestar atenção, Sacerdotisa – ele respondeu. – Venha, garoto. Você precisa ir para casa.

– Voltamos rapidinho, Z. – Stevie Rae disse.

Em vez de sair com Darius e Stevie Rae, Heath veio para perto de mim. Abarcou meu rosto com a mão e sorriu. – Não se arrisque, tá, Zo?

– Vou tentar. Você também – respondi. – E, Heath, obrigada por salvar minha vida.

– Estou à disposição, Zoey. E tô falando sério. Sempre que você precisar – então, como se estivéssemos sozinhos e não em um recinto com meus amigos (e meu namorado) olhando com caras de bobos para nós, Heath se abaixou e me beijou. Ele tinha gosto de Doritos e de refrigerante de cola e de Heath. Senti seu gosto por toda parte, o cheiro do seu sangue Carimbado unicamente comigo e, por causa disso, literalmente mais fascinante do que o de qualquer um, o cheiro mais delicioso da terra.

– Eu te amo, gatinha – Heath sussurrou. E me beijou mais uma vez. Ao sair, acenou para os meus amigos. – A gente se vê por aí, galera – ele se despediu. Nem fiquei tão surpresa ao ver Jack e Damien dando tchau e as gêmeas mandando beijinhos. Tipo, Heath é bonitinho. Totalmente lindo. Logo antes de sair pela porta de cobertor, ele olhou de novo para Erik, que estava ao meu lado. – Aí, meu chapa, eu mesmo pego você se alguma coisa acontecer com ela – e então, deu seu sorriso charmoso de canto de boca para Erik. – Ah, e que tal você facilitar as coisas para mim e continuar dando ordens e tentando mandar nela enquanto eu não estiver na área? – rindo sozinho Heath finalmente saiu do quarto.

Aphrodite riu, mas tentou disfarçar tossindo.

– O ex-namorado não é de se jogar fora – Shaunee disse.

– Tem razão, gêmea – Erin confirmou. – Sem falar na bundinha bonitinha.

– Ahn, alguém por aí perdeu a noção? – Jack perguntou.

15

As gêmeas murmuraram desculpas apressadas, lançando olhares culpados para Erik. E Erik, parecendo esculpido em pedra, disse a Aphrodite: – Vou levantá-la um pouco para você passar a gaze ao redor do seu corpo.

– Por mim, tudo bem – Aphrodite respondeu.

Então, sem me olhar nos olhos, Erik colocou as mãos debaixo dos meus ombros e gentilmente levantou meu torso da mesa. Enquanto rangia os dentes de dor e Aphrodite me enfaixava, imaginei que diabo ia fazer em relação a Erik e Heath. Erik e eu havíamos supostamente voltado, mas depois daquela cena no porão não tinha cem por cento de certeza se ficaríamos juntos. Tipo, ele disse que me amava, tudo bem, mas será que para me amar tinha que ser todo possessivo e grosso? E, além disso, será que o que havia entre nós era suficiente para tolerar outra Carimbagem com Heath, especialmente agora que não se tratava mais de uma ideia abstrata? Agora que ele tinha visto Heath e eu juntos, haveria algum jeito de ficarmos juntos?

Olhei para ele, que me segurava com tanto cuidado. Sentindo meu olhar sobre ele, seus olhos azuis se voltaram para mim. Não parecia mais um homem de gelo. Parecia apenas triste. Muito, muito triste. Será que eu ainda queria ser namorada de Erik? Quanto mais olhava em seus olhos, mais pensava que talvez quisesse. Então, como eu ficava em relação a Heath? Ficar de novo com os dois, como fiquei antes até me deixar levar por Loren e lhe entregar minha virgindade.

Na ocasião o triângulo amoroso foi desconfortável, e agora estava sendo pior ainda. Mas que diabo ia fazer? A verdade é que eu gostava dos dois.

Deus do céu, que cansativo ser eu.

Quando Aphrodite terminou de me enfaixar, Erik pediu a Jack para lhe trazer um travesseiro da cama e então colocou cuidadosamente, sobre o travesseiro macio, minha cabeça e meus ombros para eu repousar.

— É melhor vocês se prepararem para ir embora — Erik disse para as gêmeas, Damien e Aphrodite. — Aposto que Darius vai querer levar Zoey de volta para a Morada da Noite imediatamente.

— Então temos que pegar nossas bolsas no quarto de Kramisha — Shaunee disse.

— Até parece que eu ia esquecer minha bolsa nova da coleção de inverno do Ed Hardy, né, gêmea? — Erin rebateu.

— Nem pensar, gêmea. Só estou dizendo que... — suas vozes sumiram e elas saíram apressadamente do quarto.

— Quero ir com você — Jack disse, parecendo prestes a chorar.

— Eu também quero que você venha — Damien disse. — Mas é perigoso demais. Você tem que ficar aqui com Erik e Stevie Rae até sabermos exatamente contra o que estamos lutando.

— Minha mente entende isso, mas meu coração diz outra coisa — Jack respondeu, apoiando a cabeça no ombro de Damien. — É só que... que... — Jack respirou fundo e terminou choramingando. — Que droga eu não poder ir!

— Nós vamos voltar ao túnel quando der — Damien disse, envolvendo Jack com um dos braços. — Digam para Darius gritar quando estiver pronto — e tirou o arrasado Jack do quarto, com Duquesa seguindo logo atrás, tristonha.

— Vou pegar meu gato — Aphrodite disse. — E ver se encontro sua criaturinha alaranjada também.

– Você não acha que devíamos deixar os gatos aqui? – perguntei.

Aphrodite olhou para mim levantando sua sobrancelha loura. – Desde quando se dá ordens a gatos?

– Tem razão. Eles vão acabar simplesmente nos seguindo e reclamando horas a fio por não terem sido levados – suspirei.

– Diga a Darius que já volto – Aphrodite se agachou e saiu pela porta-cobertor.

E assim Erik e eu ficamos sozinhos.

Sem me dirigir o olhar, ele começou a andar em direção à saída, dizendo: – Eu vou...

– Erik, não vá. Podemos conversar um segundinho?

Ele parou, ainda de costas para mim. Estava de cabeça baixa e ombros caídos. Parecia totalmente arrasado.

– Erik, por favor...

Ele deu meia-volta e reparei que havia lágrimas se acumulando em seus olhos.

– Eu estou tão revoltado que nem sei que diabo vou fazer! E o pior é que... – ele fez uma pausa, apontando para o curativo que me envolvia o peito. – A culpa é toda minha.

– Culpa sua?

– Se eu não tivesse sido um babaca possessivo no porão, você não teria saído com Heath. Você estava dizendo para ele ir embora, mas eu tive que forçar a barra e tirá-la do sério, e aí você saiu com ele – ele passou a mão nos grossos cabelos pretos. – É que morro de ciúmes desse Heath! Ele conhece você desde que vocês eram crianças. Eu só... – ele hesitou e trincou o maxilar. – Eu só não queria te perder de novo, por isso agi como um canalha. E você não apenas quase morreu como te perdi de novo.

Fiquei olhando para ele, confusa. Então ele não estava agindo como insensível por não ligar nem por estar furioso comigo. Estava escondendo suas emoções por achar que era tudo culpa dele. Nossa, não imaginava que fosse por isso.

— Erik, vem cá — estendi-lhe o braço, e ele se aproximou lentamente e segurou minha mão.

— Eu agi feito um idiota — ele disse.

— É, agiu. Mas eu devia ter tido juízo, e não saído com Heath.

Erik olhou para mim longamente antes de voltar a falar. — Foi duro ver você com ele. Ver você beber o sangue dele.

— Eu não queria que tivesse de ser assim — respondi. E era verdade. Não só por ter sido constrangedor para Erik presenciar aquilo. Eu amava Heath, mas havia tomado a decisão de não ficar mais com ele e nunca mais me Carimbar com ele de novo. Eu sabia que a melhor coisa para nós dois, especialmente para Heath, era ficarmos longe um do outro, e era isso que eu havia planejado. Infelizmente, minha vida raramente segue de acordo com meus planos. Dei um suspiro e tentei expressar em palavras o que eu estava sentindo. — Não consigo deixar de amar Heath. Faz muito tempo que ele faz parte da minha vida e, agora que estamos Carimbados de novo, ele literalmente carrega parte de mim, apesar de eu não querer que isso tivesse acontecido.

— Eu não sei até que ponto posso aguentar seu namorado humano — Erik desabafou.

Fiquei encarando o olhar fixo de Erik e quase disse *E eu não sei até que ponto posso aguentar sua possessividade,* mas estava cansada demais. Resolvi deixar aquilo para mais tarde, quando tivesse mais tempo e energia para pensar nas coisas. Então, só disse: — Ele não é meu namorado. É um humano com o qual sou Carimbada. Tem uma grande diferença.

— Consorte — Erik disse amargamente. — O nome disso é consorte humano da Grande Sacerdotisa. Muitas Sacerdotisas têm um consorte humano. É comum até terem mais de um.

Fiquei surpresa. Com certeza eu não chegara a estudar isso na aula de Sociologia Vampírica. Tipo, será que esse papo de consorte era ensinado no *Manual do Novato*? Acho que tinha de ler aquele troço com mais atenção. Não me lembro de Darius mencionar nada sobre ser difícil para um humano se envolver com uma Grande Sacerdotisa no dia em que Heath e eu tivemos nossa cena de rompimento oficial e Darius, com certeza, usou a palavra "consorte" para o humano.

— Ahn... Um... Quer dizer que a Grande Sacerdotisa não tem um vampiro, ahn, consorte?

— Companheiro – ele disse baixinho. – Se o humano for Carimbado com uma Grande Sacerdotisa, ele é chamado de consorte. Se ele for vampiro, ganha o título de companheiro da Grande Sacerdotisa. E, não. Isso não significa que ela possa ter ambos.

Para mim a notícia parecia boa. Para Erik, por outro lado, sem dúvida não era das melhores, mas pelo menos eu estava começando a acreditar que outras Sacerdotisas também já haviam passado por esse tipo de estresse com o namorado. Talvez eu devesse ler sobre isso ou então sondar Darius quando acabássemos de resolver aquele papo de fim do mundo. Por enquanto tinha resolvido colocar panos quentes no assunto e lidar depois com as consequências. Se é que haveria um depois.

— Tá, Erik. Não sei o que vou fazer em relação a Heath. Para mim é um pouco demais resolver tudo isso agora, em meio a tudo o que está acontecendo. Caraca, eu também não sei o que vou fazer em relação a nós dois.

— Nós estamos juntos – Erik disse baixinho. – E quero que continuemos assim.

Abri a boca para lhe dizer que na verdade não tinha certeza total se essa seria a melhor ideia, mas Erik se abaixou e me beijou gentilmente nos lábios, silenciando minhas palavras. Então alguém limpou a garganta e, ao olharmos para a entrada, vimos Heath parado, pálido, com cara de quem estava furioso.

— Heath! O que você está fazendo aqui? – odiei o tom agudo e culpado de minha voz ao imaginar o quanto ele havia escutado.

— Darius me pediu para avisá-la que as estradas estão péssimas. Não tenho como voltar para B.A. esta noite. Ele e Stevie Rae foram arrumar um veículo com tração nas quatro rodas para levar você e o resto dos novatos de volta para a Morada da Noite – ele fez uma pausa. Reconheci um tom que poucas vezes ouvi em sua voz. Ele estava muito "p" da vida, mas também magoado. A última vez que ele soou assim foi quando me disse que eu havia matado parte de sua alma quando fui para a cama com Loren e quebrei nossa Carimbagem. – Ei, continuem. Finjam que não estou aqui. Não quis interromper...

– Heath – comecei a falar, mas então Aphrodite, seguida por um monte de gatos, inclusive minha Nala e sua insuportável persa branca, apropriadamente batizada de Malévola, entrou no quarto.

– Bizarro. De novo – Aphrodite acrescentou, olhando para Heath, Erik e para mim, com cara de quem estava entendendo tudo.

Suspirei e percebi que minha cabeça estava começando a doer quase tanto quanto no momento em que levei o golpe no peito. Então as gêmeas e Kramisha entraram no quarto também.

– Ah, oh! – Shaunee exclamou.

– O que o ex-namorado está fazendo aqui? – Erin perguntou.

– As estradas estão ruins demais. Heath não pode ir para casa – respondi.

– Quer dizer que ele vai ficar aqui? – Kramisha perguntou, dando uma longa olhada para Heath.

– Ele vai ter que ficar. Vai ficar mais seguro aqui do que na Morada da Noite – eu disse, mantendo um olho em Kramisha e acrescentando em silêncio para mim mesma que não estava realmente convencida de que ele ficaria tão seguro assim nos túneis. – Ele e eu estamos Carimbados de novo – acrescentei, só para garantir.

Kramisha retorceu os lábios. – Eu sei. Dá para sentir seu cheiro no sangue dele. Agora ele não serve para mais nada, só para ser seu brinquedinho.

– Ele não é... – comecei a falar, mas Heath me interrompeu com uma voz cortante.

– Não, a garota tem razão. É só isso que sou para você – Heath disse de um jeito áspero.

– Heath. Não é isso o que penso de você – respondi.

– É, mas não quero dizer mais merda nenhuma sobre isso. Sou seu doador de sangue e pronto – ele me deu as costas e vi que pegou uma garrafa de vinho que alguém deixara perto da cama e tomou um bom gole.

Damien, Jack (de olhos inchados) e Duquesa (fazendo todos os gatos, menos Nala, chiarem como criaturas insanas) entraram no quarto, terminando de abarrotar o ambiente.

– Ei, Heath – Jack disse. – Pensei que você estivesse indo para casa.

– Não posso ir para casa. Parece que acabei preso aqui com você na pilha dos dispensados.

Jack franziu a testa, quase caindo no choro de novo.

– Damien não me dispensou. Não mesmo. Eu só... só não posso ir com ele desta vez.

– Isso mesmo. Estaremos juntos de novo assim que possível – Damien entrou na conversa, envolvendo Jack com um dos braços.

– Olha, detesto interromper esse romance *gay*, mas escrevi mais alguns poemas depois de acordar e achei que era melhor você dar uma olhada – Kramisha disse.

– Tem razão. Preciso ver esses poemas – respondi, aliviada por ela ter desviado minha atenção daquela confusão sobre o que fazer com Heath e Erik. – Damien, Jack teve oportunidade de lhe explicar sobre os poemas de Kramisha?

– Sim. Ganhei uma cópia dos poemas quando Kramisha foi dormir e os li enquanto Jack e eu estávamos de guarda – Damien respondeu.

– De que diabo vocês estão falando? – Aphrodite perguntou.

– Quando você estava bêbada e fora de si, Z. achou umas poesias escritas nas paredes do quarto de Kramisha – Erin respondeu.

– Escritas por Kramisha, mas pareciam todas falar sobre Kalona, o que é totalmente sinistro – Shaunee completou.

– Como se ela estivesse canalizando imagens abstratas sobre ele – Damien disse. – Acho que os poemas em seu quarto foram feitos para chamar nossa atenção, o que significa que devemos conferir tudo o que Kramisha escreve.

– Ah, que ótimo. Era tudo de que precisávamos. Mais poesia com profecias de desgraças – Aphrodite bufou.

– Bem, falando nisso, estes dois aqui são novos – Kramisha tentou me dar duas folhas de papel nas quais estavam escritos os poemas, mas levantar os braços para pegá-los me fez sugar o ar de tanta dor.

– Tome – Erik tranquilamente pegou os papéis da mão dela. Depois, os trouxe para perto de mim e os levantou para que Damien, as gêmeas, Aphrodite, Jack e eu pudéssemos ler ao mesmo tempo. O primeiro poema era desconcertante:

Aquilo que um dia o prendeu
Ainda há de fazê-lo debandar
Lugar de poder – junção de cinco

Noite
Espírito
Sangue
Humanidade
Terra

Unidas não para conquistar,
Mas sim para dominar
A Noite conduz ao Espírito
O sangue une a Humanidade
e a Terra completa.

– Isso me dá dor de cabeça. Tipo, mais do que ela já estava doendo. Não tenho nem palavras para dizer como odeio poesia – Aphrodite disse.

– Você faz alguma ideia do que significa isso? – perguntei a Damien.

– Acho que está nos dando dicas de como podemos fazer Kalona debandar, quer dizer, fugir.

– Nós sabemos o que "debandar" quer dizer, senhor Vocabulário – Erin lembrou-lhe.

– É meio deprimente o poema dizer debandar em vez de matar – Jack disse.

– Kalona não pode ser morto – eu disse, pronunciando as palavras automaticamente. – É imortal. Ele pode ser aprisionado, pode ser espantado, apesar de eu não fazer ideia do que poderia espantá-lo. Mas não dá para matá-lo.

– Os cinco "não sei o quê" juntos, em um lugar de poder, fazendo-o fugir – Jack falou.

– Seja lá o que isso queria dizer e seja lá o que eles sejam – eu afirmei.

– São pessoas que representam cada uma dessas coisas. Ao menos é isso o que me parece de imediato. Viu como as palavras estão em maiúsculo? Isso costuma significar que são nomes próprios – Damien observou.

– São nomes – Kramisha disse.

– Você sabe alguma coisa sobre isso? Sabe dizer quem são? – Damien perguntou.

Kramisha balançou a cabeça, parecendo frustrada.

– Não. Mas quando você disse que eram pessoas, percebi que você tinha razão.

– E o próximo poema? – Damien pediu. – Talvez nos ajude a entender o primeiro.

Voltei minha atenção para a outra folha de papel. O novo poema não era longo, mas me causou arrepios na espinha.

Ela volta
Através do sangue pelo sangue
Ela retorna

Após o profundo corte
Como eu
A humanidade a salva
Será que ela vai me salvar?

— O que você estava pensando quando escreveu isso? – perguntei a Kramisha.

— Nada. Eu nem estava acordada direito. Só escrevi as palavras que me vieram.

— Não gostei disso – Erik afirmou.

— Bem, sem dúvida não nos ajuda com o outro poema. Na verdade, acho que ele fala de você, Zoey – Damien disse. – Acho que prevê seu ferimento e seu retorno à Morada da Noite.

— Mas quem está falando? Quem é esse "eu" que pergunta se vou salvá-lo ou salvá-la? – eu estava me sentindo cada vez mais fraca e meu longo ferimento pulsava com meu batimento cardíaco.

— Pode ser Kalona – Aphrodite disse. – Era sobre ele o primeiro poema.

— Sim, mas não temos tanta certeza de que Kalona tenha tido alguma humanidade para perder – Damien respondeu.

Tive o cuidado de ficar de boca calada, apesar de meu primeiro impulso ter sido dizer que eu não achava que Kalona tinha sido sempre como era agora.

— Por outro lado – Damien continuou –, nós sabemos que Neferet deu as costas a Nyx, o que também quer dizer que ela se perdeu, ou perdeu sua humanidade. Pode ser uma referência a Neferet.

— Eca – Erin quase cuspiu.

— Ela só pode ter ficado maluca mesmo – Shaunee completou.

— Será que na verdade não faz mais sentido que seja aquele novato que desmorreu recentemente? – Erik perguntou lentamente.

— Você talvez tenha razão – Damien disse. Pude praticamente ver sua mente funcionando. – A parte que diz *Após o profundo corte /*

Como eu podia ser uma metáfora para a morte dele. O ferimento de Zoey certamente representa risco de vida, e ambos sem dúvida foram atraídos à Morada da Noite por causa do sangue.

– E ele perdeu sua humanidade, como o resto dos novatos vermelhos – Aphrodite completou.

– Ei, não sei do que você está falando. Eu tenho bastante humanidade em mim – Kramisha disse, nitidamente ofendida.

– Mas você não tinha muito de sua humanidade quando ressurgiu, não é? – Damien observou.

Sua voz soou tão técnica que Kramisha instantaneamente baixou a crista.

– Não. Você tem razão quanto a isso. No começo eu não tinha a menor noção. Nenhum de nós tinha.

– Parece uma boa pista sobre o significado do segundo poema – Damien concluiu. – E, como Kramisha está do nosso lado, seu dom com as palavras nos dá pistas sobre o possível futuro. O primeiro poema... Sei lá. Vou pensar nele. O que precisamos é passar o máximo de tempo possível tentando decifrar os significados, e no momento não temos muito tempo. Mas isso realmente é irrelevante. Ainda assim devemos agradecer Kramisha.

– Ei, tudo bem – Kramisha disse. – Tudo isso faz parte da função de Poeta Laureada.

– Quem? – Aphrodite perguntou.

Kramisha voltou seus olhos de fuzis para Aphrodite. – Zoey me tornou a nova Poeta *Vamp* Laureada.

Aphrodite abriu a boca, mas eu falei mais rápido: – Na verdade, teremos uma rápida votação do meu Conselho Sênior para decidir se Kramisha deve ser nossa nova Poeta Laureada – olhei para Damien. – Qual seu voto?

– Sim, com certeza – Damien respondeu.

– Por mim, sim também – Shaunee continuou.

– Digo o mesmo. Queremos uma mulher como Poeta Laureada – Erin votou.

– Eu já dei meu voto positivo – Erik disse.

Todos olhamos para Aphrodite.

– É, tá, né – ela resmungou.

– E eu juro que o voto de Stevie Rae também é sim – eu disse. – Então agora é oficial.

Todos sorriram para Kramisha, que pareceu toda cheia de si.

– Bem, resumindo, então – Damien disse –, basicamente concordamos que o primeiro poema de Kramisha descreve o modo como Kalona pode ser forçado a fugir, apesar de não entendermos direito os detalhes fornecidos pelo poema. O segundo diz que o retorno de Zoey à Morada da Noite irá, de alguma maneira, salvar Stark.

– Sim, é o que parece – ofereci os papéis com os poemas para Aphrodite. – Você pode colocar na minha bolsa, por favor? – ela assentiu e dobrou as folhas direitinho, enfiando-as em minha linda bolsinha. – Queria que esses poemas viessem com mais instruções – eu disse.

– Acho que você devia começar prestando muita atenção em Stark – Damien rebateu.

– Ou no mínimo ficar alerta perto dele – Erik afirmou. – O poema fala de um corte, e no momento isso já ultrapassa a metáfora poética.

Ouvi enquanto Damien semiconcordava com Erik e me desviei do seu olhar penetrante, deparando-me diretamente com os olhos castanhos e tristes de Heath.

– Deixa ver se adivinho. Stark é *outro* cara, não é? – Heath perguntou.

Ao ver que eu não respondia, ele tomou um longo gole de vinho.

– Bem, ahn, é, Heath – Jack disse, sentando-se na cama ao lado de Heath com uma expressão preocupada. – Stark é um novato que, creio eu, era uma espécie de amigo de Zoey antes de ele morrer e desmorrer. Era novo na escola, de modo que nenhum de nós o conhecia direito.

– Mas você sabia coisas sobre ele que ninguém mais sabia. Como aquela história de ele ter recebido de Nyx o dom de nunca errar o alvo para o qual apontava, certo? – Damien perguntou.

– É. Eu sabia de coisas sobre ele que ninguém sabia, a não ser Neferet e os professores – respondi, tentando não olhar para Heath virando a garrafa de vinho e evitando o olhar incisivo de Erik.

– Eu não sabia que ele tinha esse dom, e eu sou professor – Erik observou.

Fechei os olhos e despenquei novamente sobre o travesseiro.

– Então essa deve ser mais uma informação que Neferet guardou para si – eu disse, exausta.

– Mas por que ele lhe contou algo que era *top secret*? – Erik perguntou.

Irritada com seu tom de interrogação, não disse nada, fechei os olhos e revi sem dificuldade o lindo sorriso *metidinho* de Stark e relembrei a súbita ligação entre nós dois e o beijo que trocamos quando ele morreu nos meus braços.

– Bem, vejamos... Nem seria preciso viajar muito na maionese para imaginar que Stark falou com Z. sobre seu dom porque ela é uma novata poderosa e ele queria saber mais sobre si mesmo – Aphrodite respondeu. – Será que você não vê que está deixando a garota esgotada com essas suas perguntas?

Enquanto meus amigos – bem, todos menos meu "consorte" e meu possível "companheiro" – murmuravam desculpas, fiquei de olhos fechados, imaginando até que ponto queria melhorar de saúde, pois parecia que estava, de novo, em uma "situação" com três caras. Isso sem contar Kalona.

Caraca...

16

Felizmente, o retorno de Stevie Rae pôs fim à especulação sobre Stark.

– Bem. Acho que devo pedir a Erik para levar Zoey. Os demais fiquem por perto. Darius está lá fora, no estacionamento – Stevie Rae disse.

– Mas não cabemos todos na caminhonete de Heath – eu falei, me forçando a levantar as pálpebras pesadas.

– Mas não precisa. Descobrimos algo que vai funcionar melhor – Stevie Rae afirmou. E, antes que eu pudesse fazer outra pergunta, ela se adiantou: – E Darius também disse que Z. precisa dar outra mordidinha em Heath antes de sair. Ele disse que ela deve estar ficando bem fraca agora.

– Não precisa. Estou bem. Vamos logo – pedi, sem perder tempo. Sim, eu estava me sentindo um lixo. Não, eu não queria morder Heath de novo. Bem, não que eu realmente *não quisesse*. Quero dizer que não achava que *devia,* principalmente com ele estando bolado comigo.

– Morde logo – Heath quase estava dando uma ordem. De repente ele estava bem ao meu lado, segurando a garrafa de vinho com uma das mãos. Mas nem sequer olhou para mim. Em vez disso, concentrou sua atenção em Erik. – Vamos lá, me corta – ele estendeu o braço para Erik.

– O prazer é todo meu – Erik respondeu.

– Não. Não concordo com isso – continuei a reclamar.

Em um movimento impossível de tão rápido, Erik fez um corte no antebraço de Heath e fui atingida pelo cheiro do sangue. Fechei os olhos de desejo e vontade que me invadia a cada respiração. Fui gentilmente levantada e novamente a coxa forte e quente de Heath foi meu travesseiro. Ele me envolveu com o braço, colocando-o bem debaixo do meu nariz. Abri os olhos e, ignorando a necessidade que gritava em meu corpo, olhei para Heath. Ele estava olhando para o outro lado, como se fitando o nada.

– Heath – eu o chamei. – Não quero receber nada de você contra sua vontade.

Ele baixou o rosto para me olhar, e vi várias emoções atravessarem seu rosto expressivo, sendo a maior delas uma terrível tristeza. Com uma voz que soou quase tão exausta quanto eu me sentia, ele disse: – Não tem nada que eu não queira lhe dar, Zo. Quando você vai entender isso? Só quero que você me deixe manter um pouquinho do meu orgulho.

Suas palavras me partiram o coração.

– Eu te amo, Heath. Você sabe disso.

A expressão dele se suavizou, virando um leve sorriso. – É bom te ouvir dizer isso – então ele olhou para Erik. – Você ouviu essa, *vamp? Ela me ama.* E não se esqueça de que, por mais que você se ache grandão e fortão, nunca será capaz de fazer isso por ela. – Heath levantou o braço e apertou em meus lábios o corte ensanguentado que Erik havia feito.

– É, estou vendo o que você é capaz de fazer por ela. Eu posso ter que engolir isso, mas não sou obrigado a aguentar você me jogando isso na cara – furioso, Erik afastou o cobertor com um tapa e saiu.

– Não pense nele – Heath me disse baixinho, acariciando meu cabelo. – Só pense em mim e em ficar melhor.

Tirei os olhos da entrada do quarto e os voltei para o olhar doce de Heath e, soltando um gemidinho, cedi à fome que me consumia por dentro. Bebi seu sangue e com ele suguei vida e energia, paixão e desejo. Fechei os olhos de novo, desta vez por causa da intensidade do prazer que sentia ao beber o sangue de Heath. Ouvi o gemido de Heath ecoar dentro de mim e senti que ele se curvou, apertando o braço com mais força sobre meus lábios e sussurrando palavras doces que não dava para entender direito.

Minha cabeça girava quando alguém puxou o braço de Heath. Sentia-me mais forte, apesar de meu ferimento arder como se meu peito tivesse começado a pegar fogo. Mas também me senti tonta e estranhamente alegrinha.

– Ei, ela tá meio estranha – Kramisha disse.

– Mas tô me sentindo melhor. Ou será melhorada? Qual é a maneira certa de falar, Damien-Shamien? – fiz uma pausa e dei uma risadinha que me doeu no peito, de modo que tive que apertar os lábios para parar de rir.

– O que houve com ela? – Jack perguntou.

– Com certeza algo de anormal – Damien respondeu.

– Eu sei o que há de anormal com ela – Stevie Rae disse. – Ela está bêbada.

– Naaaada! Eu nem gosto de beber – respondi e arrotei baixinho. – Ah, ooopa.

– O namorado está bêbado. Ela acabou de beber o sangue do namorado – Shaunee observou.

– Então quer dizer que Z. também está doidona – Erin concluiu. Ela e Shaunee cercaram o cambaleante Heath e o fizeram deitar na cama.

– Ei, não tô bêbado. Ainda – Heath disse e então desmaiou na cama.

– Eu não sabia que os *vamps* podem ficar bêbados com o sangue humano – Aphrodite falou. – Isso é realmente interessante – ela entregou minha bolsa enquanto me observava como se eu fosse uma amostra no microscópio.

– Você acharia menos interessante se bebesse o sangue de um bebum e depois ficasse com dor de cabeça por causa da ressaca, arrotando vinho barato durante dias – Stevie Rae disse. – Tudo que eu posso dizer sobre isso é *po-dre*.

Aphrodite, as gêmeas, Damien, Jack e eu ficamos olhando para ela. Finalmente consegui falar: – Stevie Rae. Por favor, não coma mais ninguém. É realmente *per-per-perturbador* – minha língua estava enrolando.

– Outro bebum ela com certeza não vai comer. Esse último foi ruim demais – Kramisha disse.

– Kramisha! Não vá deixar Zoey bolada. Ninguém vai comer mais ninguém. Eu só estava usando aquele exemplo de *muito tempo atrás* para explicar, porque sei que a bebedeira de Heath a deixou bêbada também – Stevie Rae bateu no meu braço. – Não se preocupe, tá? Vamos ficar aqui na boa, e o pessoal de rua também vai ficar na boa. Não se estresse com a gente. Você tem é que melhorar.

– Ah, tá – revirei os olhos para Stevie Rae. – Não vou me preocupar nem um pouquinho.

– Ei, prometo. Juro que nenhum humano vai ser devorado enquanto você não estiver aqui – Stevie Rae fez uma cara séria e fingiu desenhar um X sobre o coração. – Juro por Deus e quero que um raio me fulmine agora se eu estiver mentindo.

Que um raio me fulmine! Nossa, tomara que nenhum de nós tivesse de morrer. De novo. De repente, comecei a pensar melhor em meio à onda de vinho que me bagunçava o cérebro e então soube o que tinha de fazer. Dei um sorriso bêbado para Aphrodite, de propósito: – E aí, Afro! Por que vocês não vão lá fora com Darius? Vou dar um número de telefone para Stevie Rae, já estou chegando.

– Tá. A gente te encontra lá fora. E nunca mais me chame de Afro de novo – bufando de raiva, ela saiu do quarto com as gêmeas, Damien, Jack e um bando de gatos irritados.

Quando eles saíram do quarto, Erik voltou. Cruzou os braços, recostou-se na parede e ficou me observando sem dizer nada. Usei minha bebedeira como desculpa para ignorá-lo.

— Ei, dá para se concentrar? Você quer que eu adicione um número ao meu celular? – Stevie Rae perguntou.

— Não – respondi com teimosia. – Eu tenho que escrever.

— Tá, tá – ela respondeu logo, obviamente fazendo a vontade da bêbada.

Ela estava procurando um papel para eu escrever quando Kramisha se aproximou dela e entregou uma folha e uma caneta.

— Pode escrever aqui.

Parecendo totalmente confusa, Stevie Rae balançou a cabeça para mim.

— Z., tem certeza de que você não quer só me dizer o...

— Não! – quase gritei.

— Tá bom, não vamos criar caso por causa disso – Stevie Rae pôs o papel e a caneta em minhas mãos. Erik havia se aproximado e parado ao meu lado, observando-me. Fechei minha cara embriagada. – Não espie o que estou escrevendo!

— Tudo bem, tudo bem! – ele levantou as mãos, rendendo-se, e foi para perto de Kramisha. Ouvi os dois conversando sobre como eu ficava apatetada quando bêbada.

Foi difícil pra diabo me concentrar em meio ao porre ridículo que Heath me passara, mas a dor que senti ao movimentar as mãos me fez ficar sóbria. Rabisquei o número do celular da irmã Mary Angela e rapidamente escrevi *Plano B: esteja pronta para levar todo mundo para o convento, mas não diga nada a ninguém. Ninguém sabendo = Neferet não saberá onde vocês estão.*

— Bem, pronto – Stevie Rae tentou pegar o papel da minha mão, mas segurei com força e ela me olhou com cansaço. Encarei seus olhos, tentando parecer e soar o mais sóbria possível ao sussurrar: – Se eu disser para você ir, então você vai!

Stevie Rae olhou para o papel no qual eu acabara de escrever e arregalou os olhos, então olhou rapidamente para mim e assentiu de modo quase imperceptível. Aliviada, fechei os olhos e me entreguei à vertigem.

– Já acabaram com o bilhete secreto do número de telefone? – Erik perguntou.

– Já – Stevie Rae zombou. – Assim que eu terminar de passar para o meu celular, vou destruir a prova.

– Senão ela pode acabar se autodestruindo – Heath disse, enrolando a língua, deitado na cama.

Abri os olhos e olhei para ele. – Ei!

– Que foi? – ele perguntou.

– Obrigada de novo – falei.

Heath deu de ombros. – Não foi nada.

– Foi, sim – respondi. – Fique bem, tá?

– Faz diferença? – ele perguntou.

– Faz, sim. Mas da próxima vez eu adoraria que você não bebesse – arrotei de novo e fiz careta ao sentir a dor causada pelo movimento.

– Vou procurar me lembrar disso – ele respondeu, levando a garrafa de vinho aos lábios outra vez.

Suspirei e disse a Stevie Rae: – Me tira daqui – e fechei os olhos, agarrando a bolsa e os dois poemas indecifráveis.

– É a sua deixa, Erik – Stevie Rae disse.

Erik de repente apareceu ao meu lado.

– Isto vai doer e sinto muito, mas você realmente precisa voltar à Morada da Noite.

– Eu sei. Só vou fechar os olhos e tentar fingir que estou em outro lugar, tá?

– Parece boa ideia – Erik respondeu.

– Também estarei bem ao seu lado, Z. – Stevie Rae disse.

– Não. Fique com Heath – pedi rapidamente. – Se você deixar alguém comê-lo, eu vou ficar muito "p" da vida. Mas muito *mesmo*.

– Estou bem aqui – Kramisha disse –, e ouvi isso. Não vou comer seu namorado. Ele agora está com gosto ruim.

– Não é o que a Zo diz! – Heath retrucou, enrolando a língua e levantando a garrafa quase vazia como se estivesse brindando.

Ignorei os dois e continuei olhando para Stevie Rae.

– Não se preocupe. Heath vai ficar bem. Vou tomar conta dele – Stevie Rae me abraçou e me beijou no rosto. – Fique bem – ela se despediu.

– Não se esqueça do que escrevi – sussurrei. Ela assentiu. – Tá, vamos nessa – pedi a Erik e fechei bem os olhos.

Erik me levantou com o máximo de delicadeza possível, mas a dor que se espalhou pelo meu corpo foi tão terrível que nem consegui gritar. Fiquei de olhos fechados e tentei controlar minha respiração enquanto Erik andava apressadamente pelo túnel comigo em seus braços, murmurando que tudo ia dar certo... que chegaríamos logo...

Quando chegamos à escada de ferro que dava no porão, Erik disse: – Desculpe, mas isto vai doer pra diabo. Aguente firme, Z. Está quase no fim – e então, ele me trocou de posição e me levantou para me entregar a Darius, que já estava esperando.

Foi quando desmaiei.

Infelizmente, voltei a mim quando a chuva gelada e o vento glacial me atingiram o rosto.

– Ssh, não se mexa. Só vai piorar tudo – Darius pediu. Eu estava nos braços dele. Erik estava caminhando ao seu lado, me observando com olhos preocupados enquanto nos aproximávamos do enorme Hummer preto que estava no estacionamento. Jack estava ao lado da porta aberta do amplo banco traseiro do veículo, Aphrodite no banco do acompanhante e as gêmeas, com um monte de gatos, na outra ponta do banco de trás. Damien estava sentado perto da porta aberta.

– Encaixe-a e me ajude a deitá-la aqui atrás – Darius pediu.

Eles deram um jeito de me transferir para o banco de trás do Hummer, acomodando minha cabeça no colo de Damien. Infelizmente não desmaiei de novo. Antes de Darius fechar a porta, Erik apertou meu tornozelo.

– Você tem que melhorar, tá? – ele disse.

– Tá – sussurrei, mal conseguindo falar.

Enquanto Darius fechou a porta, pulou no banco do motorista e deu a partida, tomei a decisão consciente de evitar pensar no assunto Erik-Heath até minha vida se acalmar e eu conseguir lidar com os dois. Reconheço que naquele momento senti alívio ao deixar os dois para trás.

A maior parte da viagem de volta foi tão sombria e silenciosa quanto Tulsa se tornara. Darius teve que se esforçar para manter o Hummer firme nas estradas cobertas de gelo, e Aphrodite só falava alguma coisa quando encontravam um galho pelo caminho ou para dizer que deviam virar nessa ou naquela direção. Damien, tenso e calado, me segurava em seu colo, e as gêmeas, desta vez, não estavam tagarelando uma com a outra. Fechei os olhos, tentando controlar a tontura e a dor. Um torpor perturbadoramente familiar começou a me subir o corpo lentamente outra vez. Mas desta vez o reconheci e soube que seria muito perigoso ceder, por mais atraente que parecesse. Desta vez eu sabia que esse entorpecimento era um disfarce da morte. Forcei-me a respirar fundo, apesar da dor que se irradiava por todo meu corpo.

Sentir dor era bom. Se doía, era porque eu não tinha morrido.

Abri os olhos e limpei a garganta, fazendo esforço para falar. Aquele barato de sangue e vinho já havia passado, e só me sentia exausta e consumida pela dor. – Não podemos nos esquecer de onde estamos nos metendo. Não é mais a Morada da Noite de antigamente. Não é a nossa casa – minha voz saiu, mas soou estranha e rouca. – Além de manter nossos elementos perto de nós, acho que a coisa mais certa que podemos fazer é tentar falar a verdade o máximo possível sempre que nos fizerem perguntas.

– É lógico – Damien disse. – Se eles sentirem que estamos dizendo a verdade, será menos provável que tentem vasculhar nossas mentes.

– Especialmente se essas mentes estiverem protegidas pelos elementos – Erin completou.

– Podemos muito bem confundi-los com nossa suposta ignorância, e assim Neferet vai nos subestimar de novo – Shaunee concluiu.

– Então estamos voltando por causa da mensagem de texto da escola nos chamando de volta – Damien nos lembrou. – E porque Zoey está ferida.

– Isso, e nós só fugimos porque estávamos com medo – Aphrodite concordou.

– E é verdade – Erin rebateu.

– Totalmente – Shaunee acrescentou.

– Não se esqueça: digam a verdade quando possível e fiquem sempre alertas – pedi a eles.

– Nossa Grande Sacerdotisa tem razão. Estamos entrando em campo inimigo e não podemos nos dar ao luxo de esquecer isso por causa da familiaridade do ambiente – Darius enfatizou.

– Pressinto que não seremos tentados a nos esquecer disso – Aphrodite falou vagarosamente.

– Como assim, você *pressente*? – perguntei.

– Nosso mundo inteiro mudou – Aphrodite respondeu. – Eu sei que mudou. Quanto mais perto chegamos da escola, pior é a sensação – ela se virou no banco da frente para olhar para mim. – Você não está sentindo?

– A única coisa que estou sentindo é o corte no meu peito – respondi, balançando a cabeça.

– Eu estou sentindo – Damien interveio. – Os cabelos da minha nuca estão arrepiados.

– Digo o mesmo – Shaunee rebateu.

– Meu estômago está esquisito – Erin queixou-se.

Respirei fundo mais uma vez e pisquei os olhos com força, me concentrando em ficar consciente.

– É Nyx. Ela está nos avisando com essas sensações. Vocês se esqueceram do efeito que a aparição de Kalona causou nos outros novatos?

– Zoey tem razão. Nyx está nos fazendo sentir isto para que a gente não se entregue a esse cara. Temos que lutar contra seja lá o que ele tem, que fez todos os outros novatos se curvarem a ele – Aphrodite concordou comigo.

– Não podemos passar para o Lado Negro – Damien nos lembrou com uma cara amargurada.

Darius passou pelo cruzamento entre as ruas Utica e Vinte e Um.

– É muito sinistro ver a Utica Square totalmente no escuro – Erin disse.

– Sinistro, horrível e errado – Shaunee completou.

– Tem muitos lugares sem energia elétrica – Darius observou. – Até o Hospital St. John tem poucas luzes acesas, parece que está funcionando apenas à base de geradores.

Ele continuou descendo a Rua Utica, e ouvi Damien arfar.

– É sinistro, o hospital é a única coisa que ainda está acesa em Tulsa.

Eu sabia que finalmente já dava para ver a Morada da Noite.

– Preciso ver, me levanta – pedi a Damien.

Ele me levantou com o máximo de delicadeza possível, mas mesmo assim tive de trincar os dentes para não berrar. Então, a bizarra visão da Morada da Noite me fez esquecer temporariamente a dor. Estava acesa com seus lampiões a gás, iluminando a enorme estrutura assemelhada a um castelo. Tudo estava coberto por gelo, e as chamas aprisionadas cintilavam contra as paredes e os muros de pedra lisa, gerando um aspecto lapidado, como se fosse uma joia gigantesca. Darius enfiou a mão no bolso e tirou um pequeno controle remoto. Ele apontou o controle para o portão de ferro forjado e clicou, fazendo o portão se abrir com um rangido, enquanto lascas de gelo se soltavam e caíam no chão.

– Parece um castelo daqueles contos de fada antigos e assustadores nos quais tudo está enfeitiçado e congelado – Aphrodite disse. – Dentro do castelo tem uma princesa envenenada por uma bruxa má, e ela espera ser salva pelo seu príncipe bonitão.

Olhei para meu lar que agora se transformara em um estranho levemente familiar e disse: – Não vamos nos esquecer de que tem sempre um dragão guardando a princesa.

— Sim, algo horrível, que nem Balrog[10] — Damien disse. — Como em *O Senhor dos Anéis*.

— Acho que sua referência demoníaca é mais exata do que gostaríamos que fosse — Darius respondeu.

— O que é isso? — perguntei. Incapaz de levantar o braço, apontei com o queixo para a frente e à esquerda.

Mas nem precisei dizer nada. Em questão de segundos, quando o Hummer foi cercado, ficou óbvio para todo mundo o que eu estava querendo apontar. Em um piscar de olhos o céu noturno se mexeu acima de nós e vários *Raven Mockers* pularam, agachando-se ao nosso redor. Em seguida, saiu de trás deles um guerreiro que não reconheci, enorme, cheio de cicatrizes, com cara de mau.

— *Este* seria um de meus irmãos, um Filho de Erebus, só que agora do lado de nossos inimigos — Darius disse baixinho.

— O que torna todos os Filhos de Erebus nossos inimigos também — concluí.

— Sacerdotisa, pelo menos em se tratando deste guerreiro, lamento ter de concordar com a senhorita — Darius respondeu.

---

10 Personagem criado por J. R. R. Tolkien. (N.T.)

17

Darius foi o primeiro de nós a sair do veículo. Seu rosto tinha uma expressão impenetrável, parecia forte e confiante, mas totalmente indecifrável. Ele ignorou os *Raven Mockers* que o encaravam com aqueles olhos pavorosos e se dirigiu ao guerreiro no meio do grupo.

– Saudações, Aristos – Darius saudou o guerreiro e, apesar de levar o pulso ao coração em um breve cumprimento, reparei que não se curvou. – Eu tenho comigo vários novatos, inclusive a jovem Sacerdotisa. Ela sofreu um grave ferimento e precisa imediatamente de cuidados médicos.

Antes que Aristos pudesse responder, o maior dos *Raven Mockers* girou a cabeça para o lado e disse: – Qual Sacerdotisa retorna à Morada da Noite?

Mesmo de dentro do Hummer estremeci ao ouvir a voz da criatura. Ele soava mais humano do que aquele que me atacou, mas isso o tornava ainda mais aterrorizante.

Lenta e deliberadamente, Darius desviou sua atenção de Aristos para aquela horrível criatura que não era ave nem homem, e sim uma mutação entre ambos.

– Criatura, eu não a conheço.

O *Raven Mocker* apertou os olhos vermelhos para Darius: – Filho de homem, pode me chamar de Rephaim.

Darius não hesitou.

– Continuo não o reconhecendo.

– Você vai me conhecer – Rephaim sibilou, abrindo tanto o bico que cheguei a ver sua mandíbula.

Darius ignorou a criatura e se dirigiu a Aristos novamente: – Estou com a Sacerdotisa, que está gravemente ferida, e vários novatos que precisam descansar. Vai nos deixar passar?

– Está com Zoey Redbird? Ela está com você? – Aristos perguntou.

Todos os *Raven Mockers* reagiram ao meu nome. Todos desviaram a atenção de Darius para o Hummer. Asas ruflaram e membros anormais se mexeram com energia contida, e aquelas *coisas* nos olharam. Nunca na vida fiquei tão feliz pela existência de vidros com *insulfilm*.

– Está – Darius falou de modo contido. – Vai nos deixar passar? – ele repetiu.

– É claro – Aristos respondeu. – Todos os novatos receberam ordens de voltar ao campus – ele fez um gesto em direção aos edifícios. O movimento permitiu que o lampião a gás mais próximo iluminasse brevemente a lateral de seu pescoço, e vi uma fina linha vermelha traçando-lhe a pele, como se tivesse machucado o pescoço recentemente.

Darius assentiu de modo conciso: – Vou levar a Sacerdotisa à enfermaria. Ela não pode caminhar.

Darius começara a voltar para o veículo quando Rephaim perguntou: – A Vermelha está com você?

Darius olhou para ele novamente. – Não sei o que quer dizer com "a Vermelha" – ele respondeu, inabalável.

Em um instante Rephaim abriu suas enormes asas negras e pulou no capô do Hummer. O estalido do metal se amassando sob seu peso foi abafado pela chiadeira geral dos gatos. Rephaim ficou lá, empoleirado, com suas mãos humanas transformadas em garras, espreitando Darius.

– Não minta para mim, *ssssseu* filho de homem! Você ssssssabe que essssstou falando da vampira vermelha! – quando aquele monstro perdia a calma, sua voz ficava menos humana.

– Preparem-se para chamar os elementos – avisei, tentando vencer a dor e falar com calma e clareza, apesar de me sentir tão fraca e aérea que nem tinha certeza se ia conseguir chamar o espírito para Aphrodite, quanto mais ajudar a controlar e direcionar os outros. – Se essa coisa atacar Darius, nós jogamos tudo que temos sobre ele, puxamos Darius para dentro e partimos para sei lá onde.

Mas Darius seguiu sem se deixar intimidar. Ele olhou para a criatura com tranquilidade. – Está se referindo à Sacerdotisa vampira vermelha Stevie Rae?

– Ssssim! – a palavra saiu em um longo sibilo.

– Ela não está comigo. Só trago novatos azuis. Entre eles a Sacerdotisa, que precisa de cuidados médicos imediatamente, como já expliquei – Darius continuou a olhar calmamente para aquela coisa que parecia ter saído de um pesadelo. – Pela última vez, vai nos deixar passar ou não?

– Passsssem, é claro – a criatura sibilou. Ele não saiu de cima do Hummer, mas recuou, e Darius mal pôde abrir a porta do motorista.

– Venha por aqui. Agora – Darius fez um gesto para Aphrodite passar para o banco do motorista e estendeu a mão para ela segurar. – Fique perto – ouvi-o murmurar para ela e vi que ela balançou a cabeça rapidamente. Colada ao lado de Darius, Aphrodite foi com ele até minha porta. Ele se abaixou e nos encarou, olhos nos olhos. – Prontos? – ele perguntou baixinho. A pergunta transbordava muito mais sentidos do que uma só palavra.

– Sim – Damien e as gêmeas responderam juntos.

– Pronta – eu disse

– Mais uma vez, fiquem perto – ele sussurrou.

Darius e Damien me colocaram, em meio a muita dor, nos braços do guerreiro. Olhando feio em silêncio para os *Raven Mockers*, todos os gatos dentro do veículo saíram correndo do carro, parecendo derreter em meio às sombras geladas. Dei um suspiro de alívio ao ver que nenhuma daquelas criaturas agrediu minha Nala. *Por favor, proteja os gatos,* apelei silenciosamente a Nyx. Senti, mais do que vi, Aphrodite, Damien e as gêmeas cercando Darius e eu, e depois, como se fôssemos um só ser, nos afastamos do Hummer e entramos no terreno da escola.

Os *Raven Mockers,* inclusive Rephaim, decolaram enquanto Aristos nos conduzia pela curta distância até o primeiro edifício do campus, no qual ficavam as dependências dos professores e a enfermaria.

Comigo nos braços, Darius seguiu pela entrada arqueada de madeira que sempre achei que devia estar detrás de algum fosso e, enquanto entrávamos naquela construção que nos era tão familiar, pensei que fazia apenas pouco mais de dois meses que havia chegado lá e sido levada, inconsciente, para a enfermaria, para acordar sem fazer ideia de como seria meu futuro. Era esquisito me pegar na mesma posição de novo.

Dei uma olhada nas caras dos meus amigos. Todos pareciam calmos e seguros. Só alguém que os conhecia tão bem quanto eu perceberia que a linha de tensão que se formou na boca de Aphrodite era sinal de medo, e que as mãos de Damien, trincadas nas laterais do corpo, disfarçavam o tremor. As gêmeas caminharam à minha direita, tão perto que o ombro de Shaunee roçou no de Erin, que por sua vez roçou no de Darius, como se eles pudessem ganhar coragem através do toque.

Darius entrou por um saguão familiar e, como estava me carregando, senti a imediata tensão em seu corpo e, antes mesmo de ela falar, eu já sabia que ele a tinha visto. Exausta, levantei minha pesada cabeça do seu ombro e vi Neferet parada em frente à porta da enfermaria. Ela estava bonita com seu longo vestido justo de tecido preto iridescente que cintilava com traços de púrpura profunda sempre que se mexia. Seu cabelo castanho-avermelhado escuro caía em grossas e brilhantes mechas até a cintura, e seus olhos verde-musgo faiscavam de emoção.

– Ah, a boa filha à casa torna? – sua voz soou melódica e levemente divertida.

Na mesma hora tirei os olhos de cima dela e sussurrei freneticamente entre dentes: – Seus elementos! – preocupei-me por um breve segundo com a possibilidade de eles não me ouvirem e não entenderem, mas senti quase imediatamente o leve roçado do vento aquecido pelo fogo e senti cheiro de chuva primaveril. Apesar de Neferet não ser capaz de ler a mente de Aphrodite, murmurei: – Espírito, preciso de você – e senti um leve tremor dentro de mim quando o elemento respondeu. Antes que pudesse mudar de ideia e egoisticamente continuar reforçando o espírito para mim mesma, ordenei: – Vá para Aphrodite – e a ouvi inspirar com força quando o elemento tomou conta de si.

Certa de que meus amigos estavam tão protegidos quanto possível, voltei minha atenção para nossa corrupta Grande Sacerdotisa. Quando abri a boca para comentar sobre a ironia de ela usar uma metáfora bíblica, a porta poucos metros de onde Neferet estava se abriu e ele surgiu.

Darius parou de modo tão abrupto que parecia que tinha topado com uma corrente de isolamento.

– Oh! – Shaunee exclamou, soando sem fôlego.

– *Meeeeeeeeerda!* – Erin disse, soltando um longo suspiro.

– Não olhem nos olhos dele! – ouvi Aphrodite sussurrar. – Fiquem olhando para o peito.

– Não é nenhum sacrifício – Damien disse baixinho.

– Aguente firme – Darius pediu.

Então foi como se o tempo tivesse parado. *Aguente firme*, eu disse a mim mesma. *Aguente firme*. Mas não me senti nada firme. Sentia-me exausta, ferida e totalmente arrasada. Neferet me intimidava. Ela era tão perfeita e poderosa. E Kalona me fez perceber minha insignificância. Os dois juntos me davam vontade de me encolher de medo, e minha cabeça girava em uma cacofonia de pensamentos. Eu era só uma garota. Caramba, eu não era nem vampira feita ainda. Como podia encarar criaturas tão impressionantes? E será que eu realmente queria combater Kalona? Será que tínhamos cem por cento de certeza de que ele era do mal? Pisquei os olhos, clareando minha visão embaçada e olhando para ele. Ele não parecia do mal, não parecia mesmo. Kalona usava calças que pareciam feitas da mesma camurça usada para fazer mocassins marrons claros. Estava descalço e de peito nu. Soa imbecil dizer isso, que ele estava seminu no saguão, mas não parecia estúpido, em absoluto. Parecia normal. É que ele era nada menos que incrível! Em sua pele não havia nenhuma mácula, com um tom de dourado que meninas brancas tentavam conseguir com bronzeamento artificial, mas que nunca dava certo. Ele tinha cabelos negros e grossos. Longos, mas não a ponto do ridículo. Era meio revolto e belamente ondulado. Quanto mais olhava para aqueles cabelos, mais me imaginava passando os dedos neles. Não dei atenção ao aviso de Aphrodite e olhei bem dentro dos seus olhos, sentindo um calafrio quando ele arregalou os olhos ao me reconhecer, e este calafrio pareceu atacar o que me restava de forças. Afundei nos braços de Darius, tão fraca que mal conseguia levantar a cabeça.

– Ela está ferida! – a voz de Kalona foi como um trovão pelo recinto. Até Neferet se encolheu. – Por que ela não está sendo atendida?

Ouvi o som repulsivo de enormes asas batendo, e então Rephaim surgiu da sala de onde Kalona havia acabado de sair. Estremeci ao me dar conta de que o *Raven Mocker* devia ter entrado voando pela janela e então se arrastado até o saguão. *Será que não existia nenhum lugar na superfície onde essas coisas horrorosas não pudessem chegar?*

– Pai, eu mandei o guerreiro levar a Sacerdotisa para a enfermaria, onde ela pode receber os cuidados adequados – a voz artificial de Rephaim soou ainda mais obscena após ouvir a majestade de Kalona.

– Ah, que palhaçada! – completamente chocada, olhei boquiaberta para Aphrodite, que dirigia seu desprezo típico ao *Raven Mocker*. Ela jogou os grossos cabelos louros para trás e continuou: – O passarinho aí nos deixou lá, debaixo daquela chuva gelada enquanto ficava berrando sobre a Vermelha isso e a Vermelha aquilo. Darius trouxe Zoey para cá, apesar da *ajuda* dele – Aphrodite abriu aspas no ar com os dedos ao falar a palavra *ajuda*.

O silêncio imperou no saguão, e então Kalona jogou sua bela

cabeça para trás e riu: – Eu havia me esquecido de como as mulheres humanas podem ser divertidas – ele fez um gesto gracioso com a mão para Darius. – Traga a jovem Sacerdotisa para cá para ser tratada.

Senti a relutância de Darius na tensão de seu corpo, mas ele obedeceu à ordem de Kalona, com meus amigos ao seu lado. Chegamos perto de Neferet e da porta da enfermaria ao mesmo tempo em que Kalona.

– Seu dever termina aqui, guerreiro – Kalona disse a Darius. – Neferet e eu cuidaremos dela agora – e o anjo caído abriu os braços como se esperasse que Darius me entregasse para ele. Com esse movimento as enormes e emplumadas asas de corvo, que até então estavam guardadas atrás das costas, farfalharam e se abriram parcialmente. Senti vontade de tocar aquelas asas e fiquei feliz por estar fraca demais para fazer mais do que olhar.

– Meu dever não terminou – Darius falou com voz tão tensa quanto estava seu corpo. – Jurei tomar conta desta jovem Sacerdotisa e preciso ficar ao lado dela.

– Eu também vou ficar – Aphrodite disse.

– E eu também – Damien soou pequeno e abalado, mas vi que estava com os punhos firmemente trincados nas laterais.

– Nós também – Erin falou, e Shaunee assentiu com expressão séria.

Desta vez foi Neferet quem riu. – Vocês não acham que vão ficar com Zoey enquanto eu a examino, não é? – e então todo o tom divertido desapareceu de sua voz. – Parem de ser ridículos! Darius, leve-a para aquele quarto e a deixe na cama. Se você insiste, pode esperar por ela aqui no saguão, se bem que pela sua aparência melhor seria se você fosse comer e se refrescar. Afinal, você trouxe Zoey para casa, onde ela está em segurança, de modo que já cumpriu sua missão. Os demais voltem aos dormitórios. A parte humana da cidade pode se deixar paralisar por um simples temporal, mas nós não somos humanos. Para nós a vida segue normal e, portanto, a escola também – ela fez uma pausa e olhou para Aphrodite com um ódio que distorceu suas feições e deixou seu rosto frio demais para manter o mínimo traço de beleza que fosse. – Mas você agora é humana, não é, Aphrodite?

– Sou – Aphrodite respondeu. Seu rosto estava pálido, mas ela levantou o queixo e encarou o olhar frígido de Neferet.

– Então seu lugar é lá fora – Neferet fez um vago gesto para longe de nós.

– Não é, não – eu disse. Ao me concentrar em Neferet, rompi o encanto que havia brotado ao ficar olhando para Kalona. Mal reconheci minha própria voz, que saíra fraca e sussurrada como a de uma idosa, mas Neferet não teve a menor dificuldade em me ouvir e voltou sua atenção para mim. – Aphrodite ainda tem visões de Nyx. O lugar dela é aqui – consegui dizer, apesar de ter de piscar rapidamente, pois pontos cinzentos me atrapalhavam a visão.

– Visões? – a voz profunda de Kalona cortou o ar entre nós. Desta vez me recusei a olhar para ele, apesar de ele estar tão perto que quase senti o gelo estranho que emanava de seu corpo. – Que tipo de visões?

– Avisos de futuros desastres – Aphrodite respondeu.

– Interessante – ele disse com franqueza. – Neferet, minha Rainha, você não me disse que tinha uma profetisa na Morada da Noite – antes que Neferet pudesse falar, ele continuou: – Excelente, excelente. Uma profetisa pode ser de grande utilidade.

– Mas ela não é novata nem vampira, portanto, não pertence à Morada da Noite. Então digo que ela deve ir embora – a voz de Neferet estava com um tom estranho que não reconheci de início, e então pisquei mais os olhos e minha visão clareou o bastante para poder ver bem sua linguagem corporal: ela basicamente se pendurava em Kalona. E percebi, um tanto chocada, que Neferet estava de fato fazendo biquinho.

Então, mesmerizada, vi Kalona acariciar o rosto de Neferet, passando sua mão ao longo da curva de seu pescoço comprido e liso, continuando a lhe acariciar o ombro e finalmente descendo pelas costas. Neferet tremeu sob seu toque e seus olhos se dilataram, como se aqueles carinhos lhe dessem algum tipo de barato.

– Minha Rainha, sem dúvida uma profetisa nos será útil – ele voltou a dizer.

Ainda olhando para ele, Neferet assentiu.

– Você fica, pequena profetisa – Kalona disse a Aphrodite.

– Sim – ela disse firmemente. – Fico. E fico com Zoey.

Olha, tenho de admitir que Aphrodite me surpreendeu totalmente. Tipo, sim, eu estava muito ferida e provavelmente em estado de choque, de modo que podia culpar meu estado mental e físico e torcer para que parte do efeito bizarramente hipnótico fosse sinal de que eu estava morrendo. Mas é óbvio que todo mundo estava sendo afetado por Kalona em algum nível. Todo mundo, exceto Aphrodite. Ela continuava a mesma mal-humorada de sempre. Eu não entendia isso.

– Profetisa – Kalona disse. – Você diz que recebe avisos de futuros desastres?

– Sim – Aphrodite respondeu.

– Diga, o que você vê no futuro se nós mandássemos Zoey embora agora?

– Não tive visão nenhuma, mas sei que Zoey precisa estar aqui. Ela foi muito ferida – Aphrodite impôs-se.

– Então deixe lhe afirmar que também sou conhecido por profetizar – Kalona falou. Sua voz, que me tinha sido tão deliciosa e profunda que sinceramente só sentia vontade de me entregar e ouvi-lo para sempre, agora começou a mudar. Subitamente, de início, senti a mudança de timbre.

À medida que, ele continuou a falar com Aphrodite, fui ficando arrepiada de medo. Seu evidente desprazer se refletiu em sua voz, e até mesmo Darius deu um passo para trás.

– E lhe juro que, se você não obedecer, esta Sacerdotisa não continuará viva por sequer mais uma noite. Vá embora agora!

As palavras de Kalona crepitaram em meu corpo, sacudindo meus sentidos já entorpecidos. Agarrei-me aos ombros de Darius. – Faça o que ele diz – pedi a Aphrodite, parando para retomar o fôlego. – Ele tem razão. Não vou durar muito se não for tratada.

– Dê-me a Sacerdotisa. Não vou pedir de novo – Kalona falou novamente, abrindo seus braços para mim outra vez.

Aphrodite hesitou por um breve momento e então pegou minha mão. – Estaremos aqui quando você melhorar – ela apertou minha mão e de repente senti a energia do espírito readentrar meu corpo. Quis dizer a ela que não, que ela precisava ficar com o elemento, precisava de sua proteção, mas Aphrodite já havia se voltado para Damien. Dando-lhe uma cotovelada, ela disse: – Diga tchau a Zoey e lhe deseje *melhoras*.

Damien olhou rapidamente para Aphrodite, que assentiu de leve. Então ele também apertou minha mão. – Fique bem, Z.– ele falou e, ao soltar minha mão, senti-me envolvida por uma doce brisa.

– Vocês também – Aphrodite disse às gêmeas.

Shaunee pegou uma de minhas mãos e Erin, a outra. – Estamos na torcida por você, Z.– Erin foi quem falou e, quando as duas deram meia-volta, me deixaram com o calor do verão e o frescor de uma chuva purificadora.

– Basta de sentimentalismo. Vou levá-la *agora* – e antes que pudesse respirar novamente, Kalona me tomou dos braços de Darius. Fechei os olhos quando ele me apertou contra seu peito nu e tentei me aferrar à força dos elementos enquanto tremia ao sentir o calor frio que emanava de seu corpo.

– Vou esperar aqui – Darius disse, e então ouvi a porta se fechar com uma batida nauseante de término. Assim, meus amigos ficaram de fora e eu fiquei sozinha com um inimigo, um anjo caído e a monstruosa criatura-ave criada por seu desejo ancestral.

Então fiz algo que só fizera duas vezes em toda a vida. Desmaiei.

18

A primeira coisa que senti ao começar a retomar a consciência foram os lençóis da cama da enfermaria direto sobre a minha pele nua, ou seja, eu estava totalmente sem roupa.

A segunda coisa da qual me dei conta foi que algo dentro de mim dizia para manter os olhos fechados e continuar respirando fundo. Em outras palavras, precisava fingir que ainda estava apagada.

Continuei o mais parada possível e tentei inventariar a situação do meu corpo. Tudo bem, o corte feio e comprido no meu peito estava doendo bem menos do que quando desmaiei. Procurei conferir meus sentidos (exceto o da visão, é claro) e pude sentir o cheiro e a presença do espírito, do ar, da água e do fogo. Os elementos estavam ao meu redor, mas não plenamente manifestos e evidentes, me acalmando, me dando forças e me deixando preocupada pra diabo com meus amigos. *Voltem para os outros!*, ordenei aos elementos em silêncio e senti suas partidas relutantes. Todos partiram, menos o espírito. Tive vontade de suspirar e revirar os olhos. Em vez disso, concentrei-me mais. *Espírito, vá para Aphrodite. Fique perto dela.* Quase instantaneamente senti a ausência do poderoso elemento. Devo ter feito um movimento involuntário quando o espírito partiu, pois Neferet falou de alguma parte perto dos meus pés.

– Ela se mexeu. Não duvido que retome a consciência em breve – houve uma pausa e a ouvi se movimentar como se estivesse andando enquanto continuava a falar. – Eu ainda acho que não devíamos ter tratado dela. Sua morte poderia ter sido explicada com facilidade. Ela estava quase morta quando chegou aqui.

– Se o que você me disse for verdade e ela conseguir dominar os cinco elementos, então ela é poderosa demais para que a deixemos perecer – Kalona respondeu e também soou como se estivesse perto da ponta da cama.

– O que eu lhe disse é a mais completa verdade – Neferet afirmou. – Ela sabe controlar os elementos.

– Então podemos usá-la. Por que não incluí-la em nossa visão de futuro? Com o apoio dela podemos manipular qualquer membro do Conselho que não sucumba a mim.

Nova visão de futuro? Manipular o Conselho? O Conselho Supremo dos Vampiros? Caraca!

Neferet respondeu com segurança e tranquilidade: – Não vamos precisar dela, meu amor. Nosso plano vai dar certo. Você devia saber que Zoey jamais vai usar seu poder em nosso favor. Ela morre de amores pela Deusa.

– Ah, mas isso pode mudar – aquela voz profunda parecia chocolate derretido. Apesar de minha mente estar processando às pressas as informações que havia acabado de ouvir, meu corpo estava mesmerizado pelo som dele; era bom só ficar ouvindo o que ele dizia. – Acho que me lembro de outra Sacerdotisa que costumava morrer de amores pela Deusa, mas não morre mais.

– Ela é jovem e tola o suficiente para permitir que seus olhos se abram para possibilidades mais intrigantes, como os meus se abriram – suas vozes estavam tão próximas que deu para perceber que ela devia estar nos braços dele. – A única coisa que Zoey pode ser é mais uma inimiga nossa. Acho que vai chegar o dia em que eu ou você teremos de matá-la.

Kalona deu risada. – Você é uma criatura deliciosamente sarcástica. Se a jovem Sacerdotisa não nos servir, então é claro que acabarei me livrando dela. Até então, verei o que posso fazer para quebrar sua resistência.

– Não. Eu quero que você fique longe dela! – Neferet o repreendeu.

– É bom você não se esquecer de quem é o mestre aqui. Não vou receber ordens, nem obedecer regras e nem ser preso, nunca mais. E não sou sua Deusa impotente. O que eu dou, eu tomo se me aborrecer! – a sedosa sedução sumiu da voz de Kalona e uma terrível frieza surgiu em seu lugar.

– Não fique nervoso – Neferet se arrependeu instantaneamente. – É que não aguento ter de dividi-lo.

– Então não me aborreça! – ele gritou, mas a raiva já estava desaparecendo de sua voz.

– Venha comigo para fora deste quarto e prometo que não vou aborrecê-lo – Neferet disse zombeteiramente. Ouvi o som repulsivo dos dois se beijando. Os gemidos arfantes de Neferet bastaram para me dar vontade de vomitar.

Depois de um monte de efeitos sonoros totalmente impróprios para menores, Kalona finalmente disse: – Vá para o nosso quarto. Prepare-se para mim. Irei ao seu encontro em breve.

Quase ouvi Neferet berrar *Não! Venha comigo agora!* Mas ela me surpreendeu: – Venha logo, meu anjo tenebroso – sua voz era doce e ardente. Então ouvi o roçar dos tecidos de suas roupas e a porta se abrindo e fechando.

Ela o está manipulando. Perguntei-me se Kalona sabia disso. Sem dúvida um ser imortal saberia lidar com os jogos mentais de uma Grande Sacerdotisa vampira (bem, com os jogos corporais também – eca). Então lembrei-me da imagem espectral de Neferet que vi na estação. Como ela fizera aquilo? *Talvez o fato de ela se voltar para o Lado Negro tivesse lhe dado poderes diferentes; talvez ela não fosse só uma Grande Sacerdotisa vampira decaída. Quem sabe o que realmente significava ser a Rainha das Tsi Sgili?* Esse novo pensamento me aterrorizou.

Um ruflar de asas ao redor de minha cama interrompeu minhas arrepiantes reflexões. Fiquei totalmente imóvel. Quis prender a respiração, mas sabia que tinha de continuar respirando lenta e profundamente. Podia jurar que estava sentindo os olhos de Kalona sobre mim, e estava inacreditavelmente feliz por ter um lençol me cobrindo os seios e enrolando meu corpo.

Senti o calafrio familiar vindo do corpo dele. Kalona com certeza estava perto de mim. Ele devia estar bem ao lado da cama. Ouvi o ruído familiar de penas e pude imaginá-lo abrindo as lindas asas negras. Ele podia estar se preparando para me tomar em seus braços outra vez e com eles me envolver, como fizera em meu sonho.

E foi isso. A despeito do que meus instintos gritavam para mim, eu não conseguia mais ficar de olhos fechados. Certa de me deparar com seu rosto indescritivelmente perfeito, abri os olhos e dei de cara com os traços mutantes de Rephaim. O *Raven Mocker* estava debruçado sobre mim com sua terrível cara de pássaro a poucos centímetros da minha cara. Estava de bico aberto e mexendo a lâmpada na minha direção.

Minha reação foi imediata e automática, e várias coisas aconteceram ao mesmo tempo. Dei o berro mais agudo que consegui, puxei o lençol para cima do peito e recuei tão rápido que bati com as costas na cabeceira da cama. Quando fiz isso, o repulsivo *Raven Mocker* sibilou e abriu as asas, parecendo que ia me atacar, e a porta se abriu de repente. Darius correu para dentro do quarto, viu a criatura do mal pairando sobre mim e, com um movimento ao mesmo tempo gracioso e certeiro, pegou a faca escondida dentro da jaqueta de couro e atirou. A lâmina atingiu Rephaim bem no peito. A criatura gritou e tropeçou para trás, agarrando o cabo da faca presa em seu peito.

— Você ousou atacar meu filho! — Kalona alcançou Darius com apenas dois passos. Com a força de um deus, ele agarrou o guerreiro pelo pescoço e o levantou no ar. Kalona era tão alto, e seus braços eram tão compridos e musculosos, que conseguiu pressionar Darius contra o teto do recinto. Ele o segurou lá enquanto Darius batia as pernas de modo espasmódico e dava socos completamente inócuos nos braços enormes de Kalona.

– Pare! Não o machuque! – enrolei-me no lençol da cama e fui para o meio de ambos, e só ao me levantar percebi como estava fraca. As asas negras de Kalona estavam abertas, e tive de me enfiar debaixo de uma delas para alcançar Darius. Não sei o que estava pensando em fazer ao sair da cama. Mesmo se estivesse em meu estado normal, não ferida nem exausta como estava, jamais seria páreo para esse ser imortal. E agora, apesar de estar gritando com ele e batendo na lateral de seu tronco, senti que o incomodava menos do que se fosse um mosquito irritante. Mas uma coisa aconteceu. Quando olhei para Kalona, vi seus olhos cor de âmbar se acenderem e seus dentes se revelarem em um sorriso bestial, e então entendi que ele estava apreciando o ato de lentamente tirar a vida de Darius.

Naquele momento, a verdadeira face de Kalona se revelou para mim. Ele não era nenhum herói incompreendido que esperava receber amor para mostrar seu lado bom. Ele não tinha lado bom. Se sempre tinha sido assim ou não era irrelevante. Aquilo em que ele se transformara, o que ele era agora, era mau. O feitiço com o qual ele me envolvera agora se despedaçara como um sonho feito de vidro. Torci desesperadamente para que o feitiço estivesse quebrado a ponto de jamais ser possível reconstituí-lo novamente.

Respirei fundo, levantei as mãos com as palmas para fora, sem me importar com o lençol caindo e me deixando totalmente nua. Então usei o resto de minhas forças para invocar: – Vento e fogo, venham para mim. Preciso de vocês – instantaneamente senti a presença dos dois elementos, além disso, senti Damien e Shaunee e vi de relance a imagem dos dois se concentrando de olhos fechados e se unindo para fortalecer seus elementos.

Aquela pequena dose de poder era tudo de que eu precisava. Apertei os olhos e pus todos sob meu comando: – Façam o cara alado soltar Darius! – virei as mãos em direção a Kalona, focando os elementos em movimento. E, ao mesmo tempo, pensando em como o fogo e o vento haviam me livrado de situações bem difíceis com aqueles *Raven*

Mockers idiotas, e, portanto, usá-los contra o pai deles também deveria dar certo.

O efeito do golpe de ar quente foi imediato. Atingiu em cheio as asas abertas de Kalona, jogando-o para cima e para trás. Então, ouvi o som de algo chamuscando quando o ar quente lhe atingiu o peito nu, chegando até a formar uma névoa ao seu redor.

Darius caíra pesadamente no chão, mas arfava para recuperar o fôlego enquanto tentava se levantar, colocando seu corpo entre Kalona, Rephaim e eu. Eu não podia fazer muito mais do que tentar controlar a respiração e piscar com força para limpar da vista aqueles pontinhos luminosos esquisitos que haviam se formado. O fogo e o vento se foram, e eu mal consegui ficar de pé.

Vi um movimento com o canto do olho e, ao virar a cabeça em direção à porta, arfei de surpresa ao ver Stark entrar correndo para dentro do quarto com a corda do arco já esticada e uma flecha de aparência letal. Ele o levantou para apontar para Darius, mas hesitou, balançou a cabeça como se estivesse tentando limpar os pensamentos e olhou para mim.

Ao vê-lo pela primeira vez, senti uma maravilhosa onda de felicidade. Ele estava parecendo o mesmo de antes! Seus olhos não estavam vermelhos. Ele não estava com cara de maluco nem esquelético com o rosto encovado. Então me dei conta de que estava completamente nua enquanto olhávamos um para o outro. Agarrei o lençol caído aos meus pés e me enrolei nele às pressas, tipo toalha de banho. Até no meio da confusão e do estresse que se desenrolava ao meu redor, senti que meu rosto estava vermelho de vergonha. Eu devia ter dito alguma coisa para ele, qualquer coisa que fosse, mas em vez disso minha mente congelou por ele *ter acabado de me ver completamente nua*.

Stark se refez do choque primeiro do que eu e levantou o arco outra vez, reajustando a flecha no alvo e apontando para Darius.

– Stark! Não atire nele! – gritei. Nem tentei fazer nada para que ele não visse Darius. Se atirasse, ele não ia errar, a despeito do que eu fizesse. Ele não podia errar. Ao contrário de Kalona, minha Deusa não tomava o dom que um dia concedera.

– Se você quer matar a pessoa que me jogou do outro lado da sala, então a flecha vai atingir a Sacerdotisa, e não o guerreiro – Kalona disse, já de pé e com a voz perfeitamente normal. Sua expressão era calma, mas a pele de seu peito nu estava avermelhada e meio esquisita, como se de repente tivesse se queimado ao sol. Pequenos filetes de vapor ainda subiam levemente de sua pele tostada, apesar de ambos os elementos terem saído do recinto. – E não é a Sacerdotisa que eu quero que morra. É o guerreiro.

Antes que Stark pudesse atirar sua flecha letal, voltei-me para Kalona, suplicando-lhe: – Darius estava apenas me protegendo. Foi um *Raven Mocker* quem fez isto – apontei para o longo corte em meu peito, que já não era mais um rasgo nojento como antes, e sim uma ferida vermelha inflamada. – Quando Darius me ouviu gritar e viu Rephaim debruçado em cima de mim, nada mais lógico do que ele achar que eu estava sendo atacada de novo – Kalona levantou a mão, mandando Stark não atirar. Com a atenção do anjo caído totalmente voltada para mim, continuei: – Darius jurou me proteger. Ele estava apenas cumprindo seu dever. Por favor, não o mate por isso.

Fiz uma longa pausa, prendendo a respiração. Kalona olhou para mim e eu olhei para ele também. O encanto estranho e hipnótico que sentia por ele não retornara. Não que ele não fosse o homem mais lindo que já vi na vida. Ele era, com certeza. Então senti um leve susto ao me dar conta com exatidão do que estava vendo ao olhar para ele com cara de boba.

Kalona rejuvenescera.

Quando ele ressurgiu de sua prisão debaixo da terra, era um homem totalmente lindo, mas era um *homem*. Bem, um homem anormalmente grande e de asas negras, mas um homem mesmo assim. Sua aparência era atemporal, como se tivesse qualquer coisa entre os trinta e cinquenta anos de idade. Mas isso mudara. Se eu fosse adivinhar sua idade, diria que ele tinha uns dezoito. Com certeza, não mais de vinte e um.

Ele tem a idade perfeita para mim...

Finalmente Kalona parou de me encarar e lentamente voltou-se para Rephaim, encolhido em um canto da sala com suas tenebrosas mãos humanas segurando a faca que ainda estava enfiada em seu peito.

– É verdade, meu filho? Algum de meus filhos feriu a Sacerdotisa?

– Não tenho como saber, pai. Nem todos os vigias retornaram – Rephaim respondeu com a respiração entrecortada.

– É verdade – Darius disse.

– É claro que você ia dizer isso, guerreiro – Kalona disse.

– Eu lhe dou minha palavra de Filho de Erebus que estou dizendo a verdade – Darius rebateu. – E você viu o ferimento de Zoey. Com certeza poderá reconhecer um corte feito pelas garras de um de seus filhos.

Fiquei feliz em ver que Darius não estava todo inflado e pronto para continuar a brigar como um adolescente idiota (*hello*, Heath e Erik!), e então entendi. Darius ainda estava me protegendo. Se Kalona soubesse que um *Raven Mocker* quase me matara, mas sem saber o resto da história, de que havia sido na verdade um acidente, talvez ele no mínimo não fosse mais me deixar ficar sozinha com nenhum deles, e quem sabe até mandasse seus filhos sinistros ficarem longe de mim. Isto é, se Kalona ainda quisesse me manter viva.

Então cortei os pensamentos que me ocupavam a mente, pois Kalona estava se aproximando. Fiquei bem parada, olhando fixo para seu peito nu enquanto ele esticava o braço, parando pouco antes de me tocar. Lentamente, ele traçou a linha do corte sem realmente me tocar a pele, mas ainda assim senti o frio que vinha de seu corpo. Tive de ranger os dentes para não me encolher nem tremer, e nem olhar para seus olhos e correr o risco de me aproximar um pouquinho para que seu dedo frio tocasse minha pele quente.

– É a marca de um dos meus filhos – ele disse. – Stark, desta vez não mate o guerreiro – eu havia acabado de soltar um longo suspiro de alívio quando Kalona acrescentou: – Mas é claro que não posso deixá-lo ferir meu adorado filho sem puni-lo. Mas prefiro fazê-lo pessoalmente.

A voz de Kalona estava tão calma, tão prosaica, que de início não entendi o sentido de suas palavras, até que ele atacou como uma cobra. Darius só teve tempo de começar a se defender quando Kalona se virou, puxou a faca do peito de Rephaim e com um só movimento lançou a lâmina na lateral do seu rosto.

Darius se assustou com o golpe e caiu enquanto o sangue se espalhava ao meu redor, provocando uma pesada chuva escarlate no pequeno quarto. Gritei e tentei chegar perto dele, mas a mão frígida de Kalona me segurou pelo pulso, puxando-me de volta para junto de si. Olhei para o imortal, desejando que a raiva e o horror que senti bloqueassem a atração terrível que ele exerce.

E eu não me sentia atraída por ele! Seu encanto não funcionava comigo! Por mais que ele fosse jovem e dono de uma beleza sobrenatural, eu ainda via nele um perigoso inimigo. Ele deve ter percebido meu olhar triunfante, pois de repente sua expressão belicosa se transformou em um sorriso vagaroso e astucioso. Ele se abaixou e sussurrou só para mim: – Lembre-se, minha pequena A-ya, o guerreiro pode protegê-la de todos, *menos de mim*. Nem mesmo o poder de seus elementos pode me impedir de requerer o que vai acabar voltando a ser meu.

Então ele apertou os lábios contra os meus e seu gosto selvagem foi como uma nevasca me atravessando o corpo, anulando minha resistência e me congelando a alma através de um desejo proibido que tomou conta de mim. Seu beijo me fez esquecer de tudo e de todos. Stark, Darius e até mesmo Erik e Heath foram varridos da minha mente.

Ele me soltou e minhas pernas não me aguentaram. Caí no chão enquanto ele saiu do quarto rindo, e seu filho favorito foi se arrastando, ferido, atrás dele.

19

Engatinhei, chorando, em direção a Darius. Eu havia acabado de chegar ao seu lado quando ouvi um som terrível vindo da porta. Então, vi Stark. Ele ainda segurava o arco em uma das mãos. Com a outra estava agarrando o batente da porta com tanta força que as dobras dos dedos estavam brancas, e eu seria capaz de jurar que seus dedos estavam deixando marcas na madeira. Seus olhos flamejavam de tão vermelhos, e ele estava levemente encurvado, como se estivesse com dor de estômago.

– Stark? O que é isso? – esfreguei os olhos com as costas das mãos, tentando limpar a vista borrada de lágrimas.

– O sangue... não aguento... tenho que... – ele falou de maneira entrecortada e então, como se contra a vontade, deu um passo cambaleante para dentro do quarto.

Darius se ajoelhou ao meu lado, pegou a faca que Kalona largara no chão e encarou Stark. – Você fique sabendo que só provam do meu sangue aqueles a quem o ofereço – a voz de Darius estava firme e forte. Se não estivesse olhando para ele, jamais saberia que havia um rio de sangue esguichando de seu rosto devido a uma facada tenebrosa. – E não lhe ofereci nada, garoto. Vá para trás antes que as coisas piorem ainda mais.

Dentro de Stark acontecia uma luta densa que se refletia em seu corpo inteiro. Do vermelho intenso de seus olhos inflamados ao sorriso bestial em seus lábios, mais a tensão abismal que dele irradiava, tudo nele dava sinais de estar prestes a explodir.

Mas o negócio é o seguinte: eu já estava de saco cheio. Dizer que eu estava surtada por causa de minha reação ao beijo de Kalona era pouco. Meu corpo ainda doía. Minha cabeça estava zonza. Estava tão fraca que não me sentia capaz de vencer nem mesmo uma queda de braço com, sei lá, Jack. Agora Darius estava machucado e eu nem sabia se era grave. Sério, estava tão estressada que qualquer coisa seria capaz de me tirar do sério de verdade.

– Stark, cai fora daqui! – virei-me para ele de repente e fiquei contente por minha voz soar bem mais forte do que me sentia. – Não quero ter de chamar o fogo para lhe dar uma chamuscada, mas, se você der mais um passo nessa direção, juro que vou queimá-lo.

Assim consegui obter sua atenção. Stark voltou seus olhos vermelhos para mim. Ele estava com uma cara ameaçadora, parecia muito furioso. Havia uma atmosfera lúgubre ao seu redor, como se fosse uma aura que fazia os seus olhos vermelhos arderem. Levantei-me e ainda bem que o lençol continuou cobrindo meu corpo, pois ergui os braços, já me preparando.

– Não me provoque agora. Você vai se arrepender se me fizer perder a paciência.

Stark piscou os olhos duas vezes, como se estivesse tentando limpar a vista. Seus olhos foram perdendo o tom vermelho, a atmosfera lúgubre que o cercava se dissipou e ele passou a mão trêmula no rosto.

– Zoey, eu... – ele começou a falar, soando quase normal. Darius saiu da defensiva e deu um passo em minha direção. Stark rosnou para ele; *rosnou* mesmo, como se fosse mais animal do que humano, deu meia-volta e saiu correndo.

Consegui cambalear até a porta e fechá-la, depois puxei uma cadeira que estava perto da cama e a encaixei debaixo da maçaneta, como faziam nos filmes, e então me voltei para Darius.

– Que bom que a senhorita está do meu lado, Sacerdotisa – ele parecia estar me agradecendo.

– É, eu sou assim. Sou *violenta* – tentei falar como o Christian, do *Project Runway*,[11] para fingir que não estava a ponto de desmaiar. Eu tinha certeza de que Darius não sabia a diferença entre *Project Runway* e projeto científico, mas ele riu do meu jeito de falar enquanto nos ajudávamos mutuamente a voltar para a ponta da cama, onde ele se sentou, exausto, e eu fiquei parada ao seu lado, concentrando-me para não cambalear como bêbada que, infelizmente, eu não estava mais.

– Deve ter material de primeiros socorros naquele armário ali – Dariu apontou o comprido armário de aço que cobria a parede do outro lado. Havia também uma pia e um monte sinistro de peças de material hospitalar (todas de aço inoxidável e bastante afiadas) cuidadosamente arrumadas em bandejas e sei lá o quê ao lado da pia.

Cansada, ignorei as coisas pontudas e continuei abrindo gavetas e armários à procura do material de primeiros socorros até que percebi que minhas mãos estavam tremendo de um jeito doido.

– Zoey – Darius me chamou, e virei o pescoço para olhá-lo. Ele estava péssimo. O lado esquerdo do seu rosto estava uma sangueira só. O corte ia da têmpora até o contorno do maxilar, estragando o ousado traço geométrico de sua tatuagem. Mas ele sorriu para mim e disse: – Vou melhorar. É só uma cicatrizinha.

– Bem, é uma cicatriz grande – discordei.

– Acho que Aphrodite não vai gostar – ele se lembrou.

– Ahn?

Ele começou a rir, mas fez uma careta de dor e mais sangue saiu do ferimento. Ele apontou para o rosto: – Ela não vai gostar da cicatriz.

Voltei para perto dele com um monte de ataduras, lenços, gaze, álcool e outras coisas.

– Se ela te encher o saco por causa disso, vou dar uma porrada nela. Depois que eu estiver descansada – olhei para o terrível

---

11 Christian Siriano foi o vencedor de uma das temporadas desse *reality show* norte-americano. (N.T.)

"arranhão" ignorando o cheiro delicioso do seu sangue e engolindo em seco, tentando me controlar para não vomitar.

Tá, eu sei que parece totalmente contraditório o fato de eu adorar o gosto e o cheiro de sangue, mas senti vontade de vomitar ao ver meu amigo sangrando. Espere, não. Talvez não seja contradição, afinal, *hello*, eu não como meus amigos! Pensei em Heath e resolvi refazer a frase: eu só como meus amigos em circunstâncias anormais, se tiver permissão.

– Eu posso limpar – Darius me disse, tentando pegar o lenço embebido em álcool da minha mão fechada.

– Não – respondi e repeti mais firmemente, balançando a cabeça e tentando clarear as ideias. – Não, isso é ridículo. Você está ferido; eu cuido disso. Só me diga o que tenho de fazer – fiz uma pausa e então voltei a falar: – Darius, temos que sair daqui.

– Eu sei – ele respondeu solenemente.

– Você não sabe por que estou dizendo isso. Ouvi Kalona e Neferet conversando. Eles disseram que estão planejando um "novo futuro" e também que iam "manipular o Conselho".

Darius arregalou os olhos, chocado. – O Conselho de Nyx? O Conselho Supremo dos Vampiros?

– Não sei! Eles não disseram nada mais. Acho que estavam falando do Conselho daqui, da Morada da Noite.

Ele olhou atentamente para o meu rosto. – Mas você não acha que era isso o que estavam falando.

Balancei a cabeça lentamente.

– Santa Nyx! Isso não pode acontecer!

Franzi a testa, querendo que minha intuição discordasse do que ele estava achando. – Temo que possa acontecer, sim. Kalona é poderoso e tem o poder de atrair as pessoas magicamente. Olha, a questão é que não podemos ficar sob o controle de Neferet enquanto ela e o sujeito-pássaro põem em prática seu plano repulsivo, seja ele qual for – na verdade, eu estava com medo de que eles já estivessem colocando seu plano repulsivo em ação, mas dizer aquilo em voz alta parecia dar mais força à possibilidade de acontecer mesmo. – Não podemos fazer seu curativo, pegar Aphrodite, as gêmeas e Damien e voltar para os túneis? – senti-me a ponto de cair em lágrimas. – Estou bem melhor e acho que vale a pena correr o risco de me afogar no meu próprio sangue para dar o fora daqui.

– Concordo, e acho que Neferet já a curou o bastante para você não correr mais o risco de rejeitar a Transformação, mesmo que não esteja na companhia de vários vampiros feitos.

– Você tem condições de partir?

– Eu disse à senhorita que estou bem, e disse a verdade. Vamos limpar este ferimento e ir embora daqui.

– Eu prefiro os túneis – fiquei surpresa de admitir em voz alta o que estava pensando, mas Darius assentiu solenemente, concordando.

– É porque lá é mais seguro, e aqui certamente não é mais – ele respondeu.

– Você reparou em Neferet? – perguntei.

– Se a senhorita está perguntando se reparei que a Sacerdotisa está mais poderosa do que antes, a resposta é sim.

– Ótimo. Cheguei a pensar que estava imaginando coisas – murmurei.

– Sua intuição está ótima e já a vem avisando sobre Neferet faz um tempinho – ele fez uma pausa. – O poder hipnótico de Kalona é raro. Jamais senti nada assim antes.

– É – concordei, limpando o sangue de seu rosto. – Mas acho que quebrei o poder que ele exerce sobre mim – recusei-me a admitir, até para mim mesma, que, apesar de ter passado o efeito que exercia sobre mim, seu beijo ainda me deixava desconcertada. – Escute, Kalona lhe pareceu diferente?

– Diferente? Como assim?

– Mais jovem, mais novo até do que você – eu achava que Darius devia ter seus vinte e poucos anos.

Darius me olhou longa e pensativamente. – Não, Kalona me pareceu o mesmo desde o primeiro momento em que o vi. Atemporal, mas não no sentido de poder passar por adolescente. Talvez ele tenha a capacidade de alterar a aparência para agradá-la.

Quis negar, mas então me lembrei do que ele me chamara logo antes de me beijar. Foi o mesmo nome pelo qual me chamou em meu pesadelo. *Minha reação a ele é quase automática, como se minha alma o reconhecesse,* sussurrou minha mente insurgente. Um medo terrível fez meu corpo estremecer, arrepiando os pelos dos meus braços e da nuca. – Ele me chama de A-ya – acabei falando.

– O nome soa familiar. O que quer dizer?

– É o nome da boneca que as mulheres Ghiguas criaram para aprisionar Kalona.

Darius deu um suspiro profundo.

– Bem, pelo menos nós agora sabemos por que ele está tão determinado em protegê-la. Ele acha que você é a boneca que amava.

– Eu acho que era mais obsessão do que amor – respondi logo, sem querer sequer considerar a ideia de que Kalona podia ter amado A-ya. – Além disso, temos de nos lembrar de que A-ya o aprisionou e que ele ficou debaixo da terra por mais de mil anos.

– Então o desejo que ele tem por você pode facilmente se transformar em violência – Darius respondeu, concordando comigo.

– Na verdade, ele me quer para ter A-ya de volta. Tipo, eu não sei o que ele realmente pretende fazer comigo. Neferet queria me matar, mas ele a impediu dizendo que pode usar meu poder – respondi sentindo um nó no estômago.

– Mas você jamais daria as costas a Nyx para ficar ao lado dele – Darius afirmou.

– E, quando ele perceber isso, já não vai querer me manter por perto.

– Ele verá você como uma inimiga poderosa que pode arrumar um jeito de aprisioná-lo de novo – Darius concluiu.

— Tá, então me explique o que fazer para você ficar bom, e depois vamos achar o resto do pessoal e cair fora daqui.

Darius me ensinou a fazer uma limpeza bastante *desagradável* no longo corte. Tive de jogar álcool dentro da pele para, como ele explicou, *lavar qualquer infecção que pudesse advir* do sangue do *Raven Mocker*. Havia me esquecido totalmente de que a mesma faca havia sido cravada no peito de Rephaim, e com certeza estava repleta de sangue mutante de homem-pássaro. Então limpei o corte, e Darius me ajudou a achar aquele troço esquisito, mas muito legal, chamado Dermabond, mais conhecido como "ponto cirúrgico líquido", que despejei ao longo do corte, apertando suas laterais, unindo-as, e *voilà!* A não ser pelo enorme corte ainda não curado, Darius disse que estava novinho em folha. Eu estava levemente mais cética, mas (como ele me lembrou) realmente não dava nem para começar como enfermeira.

Então nós dois procuramos minha roupa pelos armários, porque não podia ir a parte alguma enrolada em um lençol. Olha, não dava para acreditar nas "camisolas" hospitalares pavorosas, finas que nem papel e sem a parte de trás que encontramos (ah, por favor, não são camisolas de verdade de jeito nenhum) em uma gaveta. Por que nos hospitais a pessoa é obrigada a usar trajes horrendos e reveladores demais quando já está se sentindo péssima? Simplesmente não faz sentido. De qualquer forma, finalmente achamos umas roupas verdes de enfermeira, grandes demais para mim, mas tudo bem. Era bem melhor do que ficar enrolada em um lençol, e completei meu visual com umas botinhas. Perguntei a Darius se tinha visto minha bolsa, e ele respondeu que achava que ainda estava no Hummer. Era provavelmente muita futilidade da minha parte, mas passei uns bons minutos me estressando, porque, se perdesse minha bolsa, teria que tirar outra carteira de motorista e arrumar outro telefone celular, e pensei por alto se me lembraria do tom exato do ótimo brilho labial da mesma marca que teria de comprar de novo.

Algum tempo depois de me vestir (enquanto Darius ficava de costas) e de começar a me preocupar com o sumiço da minha bolsa, dei-me conta de que estava sentada na cama, olhando para o espaço e quase caindo no sono.

– Como você está se sentindo? – Darius perguntou. – A senhorita parece... – ele não completou a frase, e tenho certeza de que procurou vetar termos como "péssima" e "horrorosa".

– Pareço cansada? – tentei ajudar.

– Parece – ele concordou.

– Bem, não é grande coincidência, pois estou cansada. Muito cansada.

– Talvez devêssemos esperar e...

– Não! – eu o interrompi. – Estou falando sério, temos de ir embora. Além disso, não dá para dormir de verdade enquanto estivermos aqui. Não me sinto segura.

– Concordo. A senhorita não está segura. Nenhum de nós está.

Ficou subentendido que ainda não estaríamos seguros se conseguíssemos nos afastar da Morada da Noite, mas era melhor para o nosso moral se não mencionássemos essa parte.

– Bem, vamos chamar os outros – eu disse.

Dei uma olhada no relógio da parede antes de sairmos do quarto e percebi que passava um pouco das quatro da manhã. Foi chocante perceber quanto tempo se passara, especialmente porque eu devia estar apagada já fazia várias horas, apesar de não me sentir nem um pouco descansada. Se as coisas estivessem normais na Morada da Noite, os novatos estariam saindo das aulas.

– Ei – chamei a atenção de Darius. – Está na hora do jantar. Eles devem estar na cafeteria.

Ele assentiu, empurrou a cadeira que estava escorando a porta e a abriu lentamente.

– O corredor está vazio – ele murmurou.

Enquanto Darius olhava para os lados no corredor, eu guardava suas costas. Então, em vez de segui-lo, agarrei sua manga e o puxei de volta. Ele me deu um olhar de quem não estava entendendo.

– Ahn, Darius, estou pensando que realmente precisamos mudar de roupa antes de fazer uma grande entrada no meio da cafeteria ou mesmo do meu dormitório. Tipo, você está, digamos, bastante ensanguentado, e eu estou usando um troço que mais parece uma enorme lixeira verde. Não estamos exatamente discretos.

Darius olhou para si mesmo, para o sangue seco espalhado por sua camisa e seu casaco. O sangue, a laceração no rosto e minha roupa de enfermeira eram absolutamente chamativos, uma conclusão à qual Darius obviamente chegara com facilidade.

– Vamos pegar a escada para o próximo andar. É onde estão instalados os Filhos de Erebus. Vou me trocar, depois levo a senhorita rapidamente ao seu dormitório para se livrar disso – ele fez um gesto indicando meus trajes. – Se tivermos sorte, acharemos Aphrodite e as gêmeas lá mesmo, e só teremos de encontrar Damien e sair da área da escola.

– Parece bom. Nunca imaginei que você fosse me ouvir dizer que estava ansiosa para voltar para aqueles túneis, mas no momento lá me parece o melhor lugar para estar.

Darius grunhiu o que presumi ser um jeito masculino de expressar concordância, e o segui pelo corredor, que estava realmente deserto. Eu estava bem perto da escadaria. Tá, subir um lance de escadas realmente quase me matou, e terminei me apoiando pesadamente no braço de Darius. Percebi pelo brilho de preocupação em seus olhos que ele estava pensando seriamente em me pegar no colo, e o teria feito (mesmo eu não querendo) se já não tivéssemos chegado ao próximo andar.

– Então – eu disse entre uma arfada e outra –, é sempre silencioso assim aqui em cima?

– Não – Darius respondeu, com uma cara preocupada. – Não é – passamos por uma área comum que tinha geladeira, uma enorme tevê de tela plana, alguns sofás e um monte de coisas de homem tipo pesos de halterofilismo, alvos de dardos e uma mesa de sinuca. Também deserta. Com o rosto fechado em uma expressão indecifrável, Darius me levou até uma das muitas portas que davam para o corredor.

Seu quarto era mais ou menos como imaginava que seria o quarto de um Filho de Erebus: simples e limpo, com poucos adereços. Ele tinha alguns troféus de concursos de arremesso de faca, uma coleção inteira de livros de capa dura de Christopher Moore, mas nada de fotos de amigos ou familiares; e o único tipo de arte nas paredes eram paisagens de Oklahoma, que provavelmente faziam parte do quarto. Ah, ele também tinha uma minigeladeira como a de Aphrodite, o que me irritou um pouquinho. Todo mundo tinha geladeira. Menos eu? Que coisa. Havia uma enorme janela panorâmica, pesadamente acortinada. Fui até lá e puxei um pedacinho da cortina, olhando para fora para Darius poder trocar de roupa sem que Aphrodite depois não nos esganasse em uma crise de ciúmes.

Devia estar todo mundo ocupado naquele momento. As aulas tinham acabado e os garotos, como adolescentes que eram, deviam estar voltando da parte acadêmica da escola para os dormitórios, sala de recreações, cafeteria ou simplesmente saindo por aí. Em vez disso, só vi duas pessoas fazendo o possível para passar despercebidas enquanto, pela calçada, corriam de um edifício para o outro.

Apesar de minha intuição me dizer que havia algo por trás daquilo, quis atribuir o silêncio mortal da escola ao tempo. O céu escuro ainda cuspia chuva gelada e, apesar dos efeitos isolantes do temporal, eu estava encantada com o visual mágico que se formava a partir da água congelada. As árvores se curvavam sob o peso sepultado em seus galhos. O amarelo suave da iluminação a gás adejava sobre as paredes e calçadas lisas. A coisa mais legal era a grama envolvida pela camada de gelo. As frágeis estacas de gelo cintilavam ao captar a luz, fazendo o chão parecer coberto por um tapete de diamantes.

– Uau – exclamei, mais para mim mesma do que para Darius. – Eu sei que a tempestade de gelo é um "pé no saco", mas é muito linda. Faz tudo parecer um mundo completamente diferente.

Darius estava vestindo uma blusa de moletom sobre uma camiseta limpa ao se aproximar de mim na janela. O cenho franzido indicava que ele enxergava mais a parte chata do que o lado mágico do gelo.

– Não estou vendo nenhum guarda – ele disse, e percebi que seu cenho franzido não era por causa do gelo, mas pelos limites dos muros, que também podíamos ver de sua janela. – Deveríamos estar vendo pelo menos dois ou três dos meus irmãos guerreiros daqui, mas não tem ninguém – senti que ele ficou tenso.

– O que foi?

– Falei cedo demais, e a senhorita tinha razão. Este é um mundo totalmente diferente. Há guardas a postos sim. Só que não são meus irmãos – ele indicou um ponto no muro à nossa direita, bem na curva atrás do Templo de Nyx, que ficava bem em frente ao edifício em que estávamos. Lá, entre a sombra de um antigo carvalho e a parte traseira do templo, algo se mexeu na escuridão, revelando a silhueta encurvada de um *Raven Mocker* sobre o muro. – E lá – Darius apontou para outro ponto logo abaixo. Olhei sem prestar muita atenção, como se não houvesse nada mais do que nuances de breu em uma noite tempestuosa, mas ao fixar meus olhos vi que aquele ponto também se mexeu levemente, revelando outro terrível homem-pássaro.

– Eles estão por toda parte – concluí. – Como vamos sair daqui?

– A senhorita pode nos encobrir com os elementos, como fez antes?

– Não sei. Estou muito cansada e me sinto esquisita. Meu corte está melhor, mas me sinto como se estivesse sendo sugada e sem qualquer tipo de reposição – meu estômago pesou quando me dei conta de outra coisa. – Depois que usei o fogo e o vento para fazer Kalona soltá-lo, não tive que dispensar os elementos. Eles simplesmente não estavam mais lá. Isso nunca aconteceu antes. Eles sempre esperaram que eu os mandasse embora.

– A senhorita está se exaurindo. Seu dom de conjurar e controlar os elementos, como tudo na vida, tem um preço. Como é jovem e saudável, em circunstâncias normais não devia nem se dar conta de como ficava esgotada ao invocar os elementos.

– Já fiquei cansada umas duas vezes antes, mas nunca deste jeito.

– A senhorita nunca correu risco de morte antes. Acrescente a isso o fato de não ter tido tempo para descansar e se recuperar, e eis uma combinação perigosa.

– Em outras palavras, talvez não possamos contar comigo para dar o fora daqui – resumi.

– Que tal lhe chamarmos de o Plano C, e tentar bolar os Planos A e B?

– Prefiro ser o Plano Z.– resmunguei.

– Bem, isto vai ajudar, mesmo que seja temporário – ele foi até a minigeladeira e pegou o que pareciam ser algumas garrafas de água, só que elas estavam cheias daquele líquido grosso e vermelho que eu conhecia tão bem. Ele me deu uma. – Beba.

Peguei e olhei para ele, franzindo as sobrancelhas. – Você tinha sangue em garrafas de água na geladeira?

Darius olhou para mim levantando as sobrancelhas e se encolheu um pouquinho, ao sentir um puxão no corte que ocupava um lado inteiro do seu rosto, e finalmente disse: – Eu sou um vampiro, Zoey. A senhorita será também, em breve. Para nós, ter garrafas de sangue humano na geladeira é a mesma coisa que ter garrafas de água mineral. Só que o sangue dá mais onda – ele levantou sua garrafa para mim como quem brinda e bebeu tudo de uma vez.

Parei de pensar e fiz o mesmo. Como sempre, o sangue atingiu meu corpo como uma explosão, dando-me uma onda de energia, fazendo-me sentir de repente bastante viva e invencível. Meus pensamentos confusos foram ficando mais claros, senti diminuir a dor que irradiava de meu ferimento e respirei fundo de alívio, voltando a sentir um certo conforto.

– Está melhor? – Darius perguntou.

– Totalmente – respondi. – Vamos arrumar umas roupas de verdade para mim e encontrar os outros enquanto dura a onda de energia.

– Isso me faz lembrar de algo – Darius virou de costas para a geladeira, pegou outra garrafa de sangue e jogou para mim. – Enfie no seu bolso. Beber sangue não repõe o sono nem o tempo que seu corpo precisa para se recuperar, mas vai mantê-la de pé. Pelo menos é o que espero.

Enfiei a garrafa em um dos bolsos enormes da minha folgada calça de enfermeira. Darius pegou seu coldre para cinto com facas, uma jaqueta de couro e saímos do seu quarto, descemos as escadas correndo e passamos pela porta do edifício, tudo isso sem ver ninguém. Estava tudo estranho, mas eu não queria parar para falar nisso. Não queria fazer nada a não ser sair de lá o mais rápido possível.

Quando Darius chegou à porta de entrada do edifício, hesitei.

– Acho que não é boa ideia deixarmos os *Raven Mockers* verem que estamos andando por aí – falei baixo, apesar de não haver ninguém visível ao nosso redor.

– Acho que tem razão. A senhorita pode resolver isso?

– Bem, o dormitório não fica muito longe. Além disso, o tempo já está péssimo mesmo. Vou só invocar um pouco de névoa e aumentar a chuva. Isso deve nos encobrir bem. Não se esqueça de ficar pensando que você é feito de puro espírito. Tente se imaginar misturado ao temporal. Isso costuma facilitar as coisas.

– Certo. Estarei pronto assim que a senhorita estiver.

Suspirei profundamente, feliz por não sentir mais quase dor nenhuma no peito, e me concentrei. – Água, fogo e espírito, preciso de vocês.

Abri bem um dos braços, como se estivesse recebendo o abraço de um amigo e enganchei o outro braço em Darius. Senti imediatamente os três elementos surgindo ao redor de mim e através de mim, e torci para que Darius estivesse sentindo o mesmo.

– Espírito, eu lhe peço que nos encubra... nos esconda... permita que nos misturemos à noite. Água, preencha o ar ao redor de nós, banhe-nos e esconda-nos. Fogo, preciso de você um pouquinho, apenas o bastante para aquecer o gelo de modo que ele vire névoa. Mas não apenas ao nosso redor – acrescentei logo. – Envolva todo o terreno da escola. Deixe tudo denso, nebuloso e mágico – sorri ao sentir os elementos se agitando de ansiedade com as tarefas que estava lhes dando. – Bem, vamos lá – disse para Darius. Ele abriu a porta e, flutuando por causa da água, do espírito e do fogo, adentramos a tempestade de gelo.

Quanto a uma coisa eu tinha razão: o tempo estava horrível. Sem dúvida, gostava mais dele assim quando estava dentro do edifício quente e seco. O tempo que já estava ruim antes ficou pior ainda, quando os elementos responderam ao meu comando, com um temporal imenso. Olhei ao nosso redor, tentando saber se os *Raven Mockers* nos tinham visto, mas os elementos estavam trabalhando bem juntos, e Darius e eu caminhamos praticamente no meio de um globo de neve que não deixava ver nada. Era tanto vento e tanto gelo que eu teria caído sentada se Darius não tivesse reflexos de felino e conseguisse nos manter os dois de pé.

Então, lembrei-me, enquanto caminhávamos rapidamente, mas com cuidado, pela calçada congelada, envolvidos pela névoa súbita e de cabeça baixa para nos protegermos da chuva de gelo, que não tinha visto nenhum gato. Tá, eu sei que o tempo estava péssimo, especialmente depois da minha interferência, e que os gatos não gostam de nada molhado, mas não me lembrava, desde que me mudei para a Morada da Noite quase três meses atrás, de caminhar pelo campus sem ver pelo menos dois gatos correndo um atrás do outro.

– Não tem gato nenhum por aqui – eu disse.

Darius assentiu. – Já reparei.

– O que isso significa?

– Problemas – ele respondeu.

Mas não havia tempo agora para pensar no que poderia significar o sumiço dos gatos (e me preocupar onde minha Nala estaria). Já estava sentindo minha energia escoando. Precisava concentrar todas as minhas forças para ficar sussurrando uma espécie de ladainha para o vento, o fogo e a água.

– Nós somos a noite, que o espírito da noite nos cubra... nos envolva em névoa... Sopre, vento, e não permita que olhos do mal nos vejam...

Nós estávamos quase no dormitório quando ouvi a voz da menina. Não entendi o que ela estava dizendo, mas seu tom agudo com certeza indicava algo de errado. A tensão no braço de Darius e o modo pelo qual ele olhou para os lados, tentando ver através da sopa de elementos que nos cercava, me fez ver que também tinha ouvido.

Quando chegamos perto do dormitório, a voz ficou mais clara e mais alta, e as palavras começaram a fazer sentido.

– Não, sério mesmo! Eu... eu só quero voltar para o meu quarto – disse a garota, com voz amedrontada.

– Você pode voltar. Assim que eu terminar com você.

Parei e puxei Darius, para que ele parasse também, ao reconhecer a voz do cara antes mesmo de a garota responder.

– Que tal mais tarde, Stark? Então quem sabe a gente possa... – as palavras dela foram abruptamente interrompidas. Ouvi um gritinho que terminou em um ofego. Depois veio um som molhado medonho, e então começaram os gemidos.

20

Darius seguiu na frente, me puxando com ele. Chegamos à pequena varanda que era a entrada do dormitório das meninas. Havia uma ampla escadaria cercada por paredes de pedra que batiam na cintura, excelentes para ficar sentada nelas de chamego com o namorado que vinha deixar a garota na porta para lhe dar um beijo de boa-noite.

O que Stark estava fazendo era uma versão debochada do tipo de beijo de boa-noite que costuma acontecer por lá. Estava segurando uma garota no que poderia ter sido um abraço, se não estivesse óbvio que, poucos segundos antes de roçar os dentes no pescoço dela, ela tentara se afastar dele. Observei, horrorizada, Stark prosseguir com o ataque, sem perceber nossa presença. Não interessava se a garota agora gemia de prazer erótico. Tipo, todos nós sabemos o que acontece quando um *vamp* morde alguém: são estimulados os órgãos eróticos da "vítima" (e neste caso ela era, sem dúvida, sua vítima!) e do *vamp*. A garota estava sentindo prazer físico, mas seus olhos arregalados e aterrorizados, e a rigidez de seu corpo evidenciavam que, se pudesse, o repeliria. Stark estava bebendo grandes goles direto do seu pescoço. Ele soltava gemidos bestiais e com uma das mãos a segurava firmemente, puxando seu corpo para si, enquanto enfiava a outra dentro da saia da garota, levantando-a para ficar entre suas pernas e...

– Solte-a! – Darius ordenou, soltando-me e saindo do bloco de névoa noturna que nos escondia.

Stark soltou a garota com a mesma consideração com que soltaria um copo de refrigerante tamanho família. Ela choramingou e se arrastou de joelhos para perto de Darius, que tirou do bolso um lencinho bem à moda antiga e disse: – Ajude-a – e então se posicionou como se fosse uma montanha de músculos entre a menina, que estava histérica, Stark e eu.

Agachei-me, percebendo com surpresa que a garota era Becca Adams, uma linda loura quarta-formanda que tinha uma queda por Erik. Enquanto via Darius enfrentando Stark, entreguei a Becca o lenço e murmurei-lhe palavras de consolo.

– Você, pelo jeito, está sempre se metendo no meu caminho – Stark disse. Seus olhos ainda brilhavam, vermelhos, e havia sangue em sua boca, que ele limpou distraidamente com as costas da mão. Novamente percebi como estava cercado por uma espécie de breu. Não era uma coisa completamente visível, parecia mais uma sombra dentro de uma sombra, que aparecia e sumia, algo que dava para ver melhor quando não estava olhando diretamente para ela.

E foi então que me ocorreu. Eu sabia onde tinha visto essa mesma espécie de escuridão líquida antes. Primeiro foi nas sombras dos túneis, depois naquele vislumbre de Neferet em forma espectral que se transformou no *Raven Mocker* que quase me matou! Outro súbito *insight* me fez reconhecer melhor ainda a tal escuridão. Eu tinha certeza que ela estava presente, pulsando como uma sombra viva ao redor de Stevie Rae antes de ela se Transformar, só que então meus olhos e minha mente só registraram a angústia, a luta e o desejo de minha amiga, e defini aquela escuridão que a envolvia como algo interno. Minha Deusa, como fui boba! Estupefata, tentei extrair sentido desse novo dado enquanto Darius enfrentava Stark.

– Talvez ninguém tenha lhe explicado que vampiros homens não abusam de mulheres, sejam elas humanas, vampiras ou novatas – Darius falou calmamente, como se estivesse batendo papo com um amigo.

– Eu não sou vampiro – Stark apontou para o contorno de uma lua crescente vermelha na testa.

– Isso é um detalhe irrelevante. Nós... – Darius fez um gesto como se se apresentasse a Stark – ...não abusamos das mulheres. Nunca. A Deusa nos ensinou assim.

Stark sorriu, mas o gesto carecia de humor de verdade.

– Acho que você vai acabar vendo que as regras andaram mudando por aqui.

– Bem, garoto, acho que *você* vai ver que alguns de nós temos regras escritas por aqui... – Darius apontou para o coração. – E regras escritas que não estão sujeitas a qualquer mudança excêntrica que possa ocorrer com aqueles que nos cercam.

Stark endureceu ainda mais as feições. Esticou o braço para trás e pegou um arco que estava preso no cinto. Depois, tirou uma flecha da aljava, que antes pensei que fosse uma bolsa masculina pendurada em seu ombro (eu devia saber que não era; Stark não era do tipo de cara que usava bolsa). Ele encaixou a flecha no arco e disse: – Acho que vou dar um jeito de você não aparecer mais no meu caminho.

– Não! – levantei-me e fui para o lado de Darius, com o coração batendo disparado. – Que diabo aconteceu com você, Stark?

– Eu morri! – ele berrou, contorcendo o rosto de raiva e com aquela escuridão fantasmagórica dando voltas ao seu redor. Agora que isso estava claro para mim, me perguntei como não pensara nisso antes. Ignorando a sombra nefasta, continuei a enfrentá-lo.

– Eu sei! – berrei também. – Eu estava lá, lembra? – aquilo o fez parar. Ele abaixou o arco um pouquinho. Interpretei aquele gesto como sendo bom sinal, e continuei: – Você prometeu para Duquesa e para mim que voltaria.

Quando eu disse o nome da sua cachorra, a expressão de seu rosto virou uma dor só, e de repente ele pareceu jovem e vulnerável. Mas aquela expressão durou poucos instantes. Pisquei os olhos e ele já estava ameaçador e sarcástico outra vez, apesar de os olhos não estarem mais vermelhos.

– É, eu voltei. Mas agora as coisas são diferentes. E mudanças maiores estão a caminho – ele olhou para Darius com profunda repulsa. – Todas essas merdas antigas nas quais vocês acreditam não significam mais nada. Essas coisas enfraquecem o sujeito, e quando o sujeito enfraquece, ele morre.

– Honrar o caminho da Deusa nunca foi fraqueza – Darius disse balançando a cabeça.

– É? Bem, não tenho visto sua Deusa por aí, você tem?

– Sim, tenho sim – respondi. – Eu vi Nyx. Ela apareceu bem ali... – apontei para o dormitório das meninas. – Poucos dias atrás.

Stark olhou para mim em silêncio por um bom tempo. Observei seu rosto, tentando encontrar algum traço do cara com quem senti que havia formado uma ligação, um cara que beijei pouco antes de ele morrer em meus braços. Mas só vi um estranho imprevisível, e meu pensamento principal era que, se ele atirasse aquela seta, não erraria o alvo que desejasse atingir.

De repente, isso me fez lembrar de uma coisa. Ele não havia matado Stevie Rae. O fato de ela estar viva era prova de que ele não tivera *intenção* de matá-la. Então, quem sabe, ainda não restaria um pouco do Stark de antes dentro dele.

– Stevie Rae está ótima, aliás – eu disse.

– Isso não quer me dizer nada – ele respondeu.

Dei de ombros.

– Achei que gostaria de saber, já que foi você quem atirou aquela flecha nela, deixando-a como um espetinho de carne.

– Eu estava fazendo o que me mandaram fazer. A chefe me mandou fazê-la sangrar; eu a fiz sangrar.

– Neferet? É ela quem o está controlando? – perguntei

– Ninguém está me controlando! – a resposta veio com olhos flamejantes.

– Sua sede de sangue o está controlando – Darius disse. – Se você não estivesse sendo controlado, não teria forçado a barra com aquela novata.

– Ah, é? Você acha? Bem, engano seu. Acontece que gosto da minha sede de sangue! Gostei de fazer o que fiz com aquela garota. Está na hora de os vampiros pararem de andar às escondidas. Nós somos mais inteligentes, mais fortes, *melhores* do que os humanos. Nós devemos ficar no comando, não eles!

– Aquela novata não é humana – a voz de Darius soou cortante como um punhal, me fazendo lembrar que ele não era só um cara tipo irmão mais velho; era um Filho de Erebus, e um dos mais poderosos guerreiros vivos.

– Eu estava com sede e não havia nenhum humano por perto – Stark se justificou.

– Zoey, leve a garota para o dormitório – Darius não tirou os olhos de Stark. – Ela não vai mais servir aos desejos dele.

Corri para perto de Becca e a ajudei a se levantar. Ela estava um pouco grogue, mas conseguiu caminhar. Quando alcançamos Darius, ele foi em frente conosco, sempre nos protegendo de Stark. Quando estávamos passando por Stark, ouvi sua voz com uma raiva tão intensa que me fez sentir um frio na espinha.

– Sabe, eu só preciso pensar em matar você e atirar esta flecha. Onde quer que você esteja, vai morrer.

– Se for assim, então vou morrer – Darius respondeu de modo prático. – E você será um monstro.

– Eu não me importo de ser um monstro!

– E eu não me importo de morrer a serviço de minha Grande Sacerdotisa e, principalmente, da minha Deusa – Darius afirmou.

– Se feri-lo, vou partir para cima de você com todas as minhas forças – agora era eu quem ameaçava Stark.

Stark olhou para mim e seus lábios se abriram num sorriso que era um vago fantasma daquele sorrisinho metido que tinha antes.

– Você também não deixa de ser um monstro, não é Zoey?

Não considerei aquele comentário maldoso digno de resposta, e obviamente Darius também não. Ele continuou nos dando proteção contra Stark, abrindo a porta da frente do dormitório e ajudando Becca a entrar. Mas, ao invés de entrar com ela, eu parei. Minha intuição me dizia que havia algo que precisava fazer e, por mais que quisesse ignorar minha intuição, sabia que não devia.

– Já vou entrar – disse a Darius. Percebi que ele ia argumentar comigo, mas balancei a cabeça e o interrompi: – Confie em mim. Só preciso de um segundo.

– Estarei perto da porta – Darius me avisou, lançando um olhar duro para Stark e entrando no dormitório.

Encarei Stark. Eu sabia que estava me arriscando ao lhe dizer o que estava pensando, mas procurei me lembrar do poema de Kramisha e do verso que dizia: *A humanidade a salva / Será que ela vai me salvar?*. Pelo menos eu tinha que tentar.

– Jack está cuidando de Duquesa – fui direto ao assunto e vi aquele brilho de dor nos seus olhos outra vez, mas sua voz não mudou em nada.

– E daí?

– Só estou lhe dizendo que sua cachorra está bem. Ela sofreu muito, mas está bem.

– Não sou mais o mesmo, portanto ela não é mais minha cachorra – desta vez senti que sua voz embargou ligeiramente, o que me deu esperança suficiente para dar um passo em sua direção.

– Ei, o legal com os cachorros é que eles são capazes de amor incondicional. Duquesa não liga que você esteja assim agora. Ela ainda te ama.

– Você não sabe o que está dizendo – Stark respondeu.

– Sei, sim. Passei um bom tempo com sua cachorra. Ela tem um coração enorme.

– Eu não estava falando dela, mas de mim.

– Bem... Passei um bom tempo com os novatos vermelhos também, pra não dizer que a primeira a se Transformar em vampira vermelha é minha melhor amiga. Stevie Rae está diferente do que era, mas ainda a amo. Talvez se você passasse algum tempo ao lado de Stevie Rae e do resto dos novatos vermelhos você pudesse, sei lá, *se reencontrar consigo mesmo*. Eles se reencontraram – disse isso com mais segurança do que sentia. Afinal, eu havia vislumbrado fragmentos da escuridão que cercava Stark naqueles túneis envolvendo aqueles novatos vermelhos, mas não podia deixar de acreditar que seria melhor tirá-lo daqui, onde o mal parecia ir e vir com facilidade.

– Claro – ele respondeu rápido demais. – Por que você não me leva até essa vampira vermelha, a tal de Stevie Rae, para eu ver o que acontece?

– Claro – respondi tão rápido quanto ele. – Então, por que você não deixa seu arco e flecha aqui e me mostra como sair do campus sem essas aves bizarras perceberem que estou te levando?

Ele fechou a cara e voltou a ser aquele estranho malicioso.

– Não vou a parte alguma sem meu arco e flecha, e ninguém sai do campus sem eles saberem.

– Então parece que não vou poder te levar para ver Stevie Rae – disse, tentando parecer distraída.

– Não preciso que você me mostre onde Stevie Rae está. Ela sabe tudo sobre o esconderijozinho deles. Quando ela quiser sua amiga, vai pegá-la. Se eu fosse você, estaria preparado para ver Stevie Rae bem antes do que você espera.

Algo começou a apitar como um alarme em minha mente, e nem precisei perguntar quem era "ela". Mas, em vez de demonstrar como me aborrecia ouvir isso de Stark, sorri calmamente e disse: – Ninguém está se escondendo. Estou bem aqui, e Stevie Rae está onde sempre esteve desde que se Transformou. Nada demais. Além disso, é sempre bom revê-la, portanto, se ela aparecer aqui, tudo bem.

– Tá, que seja. Nada demais. E eu estou muito bem onde estou – ele virou o rosto e fitou a névoa gelada que se espalhava preguiçosamente ao redor de nós. – Nem sei por que você se importa.

E de repente eu soube exatamente o que dizer.

– Só estou cumprindo as promessas que te fiz.

– Como assim?

— Você me fez prometer duas coisas antes de morrer. Uma foi não me esquecer de você, e não me esqueci. A outra foi tomar conta de Duquesa, e estou lhe dizendo que fiz questão de ver se ela estava bem.

— Você pode dizer ao tal de Jack que Duquesa agora é dele. Diga a ele que... — ainda sem me dirigir o olhar, ele fez uma pausa e suspirou de leve. — Diga que ela é uma boa cachorra e que ele cuide bem dela.

Continuando a seguir minha intuição, eliminei a pouca distância que ainda restava entre nós e pus a mão em seu ombro, quase exatamente como fizera na noite em que ele morreu.

— Você sabe que não interessa o que você diz nem para quem você a dê, Duquesa vai sempre ser sua. Quando você morreu, ela chorou. Eu estava lá. Eu vi. Não me esqueci. Jamais vou esquecer.

Ele não olhou para mim, mas soltou o arco lentamente, deixando-o cair no chão, e pôs a mão sobre a minha. E ficamos assim. Tocando um no outro sem dizer nada. Observei seu rosto com cuidado e percebi a completa transformação. Ao apertar minha mão contra a dele, Stark soltou o ar longamente e seu rosto ganhou uma expressão descontraída. Seus olhos perderam o último traço de vermelhidão e aquela escuridão estranha e sombria se evaporou. Quando finalmente olhou para mim, era o garoto pelo qual me sentira atraída, tanto que ele morreu nos meus braços me dizendo que ia voltar.

— E se não tiver sobrado nada que me faça merecer amor? — Stark perguntou com uma voz tão baixa que, se eu não estivesse perto, não teria escutado.

— Acho que você ainda pode escolher quem é, ou pelo menos no que vai se transformar. Stevie Rae optou por sua humanidade, em vez de se transformar num monstro. Acho que vai depender de você.

Sei que o que fiz em seguida foi estupidez. Nem sei por que fiz aquilo. Tipo, eu já tinha problemas pendentes com Erik e Heath. A última coisa de que precisava era outro garoto para me complicar a vida, mas naquele momento eu estava sozinha com Stark, e ele tinha voltado a ser ele mesmo; aquele cara agoniado porque o dom que Nyx lhe dera causara acidentalmente a morte de seu mentor; o cara que ficava horrorizado só de pensar em ferir alguém de novo. O cara por quem senti uma conexão profunda e imediata que me fez achar que talvez essa história de almas gêmeas existisse mesmo, e cheguei até a pensar, pelo mais fugaz dos instantes, que ele fosse minha alma gêmea. E só pensei nisso ao me jogar em seus braços. Quando ele se abaixou e apertou os lábios hesitantes contra os meus, fechei os olhos e o beijei suave e docemente. Ele correspondeu, abraçando-me tão gentilmente que parecia estar com medo de me quebrar.

Então o senti enrijecer e ele se afastou, recuando tropegamente. Tenho certeza de que vi lágrimas nos seus olhos quando berrou: – Você devia ter me esquecido! – ele pegou seu arco e saiu correndo pela escuridão da tempestuosa noite.

Fiquei parada onde estava, vendo-o sumir, imaginando qual era a droga do meu problema. Como podia beijar um cara que estava atacando alguém minutos antes? Como podia me sentir ligada a alguém que talvez fosse mais monstro do que homem? Talvez estivesse me desconhecendo. Juro que não sabia no que estava me transformando.

Estremeci. O frio úmido da noite parecia ter se agarrado à minha pele e me adentrado os ossos. Senti-me cansada. Muito, muito cansada.

– Obrigada, fogo, água e espírito – sussurrei para os elementos. – Vocês me serviram muito bem esta noite. Podem ir agora.

A neblina e o gelo giraram ao meu redor uma vez e foram embora, deixando-me sozinha com a noite, o temporal e minha confusão. Exausta, voltei para o dormitório, morta de vontade de entrar, tomar um banho quente e me aninhar na cama para dormir por vários dias seguidos.

Naturalmente, neste caso, querer não era poder...

21

Mal havia tocado na porta quando Darius a abriu para mim. Seu olhar incisivo me fez pensar se estava observando a cena entre Stark e eu, e sinceramente torci para que não estivesse.

— Damien e as gêmeas estão lá dentro — foi tudo que ele disse, fazendo um gesto para eu entrar na sala principal do dormitório.

— Primeiro preciso pegar emprestado seu telefone celular — eu falei.

Ele não hesitou nem fez perguntas irritantes do tipo para quem eu ia ligar e por quê. Simplesmente me deu o telefone e foi entrando na sala. Digitei o número de Stevie Rae e prendi a respiração enquanto o número chamava. Quando ela atendeu, parecia que estava usando uma latinha como fone, mas pelo menos consegui ouvi-la.

— Oi, sou eu.

— Z.! Caraca, que bom ouvir sua voz! Você está bem?

— Tô melhor, sim.

— Ótimo! E como vai...

— Eu conto tudo mais tarde — eu a interrompi. — Agora você precisa me ouvir.

— Tá — ela respondeu.

— Faça o que eu disse.

Houve uma pausa, e então ela perguntou: — Aquilo que você escreveu no bilhete?

– É. Vocês estão sendo vigiados nos *túneis*. Tem algo aí embaixo com vocês.

Achei que ela fosse surtar, mas Stevie Rae respondeu tranquilamente: – Tá, eu entendo.

– Existe uma boa chance de essas coisas-aves pegarem vocês caso saiam por algum dos túneis em que estão esperando, por isso você vai ter que tomar muito cuidado mesmo – falei rapidamente.

– Não se preocupe com isso, Z. Andei investigando o lugar desde que você me passou aquele bilhete. Acho que posso levar todo mundo para lá sem ser vista.

– Ligue para a irmã Mary Angela primeiro e diga que você está indo. Diga que também vou o mais rápido que puder. Mas só conte aos novatos vermelhos para onde está indo na última hora. Entendeu?

– Sim.

– Tá. Dê um abraço em vovó por mim.

– Darei, sim – ela respondeu. – E não vou deixar ninguém lhe contar sobre seu acidente. Isso só a deixaria estressada.

– Obrigada. Heath está bem?

– Totalmente. Eu disse para você não se preocupar. Seus dois namorados estão bem.

Suspirei, pensando em como gostaria de poder corrigi-la e dizer que na verdade só tinha um namorado.

– Ótimo, que bom que eles estão bem. Ah, Aphrodite também está bem – acrescentei, sentindo-me um pouquinho estranha, mas pensando que, do mesmo jeito que quis saber de meu Carimbado humano, talvez Stevie Rae também quisesse saber dela.

– Ah, Z., eu sei que Aphrodite está bem. Eu saberia imediatamente se algo acontecesse com ela. É esquisito, mas é verdade – ela estava dando sua típica risada feliz.

– Tá, ótimo. Acho. Bom, tenho que ir. E você também.

– Você quer que eu tire todo mundo daqui esta noite?

– Agora – respondi firmemente.

– Entendi. Até breve, Z.

– Por favor, tome muito, muito cuidado.

– Não se preocupe comigo. Tenho minhas cartas na manga.

– Você vai precisar mesmo. Até mais.

Foi um alívio saber que Stevie Rae levaria todos os novatos vermelhos para o porão debaixo do Convento das Irmãs Beneditinas. Eu tinha que acreditar que a escuridão que comecei a ver se formando ao redor dos túneis não se sairia tão bem no porão de um monte de freiras. Também tinha que acreditar que Stevie Rae conseguiria levar todo mundo para lá sem que fossem capturados pelos *Raven Mockers*. Tomara que o resto de nós tivesse a mesma sorte e conseguíssemos nos juntar para pensar que diabo fazer com Kalona e Neferet. E aí então poderia perguntar a Stevie Rae sobre aquela escuridão bizarra. Infelizmente, tinha o pressentimento de que ela sabia mais sobre o assunto do que eu imaginava.

Entrei na sala de estar. Normalmente, depois da aula, ela ficava cheia de novatas assistindo a tevê em uma das várias telas de plasma. Havia confortáveis cadeiras e poltronas por toda a sala, e as garotas deviam estar relaxando depois de um longo dia de aulas.

Mas hoje não havia muitas novatas, e as que estavam na sala pareciam estranhamente desanimadas. Parte disso talvez fosse porque a tevê a cabo parou de funcionar por causa do temporal, mas a Morada da Noite tinha geradores potentes e o pessoal podia assistir a DVDs – tipo, *hello*! Quase todo mundo tinha Netflix.[12] Mas as poucas novatas por ali estavam agrupadas, falando muito baixo, quase sussurrando.

Automaticamente olhei para a área onde meus amigos e eu gostávamos de ficar, e me senti aliviada ao ver Damien e as gêmeas. No meio deles estava Becca, e imaginei que a estavam acalmando para que não caísse no choro. Ao me aproximar, vi que estava redondamente enganada.

---

12 Empresa norte-americana de entrega de filmes em domicílio. (N.T.)

– Sério, estou bem. Não foi nada – Becca insistia com uma voz que não estava mais trêmula nem assustada; na verdade, até soava incrivelmente irritada.

– Não foi nada! – Shaunee exclamou. – Claro que foi sério.

– O cara *te atacou* – Erin disse.

– Não foi bem assim – Becca respondeu, fazendo um gesto desdenhoso com a mão. – Foi só uma pegaçãozinha. Além do mais, Stark é muito gostoso.

– É, eu sempre achei estupradores supergostosos – Erin riu com sarcasmo.

Becca apertou os olhos de um jeito frio e maldoso. – Stark *é* gostoso, e você está é com inveja porque ele não te quis.

– Não me quis? – Erin perguntou, incrédula. – Você quer dizer que ele não quis me molestar, certo? Por que você está arrumando desculpas para ele?

– Qual o seu problema, Becca? – Shaunee perguntou. – Homem nenhum tem desculpa para...

– Esperem – Damien as interrompeu. – Sabe, Becca tem razão. Stark é um cara atraente – as gêmeas olharam, chocadas, e ele se apressou em concluir. – Se Becca diz que estavam ficando, quem somos nós para julgar?

Foi quando Darius e eu entramos no agitado círculo.

– O que está havendo? Você está bem? – perguntei a Becca.

– Muito bem – ela lançou um olhar gelado para as gêmeas e ficou de pé. – Na verdade, estou morrendo de fome, portanto vou arrumar algo para comer. Desculpem o incômodo. Até mais – e a menina saiu às pressas.

– Que diabo aconteceu? – perguntei baixinho.

– O mesmo que aconteceu em toda essa droga de...

– Para cima! – Darius ordenou, fazendo Erin calar.

Fiquei semiperplexa ao ver meus amigos obedecendo Darius docilmente. Nós saímos da sala, ignorando os olhares curiosos das poucas meninas sentadas quietinhas. Ao subir a escada, Darius perguntou: – Aphrodite está em seu quarto?

– É, ela disse que estava cansada – Shaunee respondeu.

– Ela deve estar pendurada no teto de cabeça para baixo que nem morcego, como de costume – Erin completou, e virou o pescoço para falar com Darius: – Falando em Afrodisíaca, ela vai parir uma ninhada de gatos pretos quando vir o que aconteceu com o seu rostinho lindo.

– É... E se você ficar magoado com a frieza e a insensibilidade dela, pode aparecer para tomar um cafezinho aqui – Shaunee disse, balançando as sobrancelhas.

– Ou um milk-shake de baunilha – Erin flertou.

Darius deu um sorriso bem-humorado e disse apenas: – Não vou me esquecer disso.

Pensei que as gêmeas estavam se responsabilizando por si mesmas, e com certeza não ia me meter se Aphrodite descobrisse que elas estavam dando mole para o seu homem, mas eu estava cansada demais para dizer qualquer coisa que fosse.

– Sabe aquele pulôver de casimira azul que você comprou na Saks faz pouco tempo? – Damien perguntou a Erin.

– Sim, o que tem ele?

– Vou ficar com ele de herança se Aphrodite matar você por dar em cima do homem dela.

– Agora ela é só uma humana – Erin respondeu.

– É, acho que juntas podemos dar conta dela – Shaunee completou, e então soprou beijinhos para Darius. – Não se esqueça, guerreiro gatão.

Darius deu risada e eu revirei os olhos. Estávamos passando pelo meu quarto quando minha porta se abriu e Aphrodite chamou: – Estou aqui.

Paramos e entramos no meu quarto.

– Aphrodite, o que você está fazendo...

– *Aiminhadeusa*! Que diabo aconteceu com o seu rosto? – Sem prestar atenção em mais nada, Aphrodite correu para Darius e começou a passar as mãos ao redor da cicatriz comprida e fina que ocupava um lado inteiro do seu rosto. – Você está bem? Droga, que horrível! Dói? – ela arregaçou as mangas da camisa, expondo as marcas de dente que Stevie Rae havia deixado. – Precisa me morder? Vamos lá. Eu não ligo.

Darius segurou as mãos dela, contendo seus movimentos ansiosos, e disse calmamente: – Eu estou bem, minha bela. É só um arranhão.

– Como aconteceu? – Aphrodite parecia prestes a cair em lágrimas ao puxar Darius pela mão até a cama extra que era de Stevie Rae.

– Minha bela! Está tudo bem – ele repetiu, puxando-a para seu colo e lhe dando um abraço apertado.

Ele disse mais um monte de coisas para ela, mas eu tinha parado de ouvir. Estava ocupada demais olhando para...

– Cameron! Você está aí, meu bem! Fiquei tão preocupado com você – Damien se jogou no chão de repente e começou a acariciar sua gatinha malhada loura.

– Beelzebub, onde você se enfiou? – Shaunee deu bronca naquela antipática criatura cinzenta que escolhera as gêmeas para si.

– Pensamos que você estava correndo atrás de Malévola por aí e não deu outra: você está aqui com ela – Erin continuou.

– Peraí – eu disse, vendo Nala se aninhar na minha cama. Olhei ao redor do quarto e vi que havia oito – *oito!* – gatos por lá. – O que está havendo com esses gatos todos?

– É por isso que estou aqui – Aphrodite disse, fungando de leve enquanto se aninhava nos braços de Darius. – Malévola estava muito esquisita. Ela ficava entrando e saindo pela portinha para gatos e soltou uns uivos estranhos – Aphrodite fez uma pausa e jogou um beijinho para aquela sinistra bola branca de pelos disfarçada de gato. – Quando finalmente a segui, ela me levou para o seu quarto. Entrei e vi todos esses gatos. Então ouvi vocês no corredor – ela voltou seus lindos olhos azuis para as gêmeas. – Ouvi *tudo* que vocês disseram no corredor, e não tenham dúvida de que não é porque virei humana que não posso quebrar a cara das duas, e na boa.

– Mas que diabo esses gatos estão fazendo aqui? – perguntei logo antes que as gêmeas começassem uma miniguerra entre novatos e humanos.

– Oi, Nefertiti! – Darius chamou e uma elegante gatinha de pelo manchado pulou na cama ao seu lado e começou a girar ao redor do seu corpo.

– São nossos gatos – Damien disse, ainda acariciando Cameron. – Lembra-se de ontem quando fugimos daqui? Eles estavam todos do lado de fora da escola esperando por nós – ele olhou para mim. – Vamos embora de novo?

– Espero que sim – respondi. – Mas, espere – eu ainda estava conferindo se os gatos estavam todos lá. – Todos os nossos gatos estão aqui, mas e aquele grandão ali e o pequenininho cor de creme perto dele?

– O grandão é um *Maine Coon*[13] de Dragon Lankford – Damien respondeu. – Seu nome é Shadowfax – Dragon Lankford, que quase todo mundo chamava de Dragon, era nosso professor de esgrima e mestre na espada. Damien era um esgrimista talentoso, de modo que não era surpresa que ele reconhecesse o gato do seu professor.

– Ei, acho que a branquinha é Guinevere, a gata da professora Anastasia – Erin disse.

– Tem razão, gêmea – Shaunee confirmou. – Ela está sempre por perto durante as aulas de Feitiços e Rituais.

– E aquela? – apontei para uma siamesa que me parecia familiar com seu corpo branco-prateado como o luar e carinha e orelhas cinzentas e delicadas. Então me dei conta de por que ela parecia familiar e respondi à minha própria pergunta: – É a gata da professora Lenobia. Não sei seu nome, mas sempre a vi seguindo a professora pelos estábulos.

– Então, deixe ver se entendi. Todos os nossos gatos, mais os gatos de Dragon, de sua esposa e da professora Lenobia de repente resolveram ficar no quarto de Zoey – Darius concluiu.

---

13 Uma raça de gatos.

– Por que eles estão aqui? – Erin perguntou.

– Vocês viram algum outro gato hoje? Tipo, enquanto estavam na aula e no almoço, entrando e saindo do dormitório e entre uma aula e outra, vocês viram algum gato? – respondi à pergunta com outra.

– Não – as gêmeas disseram ao mesmo tempo.

– Eu não – Damien respondeu mais lentamente.

– Nenhum – Aphrodite confirmou.

– E a senhorita já havia percebido que não vira nenhum gato entre a enfermaria e o dormitório – Darius disse.

– Na hora achei mau sinal, e continuo achando.

– Por que todos os gatos menos estes desapareceram? – Damien perguntou.

– Os gatos odeiam os homens-pássaros – respondi. – Nala sempre fica totalmente surtada quando está comigo e vê um deles por perto.

– Mas não é só isso. Se fosse, então *todos* os gatos estariam escondidos, e não viriam só os especiais para cá – Aphrodite nos alertou.

– Talvez seja isso – Damien disse. – Tem algo diferente com esses gatos.

– Tá, odeio bancar a cachorra, ou talvez nem odeie, mas, mesmo assim, podemos esquecer as drogas dos gatos por um segundo? Quero saber quem foi o desgraçado que fez isso no rosto do meu homem – Aphrodite disse.

– Kalona – respondi ao ver que Darius estava entretido demais em sorrir ao ouvir Aphrodite chamá-lo de "meu homem".

– Era o que eu temia – Damien disse. – Como foi que aconteceu?

– Darius atacou Rephaim – expliquei – e Kalona ficou furioso. Ele não deixou Stark matá-lo, mas o corte foi sua vingança por Darius ter ferido seu filho favorito.

– Merda de Stark! – Shaunee exclamou.

– Ele realmente é do mal. Ele e aqueles homens-pássaros nojentos fazem o que bem entendem – Erin retrucou.

— E ninguém faz nada — Shaunee terminou.

— É como o que você acabou de testemunhar com Becca — Damien lembrou.

— Falando nela — Shaunee parecia querer contra-atacar. — O que foi aquilo de você concordar com a biscate que *Ah, nada demais, pois Stark é tããããão gostoso!* Cara, que irritante!

— Você não ia conseguir nada com ela. Becca está do lado deles. Até onde sei, Stark, os pássaros e Kalona fazem o que querem com qualquer um, e não há repercussão nenhuma.

— Pior do que não haver repercussão — Aphrodite se exaltou, ainda nos braços de Darius, mas já se recompondo. — É como se Kalona tivesse enfeitiçado todo mundo, inclusive Stark e os pássaros.

— Por isso concordei com Becca e deixei que fosse embora. Não é boa ideia chamar atenção para o fato de sermos os únicos que não fazem parte do *Kalona Fã-Clube* — Damien disse.

— E Neferet, não se esqueça dela — Aphrodite emendou.

— Ela está com ele, mas não acho que esteja sob feitiço algum — completei. — Eu os ouvi falar quando acharam que eu estava apagada, e ela discordou dele. Ele cresceu para cima dela, que pareceu recuar, mas na verdade estava apenas mudando de tática. Ela o está manipulando, e não sei se ele sabe disso. Ela também está mudando.

— Mudando? Como assim? — Damien perguntou.

— Seu poder está diferente do que era — Darius respondeu.

— É como se ela ligasse algo dentro de si, liberando um tipo diferente de poder — confirmei com a cabeça.

— Um poder soturno — Aphrodite falou, e todos olhamos para ela. — O poder de Neferet não é mais dela mesma. Claro que ainda usa os dons que nossa Deusa lhe deu, mas está canalizando energia de algum lugar também. Vocês não sentiram isso no corredor do lado de fora da enfermaria?

Houve um longo silêncio e então Damien falou: — Acho que estávamos ocupados demais lutando contra a atração de Kalona.

– E morrendo de medo – Erin disse.

– Geral – Shaunee concordou.

– Bem, então agora sabemos. Neferet é uma ameaça maior do que nunca. Eles conversaram achando que eu estava desmaiada. Neferet e Kalona estão planejando um novo futuro, e tem a ver com dominar o Conselho – expliquei, com vontade de cair na cama e puxar o cobertor até a cabeça.

– Ah, minha Deusa! O Conselho Supremo? – Aphrodite quis saber.

– Não sei direito, mas esse é o meu medo. Também temo que seu novo poder lhe dê habilidades especiais – fiz uma pausa. Não queria que a galera surtasse antes de eu conversar com Stevie Rae, mas eles precisavam ser avisados, então escolhi as palavras com cuidado. – Acho que Neferet pode projetar sua influência ao se mover pelas sombras, ou talvez ao manipulá-las.

– Que péssimo – Damien arrematou.

– Isso significa que temos que ficar alertas – Erin disse.

– Mega-alertas – Shaunee concordou.

– Não se esqueçam: Neferet é nossa inimiga, Kalona é nosso inimigo e a maioria dos novatos é de inimigos também – Darius olhou um por um, incisivamente. – E os outros professores? – perguntou. – Vocês todos assistiram às aulas hoje, não foi? Como estavam os professores?

– É, nós assistimos às aulas, por mais estranho que tenha sido – Shaunee respondeu.

– Foi como assistir à aula na Stepford High School – Erin completou.

– Todos os professores também pareciam fascinados com Kalona – Damien se manifestou. – Claro que não posso afirmar com certeza. Nós não ficamos sozinhos com os professores.

– Não ficaram sozinhos? Como assim? – perguntei.

– É que aquelas coisas-aves estão por toda parte, entrando e saindo, até *durante* as aulas.

– Está brincando! – senti um calafrio de repulsa ao pensar naqueles terríveis seres mutantes andando livremente entre os novatos, como se aqui fosse seu lugar!

– Ele não está brincando. Estão mesmo em toda parte. É como se fosse a porra da invasão do filme *Vampiros de Almas*[14] – Aphrodite disse. – Os bons parecem os mesmos olhando de fora, mas estão ferrados por dentro, e os *Raven Mockers* são os malditos alienígenas.

– E os Filhos de Erebus? Estão apoiando isso? – Darius perguntou.

– Não vi nenhum guerreiro desde que Aristos nos acompanhou pelo campus – Damien se lembrou. – E vocês?

As gêmeas e Aphrodite fizeram que não com a cabeça.

– Isso não é nada bom – respondi. Esfreguei a testa e me senti tomada por uma onda de exaustão. O que íamos fazer? Quem eram nossos amigos? E como diabos a gente ia fugir da Morada da Noite para chegar ao único lugar que eu tinha esperança de ser seguro?

---

14 *Invasion of the Body Snatchers.*

22

– Zoey? Você está bem?

Levantei a cabeça e me deparei com os suaves olhos castanhos de Damien. Antes que pudesse responder, Darius falou: – Ela não está bem. Zoey precisa dormir, precisa descansar para recuperar as forças.

– E como está aquele corte pavoroso e medonho? – Erin perguntou.

– Você não parece estar sangrando pelo que podemos ver nesse encantador uniforme de hospital, por isso presumimos que esteja bem – Shaunee disse.

– Estou melhor, mas está difícil recuperar as forças. Sinto-me como um celular com defeito na bateria.

– Você precisa descansar – Darius repetiu. – Seu ferimento quase foi fatal. A recuperação requer tempo.

– Não temos tempo! – berrei, sentindo-me impotente. – Precisamos dar o fora daqui, fugir de Kalona até darmos um jeito de derrotá-lo.

– Sair daqui não vai ser tão fácil como da última vez – Damien disse.

– Até parece que aquilo foi fácil! – Aphrodite deu uma risada sarcástica.

– Em comparação com o que temos de enfrentar agora, foi sim – Damien continuou. – Os *Raven Mockers* estão por toda parte. Ontem à noite, no meio daquela confusão toda, eles atacavam a esmo. E foi a confusão que nos ajudou a escapar. Mas agora eles estão bem organizados e posicionados.

— Eu os vi ao redor do perímetro. São mais do que o dobro dos guardas que tínhamos antes — Darius observou.

— Mas não tem nenhum do lado de fora do dormitório, como você costumava ficar — respondi-lhe.

— Isso é porque eles não se importam com nossa segurança, e sim que ninguém saia da escola — Damien disse.

— Por quê? — perguntei, sentindo-me esgotada e esfregando minha testa, sentindo chegar uma enxaqueca.

— Seja lá o que estiverem tramando, parece que vão precisar de isolamento — Darius disse.

— Não parece que estão tentando tomar esta Morada da Noite do Conselho Supremo? — Aphrodite perguntou.

A pergunta era para mim, mas, ao ver que eu não conseguiria dar a resposta tranquilizadora pela qual ela estava nitidamente esperando, Darius tomou a palavra.

— Talvez, mas ainda é muito cedo para saber com certeza.

— Bem, a tempestade de gelo está os ajudando a conseguir isolamento. Está faltando luz por toda parte, e os celulares estão funcionando mal. Tirando pequenos núcleos que contam com geradores de luz, Tulsa está no escuro — Damien disse.

— Será que o Conselho Supremo de Nyx sabe que Shekinah morreu? — Darius perguntou.

— O que acontece quando morre a Suprema Sacerdotisa de todos os vampiros? — perguntei, olhando para Damien, que franziu a testa, pensando.

— Bem, se me lembro corretamente das aulas de Sociologia *Vamp*, o Conselho de Nyx se reúne para eleger uma nova Suprema Sacerdotisa. Isso só acontece a cada três ou cinco séculos, mais ou menos. Depois de eleita, a Suprema Sacerdotisa reina pela vida inteira. A eleição é muito importante, especialmente quando acontece de repente, como esta terá de ser.

– Será que o Conselho de Nyx não vai ficar muuuuuito interessado em saber como Shekinah de repente caiu morta? – perguntei, animando-me novamente.

Damien assentiu. – Eu diria que sim, com certeza.

– Então, essa deve ser a razão principal para Kalona querer manter nossa Morada da Noite isolada. Ele não quer a atenção do Conselho Supremo – Aphrodite concluiu.

– Ou então ele *quer* essa atenção, para poder apresentar Neferet como a nova Suprema Sacerdotisa, mas por enquanto eles estão juntando forças para garantir os votos do Conselho.

Fez-se um silêncio mortal no recinto e todos olharam para mim, horrorizados.

– Não podemos deixar que isso aconteça – Darius finalmente falou.

– Não vamos deixar – confirmei firmemente, torcendo para dar um jeito de realmente fazer valer o que estava dizendo. – Ei, Kalona ainda está dizendo que é Erebus que veio para a terra? – perguntei.

– Está – Erin respondeu.

– E, apesar de isso parecer uma total idiotice, todo mundo acredita nele – Shaunee confirmou.

– Você viu Kalona hoje? – perguntei a Shaunee. – Quero dizer, depois de termos chegado?

– Não – ela balançou a cabeça, e olhei para Erin.

– Digo o mesmo. Também não o vi.

– Eu também não – Damien confirmou.

– Nem eu, e fico feliz por isso – Aphrodite afirmou.

– É, mas você pode ser a única – disse lentamente e olhei para Damien. – Já dissemos que Kalona usa alguma coisa para enrolar todo mundo. Até em nós a coisa funciona; a não ser que a gente não olhe nos seus olhos e resista muito. Se não fosse assim, estaríamos todos caindo na dele. Nós sabíamos que ele era do mal. Caramba, tive que vê-lo quase matar Darius estrangulado para parar de achá-lo gostoso.

– Aquele canalha te estrangulou? – Aphrodite perguntou. – Caraca, isso me deixa muito furiosa! Ah, vocês, horda de *nerds* em versão reduzida, se não entenderam da primeira vez, entendam agora: o feitiço daquele maluco de asas não me afeta nem um pouquinho. Não gosto dele. Não gosto *mesmo*.

– É verdade. Reparei hoje, mais cedo, que você realmente não se sentiu atraída por ele – agora eu me lembrava.

– E iria me sentir atraída por quê? Ele é um valentão velho. E nunca está vestido decentemente. *E eu realmente* não gosto de pássaros. Tipo, morrer de gripe aviária é uma morte nada atraente. Não, esse cara não é pra mim.

– Por que será que o feitiço dele não funciona com você? – pensei alto.

– Por ela ser anormal? – Shaunee perguntou.

– Uma criatura totalmente anormal em pele humana? – Erin ecoou.

– Ou, talvez, por eu ser excepcionalmente intuitiva e enxergar além de toda essa baboseira dele? Ah, isso significa que enxergo além da sua baboseira também – Aphrodite respondeu.

– Alguma coisa ela tem – Damien disse, soando animado. – Todos nós sentimos atração por ele, mas conseguimos resistir, ao contrário dos demais novatos, certo? – todos concordamos. – Bem, nós todos temos afinidades com os elementos, fomos física e intuitivamente tocados por eles, muito mais do que qualquer outro novato. Talvez nossas habilidades extrassensoriais nos deem poder para resistir ao encanto de Kalona.

– Os novatos vermelhos disseram que não sentiam nenhuma atração por ele, como Aphrodite – lembrei-me. – E todos têm talentos mediúnicos.

– Soa bastante lógico e funciona para os novatos. Mas e os vampiros adultos? – Darius perguntou.

– Os talentos mediúnicos não variam, como os nossos? – Aphrodite interveio. – Claro, os novatos dizem que todos os *vamps* sabem usar a mente para saber das coisas, mas isso não é verdade, é?

– Não, não é verdade, apesar de muitos de nós sermos altamente intuitivos – Darius disse.

– E você é? – perguntei.

– Só quando se trata de proteger aqueles a quem jurei defender – Darius respondeu sorrindo.

– Mas isso significa que você realmente *tem* um lado intuitivo – Damien concluiu, ainda soando animado. – Tá, e quais são os *vamps* desta Morada da Noite que têm mais poder mediúnico?

– Neferet – respondemos todos juntos.

– Disso nós já sabemos. Ela decidiu se juntar a Kalona, então não podemos contar com ela. Quem mais?

– Damien! Acho que você *está* tendo alguma ideia! – eu o interrompi. Todo mundo olhou para mim, mas comecei a olhar para os gatos a mais no quarto. E, como de costume, Damien entendeu tudo no mesmo instante. – Dragon, a professora Anastasia e a professora Lenobia! Acho que eles têm mais poder mediúnico depois de Neferet.

– Seus gatos não estão aqui conosco por coincidência – Darius nos lembrou.

– Eles são o sinal que nos foi enviado para sabermos que estamos no caminho certo – Damien completou.

– Então esta é a segunda razão pela qual não podemos sair daqui esta noite – eu disse.

– A segunda razão? – Aphrodite perguntou.

– A primeira é que não tenho como controlar os elementos por tempo suficiente para impedir que todos esses *Raven Mockers* nos vejam, estou cansada demais. A segunda é que se Dragon, a professora Anastasia e a professora Lenobia enxergarem mesmo a grande "m" que é esse tal de Kalona, talvez eles possam ajudar a nos livrarmos dele.

– O mundo está acabando. Não tem problema soltar um palavrãozinho – Aphrodite me lembrou.

– O mundo acabar não é desculpa para adquirir maus hábitos – respondi e foi bizarro, porque falei como minha avó.

– Então está resolvido! Vamos ficar aqui mais um dia. Zoey, você precisa dormir. E amanhã vai à aula normalmente – Darius disse.

– É, está certo – respondi. – Damien, você pode sondar Dragon para ver se ele vai ficar do nosso lado?

– Acho que posso fazer isso na aula de esgrima amanhã.

– Quem tem aula de Feitiços e Rituais com a professora Anastasia?

As gêmeas levantaram os braços como boas alunas.

– Podem sentir o terreno com ela?

– Com certeza – Erin respondeu.

– É claro que sim – Shaunee ecoou.

– Vou falar com Lenobia – foi a minha vez.

– E eu e Darius vamos averiguar em que pontos esses *Raven Mockers* nojentos ficam empoleirados nos muros – Aphrodite completou.

– Cuidado – pedi.

– Ela vai tomar cuidado – Darius respondeu.

– Acho que temos que ir embora amanhã, aconteça o que acontecer. Ficar aqui um segundo que seja além do necessário não me parece boa ideia – avisei.

– Concordo. Isso se você tiver recuperado as forças – Darius me lembrou.

– É melhor que eu recupere.

Houve uma pausa e então Darius me disse, solenemente: – Quando escaparmos, Kalona irá atrás de você. Ele a caçará até encontrá-la.

– Como pode ter certeza disso? – Aphrodite perguntou.

– Diga a todos como ele a chama – Darius me pediu.

– Ele me chama de A-ya – a resposta saiu num suspiro.

– Ah! – Erin exclamou.

– Merda! – Shaunee completou.

– Isso sim é notícia ruim *mesmo* – Damien disse.

– Ele realmente acha que você é a boneca que as mulheres Ghiguas usaram para aprisioná-lo mais de mil anos atrás? – Aphrodite perguntou.

– É o que parece.

– Você acha que adianta alguma coisa se você lhe disser que não é boneca[15] coisa nenhuma? – Aphrodite olhou para mim com um sorrisinho metido.

Revirei os olhos. Mas, com aquela referência nada discreta à minha condição de "não virgem", acabei pensando nos caras em minha vida e acrescentei: – Ei, não sei por que Stark está enfeitiçado por Kalona. Ele ganhou um dom dos grandes de Nyx e antes de morrer me pareceu bastante intuitivo.

– Stark é o maior escroto – Shaunee disse.

– É, entre o que ouvimos falar e o que aconteceu com Becca, dá pra ter certeza de que boa coisa ele não é – Erin concordou.

– Morrer e desmorrer deve ter embaralhado suas ideias, mas aposto que ele já era escroto antes de bater e "desbater" as botas – Aphrodite disse. – Nós precisamos ficar longe, bem longe dele. Acho que é tão do mal quanto Kalona e Neferet.

– É, ele é tipo um *Raven Mocker* sem asas – Erin disse.

– *Eeeca* – Shaunee ecoou.

Eu não disse nada. Fiquei onde estava, apenas me sentindo totalmente esgotada e culpada. *Eu o beijei. De novo.* E todos os meus amigos achavam que ele era um monstro, provavelmente porque era mesmo. E, se ele era tão do mal, e tudo indicava que era, *como eu podia achar que ainda sobrou algo de bom dentro dele?*

– Bem, Z. precisa dormir – Damien lembrou a todos, levantando-se com Cameron ainda nos braços. – Sabemos o que precisa ser feito, então vamos fazer e depois cair fora – Damien me abraçou. – Esqueça o poema de Kramisha – ele sussurrou. – Você não pode salvar todos, menos ainda quem não quer ser salvo.

Eu o abracei também, mas não disse nada.

---

15 Trocadilho impossível de traduzir. Um dos significados de "boneca" é virgem. (N.T.)

– Voltar para aqueles túneis me parece uma boa. Nós todos precisamos ir embora daqui – Damien deu um sorriso triste e saiu do quarto com as gêmeas, que me deram tchau, e com os seus gatos que seguiram logo atrás.

– Vamos – Aphrodite pegou a mão de Darius e o puxou da cama. – Você não vai voltar para o seu quarto esta noite.

– Não vou? – ele perguntou, sorrindo carinhosamente para ela.

– Não vai, não. Parece que há uma escassez de Filhos de Erebus por aqui, portanto vou manter os olhos e outras partes do meu corpo em você.

– Vomitei – fiz cara de nojo, mas não pude deixar de sorrir.

– Você, trate de dormir – Aphrodite me devolveu. – Vai precisar de todas as suas forças para lidar com aqueles caras que estão te esperando. Sinto que você vai precisar de mais disposição para lidar com Erik e Heath do que com os elementos.

– Ah, obrigada, Aphrodite – respondi sarcasticamente.

– Não há de quê. Meu lema é servi-la.

– Boa noite, Sacerdotisa. Desejo-lhe um sono reparador – Darius disse, e Aphrodite o puxou para fora do quarto. O último dos gatos o seguiu, deixando-me a sós (enfim) com minha Nala.

Dei um suspiro e peguei a garrafa de sangue que estava no meu bolso. Eu a sacudi como se fosse uma daquelas deliciosas bebidas geladas do Starbucks e tomei tudo. Foi bom sentir o sangue se espalhando pelo meu corpo como dedos quentes, mas desta vez aquele jorro de energia a que me acostumara não veio. Estava simplesmente cansada demais. Arrastei-me para fora da cama, tirei aquele uniforme de hospital ridículo e procurei minha cueca masculina favorita (daquelas com o símbolo do Batman) e uma camiseta velha e esticada. Pouco antes de colocar a camiseta, dei uma olhada em mim mesma no espelho e quase caí dura.

Aquela era eu mesma? Parecia mais velha do que meus dezessete anos. Todas as minhas tatuagens estavam visíveis, e eram como um sopro de vida em um cadáver. Eu estava tão pálida! E minhas olheiras, assustadoras. Fui descendo os olhos lentamente para ver como estava o corte. Era horrível e enorme! Tipo, ele ia de ombro a ombro. Não, não estava mais aberto como uma boca escancarada, mas era um sulco vermelho irregular e enrugado, que fazia a facada que Darius levara parecer um arranhão, como ele mesmo dizia.

Toquei o ferimento gentilmente e fiz uma careta de tão dolorido que estava. Será que ficaria sempre saliente assim? Tá, eu sei que era muito fútil da minha parte pensar nisso, mas tive vontade de cair no choro. Não porque aquele inferno todo estava se voltando contra nós. Não porque Neferet havia se tornado megaperigosa. Não porque ela e Kalona podiam muito bem estar ameaçando o equilíbrio entre o bem e o mal no mundo. Não porque eu estava toda enrolada com Erik, Heath e Stark. Mas sim porque ia ficar com uma cicatriz gigantesca e talvez jamais pudesse usar camiseta tipo *top* de novo. E se nunca quisesse que me vissem, bem, nua de novo? Tipo, eu havia tido uma experiência ruim, mas com certeza um dia teria um relacionamento maravilhoso e ia querer que ele me visse nua. Certo? Olhei de novo para a cicatriz medonha e ainda não curada e prendi um suspiro. Péssimo.

Tá, realmente preciso parar de pensar nisso, e vou parar mesmo de me olhar pelada. Isso não pode me fazer bem. Que inferno! Isso não devia ser bom pra ninguém!

Toda afobada enfiei a camisa pela cabeça e murmurei: *Só posso estar assimilando a personalidade de Aphrodite. Eu não costumava ser fútil assim.*

Nala estava esperando por mim na minha cama, em seu lugar de sempre, no meu travesseiro. Enfiei-me debaixo das cobertas e me aninhei com ela, adorando o jeito como se acomodou junto a mim e pôs para funcionar sua máquina de ronronar. Acho que devia estar morrendo de medo de cair no sono, mais ainda depois de Kalona me visitar em sonho da última vez, mas estava cansada demais para pensar, cansada demais para me importar. Simplesmente fechei os olhos e me entreguei, agradecida, à escuridão.

Quando o sonho começou, não era um prado, por isso fui tola de imediatamente me sentir aliviada e relaxada. Eu estava em uma ilha incrivelmente linda, olhando para uma lagoa na linha do horizonte que me pareceu familiar, apesar de saber que nunca a tinha visto antes. A água tinha um cheiro salgado de peixe, era profunda e farta, um quê de vastidão que reconheci como pertencendo ao oceano, apesar de jamais ter visto o mar pessoalmente. O sol estava se pondo, e o céu se acendeu com um brilho fugidio que lembrava folhas de outono. Eu estava sentada em um banco de mármore da cor do luar. Ele era intricadamente entalhado com videiras e flores e parecia saído de outro lugar, de outra época. Passei a mão na parte detrás do banco, que era macia e ainda estava quente do dia que acabava. Era como se realmente estivesse lá, e não sonhando coisa nenhuma. Olhei por sobre o ombro e arregalei os olhos. Uau! Atrás de mim havia um palácio com belas portas e janelas em forma de arco, tudo de um branco imaculado, pilares impressionantes, e das elegantes janelas se viam candelabros que pareciam bolos de noiva brilhando ao pré-anoitecer.

Foi o suficiente para me tirar o fôlego, e fiquei realmente muito satisfeita com meu eu adormecido por fazer tudo isso, mas também estava desnorteada. Parecia tudo tão real. E tão familiar. Por quê?

Virei o rosto novamente para a vista da lagoa, olhando em direção a uma catedral com cúpula e, barquinhos e muitas outras coisas impressionantes que não poderia imaginar por mim mesma. A suave brisa noturna vinha da água escura, trazendo seus aromas singulares e fortes. Respirei fundo, aproveitando aquele aroma. Claro que algumas pessoas achariam o cheiro meio fedorento, mas eu não achava, estava apenas...

Caraca! Senti um frio na espinha de medo. Entendi por que aquilo me parecia familiar.

Aphrodite descrevera este lugar para mim poucos dias atrás. Não em detalhes. Ela não conseguira se lembrar de tudo, mas o que conseguiu me descrever causou-me uma impressão específica e desconcertante. Tanto que reconheci a água, o palácio e aquela sensação ancestral.

Este foi o lugar que Aphrodite vislumbrou na segunda visão da minha morte.

23

– Aqui está você. Desta vez me trouxe a um lugar de sua escolha, em vez de me chamar – Kalona apareceu ao lado do banco de mármore, como se tivesse se materializado do nada. Eu não disse coisa alguma. Estava ocupada demais tentando controlar o batimento apavorado do meu coração. – Sua Deusa é bem incomum – seu tom era amigável, puxando conversa após se sentar ao meu lado no banco. – Sinto que este lugar é perigoso para você. Fico surpreso que ela permita que esteja aqui, principalmente porque devia saber que você ia me chamar. Imagino que ela acredite estar lhe avisando, lendo seus pensamentos, mas ela está interpretando de modo errado minhas intenções. Eu quero reviver o passado, e para isso o presente precisa morrer – ele fez uma pausa e, com um gesto altivo, fez sumir o castelo e suas riquezas na margem do outro lado da lagoa. – Nada disso significa coisa alguma para mim.

Eu não fazia a menor ideia do que ele estava falando e, quando finalmente consegui falar, a coisa mais brilhante que disse foi: – Eu não chamei você.

– Claro que chamou – Kalona falava de um jeito íntimo e galante, como se fosse meu namorado e eu tivesse vergonha de admitir o quanto gostava dele.

– Não – respondi sem olhar para ele. – Não chamei você – repeti. – E não faço ideia do que você está falando.

– Minhas reflexões não vêm ao caso. Tudo ficará claro com o tempo. Mas, A-ya, se você não me chamou, me explique como vim encontrá-la em seu sonho.

Procurando ser forte e resistir ao encanto que sentia só de ouvir o som de sua voz, virei a cabeça para olhá-lo. Ele estava jovem outra vez e pareceu ter dezoito, dezenove anos. Estava usando uma calça jeans confortavelmente larga, daquele tipo "esta é minha calça favorita porque se ajusta perfeitamente". E pronto. Ele estava descalço e sem camisa. Suas asas eram como um milagre, negras como um céu cinzento, e brilhavam à luz evanescente com uma beleza sedosa e única. Sua imaculada pele cor de bronze parecia se acender por dentro. Seu corpo era mais do que inacreditável. Seu rosto era tão belo, tão perfeito, que não dava para descrever.

Sentindo-me profundamente chocada, percebi que era como a aparição de Nyx para mim e Aphrodite. Ela tinha uma beleza tão sobrenatural que não fomos capazes de descrevê-la. E, por alguma razão, essa semelhança entre Kalona e Nyx me entristeceu profundamente; fiquei triste pelo que ele devia ter sido um dia, e por ter se transformado no que se transformou.

– Que foi, A-ya? O que está lhe dando vontade de chorar?

Comecei a escolher as palavras com cuidado, mas parei. Se o sonho era meu, ou seja, se trazer Kalona para mim era, por alguma razão, obra minha, então eu seria totalmente sincera. Assim, falei a verdade: – Estou triste porque acho que você não foi sempre o que é agora.

Kalona ficou totalmente imóvel. Foi como se a perfeição de seus traços tivesse se solidificado, transformando-o em um deus esculpido.

No sonho, senti-me fora do tempo e não sei se levou um segundo ou um século para ele responder: – E o que você faria se soubesse que nem sempre fui como sou agora, minha A-ya? Você me salvaria ou me enterraria?

Encarei seus luminosos olhos cor de âmbar e tentei neles enxergar sua alma.

– Não sei – falei sinceramente. – Acho que não posso fazer nem uma coisa nem outra sem sua ajuda.

Kalona riu. E aquele som dançou ao redor de minha pele. Senti vontade de jogar a cabeça para trás, abrir bem os braços e abraçar aquela beleza.

– Acho que você tem razão – ele disse, sorrindo para os meus olhos.

Primeiro desviei os olhos, procurando olhar fixo para o oceano e tentando me esquecer de como ele era sedutor.

– Eu gosto daqui – pude ouvir o sorriso em sua voz. – Sinto aqui um poder... um poder antigo. Não me admira que tenha escolhido vir para cá. Isso aqui me faz lembrar o lugar de poder do qual surgi dentro da Morada da Noite, apesar de o elemento terra não ser forte aqui. Isto me conforta. É agradável.

Concentrei-me na única coisa que ele disse e que consegui entender: – Acho que não é de surpreender que se sinta mais confortável em uma ilha, já que não gosta muito de terra.

– Só tem uma coisa de que gosto na terra: repousar em seus braços. Apesar de que seu abraço foi longo demais até para a minha enorme capacidade de sentir prazer.

Olhei outra vez para ele, que ainda sorria gentilmente para mim.

– Você precisa saber que não sou A-ya.

– Não, eu não sei disso – seu sorriso se desfizera. Lentamente, esticou seu braço e pegou entre os dedos uma longa mecha dos meus cabelos pretos. Olhando em meus olhos, ele deixou meu cabelo cair na palma de sua mão.

– Não posso ser ela – voltei a falar, com a voz ligeiramente trêmula. – Eu não estava debaixo da terra quando você foi solto. Moro *na terra* faz dezessete anos.

Ele continuou acariciando meu cabelo enquanto me respondia. – A-ya partiu séculos atrás, dissolveu-se mais uma vez na terra da qual foi feita. Você é simplesmente ela renascida como filha de homem. Por isso é diferente das outras.

— Isso não pode ser verdade. Eu não sou ela. Não o reconheci quando você surgiu — eu disse sem pensar.

— Tem certeza de que você não me conhece? — senti o frio de sua pele se irradiando em direção ao meu corpo e tive vontade de me aproximar. Meu coração estava batendo forte outra vez, só que agora não era de medo. Eu queria estar perto deste anjo caído mais do que já desejei qualquer coisa na minha vida. O desejo que sentia por ele era ainda maior do que a sede que sentia pelo sangue Carimbado de Heath. *Qual seria o gosto do sangue de Kalona?* A ideia me causou um arrepio de impulso delicioso e proibido.

— Você também sente — ele murmurou. — Você foi feita para mim, pertence a mim.

Suas palavras cortaram a névoa do meu desejo. Levantei-me, e dei a volta pelo banco de mármore, deixando o braço do banco entre nós dois.

— Não. Eu não *pertenço* a você. Não *pertenço* a ninguém, exceto a mim mesma e a Nyx.

— Você sempre tem que voltar a falar nessa Deusa desgraçada! — o clima de sedução e intimidade se evaporou de sua voz, e ele voltou a ser o anjo frio e amoral cujo humor oscilava ao seu bel-prazer, e que era capaz de matar sem pensar muito. — Por que você insiste em ser leal a ela? Ela não está aqui — ele abriu os braços e suas magníficas asas ruflaram ao seu redor como uma capa viva. — Quando você mais precisa dela, ela se afasta e a deixa cometer erros.

— Isso se chama livre-arbítrio — respondi.

— E o que há de tão maravilhoso nesse livre-arbítrio? Os humanos sempre o usam mal. A vida pode ser bem mais feliz sem ele.

— Mas, sem ele, eu não seria mais eu. Seria sua marionete — balancei a cabeça.

— Você, não. Eu não lhe tiraria a vontade própria — seu rosto mudou instantaneamente, voltando a ser o anjo amável, aquele ser tão lindo que era fácil entender por que alguém seria capaz de abrir mão do livre-arbítrio só para ficar perto dele.

Felizmente eu não era esse alguém.

– O único jeito de me fazer amá-lo seria tirando meu livre-arbítrio e me mandando ficar com você, como se fosse sua escrava.

Preparei-me para a explosão que pensei que estava a caminho por causa de minhas palavras, mas ele não gritou nem pulou do banco nem teve nenhum tipo de ataque. Em vez disso, o que fez foi dizer simplesmente: – Então eu e você teremos de ser inimigos.

Como suas palavras não tinham tom de pergunta, achei que era melhor não responder e apenas perguntei: – Kalona, o que você quer?

– Você, é claro, minha A-ya.

Balancei a cabeça e descartei sua resposta com impaciência.

– Não, não estou falando disso. O que quero dizer é, pra começo de conversa, por que você está aqui? Você não é mortal. Você... Bem... – fiz uma pausa, sem saber até onde podia levar o assunto com segurança. Mas, finalmente, resolvi seguir em frente, afinal ele já tinha dito mesmo que seríamos inimigos. – Você caiu, não foi? De um lugar que muitos mortais chamariam de paraíso – fiz outra pausa, esperando algum tipo de reação da sua parte.

Em vez disso, ele apenas assentiu levemente: – Caí.

– De propósito?

– Sim, vim parar aqui por escolha própria – ele pareceu achar certa graça naquilo.

– Bem, e por que você fez isso? O que você quer?

Suas feições mudaram novamente. Kalona resplandeceu com um fulgor que só podia ser imortal. Levantou-se, abriu os braços e as asas, que o emolduraram com tamanho esplendor que para mim foi difícil olhar e ao mesmo tempo impossível de desviar o olhar.

– Tudo! – sua voz soou como a de um deus. – Eu quero tudo!

E assim lá estava ele na minha frente, um anjo brilhante. Não um anjo caído, mas miraculosamente ali, ao alcance da mão. Mortal o bastante para ser tocado, mas belo demais para ser qualquer coisa menos do que um deus.

– Tem certeza de que você não pode me amar? – Kalona me tomou em seus braços. Abaixou as asas e me abarcou em uma suave escuridão, um cobertor que entrava em direta contradição com o maravilhoso e doloroso frio que emanava de seu corpo, ao qual eu já estava começando a me acostumar. Ele se curvou e, lentamente, como se estivesse dando tempo para eu me afastar, levou seus lábios aos meus.

Quando nossos lábios se encontraram, o beijo me queimou com um calor gelado que tomou conta do meu corpo. Senti-me cair. Seu corpo e sua alma eram tudo que eu conhecia. Eu queria apertar meu corpo junto ao dele, queria que ele se perdesse em mim. A questão não era se eu podia amá-lo, mas como eu poderia não amá-lo. Passar a eternidade abraçando-o, possuindo-o, amando-o não chegaria nem perto de bastar.

Uma eternidade abraçando-o...

A ideia me atravessou como um arpão. A-ya fora criada para amá-lo e abraçá-lo pela eternidade.

Ah, Deusa! gritei mentalmente, *"será que sou mesmo A-ya"?*

Não. Não podia ser. Eu não me permitiria ser!

Empurrei-o. Nosso abraço tinha sido de uma entrega tão absoluta e apaixonada que minha súbita rejeição o pegou de surpresa, fazendo-o recuar, cambaleante, até finalmente me deixar escapar de seu abraço duplo de braços e asas.

– Não! – fiquei balançando a cabeça como uma maluca. – Eu *não* sou ela! Eu sou Zoey Redbird e, se eu amar alguém, será porque ele merece ser amado, e não por eu ser um pedaço de terra que ganhou vida.

Seus olhos cor de âmbar viraram duas fendas raivosas e seu rosto foi tomado por uma expressão de ódio. Ele começou a vir em minha direção.

– *Não!* – gritei.

Fui acordada de repente com o som de Nala chiando feito doida e alguém se sentando ao meu lado na cama, tentando se defender dos meus braços, porque eu estava me debatendo.

– Zoey! Está tudo bem. Acorde! Ai! Merda! – o cara disse ao sentir meu punho no queixo.

– Sai de perto de mim! – berrei.

Ele segurou meus dois punhos com uma das mãos.

– Calma aí!

Então ele esticou o braço e ligou a luz da minha mesinha de cabeceira. Confusa, olhei para o cara que estava sentado na minha cama esfregando o rosto.

– Stark, que diabo você está fazendo no meu quarto?

24

– Estava passando no corredor e ouvi sua gata uivando e chiando, e aí você começou a berrar. Achei que estava em apuros – Stark olhou na direção da minha janela coberta por pesadas cortinas. – Pensei que talvez um *Raven Mocker* tivesse entrado aqui. Os gatos os odeiam pra valer, você sabe. De qualquer forma, foi por isso que entrei no seu quarto.

– Você estava andando por acaso perto do meu quarto... – dei uma olhada no relógio. – Ao meio-dia?

Ele deu de ombros e seus lábios se abriram naquele sorriso metidinho que eu gostava tanto.

– Bem, acho que não foi coincidência nenhuma.

– Então agora você pode me soltar.

Com relutância ele diminuiu o aperto em meus pulsos, mas não me soltou. Tive de puxar minhas mãos das dele.

– Deve ter sido um pesadelo horroroso – ele voltou a falar.

– É, foi mesmo – recuei para me recostar à cabeceira da cama. Nala se acalmou e se acomodou ao meu lado.

– E como foi o pesadelo?

– O que você está fazendo aqui? – perguntei, sem lhe dar uma resposta.

– Já disse. Ouvi um barulho aqui dentro e...

– Não. Estou perguntando por que você estava passando por aqui, pra começo de conversa? Além do mais, é meio-dia. Nenhum dos novatos vermelhos que conheço aguenta a luz do sol, e a esta hora estão dormindo feito pedras.

– É, eu podia estar dormindo, mas sei lá. E não tem luz do sol lá fora. Está tudo cinzento e gelado.

– Nossa, a tempestade de gelo continua?

– É, outra frente fria está chegando aí. Pior para os humanos, que têm de enfrentar um problemão desses sem os geradores e tudo mais que temos aqui na escola.

O que ele disse me fez pensar se as freiras teriam um gerador no convento. Eu precisava falar com a irmã Mary Angela. Falar com ela? Caramba, eu precisava ir aonde ela estava. Estava com saudades da minha avó e não aguentava mais aquela sensação de perigo o tempo inteiro. Sentindo-me inacreditavelmente cansada, dei um suspiro. Quanto tempo havia dormido? Contei, mentalmente, umas cinco horas. Eca. E boa parte delas naquele lugar esquisito com Kalona, o que não ajudava em nada a descansar.

– Ei, você está com cara de cansada – Stark disse.

– Você não respondeu à minha pergunta. Por que veio aqui? Tipo, qual a razão *específica*?

Ele ficou me olhando e então soltou um longo suspiro. E disse enfim: – Eu precisava te ver.

– Por quê?

Seus olhos castanhos encontraram os meus. Ele pareceu tanto com o Stark pré-morto-vivo que fiquei sem graça. Naquele momento seus olhos estavam normais, e não havia nenhuma escuridão medonha pulsando nas sombras ao seu redor. Sua tatuagem vermelha na testa era a única coisa a me lembrar de que ele já não era mais o mesmo garoto que havia me confiado segredos e me pedido ajuda no centro esportivo poucas noites antes.

– Eles vão fazer você me odiar – Stark pareceu falar sem querer.

– Eles quem? Ninguém vai *me fazer* sentir coisa nenhuma – assim que acabei de falar, a visão de mim mesma nos braços de Kalona me veio à mente, mas bloqueei decididamente a imagem.

– Eles... todo mundo – Stark voltou a falar. – Vão lhe dizer que sou um monstro, e você vai acreditar neles.

Fiquei olhando para ele em silêncio e fixamente. Foi ele quem desviou o olhar primeiro.

– Aposto que *eles* não te acham um cara muito legal porque você anda fazendo coisas como morder Becca e ficar o tempo todo perto de Kalona, pronto para atirar com seu arco e flecha que nunca erra o alvo.

– Você sempre fala exatamente o que pensa?

– Bem, não, mas tento ser sincera. Olha, estou muito cansada e tive um sonho horroroso. O que está acontecendo por aqui não é nada bom. Tem um monte de coisa me deixando confusa. E você vem *me procurar*. Não te chamei, dizendo *Ei, Stark, por que você não entra de mansinho no meu quarto*, chamei? Então, realmente não estou a fim de joguinhos.

– Não entrei de mansinho – ele disse.

– Acho que na verdade isso não importa.

– Vim aqui porque você me faz sentir – sua voz saiu apressada.

– Eu faço você sentir o quê?

– Apenas sentir – ele esfregou a testa com a mão como se estivesse com enxaqueca. – Desde que morri e voltei, é como se parte de mim tivesse morrido. Não tenho conseguido sentir nada. Ou pelo menos nada de bom – suas frases eram curtas, truncadas, parecia difícil para ele dizer isso tudo. – Tá, eu sei que tenho impulsos. Principalmente porque faz um tempinho que não bebo sangue. Mas isso não é *sentir* de verdade. É só uma reação. Você sabe, comer, dormir, viver, morrer. É automático – Stark fez uma expressão amarga e desviou o olhar. – Para mim é automático pegar o que quero. Como aquela garota.

– Becca – minha voz soou fria. – O nome dela é Becca.

– Tá, o nome dela é Becca.

Sua expressão se endureceu. Seu rosto não estava medonho nem os olhos vermelhos, mas sua expressão de cafajeste realmente me tirou do sério.

– Você atacou a garota. Forçou a barra com ela. Escute aqui, o negócio é bem simples. Se você não quer que as pessoas falem mal de você, é só parar de fazer coisas ruins – eu o repreendi.

Seus olhos brilharam e bem no fundo deles vi uma luz vermelha brilhar.

– Ela teria gostado. Se você e o guerreiro tivessem chegado cinco minutos depois, você a teria visto todinha entregue a mim.

– Você está me zoando? Acha mesmo que controle mental faz parte das preliminares?

– Ela estava chateada quando você a encontrou? Ou estava falando que eu era gostoso e como ela queria ficar comigo? – Stark me jogou as perguntas na cara.

– E você acha que isso justifica o que fez? Você mexeu com a mente da garota para fazê-la ficar com vontade de ficar com você. Sob qualquer ponto de vista isso é uma violação, e é errado.

– Você me beijou logo depois disso, e não precisei mexer com sua mente.

– É, bem, ultimamente meu gosto em se tratando de homens não tem sido dos melhores. Mas posso jurar que no momento não sinto o menor desejo de me jogar em seus braços.

Ele se levantou abruptamente, saindo de perto da cama.

– Não sei que diabo vim fazer aqui. Eu sou o que sou, e nada pode mudar isso – totalmente revoltado, ele começou a ir na direção da porta.

– Você pode mudar isso.

Falei baixinho, mas as palavras pareceram tremular no ar ao redor de nós e envolver Stark, fazendo-o parar. Assim ele ficou um tempinho, com os pulsos travados nas laterais do corpo, a cabeça levemente baixa como se estivesse lutando contra si mesmo. Ainda de costas para mim, ele disse: – Viu, é isso que estou dizendo. Quando você fala essas coisas, me faz *sentir* de novo.

– Talvez seja porque agora sou a única pessoa lhe dizendo a verdade – quando disse isso, tive uma daquelas minhas intuições e senti que estava dizendo as palavras que Nyx teria me dito. Respirei longa e profundamente, tentei me concentrar e, apesar de estar cansada e, ferida e confusa em relação a um monte de coisas, acabei aproveitando a deixa, tentando costurar o tecido esgarçado em que se transformara a condição humana de Stark. – Não acho que você seja nenhum monstro, mas também não acho que seja só um cara legal. Estou vendo o que você é, e acredito que você pode escolher o que quer ser. Stark, você não entende? Kalona e Neferet o estão fazendo ficar assim porque estão te usando. Se você não quiser se transformar em uma criatura moldada por eles, vai ter que escolher um caminho diferente e lutar contra eles e contra a escuridão que os cerca – suspirei, escolhendo as palavras. – Você não vê que se o pessoal do bem não fizer nada o mal vai acabar vencendo? – devo ter tocado em algum ponto sensível de Stark, porque ele se voltou lentamente para mim.

– Mas eu não sou do bem.

– Você era do bem antes de tudo isso. Sei que era. Prometi que não ia me esquecer de você, e não me esqueci. E você pode voltar a ser um cara legal.

– Quando ouço você dizer isso, quase chego a acreditar.

– Acreditar já é um começo. O segundo passo é tomar uma atitude – fiz uma pausa, mas ele não disse nada, então quebrei o silêncio tagarelando qualquer coisa que me deu na telha. – Você já parou pra pensar por que a gente fica sempre se reencontrando?

Ele deu um sorriso completamente *bad boy:* – Sim, acho que é por você ser gostosa pra diabo.

Tentei, mas não consegui deixar de sorrir. – Bem, tá, tô falando além disso.

– Para mim, você ser gostosa já basta – ele deu de ombros.

– Obrigada, acho... Mas não é bem a esse tipo de coisa que estou me referindo. Eu estava pensando que isso tem algo a ver com Nyx e com a importância que você tem para ela.

Stark parou de sorrir instantaneamente.

– A Deusa não pode querer nada comigo. Não pode mais.

– Acho que você vai se surpreender. Lembra-se de Aphrodite?

– Sim, mais ou menos. Ela é aquela garota metida que se acha uma deusa do amor.

– Sim, Aphrodite. Ela e Nyx são *assim* uma com a outra – fiz o sinal com os dedos.

– Tem certeza?

– Total – respondi e não consegui controlar um gigantesco bocejo que tomou conta de mim. – Desculpe. Não tenho dormido muito ultimamente. Com todo esse estresse por aqui, eu machucada e tendo uns pesadelos do mal, o sono não tem sido muito meu amigo.

– Posso perguntar uma coisa em relação aos seus sonhos?

Eu dei de ombros e fiz que sim, sonolenta. – Kalona está nos seus sonhos?

Pisquei os olhos, surpresa.

– Por que a pergunta?

– Ele faz isso. Entra nos sonhos das pessoas.

– Ele entra nos seus sonhos?

– Não, nos meus não, mas ouvi umas novatas conversando, e Kalona com certeza está nos sonhos delas, só que elas pareciam gostar bem mais do que você.

– É, aposto que sim – respondi, pensando na capacidade de sedução de Kalona e em como para mim seria fácil ceder à sua aparência hipnótica.

– Vou te dizer uma coisa, mas não quero que pense que estou inventando isso só para dar em cima de você – Stark disse.

– O que é? – ele estava parecendo terrivelmente desconfortável, como se estivesse prestes a dizer de verdade por que estava nervoso.

– É mais difícil para ele entrar em seus sonhos se você não estiver dormindo sozinha.

Fiz cara feia para ele. Ele tinha razão. Parecia o tipo de coisa que um cara diria para levar uma garota para a cama.

— Eu não estava dormindo sozinha da primeira vez que aconteceu.

— Você estava com um cara?

— Não. Eu estava com minha colega de quarto – senti minha bochecha esquentar.

— Tem que ser com um cara. Parece que ele não gosta de competição ou algo assim.

— Stark, isso parece a maior cascata que já ouvi na vida.

— Existe essa palavra, cascata? – ele sorriu.

— Para mim existe. E como você sabe isso sobre Kalona?

— Ele fala muito perto de mim. É quase como se não percebesse que estou lá às vezes. Eu o ouvi conversando com Rephaim sobre os sonhos. Kalona disse que estava pensando em colocar um *Raven Mocker* de guarda entre os dormitórios das meninas e dos meninos na intenção de separá-los, mas resolveu não fazer isso porque não estava tendo a menor dificuldade em controlar os novatos, entrando ou não em seus sonhos.

— Nojento – senti repugnância. – E os professores? Também estão todos sendo controlados por ele?

— Tudo indica que sim. Pelo menos nenhum deles se manifestou contra ele nem contra Neferet.

Achei que Stark fosse ficar na defensiva com minha pergunta, mas pareceu não se importar e continuou a falar comigo como se não tivesse problema nenhum em me contar tudo aquilo. Então resolvi ver até onde podia extrair mais alguma informação.

— E os Filhos de Erebus? Vi um deles quando chegamos ao campus, mas depois não vi mais.

— Não tem muitos deles por aí – Stark respondeu.

— Como assim?

— Um monte deles morreu. Quando Shekinah caiu, Ate surtou e liderou um ataque contra Kalona, apesar de que, para mim, não foi Kalona quem a matou.

— E não foi. Quem matou Shekinah foi Neferet.

– Hum. Bem, isso explica tudo. Neferet é uma cachorra maligna.

– Pensei que você fosse um dos seus servos.

– Não.

– Tem certeza?

– Tenho.

– Ela sabe disso?

– Não. Lembro-me de uma coisa que você me disse pouco antes de eu morrer. Você tentou me avisar para tomar cuidado com Neferet.

– É, eu me lembro disso também.

– Bem, você tinha razão.

– Stark, ela está mudando, não está? Tipo, não é mais a mesma *vamp* Grande Sacerdotisa de antes.

– Sem dúvida ela não está normal. Seus poderes são bizarros. Tenho certeza de que ela sabe espiar os outros melhor do que Kalona – ele abaixou a cabeça e, quando seus olhos novamente encontraram os meus, enxerguei neles uma tristeza que vinha das profundezas da alma. – Queria que fosse você no lugar de Neferet.

– No lugar dela? – perguntei, apesar de sentir uma pontada nas vísceras ao entender bem o que ele estava querendo dizer.

– Você ficou vigiando meu corpo, não ficou? Com aquela câmera.

– Fiquei – disse baixinho. – Foi Jack quem instalou. Eu não queria deixar você sozinho e essa foi a melhor ideia que tive para ficar de olho em você. Depois minha avó sofreu o acidente e foi tudo uma loucura... Sinto muito.

– Também sinto. Tudo teria sido diferente se eu tivesse aberto os olhos e visto você e não ela.

Eu queria lhe perguntar exatamente o que havia acontecido depois que morreu e desmorreu, além de querer saber mais sobre Neferet, mas seu rosto se fechou e seus olhos ficaram tomados pela dor.

– Escute – ele disse, mudando de assunto abruptamente. – Você quer dormir um pouco, eu também estou cansado. E se dormirmos juntos? *Apenas* dormir. Juro que não vou tentar nada.

– Acho que não.

– Prefere que Kalona apareça no seu sonho de novo?

– Não, mas eu, bem... ahn... Acho que você dormir comigo não é boa ideia.

A expressão do seu rosto voltou a ficar dura e fria, mas percebi que a dor continuava em seus olhos.

– Por que você acha que não vou cumprir a promessa?

– Não é isso. É porque não quero que ninguém saiba que você esteve aqui – respondi sinceramente.

– Vou embora antes que alguém veja – Stark disse baixinho, e de repente percebi que minha resposta podia destruir as chances de ele manter sua humanidade. As últimas duas linhas do poema de Kramisha ecoaram em minha mente: *A humanidade a salva / Será que ela vai me salvar*? Entendi então o que devia fazer.

– Tá, tudo bem. Mas você precisa mesmo sair daqui cedo, antes que alguém te veja.

Ele arregalou os olhos, surpreso, e então seus lábios se abriram naquele sorriso de *bad boy*.

– Você tá falando sério?

– Infelizmente, sim. Agora venha aqui, porque estou quase caindo dura de sono enquanto falo.

– Legal! Não precisa dizer duas vezes. Sou monstro, mas não sou burro – e foi para a cama sem perder tempo.

Rapidamente me encolhi no outro lado da cama, desalojando Nala, que ficou "p" da vida. Resmungando, ela foi para os pés, deu três voltas rápidas e juro que caiu no sono de novo antes de deitar a cabeça sobre as patas. Tirando os olhos dela, voltei-me para Stark e joguei o braço afobadamente sobre o outro lado da cama antes que ele pudesse se deitar.

– O que foi?

– Primeiro você tem que se livrar desse negócio de arco e flecha que está praticamente colado nas suas costas.

– Ah, tá – ele tirou pela cabeça o cinto de couro no qual estavam encaixados o arco e a aljava de flechas e o largou no chão ao lado da cama. Ao ver que não tirei o braço, ele perguntou: – O que foi agora?

– Você não vai deitar na minha cama de sapatos.

– Caraca. Desculpe – ele murmurou, tirando os sapatos. Então olhou para mim. – Quer que eu tire mais alguma coisa?

Franzi a testa. Como se ele não estivesse gostoso o bastante de camiseta preta, calça jeans e com aquele sorriso metidinho. Mas não ia lhe dizer isso, de jeito nenhum.

– Não. Você não pode tirar mais nada. Nossa, deita logo. Tô morrendo de sono.

Quando Stark se deitou ao meu lado me dei conta de como minha cama era pequena para dividir com um cara. Tive de me lembrar que estava realmente cansada e que Stark só estava ali para eu poder descansar um pouco.

– Desligue a luz, sim? – pedi, soando mais à vontade do que me sentia.

Ele esticou o braço e apagou a luz.

– Então, você acha que vai à aula amanhã? – ele perguntou.

– É, acho que sim – mas, como na verdade não queria falar sobre ter de ir à aula tão cedo depois de ter sofrido um ferimento grave, acrescentei: – E tenho de me lembrar de dar uma olhada no Hummer no qual Darius nos trouxe aqui. Acho que esqueci minha bolsa nele. Ou pelo menos espero que tenha esquecido, porque perder a bolsa é um saco.

– Taí uma coisa que me dá medo – Stark disse.

– O que te dá medo?

– Bolsa de mulher. Ou pelo menos das coisas que vocês guardam dentro delas.

– Nós? Caramba! Somos garotas e dentro das bolsas tem simplesmente coisas de garota – seu tom normal de machinho me fez sorrir.

– Não tem nada de *simplesmente* nessas bolsas – ele disse, e garanto que o vi sentir um calafrio.

– Minha avó diria que você é uma charada – soltei uma risada alta.

– Isso é bom ou ruim?

– Uma charada é uma coisa intrigante, apesar de meio paradoxal. Por exemplo, você é esse guerreiro tão macho e perigoso que não erra nunca o alvo, mas morre de medinho de bolsas de garotas? É como se fossem suas aranhas.

– Minhas aranhas? O que isso quer dizer? – ele também estava rindo.

– Bem, eu não gosto de aranhas. Nem um pouquinho – senti um calafrio como o que ele havia acabado de sentir.

– Ah, tô ligado. É, bolsas são as minhas aranhas. É mesmo, quando você abre aranhas grandes, elas estão cheias de aranhas-bebê.

– Tá! Tá bom! Você tá realmente me deixando com nojo. Vamos mudar de assunto.

– Por mim, está ótimo. Então... acho que você precisa tocar a pessoa com quem está dormindo para realmente funcionar – sua voz veio da escuridão ao meu lado e soou estranhamente íntima.

– É... claro – senti uma agitação no estômago, não só por estarmos falando de aranhas.

Ele deu um suspiro pesado e sofrido.

– Estou lhe dizendo a verdade. Por que você acha que dormir com uma colega de quarto não mantém Kalona longe? Você tem que estar tocando. Um cara e uma garota. Eu acho que se forem dois caras, tipo Damien e o namorado dele, a coisa também funciona. Ou mesmo uma garota e outra, se rolar uma história entre elas – ele fez uma pausa. – Acho que estou falando demais.

– Eu também – na verdade, falar demais era o que eu costumava fazer quando estava nervosa, e era reconfortante encontrar alguém que também tagarelava de nervosismo.

– Você realmente não precisa ficar com medo de mim. Não vou machucá-la.

– Por que você sabe que posso lhe pôr pra correr usando os elementos?

— Porque eu gosto de você — ele respondeu. — Você estava começando a gostar de mim, não estava? Tipo, antes de tudo isso acontecer comigo.

— Sim — por um lado, aquela era uma excelente oportunidade de lhe dizer que Erik e eu, pelo jeito, estávamos juntos de novo. E talvez fosse melhor nem dizer nada sobre Heath. (Ou talvez fosse bom.) Por outro, eu estava tentando consertar a humanidade do garoto, ou a falta dela, e provavelmente não ajudaria nada entrar numa de: *Ei, vou dormir com você e fingir que gosto de você, mas eu meio que tenho namorado. Ou dois.* E, além de tudo isso, eu precisava começar a ser honesta comigo mesma. Erik parecia perfeito para mim; ele é tudo aquilo que todo mundo acha que um namorado meu devia ser. Então, por que eu sempre gostava também de outros caras, e isso antes mesmo de ele começar a ter crises de ciúme e bancar o possessivo? Não era só Heath que me atraía, mas Loren e Stark também. A única coisa que eu podia achar era que estava sentindo falta de alguma coisa em Erik ou então estava virando uma vadia das mais baixas. Tipo, sério mesmo. Eu não me *sentia* uma vadia. Sentia-me como uma garota que gostava de mais de um cara.

Stark se mexeu na cama ao meu lado, e tentei não dar um pulo ao senti-lo levantar o braço.

— Venha aqui. Você pode colocar a cabeça no meu peito e dormir. Vou te proteger. Juro.

Tirei o problema Erik da cabeça e, achando que era melhor relaxar, tipo, eu já estava na cama com o garoto, deitei a cabeça no seu peito. Ele pôs o braço ao meu redor e eu tentei relaxar ao seu lado com a cabeça ainda desconfortavelmente em seu peito. Fiquei me perguntando se ele estava confortável. Será que estava pesada demais? Será que estava perto demais? Ou longe demais?

Então ele levantou a mão e tocou minha cabeça. Primeiro, achei que ele fosse mover minha cabeça (por estar pesada demais), ou talvez até me estrangular, ou sei lá o quê. Mas, para minha surpresa, ele começou a me alisar os cabelos como se estivesse tentando acalmar um cavalo bravo.

– Seu cabelo é lindo mesmo. Eu lhe disse isso antes de morrer ou só pensei?

– Certamente apenas pensou – respondi.

– Eu lhe diria que você estava gostosa demais quando te vi hoje toda nua, mas provavelmente não seria muito adequado, já que estamos na cama, mas sem fazer nada.

– Não – retesei os músculos do corpo, já me preparando para sair de seus braços. – Não seria nada adequado.

Seu peito fez barulho debaixo de minha orelha quando ele deu risada.

– Relaxe, tá?

– Então não fale sobre me ver nua.

– Tá – ele acariciou meu cabelo em silêncio por um tempinho e então disse: – Aquele *Raven Mocker* te machucou feio mesmo.

– É – resolvi responder, mesmo sabendo que aquela era uma afirmação.

– Kalona não quer machucar você, então o *Raven Mocker* vai se ferrar quando voltar aqui.

– Ele não vai voltar. Eu o matei, queimei-o – disse tranquilamente.

– Ótimo. Zoey, você me promete mais uma coisa?

– Acho que sim, mas você não fica cem por cento feliz quando cumpro as promessas que lhe faço.

– Vou ficar feliz se você cumprir esta.

– E o que é desta vez?

– Prometa que, se eu virar um monstro de verdade que nem eles, você vai me queimar também.

– Não me sinto à vontade para prometer isso.

– Bem, pense nisso, porque talvez você precise cumprir essa promessa.

Ficamos em silêncio de novo. O único som em meu quarto era o ronco suave de Nala ao pé da cama e a batida suave do coração de Stark debaixo do meu ouvido. Ele continuou a me acariciar o cabelo e minhas pálpebras não demoraram a ficar incrivelmente pesadas. Mas, antes de cair no sono, eu queria que ele ouvisse mais uma coisa.

– Você faria uma coisa por mim? – perguntei, sonolenta.

– Acho que eu faria quase qualquer coisa por você.

– Pare de se chamar de monstro.

Sua mão parou por um momento. Ele se mexeu levemente, e senti seus lábios em minha testa.

– Vá dormir agora. Vou tomar conta de você.

Adormeci enquanto ele continuou a me fazer carinho na cabeça. Kalona não me apareceu em sonho.

25

Stark já tinha ido embora quando acordei. Sentindo-me bastante refeita, além de faminta, espreguicei-me e bocejei. De repente, vi a flecha pousada no travesseiro ao meu lado. Ele a havia quebrado ao meio, o que imediatamente chamou minha atenção. Tipo, sou de uma cidade chamada Broken Arrow.[16] Eu sabia que o simbolismo de uma flecha partida ao meio significava paz, fim de conflito. Havia um bilhete dobrado debaixo dos pedaços da flecha com meu nome nele. Abri e li: *Eu vi você dormir, e parecia completamente tranquila. Senti vontade de ter essa mesma tranquilidade. Bem que eu queria poder fechar os olhos e sentir a mesma paz. Mas não consigo. Não consigo sentir nada se não estiver com você e, mesmo assim, tudo que consigo fazer é querer algo que acho que não posso ter, pelo menos agora não. Então deixei isto e minha paz com você. Stark.*

– Que diabo isto significa? – perguntei a Nala.

Minha gata espirrou, soltou um miado mal-humorado olhando para mim, pulou da cama e foi até sua tigela de ração. Ela olhou para mim de novo, ronronando feito doida.

– Tá, eu sei. Também estou com fome – dei de comer a ela e pensei em Stark enquanto me vestia, preparando-me para um dia de aula que prometia ser dos mais esquisitos. – Hoje vamos sair daqui – disse

---

16 Flecha Quebrada.

com firmeza para meu reflexo depois de alisar levemente o cabelo com uma chapinha.

Desci a escada correndo e cheguei à cozinha bem na hora de pegar Count Chocula, meu cereal favorito, e me sentar com as gêmeas, que estavam com as cabeças juntas, sussurrando e parecendo irritadas.

– Ei, pessoal – eu disse ao me sentar ao lado delas e me servir de uma boa tigela daquela delícia de chocolate. – Quais são as novas?

Mantendo a voz baixa o bastante para chegar até meus ouvidos apenas, Erin disse: – Se você se sentar aqui por uns minutinhos, vai saber quais são as novas.

– É, olhe só as abduzidas – Shaunee sussurrou.

– Ah, tááááááááá – disse lentamente, adicionando leite ao meu cereal e olhando para o pessoal ao nosso redor com uma expressão que torci para que fosse de total indiferença.

No começo realmente não vi nada demais. As garotas estavam para lá e para cá, pegando suas barras de cereal e demais comidas favoritas de desjejum. Mas, então, dei-me conta de que não era o que eu estava vendo que era esquisito, mas sim o que *não* estava vendo. Não havia mais aquele clima de brincadeira no qual fulana debocha do cabelo da sicrana, que manda a fulana pastar com a mãe. Nenhuma delas estava falando de garotos. Não mesmo. Ninguém estava reclamando por não ter terminado o dever de casa. Na verdade, ninguém estava dizendo muita coisa. Elas estavam apenas comendo, respirando e sorrindo. Sorrindo muito.

Dei uma olhada para as gêmeas com uma expressão de "que porra é essa?". *Abduzidas*, Erin falou sem som enquanto Shaunee balançava a cabeça, confirmando.

– Quase tão irritante quanto aquele canalha do Stark – Erin sussurrou.

– Stark? O que tem ele? – tentei não soar massacrada de culpa.

– O cafajeste passou por aqui enquanto você ainda estava lá em cima. Parecia até dono de tudo e não fazia questão de esconder que estava por aí estuprando ou atacando alguma dessas abduzidas indefesas e infelizes – Shaunee contou, ainda falando baixo.

– É, você devia ter visto Becca. Ela ficou toda de quatro para ele, que nem uma cachorrinha – Erin acrescentou.

– E o que ele fez? – perguntei, já prendendo a respiração.

– Foi patético. Ele mal olhou para ela – Shaunee respondeu.

– Isso é que é ser usada, abusada e jogada fora como um traste velho – Erin estava indignada.

Eu estava tentando descobrir o que podia dizer para extrair mais informações sobre o que Stark fizera ou deixara de fazer sem que as gêmeas percebessem meu interesse, e pensei que talvez fosse bom tentar falar algo que limpasse ligeiramente a barra de Stark. Mas naquela hora Erin olhou para trás de mim e arregalou os olhos como se eles fossem pular da cara.

– Bem, falando no diabo... – Shaunee soou mais antipática que nunca.

– Literalmente – Erin acrescentou.

– Mesa errada – Shaunee disse. – Suas discípulas estão todas pra lá e pra lá – ela gesticulou com a mão, indicando as demais garotas no recinto, que pararam de comer e também estavam boquiabertas olhando na nossa direção. – Aqui não tem ninguém.

Virei-me na cadeira para olhar para Stark. Nossos olhos se encontraram. Tenho certeza de que os meus estavam arregalados e surpresos. Os dele, profundos e calorosos, e quase ouvi a pergunta que ele fez com o olhar.

Ignorando todo mundo que estava na sala, eu disse: – Oi, Stark – mas tive o cuidado de não falar nem de um jeito simpático nem frio demais. Apenas disse oi para ele como diria para qualquer um.

– Você está com uma cara melhor do que da última vez em que a vi – ele disse.

Senti minhas bochechas esquentando. Da última vez que ele me vira, estávamos na cama juntos. Eu ainda estava olhando nos seus olhos, tentando descobrir que diabo podia dizer na frente de todo mundo, quando Erin tomou a palavra. – Grande surpresa ela estar parecendo melhor agora do que quando você estava mordendo Becca ontem à noite.

– É, qualquer um ficaria com vontade de vomitar só de ver aquilo – Shaunee ecoou.

Stark tirou seus olhos dos meus, mas vi o tom ameaçador e o brilho avermelhado no olhar que ele dirigiu às gêmeas.

– Estou falando com Zoey, não com vocês. Então, calem a boca, porra.

Havia em sua voz algo de profundamente assustador. Ele não gritou. Sua expressão mal se transformou. Em vez disso, irradiou algo de terrível, como se fosse uma cobra enrolada, furiosa e de veneno mortal, pronta para dar o bote. Olhei para ele com mais atenção e vi uma ondulação no ar ao seu redor, como ondas de calor emanando de um teto de zinco quente no verão. Não sei se as gêmeas também viram a mesma coisa, mas com certeza alguma coisa sentiram. Ambas ficaram pálidas, mas mal olhei para elas. Foi em Stark que prestei atenção, pois sabia que estava vendo o monstro do qual ele falara. Percebendo a mudança quase instantânea que aconteceu, lembrei-me de Stevie Rae, antes de ela retomar sua condição humana.

Será que era por isso que me importava tanto com Stark? Por ter visto Stevie Rae lutar contra os mesmos impulsos sombrios e vencê-los? Por acreditar que ele seria capaz de vencê-los?

Bem, sem dúvida aprendi uma coisa ao lidar com Stevie Rae: um novato nessa posição pode ser uma criatura realmente perigosa.

Mantendo a voz completamente calma, voltei a falar: – O que você quer me dizer, Stark?

Vi desenrolar-se em seu rosto uma batalha entre o garoto que conhecia e o monstro que queria pular sobre a mesa e devorar as gêmeas.

Finalmente ele voltou a olhar para mim. Seus olhos ainda tinham um leve brilho vermelho quando disse: – Na verdade, não queria dizer nada. É só que achei isto aqui. É sua, não é? – ele levantou a mão na qual segurava minha bolsa com força. Olhei para ele e voltei a olhar para a bolsa. Lembrei-me do que ele havia dito, que tinha tanto medo de bolsas quanto eu tinha de aranhas. Quando olhei novamente em seus olhos, eu já estava sorrindo.

– Obrigada, é minha sim – peguei-a da sua mão, e quando nossas mãos se roçaram, disse: – Uma vez um cara me falou que, para ele, bolsas de mulheres eram como aranhas.

O vermelho de seus olhos se apagou como se ele tivesse apertado um interruptor. A terrível aura que o cercava agora sumira. Um de seus dedos se enganchou ao meu e assim ficou por um segundo. Então ele soltou a bolsa na minha mão.

– Aranhas? Tem certeza que você ouviu direito?

– Tenho certeza. Mais uma vez, obrigada por encontrá-la.

Dando de ombros, Stark deu meia-volta e saiu do recinto.

Assim que ele saiu, todas as novatas, tirando as gêmeas e eu, começaram a murmurar, na maior excitação, comentários sobre como ele era gostoso. Simplesmente comi meu cereal em silêncio.

– Olha, esse cara ultrapassa o limite da bizarrice – Shaunee disse.

– Stevie Rae era assim antes de passar pela Transformação? – Erin perguntou.

– Basicamente era sim – fiz que sim, baixei a voz e acrescentei: – Vocês repararam alguma coisa no ar ao redor dele? Tipo algo ondulando ou uma sombra mais escura que o normal?

– Não, eu estava ocupada demais pensando se ele ia me devorar para olhar ao seu redor – Erin respondeu.

– Falou tudo – Shaunee concordou. – Então você não fica apavorada porque ele é como Stevie Rae antes de se Transformar?

Levantei um dos ombros e usei a boca cheia de Count Chocula como desculpa para não dizer muita coisa.

– Ei, sério mesmo, sei o que diz o poema de Kramisha e tudo mais – Erin continuou. – Mas você precisa tomar cuidado quando estiver perto dele. Ele é totalmente do mal.

— Além disso, talvez o poema não seja sobre ele — Shaunee disse.

— Pessoal, a gente precisa mesmo falar disso agora? — perguntei depois de engolir.

— Não, ele tem zero de importância para nós — Shaunee se adiantou.

— Isso aí — Erin confirmou e, então, acrescentou: — Você não vai conferir a bolsa para ver se ele não roubou nada?

— É... sei lá — abri a bolsa e olhei dentro dela, procurando um pouquinho e fazendo um inventário em voz alta. — Celular... brilho para os lábios... óculos de sol da hora... prendedor de dinheiro com todo o meu dinheiro, sim, e com minha carteira de motorista... e... — calei abruptamente ao encontrar um bilhete junto a uma flecha quebrada ao meio. Nele estava escrito: *Obrigado por ontem à noite.*

— O que foi? Descobriu que ele roubou alguma coisa? — Erin perguntou, tentando espiar dentro da minha bolsa por cima da mesa, mas eu a fechei.

— Não, só lenços de papel usados, nojentos. Bem que eu queria que ele tivesse roubado *isso*.

— Bom, ainda acho que ele é um canalha — ela resmungou.

Assenti e fiz "hum-hum", concordando, enquanto terminava meu cereal e tentava não pensar na mão quente de Stark me acariciando o cabelo. Minhas aulas foram *no buenas* para mim, como diria Garmy, minha professora de Espanhol, se não tivesse se transformado em uma boa professorinha abduzida. E a pior parte disso era que, não fosse por aqueles asquerosos *Raven Mockers*, que, pelo jeito, estavam por toda parte, eu quase acreditaria que estava tudo normal. Mas a palavra *quase* pode fazer uma diferença e tanto. E o fato de o meu horário de aulas ter mudado ao longo do semestre não ajudou muito, de modo que eu estava tendo aulas com todo tipo de gente, menos com Damien e as gêmeas. Eu não tinha visto Aphrodite em parte alguma, o que me deixou preocupada com a possibilidade de ela e Darius terem sido comidos pelos *Raven Mockers*. É claro que, pelo que conhecia de Aphrodite, eles ainda deviam estar brincando de médico no quarto.

Foi com essa imagem péssima na mente que me sentei para a primeira aula, que agora era de Literatura 205. Ah, quando Shekinah reagrupou todas as minhas aulas para me adiantar em Sociologia Vampírica, ela não disse que isso me faria pular para o nível seguinte de Espanhol. Por isso meu estômago se agitou enquanto esperava a professora Penthasilea, mais conhecida como Prof. P, me passar como tarefa um texto de literatura e um ensaio correspondente tenebroso.

Eu não devia ter me preocupado. Prof. P estava lá. Ela estava linda como sempre, com aquele seu jeito de artista. Mas agia como se fosse uma vampira totalmente diferente. Prof. P, que era de longe a professora de literatura mais legal que podia imaginar encontrar na vida, começou a aula distribuindo folhas com exercícios de gramática. É, isso mesmo. Olhei para aquela meia dúzia de páginas xerocadas frente e verso que ela queria que completássemos. Entre os exercícios, estavam desde corrigir o uso de vírgulas e a pontuação de frases até revisar frases complexas (falando sério).

Tá, alguns garotos – bem, acho que a maioria dos garotos e garotas, se estudasse em escolas públicas – não teriam se chocado com aquele exercício em sala de aula. Mas esta era a Prof. P na Morada da Noite! Uma coisa posso dizer da Escola do Inferno (como os jovens humanos chamavam a Morada), lá as aulas *não* eram chatas. E, mesmo em meio a professores nada chatos, Penthasilea se destacava. Ela me cativara nos primeiros sessenta segundos do primeiro dia em que me sentei para assistir à sua aula, quando disse que íamos ler *A Tragédia do Titanic*, de Walter Lord, um livro sobre o naufrágio do Titanic. Isso já era bem legal, mas acrescente-se a isso o fato de que a Prof. P morava em Chicago quando o navio afundou, então ela se lembrou de toneladas de detalhes não só sobre as pessoas que estavam no navio, mas também sobre o tipo de vida que tinham no começo do século vinte, de modo que a aula foi excelente.

Levantei os olhos daquelas folhas de exercícios chatérrimas e olhei para ela sentada à sua mesa, parecendo um personagem de animação, olhando para a tela do computador com uma cara sem expressão alguma. Com certeza seu carisma em aula agora caíra ao nível dos professores medíocres da South Intermediate High School, tipo a senhora Fosster, dona (com louvor) do título de Pior Professora de Inglês de Todos os Tempos, chamada de Rainha das Folhas de Exercícios ou de Umpa Lumpa,[17] a depender se ela estava usando seu vestido havaiano azul da M&M[18] ou não.

Não restava dúvida de que a professora Penthasilea tinha virado uma abduzida.

Em seguida vinha a aula de Espanhol. Não só o Espanhol II era insanamente difícil para mim (caramba, o nível I já era difícil demais!), como a professora Garmy havia se transformado em "desprofessora". Se antes a aula era de imersão no idioma, o que significa que basicamente só se conversava em espanhol, e não em inglês, agora ela ficava andando pela sala de um jeito nervoso, ajudando o pessoal com a descrição da imagem que colocara no *Smart Board*, de um bando de gatos se enrolando em uma *corda*, quer dizer, *hilo*, ou sei lá. (Meu espanhol era terrivelmente limitado.) Suas tatuagens de *vamp* pareciam plumas, que antes me lembravam um passarinho espanhol, mas, agora, o que eu via era um pardal neurótico, esvoaçando de um jovem a outro, prestes a ter uma crise nervosa.

Professora abduzida número dois.

Mas assim mesmo eu teria optado por continuar na confusa aula de espanhol da professora Garmy o dia inteiro, se pudesse faltar à terceira aula do dia, Sociologia Vampírica Avançada, lecionada por, isso mesmo que você está pensando, Neferet.

---

17 Personagem do livro *A Fantástica Fábrica de Chocolates*, de Roald Dahl, adaptado para o cinema por duas vezes.
18 Loja de roupas esportivas com sede na Inglaterra que opera por correio.

Desde o primeiro dia na Morada da Noite, resisti a entrar na turma avançada de Sociologia Vampírica. Primeiro porque queria me adaptar, não queria ser conhecida como a terceira-formanda esquisita (ou caloura) que foi direto para a turma de sextos-formandos (ou veteranos) por ser tão "especial". Tipo, *argh*!.

Bem, não levei muito tempo para entender que não havia jeito de continuar incógnita. Desde então aprendi a lidar com o fato de ser especial e com as responsabilidades (e constrangimentos) que faziam parte desta condição. Mas, por mais que eu tentasse me convencer que a aula de Sociologia *Vamp* era como outra qualquer, ainda estava bem nervosa por ter de assisti-la.

Claro que saber que Neferet era a professora não ajudava em nada. Entrei, escolhi uma carteira nos fundos da sala e me entrincheirei em meu lugar, tentando incorporar uma daquelas garotas preguiçosas que passavam a vida dormindo, só acordando para ir de uma aula para a outra, largando atrás de si um rastro de bocejos e com espinhas rosadas nas testas.

Minha imitação de aluna preguiçosa teria convencido se Neferet também tivesse virado uma professora abduzida. Infelizmente, não foi o caso. Ela brilhava de tanto poder, o que os desavisados interpretariam como sendo felicidade. Porém eu sabia que ela estava feliz, sim, mas com o mal que causava aos outros. Neferet era uma aranha inchada, irradiando sua vitória sobre todos que havia mordido, deleitada ao contemplar mais matança.

Uma observação: Darius ficaria realmente satisfeito de ver que assimilei o vocabulário que ele usava perto de mim.

Além do fato de ela me parecer uma aranha, percebi que Neferet, novamente, não estava usando a insígnia de Nyx, a Deusa bordada em prata com as mãos para cima e abarcando uma lua crescente. Em vez disso, usava uma corrente dourada da qual pendiam asas abertas de pura pedra preta. Perguntei-me, não pela primeira vez, por que ninguém parecia perceber que ela estava totalmente pirada. Também imaginei por que ninguém reparou que ela irradiava uma energia sinistra que preenchia o espaço ao seu redor, como se fosse o ar pesado que precede uma trovoada.

— A lição de hoje concentra-se em um aspecto de nossas habilidades que apenas um vampiro, ou às vezes um novato adiantado, pode usar. Vocês não vão precisar do *Manual do Novato* no momento, a não ser que queiram fazer alguma anotação na parte de fisiologia. Por favor, abram na página 426, o capítulo sobre encobrimento — Neferet ganhou com facilidade a atenção da turma. Ela andou para um lado e para o outro na parte da frente da sua sala, toda régia e linda como sempre, com seu longo vestido preto adornado com fios dourados, parecendo metal líquido. Seu cabelo castanho-avermelhado estava puxado para trás, e seu rosto era adornado por lindos cachos que escapavam emoldurando-lhe o rosto. Sua voz era refinada e fácil de ouvir.

Ela simplesmente me deixava morrendo de medo.

— Então, quero que vocês leiam sozinhos este capítulo. A tarefa será escrever em um diário seus sonhos dos próximos cinco dias. É comum que desejos e habilidades secretas apareçam em nossos sonhos. Antes de vocês se recolherem para dormir, quero que se concentrem em sua leitura e pensem no que significa, para vocês, encobrimento. Quais desejos secretos vocês escondem do mundo? Para onde iriam se não quisessem ser encontrados por ninguém? O que fariam se ninguém os visse? — ela fez uma pausa, olhando para cada aluno ao falar. Alguns lhe deram sorrisos tímidos, outros desviaram o olhar com um jeito cheio de culpa. No final das contas, a aula estava sendo mais animada do que as outras.

— Brittney, querida, você poderia ler em voz alta a parte sobre encobrimento na página 432?

Brittney, uma morena baixinha, assentiu, virou as páginas e começou a ler:

ENCOBRIMENTO

A maioria dos novatos conhece a habilidade inerente que possuem de ocultar sua presença dos outros, isto é, dos humanos. Isso é praticado através da tradição de o novato sair do campus sorrateiramente para realizar rituais bem debaixo dos olhos da comunidade humana. Mas essa é uma breve amostra do que pode fazer um vampiro maduro. Até mesmo aqueles sem qualquer afinidade com elementos podem chamar a noite para encobrir seus movimentos, que passam então despercebidos pelos sentidos inadequados dos humanos.

Então Neferet interrompeu: – Parte do que vocês aprenderão neste capítulo é que qualquer vampiro pode se mover em meio aos humanos com grande discrição, um dom que é bem-vindo, pois os humanos tendem a criticar demais nossas atividades.

Olhei para o texto franzindo o cenho, pensando que não era possível que eu fosse a única novata a reparar no preconceito que Neferet tinha contra os humanos, quando sua voz me atingiu como um chicote.

– Zoey. Que bom que você está frequentando uma turma mais adequada aos seus dons.

Levantei os olhos lentamente para encarar seus olhos verdes gelados e tentei soar como uma novata qualquer. – Obrigada. Sempre gostei da aula de Sociologia *Vamp*.

Ela sorriu e de repente me fez lembrar daquela criatura de *Alien*, o filme megabizarro com Sigourney Weaver e aquele alienígena pavoroso comedor de gente. – Excelente. Por que você não lê em voz alta o último parágrafo desta página?

Contente por ter uma desculpa para baixar o rosto, olhei para o livro, encontrei o parágrafo e li:

Os novatos devem ter em mente que o encobrimento pode diminuir muito suas forças. É preciso enorme esforço de concentração para chamar e manter a noite ao redor de si por um período de tempo mais prolongado. Também é importante entender que o encobrimento tem suas limitações. Algumas delas são as seguintes:

1. Esta é uma prática exaustiva e pode causar esgotamento excessivo.
2. O encobrimento só funciona com coisas orgânicas, razão pela qual é mais fácil permanecer encoberto quando se está vestido de céu (ou despido).
3. Tentar encobrir coisas como carros, motocicletas ou mesmo bicicletas é um exercício inútil.
4. Como ocorre com nossas demais habilidades, o encobrimento tem um preço. Para alguns, esse preço será uma leve fadiga e enxaqueca. Para outros, pode ser bem pior.

Cheguei ao fim da página e olhei para ela.

– Já basta, Zoey. Então, diga, o que você aprendeu? – seus olhos se afundaram nos meus.

Bem, na verdade, acabara de aprender que meus amigos e eu não poderíamos escapar da Morada da Noite usando o Hummer, a não ser que tivéssemos permissão para deixar o campus. Mas não era a resposta que daria. Então, tentei parecer estudiosa e disse: – Que carros, casas e coisas assim não podem ser ocultados dos olhos humanos.

– Nem dos vampiros – ela acrescentou com uma voz firme que para os desavisados (os abduzidos) parecia interessado e professoral. – Não se esqueça de que os demais vampiros enxergarão através do encobrimento de materiais inorgânicos também.

– Não esquecerei – respondi solenemente. E não ia me esquecer mesmo.

26

Eu tinha aula de esgrima antes do almoço e não podia estar mais feliz. Tá, estou exagerando. Eu podia, sim, estar mais feliz se meus amigos e eu estivéssemos a zilhões de quilômetros da Morada da Noite, de Neferet e de Kalona. Mas, como isso não parecia muito possível, especialmente depois da aula de Sociologia *Vamp* e do sermão doido antiencobrimento de Neferet, fiquei muito feliz por Dragon concordar que eu parecia cansada demais para fazer algo além de sentar e assistir à aula.

Na verdade, eu não estava me sentindo nada mal e, quando fisguei o espelho da minha bolsa para passar brilho nos lábios, fiquei aliviada por não tê-lo perdido e também não achei que minha cara estivesse tão ruim assim. Então, o fato de Dragon me permitir ficar de fora da aula e de seu gato ter sido um dos que apareceram em meu quarto como uma pista peluda me fez ficar de olho em nosso professor de esgrima.

À primeira vista, Dragon parece uma das charadas de minha avó. Primeiro de tudo, ele é baixo. Segundo, é bonitinho. Bem bonitinho mesmo. O tipo de cara que você escolhe para ser um pai dono de casa que assa biscoitos e pode até costurar a bainha da saia da filha em uma emergência. Em um mundo no qual vampiros homens eram guerreiros e protetores, um cara baixinho e bonitinho normalmente não consegue muita atenção. Mas sua personalidade mudava completamente quando pegava sua espada, ou, como ele me corrigia, seu florete. Então se tornava um sujeito letal. Suas feições ficavam duras. Ele não aumentava de tamanho, o que seria uma bobagem (além de ser impossível), mas não precisava ficar mais alto. Era literalmente tão rápido que seu florete parecia deslizar e incandescer com um poder todo próprio.

Fiquei vendo Dragon treinar a turma com exercícios de esgrima. Os novatos não pareciam tão abduzidos nas aulas de esgrima. Mas isso acontecia provavelmente porque a aula tinha a ver com atividade física e não mental. Prestei mais atenção e reparei que, apesar de a aula estar estimulando os movimentos físicos, não havia nenhum clima de camaradagem nem de brincadeira inofensiva. Todo mundo estava fazendo o que tinha de fazer, o que era estranho pra diabo. Tipo, fala sério. Conseguir colocar um monte de adolescentes com coisas pontudas nas mãos para fazer apenas exercícios em uma academia era um feito quase impossível.

Franzi o cenho ao ver um grupo de caras que, em outros tempos, já teria levado pelo menos umas duas broncas de Dragon, além de chamadas para prestar atenção e não agir como idiotas (na Morada da Noite os professores podem chamar os alunos de idiotas quando agem como idiotas, porque o aluno idiota não pode correr para chorar na barra da saia da mamãe; por isso existe muito menos comportamento idiota na Morada da Noite do que na maioria das escolas públicas), quando Dragon entrou em meu campo de visão. Pisquei os olhos e me concentrei nele novamente. Lenta e perceptivelmente, ele piscou para mim antes de se voltar novamente para a turma. Foi mais ou menos quando seu enorme felino *Maine Coon* veio se sentar ao meu lado e lamber uma de suas patas monstruosas.

– Oi, Shadowfax – cocei a cabeça dele e voltei a sentir uma esperança que não sentia desde que o *Raven Mocker* quase me matara.

Apesar de a escola ter se transformado em um pesadelo e o perigo estar à nossa volta, a hora do almoço parecia um oásis de liberdade.

Servi-me do meu prato favorito, espaguete e refrigerante de cola, e fui me sentar junto de Damien e das gêmeas.

– E aí, o que vocês descobriram? – sussurrei entre grandes bocados de macarrão com molho marinara e queijo.

– Você parece bem melhor – Damien observou, a voz pouco mais alta que um sussurro.

– Eu tô me sentindo melhor – respondi, olhando para ele como quem pergunta que merda é essa.

– Acho que vamos mesmo ter que revisar o novo vocabulário para a prova de Literatura da semana que vem – Damien agora falava alto, abrindo seu bloquinho, sempre à mão, e pegando seu lápis número dois.

As gêmeas suspiraram de desprazer. Olhei para ele franzindo a testa. Será que tinha sido abduzido também?

– Ora, não é porque as coisas estão mudando por aqui que podemos perder o ano letivo – ele se justificou.

– Damien, você é um "pé no saco" – Shaunee disse.

– Pior. Você é uma *droga* de um "pé no saco" com essa sua merda de vocabulário, e eu...

Damien virou o bloquinho para que pudéssemos ler o que havia escrito debaixo do glossário.

R.M. em todas as janelas. Eles têm audição <u>excelente</u>.

As gêmeas e eu trocamos um rápido olhar. Então, suspirei e disse: – Tudo bem, Damien. Que seja. Vamos estudar a porcaria do vocabulário com você. Mas concordo com as gêmeas. Você é um saco.

– Tudo bem. Vamos começar com "loquaz" – ele apontou a palavra com seu lápis.

Shaunee deu de ombros.

– Isso não saiu de *Jornada nas Estrelas*?

– Acho que você está certa – Erin a apoiou.

Damien lançou-lhes um olhar de aversão que sei que não teve de fingir.

– Não, bobocas, é este o significado – ele escreveu: *Dragon está do nosso lado*. – Então, Erin, por que você não tenta a próxima palavra, "voluptuoso"?

– Aaah, eu sei o que essa quer dizer – Shaunee respondeu, pegando o lápis de Damien antes que ele pudesse passá-lo para Erin. Ao lado da palavra "voluptuoso", ela rapidamente trocou a última letra "o" por "a" e escreveu: *eu!* Então, mais abaixo, rabiscou: *Anastasia tb*.

– Isso quer dizer "também"? Você sabe que acho canhestro escrever à mão com abreviações – Damien a repreendeu.

– Não tô nem aí – Shaunee desdenhou.

– Mesmo que soubéssemos o que quer dizer "canhestro" – Erin também.

– Eu pego a próxima palavra – intervim. Mas, ignorando a próxima palavra do vocabulário, escrevi: *Temos que dar o fora daqui esta noite, mas não podemos sair de carro. Não dá para encobri-lo*. Fiz uma pausa, mordendo o lábio, e acrescentei: *Temos que tomar cuidado. Ninguém sabe que vamos tentar fugir.* – No final das contas, acho que eu não sei mesmo o significado da próxima palavra. Você pode me ajudar, Damien?

– Tudo bem – Damien escreveu: *Nós precisamos sair daqui rápido. Antes que eles possam nos deter.*

– Tá, peraí. Vou tentar a próxima palavra. Só me deixe pensar um instantinho – passamos a comer em silêncio enquanto eu pensava. Mas eu não estava pensando na palavra em questão, "ubíquo" (sério mesmo, eu podia ficar pensando pra sempre e não entenderia o que queria dizer).

Precisávamos cair fora do campus, encobertos por mim, assim que possível. Mas Neferet estava esperando que tentássemos fugir e deixou isso claro. Ela andara ouvindo essa intenção em nossas conversas no refeitório, não apenas através dos *Raven Mockers*, mas dentro das mentes de Damien e das gêmeas, nos segundos em que estava fisicamente perto deles o bastante para usar sua mediunidade e vasculhar seus pensamentos. Novamente, pensei, aliviada, como era bom que ninguém além de Stevie Rae e eu soubesse que na verdade correríamos para o Convento das Irmãs Beneditinas e não para os túneis. Graças à minha habilidade de passar bilhetes e...

– É isso!

As gêmeas e Damien ficaram olhando para mim. Sorri para eles.

– Lembrei-me do que quer dizer "ubíquo"! – menti. – E tenho uma ideia para estudar. Vou escrever definições de algumas das palavras em pedaços de papel. Vou dar um pedaço para cada um e vocês estudam e aprendem. Quem aprender a palavra me devolve o papel e eu entrego outro. Mais ou menos tipo *flashcards*.[19]

– Caramba! Você pirou de vez? – Shaunee perguntou.

– Não – Damien respondeu agressivamente. – A ideia é boa. Vai ser divertido.

Comecei a fazer tiras de papel com as páginas do bloquinho e a escrever nelas furiosamente: *Vão para a estrebaria*. Depois de dobrar um por um cuidadosamente, disse: – Apenas pensem nas definições que acabamos de revisar. Não leiam o papel que dei antes de tocar o sinal do fim da sexta aula. E estou falando sério – e entreguei a "respectiva definição" a cada um.

– Tá, tá, saquei – Erin disse, enfiando o bilhete no bolso da calça jeans de marca.

– Tá, que seja. Vocês dois estão virando professores. E isso não é elogio – Shaunee retrucou, pegando seu pedaço de papel.

– Não se esqueçam, nada de espiar antes de tocar o sinal – alertei-os novamente.

– Não vamos espiar – Damien confirmou. – E quando espiarmos, não seria bom cada um invocar seu elemento para ajudar na concentração?

– Sim! – concordei sorrindo, agradecida a Damien.

---

19 Método de estudo bastante popular nos Estados Unidos.

— Falando nisso — Shaunee pegou a folha de papel na qual estávamos escrevendo. — Vou levar isto ao toalete e *estudar* com meu elemento — ela olhou para mim longa e duramente, e eu assenti, entendendo que ia invocar o fogo e destruir a prova de nosso "subterfúgio", uma palavra importante cujo significado eu conhecia.

— Vou com você, gêmea. Você pode precisar da minha, ahn, ajuda — Erin correu atrás dela.

— Pelo menos não temos que nos preocupar com a possibilidade de Shaunee causar um incêndio no banheiro e no resto da escola — Damien sussurrou.

— Puta merda, estou morrendo de fome! — Aphrodite entrou alegremente e, de repente, se jogou ao meu lado. Seu prato estava cheio de espaguete. Ela estava linda, como sempre, mas um tanto esgotada. O cabelo, que normalmente usava todo solto, jogado ao redor dos ombros, estava puxado para trás no que antes teria sido um rabo-de-cavalo chique e farto, mas agora parecia meio bagunçado.

— Você está bem? — sussurrei, dando uma olhada em direção à janela na tentativa de dizer a Aphrodite, sem chamar atenção, que eles estavam nos ouvindo.

Aphrodite seguiu meu campo de visão, assentiu levemente e sussurrou: — Estou bem. Darius é *rápido*!

O que entendi foi que o guerreiro provavelmente a levou em uma de suas corridas super-rápidas. Lamentei o fato de ele não poder nos levar para fora de lá, um por vez, mas pensei em uma versão corrigida da ideia; talvez ele pudesse levar um ou dois novatos em uma emergência.

— Eles estão espalhados lá fora — Aphrodite disse tão baixinho que quase não ouvi.

— Cercando todo o terreno? — Damien sussurrou.

Aphrodite assentiu, enfiando a cara no espaguete.

— Eles estão espreitando ao redor do campus também — ela disse entre um bocado e outro, tomando cuidado para falar baixo —, mas estão obviamente mais concentrados em impedir que entre alguém sem permissão.

– Bem, nós vamos com certeza sair sem a permissão deles – falei e olhei para Damien. – Você tem que sair para eu poder falar com Aphrodite. Entendeu?

Ele começou a parecer magoado por um segundo, e então vi compreensão nos seus olhos, entendendo que eu podia falar livremente com Aphrodite sem me preocupar que Neferet lesse sua mente e ficasse sabendo do que nós tínhamos falado.

– Entendi. Acho que então falo com vocês depois... – sua voz agora assumia um tom de pergunta.

– Depois veja o papel com a palavra do vocabulário que eu dei, tá?

– Tá – Damien respondeu sorrindo.

– Papel com palavra de vocabulário? – Aphrodite perguntou depois que ele saiu.

– É só uma maneira de dizer para eles me encontrarem na estrebaria logo depois da última aula sem que saibam antes. Talvez, se os pegarmos de surpresa, a gente possa ganhar um tempinho até Neferet saber o que estamos armando.

– E então já estaremos fora daqui?

– Espero que sim – sussurrei. Cheguei mais perto de Aphrodite, sem ligar se os *Raven Mockers* desconfiariam de nós duas sussurrando, uma com a cabeça encostada na da outra. Pelo menos eles não podiam ler nossos pensamentos. – Vá para a estrebaria com Darius assim que acabar a última aula. Dragon e Anastasia estão com a gente. Tomara que isso confirme que os gatos estavam nos dando um sinal e que Lenobia também esteja do nosso lado.

– O que significa que ela pode nos ajudar a cair fora daqui através daquela parede fraca da estrebaria?

– É. Tá, mas não conte esta parte para mais ninguém, nem mesmo para Darius. Você jura?

– Tá, juro, tudo bem. Quero cair mortinha se...

— Para mim basta você dizer que não vai contar para ninguém — interrompi-a, sem querer ouvir mais nada sobre morte saindo de sua boca.

— Não vou contar. E então, o que é?

— Nós não vamos voltar para os túneis quando sairmos daqui. Vamos para o Convento das Irmãs Beneditinas.

Ela me olhou de modo mais incisivo e inteligente do que a maioria das pessoas esperaria dela.

— Você acha mesmo que isso é uma boa ideia?

— Eu confio na irmã Mary Angela e sinto que tem algo errado com os túneis.

— Ah, merda. Odeio quando você diz isso.

— Droga, também não gosto! Mas senti demais lá embaixo aquela escuridão bizarra.

— Neferet — Aphrodite sussurrou.

— Acho que sim — falei lentamente, pensando alto. — Estou pensando que a influência das freiras pode repeli-la. Além disso, irmã Mary Angela me disse que havia um lugar de poder no convento, algo que tornava meu controle sobre os elementos não tão surpreendente para ela. Acho que chamava o local de Gruta de Maria — enquanto falava, senti uma certeza dentro de mim que confirmava que Nyx estava satisfeita com as escolhas que eu estava fazendo. — Talvez possamos usar o poder do local, assim como usamos antes o poder da parte leste do muro. No mínimo vai nos ajudar com o encobrimento.

— Gruta de Maria? Parece algo que devia estar no oceano, e não em Tulsa. Olha, não se esqueça de que o lugar de poder no muro leste foi mal utilizado na mesma proporção em que foi empregado para o bem — ela disse. — E quanto a Stevie Rae e suas aberrações? E nem vou falar dos seus namorados.

— Eles estarão lá. Pelo menos espero que sim. Os *Raven Mockers* andam vigiando a estação. A não ser que Stevie Rae dê um jeito de passar por eles, tenho medo de que ponham as garras nela.

– Bem, depois de passar esses dois dias perto dela, posso lhe dizer que ela é extremamente engenhosa, nem sempre no sentido mais gentil da palavra – Aphrodite fez uma pausa e se mexeu de um jeito desconfortável.

– O que foi? – quis saber.

– Olha, se eu te contar, quero que prometa acreditar em mim.

– Tudo bem. Prometo. Agora diga, o que é?

– Bem, falar de sua melhor amiga e sobre como ela é engenhosa acabou me lembrando de uma coisa. Algo que descobri depois que nós duas fomos, bem, você sabe.

– Carimbadas? – perguntei, tentando (sem sucesso) não rir.

– Não tem graça, espertinha – Aphrodite me repreendeu. – Que irritante. De qualquer forma, você se lembra de quando estava falando com Stevie Rae sobre a extensão dos túneis e sei lá o quê?

– É, eu me lembro – respondi depois de pensar e então senti um nó no estômago ao relembrar a cena, como Stevie Rae parecera toda desconfortável quando lhe perguntei sobre os novatos vermelhos, e me preparei para ouvir o que Aphrodite tinha a dizer.

– Ela mentiu para você.

Senti que Aphrodite ia dizer aquilo mesmo, mas nem por isso ficou mais fácil de ouvir.

– Ela mentiu sobre o que, exatamente?

– Então você acredita em mim?

– Infelizmente, sim. Você é Carimbada com ela. Isso significa que é mais próxima dela do que qualquer um. Minha Carimbagem com Heath me ensinou isso – respondi num suspiro.

– Tá, olha só. Não quero colar velcro com Stevie Rae.

– Não quis dizer isso, sua idiota – revirei os olhos pra ela. – Há diferentes tipos de Carimbagem. Minha ligação com Heath é bastante física, mas faz anos que sinto atração por ele. Ahn, estou certa se disser que você nunca sentiu atração por Stevie Rae?

– Caraca, pode ter certeza que está certa quanto a isso – Aphrodite respondeu secamente.

— Vocês duas têm talentos mediúnicos. É mais do que lógico que sua ligação seja mental, não física – esclareci.

— É, tá bem. Que bom que você sacou isso. E é por isso que sei que ela estava mentindo para você quando disse que os novatos vermelhos que nos apresentou são os únicos por lá. Existem mais novatos vermelhos. Ela sabe disso, e mantém contato com eles.

— Você tem certeza absoluta disso?

— Total e absoluta.

— Bem, não posso me preocupar com isso no momento, mas sem dúvida explica a escuridão bizarra que senti lá embaixo. É a mesma aura que costumava cercar Stevie Rae. Mas isso vai ter de esperar até a gente sair daqui – agora sentia-me infeliz e aborrecida por minha melhor amiga achar necessário mentir para mim.

— Detesto ter de lhe abrir os olhos, mas Stevie Rae tem mais segredos do que Paris Hilton tem bolsas. O lado bom é que aposto que sua amiga caipira e mentirosa, as aberrações e os seus namorados consigam passar pelos homens-pássaros.

— Espero que sim – suspirei e fiquei mexendo em meu guardanapo.

— Ei – ela disse baixinho. – Tente não surtar por causa dessa história de Stevie Rae. Ela está lhe escondendo coisas, mas também posso garantir que ela gosta de você, e bastante. E também sei que está escolhendo ser do bem, por mais difícil que seja para ela às vezes.

— Eu sei disso. E acredito que Stevie Rae deve ter alguma razão para não me contar as coisas. Tipo, até parece que nunca escondi coisas dos meus amigos – *é*, acrescentei em silêncio para mim mesma, *e você também fez uma caca das grandes por causa disso.*

— Tá, então não é só Stevie Rae que está fazendo você parecer necessitada de alguma ajuda farmacêutica para dar uma animada – ela levantou as sobrancelhas e continuou a me observar. – Ah, tô ligada. Você está com problemas com o namorado. Ou devo dizer com os namorados?

— Infelizmente, o plural parece ser a forma mais correta da palavra – murmurei.

– Erik e eu tínhamos uma história, mas você sabe que está mais do que acabada. Você pode conversar comigo se precisar.

Olhei para ela e novamente pensei em como era irônico o fato de ela estar certa. Eu realmente podia conversar com ela.

– Não sei se quero ficar com Erik – disse sem pensar.

Os olhos de Aphrodite cresceram, mas sua voz continuou impassível.

– Ele tá te pressionando em relação a sexo?

– Sim, não. Mais ou menos. Mas não é só isso – dei de ombros, e cheguei mais perto, abaixando a voz. – Aphrodite, ele era possessivo e megaciumento com você?

Ela retorceu o lábio com uma expressão de desprezo.

– Ele tentou. Mas não aturei aquela palhaçada de ciúme – ela fez uma pausa e acrescentou, com um tom mais sério: – E você também não devia aturar, Z.

– Eu sei, e não vou – suspirei. – Tenho que resolver muita coisa depois que acabar essa confusão toda.

– Fala sério. Você tem é outra confusão depois que acabar de resolver a atual – ela comeu mais uma garfada de espaguete.

– Bem, vamos tentar resolver esta confusão específica para que eu possa voltar ao meu ridículo drama pessoal. Diga a Darius para estar pronto para umas paradas bem pesadas esta noite. Como ele mesmo disse, Kalona não vai ficar nada feliz quando sairmos daqui.

– Não. Ele disse que Kalona não vai ficar nada feliz quando *você* sair daqui. Ele realmente tem um fraco por você.

– Eu sei, e gostaria que isso parasse.

– Ei, você já pensou mais sobre aquele primeiro poema que Kramisha lhe deu antes de sairmos dos túneis? Parecia uma fórmula para se livrar de Kalona.

– Bem, se for uma fórmula, ainda não decifrei – não queria admitir para Aphrodite que ainda nem havia pensado no poema de Kramisha, ou pelo menos não *naquele*. Fiquei completamente distraída pelo segundo poema e pela possibilidade de Stark recobrar a própria humanidade. De repente, perceber isso fez meu estômago dar um nó. E se Stark estivesse me distraindo de propósito? E se estivesse fingindo quando ficávamos sozinhos para eu me envolver e não ter tempo para entender o outro poema ou qualquer outra coisa, inclusive encontrar um meio de sair da Morada da Noite?

– Olha, está na cara que você está sobrecarregada de problemas. E acho que podemos resumir seus problemas em uma só palavra – Aphrodite disse.

Olhei nos seus olhos e dissemos a palavra ao mesmo tempo.

– Garotos.

Ela deu uma risada sarcástica, e eu, uma risadinha histérica.

– Tomara que um dia tudo isso acabe e seu maior problema seja um drama com algum garoto – ela hesitou e acrescentou em seguida: – Tomara que você também não esteja pensando em Stark.

Dei de ombros e comi um bom bocado de espaguete.

– Olha, andei perguntando por aí e o garoto está errado. Ponto final. Esqueça ele.

Engoli em seco, comi um pouco mais e engoli de novo. Aphrodite ainda estava me observando.

– O poema não deve ser sobre ele – ela continuou.

– Eu sei – respondi.

– Sabe? Bem, olha aqui, você precisa se concentrar em nos tirar daqui e se livrar de Kalona, ou pelo menos botá-lo para correr daqui. Tem que dar um jeito agora. Deixe para se preocupar com Stark, Erik, Heath e até com Stevie Rae depois.

– Sim, eu *sei*. Vou deixar pra pensar neles depois.

– Isso, ok. Eu ainda me lembro de como você ficou na noite em que Stark morreu, abalada de verdade. Mas você precisa se lembrar que o Stark que está por aí agindo como se fosse o bambambã do pedaço e usando as garotas para depois jogá-las fora, *depois* de foder com suas cabeças, mais ainda do que com seus corpos, não é o cara que morreu em seus braços.

– E se ele for esse cara, e apenas precisar passar pela Transformação como aconteceu com Stevie Rae?

– Bem, eu te juro que não vou abrir mão de mais um pedaço da minha humanidade para salvar a pele dele. Merda, Zoey, Erik é melhor do que Stark! Você está me ouvindo?

– Estou – respirei fundo. – Tá, vou me esquecer dos garotos agora e me concentrar em sair daqui com vocês e em pôr Kalona pra correr também.

– Ótimo. Você pode lidar com esses problemas de garotos depois.

– Tá.

– E pode lidar com sua melhor amiga depois.

– Tá.

– Tá – Aphrodite finalizou a conversa.

Voltamos a comer. Eu estava falando sério. Ia resolver todos os meus problemas pessoais depois. Mesmo. Ou pelo menos foi o que disse a mim mesma...

27

Eu estava achando que a aula de Teatro não seria nada demais. Um dos professores abduzidos provavelmente substituiria Erik, que assumira o posto temporariamente no lugar da professora Nolan depois que ela fora assassinada. Sentei-me atrás de Becca, sentindo uma espécie de *déjà-vu* esquisito e já meio que me preparando para ver Erik com cara de "p" da vida, chamando-me à frente da sala para tentar me seduzir ou me humilhar.

– Ah, meu Deus! Ele não ficou comigo! Apesar de eu querer tanto, tanto! – os pontos de exclamação irritantes de Becca desviaram minha atenção do meu mal-estar em relação a Erik. Ela estava entrecortando as sílabas com ofegos ao falar com a garota da fileira ao lado, que reconheci como sendo uma quinta-formanda chamada Cassie. Eu a conhecia mais ou menos porque ela ficara em vigésimo quinto lugar no Concurso de Monólogos de Shakespeare que Erik vencera, e os alunos que faziam Teatro frequentemente saíam juntos. Mas hoje ela não estava agindo como uma heroína de Shakespeare. Estava fazendo a mimosinha "pé no saco".

– Bem, ele também não ficou comigo. Mas, uma coisa vou dizer, desde que ele me mordeu estou morrendo de vontade de sair por aí dando umas mordidinhas e bebendo um pouquinho de sangue também – Cassie disse e então se desfez em risadinhas. De novo.

– De quem vocês estão falando? – perguntei, apesar de saber muito bem.

— De Stark, é claro. Ele é nada menos que o cara mais gostoso da Morada da Noite. Isto é, tirando Kalona — Becca respondeu.

— GPC. Os dois — Cassie exclamou.

— GPC? — perguntei.

— Gostosos Pra Cacete — Becca esclareceu.

Depois me dei conta de que devia ter ficado de boca calada. Tipo, eu estava tentando conversar com gente abduzida que passou por uma lavagem cerebral, mas eu não podia ficar de fora da situação. E sim, eu sabia que parte da minha irritação veio de um ciúme totalmente inapropriado.

— Ahn, desculpe Becca — falei, pegando pesado no sarcasmo. — Mas Darius e eu não a salvamos recentemente quando você quase foi estuprada e mordida pelo *oooh! cara mais gostoso da Morada da Noite?* Naquela hora você estava chorando e gritando.

Chocada com minha explosão, Becca abriu, fechou e abriu a boca novamente, parecendo um peixe.

— Você está é com ciúme — Cassie não soou nem pareceu chocada, mas, sim, uma piriguete abominável. — Erik foi embora. Loren Blake morreu. Agora você não está mais pegando os dois caras mais gostosos da escola na coleira.

Senti meu rosto corar. Será que Neferet havia contado a alguém sobre mim e Loren? Eu não sabia o que dizer, mas Becca não me deu mesmo chance de dizer nada.

— É, você pode ser toda-poderosa e maravilhosa com os elementos, mas isso não significa que pode ter todo cara que quiser — Becca estava me olhando do mesmo jeito abominável que olhara para Damien e para as gêmeas quando tentaram falar sério com ela na noite passada. — De vez em quando nós também podemos ter uma chance.

Controlei minha vontade de berrar com ela e procurei agir com a cabeça.

— Becca, você não está pensando com clareza. Ontem à noite, quando Darius e eu interrompemos você e Stark, ele estava te forçando a deixá-lo sugar seu sangue e também estava a ponto de te estuprar – odiei dizer isso. Odiei especialmente porque era verdade.

– Não me lembro de ter sido assim – Becca respondeu. – Lembro-me de gostar de ser sugada, e teria gostado do que acontece depois que Stark suga o sangue de uma garota. Você se meteu onde não foi chamada.

– A sua lembrança é assim porque Stark mexeu com a sua mente.

Becca e Cassie riram, fazendo várias cabeças se virarem em nossa direção.

– Daqui a pouco você vai dizer que Kalona também está mexendo com as nossas mentes e que é por isso que o achamos tão gostoso – Cassie retrucou.

– Quer dizer que vocês não repararam que as coisas estão diferentes por aqui desde que Kalona surgiu de debaixo da terra?

– Sim. E daí? Ele é consorte de Nyx Encarnada. Sua presença tem que deixar tudo diferente mesmo – Cassie falava com segurança.

– E é claro que ele surgiu de debaixo da terra. A terra é um dos elementos de Nyx. Até parece que você não sabe disso, não é? – Becca completou, revirando os olhos para Cassie.

Cheguei a abrir a boca para tentar lhes explicar que ele não nascera da terra, e sim que havia *escapado* da terra, quando, de repente, a porta da sala se abriu e Kalona entrou.

Ouviram-se todas as mulheres suspirando, uma atrás da outra, menos eu. Mas, pra ser totalmente sincera, senti vontade de suspirar, e tive que trincar o maxilar para me conter. Ele era simplesmente lindo demais. Hoje estava usando calça preta e uma camisa de mangas curtas, abotoada até a metade do peito, de modo que sempre que se mexia dava para ver sua impecável pele de bronze e sua barriga de tanquinho. Alguém tinha cortado as costas da camisa, fazendo buracos por onde saíam suas magnificentes asas negras cuidadosamente acomodadas em suas costas largas. Seus longos cabelos negros estavam soltos nos ombros, fazendo-o parecer, apesar das roupas modernas, um deus antigo.

Quis perguntar a Becca ou Cassie quantos anos elas achavam que Kalona tinha, pois para mim ele novamente pareceu não passar dos dezoito ou dezenove, na flor da juventude, e não um sujeito antigo, misterioso e fora de alcance.

Não! Escute a si mesma! Daqui a pouco você vai soar tão vazia quanto Becca, Cassie e todas as outras. Pense! Ele é seu inimigo. Não se esqueça disso. Fazendo um esforço para enxergar além de sua beleza física e da aura hipnótica que irradiava, assimilei o que ele disse enquanto gritava comigo mesma.

– Isto posto, pensei em ajudar a conduzir esta aula, já que, pelo jeito, vocês são tão duros com seus instrutores.

A risada de aprovação da classe foi calorosa e receptiva.

Levantei a mão. Seus olhos cor de âmbar se abriram de surpresa, e então ele sorriu e disse: – Que prazer ver que a primeira pergunta vem da mais especial de todas as novatas. Sim, Zoey, o que devo lhe responder?

– Fiquei pensando... Será que o fato de você assumir a aula de Teatro quer dizer que não espera que Erik Night volte tão cedo? – tudo bem, eu não queria lhe fazer essa pergunta, mas minha intuição me fez levantar a mão e guiou minhas palavras. Eu sabia que era perigoso provocá-lo com o fato de Erik ter fugido, mas estava fazendo a coisa de um jeito que esperava que não lhe desse motivo para ficar com raiva. Simplesmente não sabia o que tinha na cabeça para atiçar um imortal de humor já bastante volátil.

Kalona não pareceu nem um pouco importunado com minha pergunta.

– Creio que Erik Night vá voltar à Morada da Noite antes do que alguns podem imaginar. Mas, lamentavelmente, ouvi dizer que ele talvez não esteja em forma para retomar suas atividades, nem como professor nem como nada mais durante um bom tempo – seu sorriso ficou mais caloroso e mais pessoal, e senti Becca, Cassie e o resto das garotas na sala me fuzilarem com olhares de inveja. Percebi, sentindo um medo e uma incredulidade terríveis, que as garotas na verdade não tinham ouvido nada do que Kalona dissera. Elas não entendiam que ele havia acabado de ameaçar Erik, dizendo que ele voltaria, mas provavelmente morto, dentro de um saco ou coisa assim. A única coisa que ouviram foi o som de sua linda voz. A única coisa que sabiam é que ele havia me escolhido como foco de sua atenção.

– Agora, doce Zoey, ou A-ya, como gosto de chamá-la, eu gostaria que você nos desse a honra de escolher o texto que estudaremos primeiro. Cuidado! A classe inteira deverá estar pronta para sua escolha. E saiba que farei o papel principal em qualquer texto que venha a escolher – ele caminhou para perto de mim. Eu estava na segunda carteira da fila, logo atrás de Becca, e juro que a vi tremer por estar perto dele. – Talvez eu lhe dê um papel em nossa pequena peça teatral.

Encarei-o com o coração batendo com tamanha violência dentro do meu peito que tive certeza de que deu para ele ouvir. Para mim era difícil ficar tão perto dele. Aquele momento me fez lembrar um de meus sonhos, no qual ele chegava perto de mim e me tomava em seus braços. Senti os fios de frio que emanavam, serpentiformes, de seu corpo... me envolvendo... me fazendo desejar o cobertor daquelas asas de ébano...

Ele vai fazer mal a Erik! Repreendi-me por esses pensamentos e senti aquele friozinho gostoso se afastar de mim. Não importava o que estivesse acontecendo entre mim e Erik, eu não aceitaria que nada acontecesse com ele.

– Sei de uma peça perfeita para fazermos – fiquei orgulhosa ao ver que minha voz saíra forte e calma.

Seu sorriso foi de puro prazer sensual.

– Estou intrigado! Qual é a sua escolha?

– *Medeia* – respondi sem hesitação. – Tragédia grega passada na época em que os deuses ainda caminhavam pela terra. É sobre o que acontece quando um homem é orgulhoso e arrogante demais.

– Ah, sim, orgulhoso e arrogante demais. Quando um homem exibe uma arrogância divinal – sua voz continuava profunda e sedutora, mas vi a raiva que havia começado a arder em seus olhos. – Creio que você vai acabar descobrindo que o orgulho e a arrogância que você menciona só são problemáticos em se tratando de mortais, não dos deuses.

– Então você não quer fazer a peça? – perguntei com inocência exagerada.

– Pelo contrário! Acho que vai ser divertido. Talvez eu a deixe fazer o papel da própria Medeia – ele parou de me olhar nos olhos e se voltou novamente para a turma. – Estudem essa peça esta noite. Vamos começar a encená-la amanhã. Descansem bem, minhas crianças. Estou ansioso para revê-los amanhã – Kalona se virou e, tão abruptamente quanto entrara, saiu da sala.

Houve um silêncio total pelo que pareceu um longo tempo. Finalmente, para todos e ninguém em especial, eu disse: – Bem, acho que vou tentar arrumar umas cópias de *Medeia* – levantei-me e voltei para o fundo da sala. Mas nem mesmo o som de armários abrindo e fechando e das páginas de montes de peças e roteiros sendo viradas foi capaz de encobrir a chuva de sussurros que me cercou.

– *Por que ele repara nela?*

– *Não é justo!*

– *Se esse é o mistério de Nyx, então estou de saco cheio disso.*

– *É, que palhaçada. Se você não é Zoey Redbird, então para Nyx você não é merda nenhuma.*

– *Nyx dá a ela todos que ela quer. A Deusa não deixa nada para o resto de nós.*

Elas murmuravam sem parar, soando mais e mais irritadas. Até os caras estavam participando. Aparentemente me tornei um bode expiatório perfeito para o que devia ser uma quantidade enorme de raiva e ciúme que eles já deviam ter de Kalona, mas não podiam expressar porque ele estava mexendo com suas mentes.

O que estava mais do que óbvio era que Kalona estava destruindo metodicamente o amor dos novatos por Nyx e estava me usando para ajudá-lo. Eles não podiam mais ver o amor, a honra e a força de sua Deusa, pois a presença física de Kalona estava lhes bloqueando a visão, do mesmo jeito que o sol bloqueia o brilho do luar durante um eclipse.

Encontrei a caixa com as cópias do texto de *Medeia*, fui até Becca e as soltei sobre sua carteira. Enquanto ela me olhava com ódio, eu disse: – Tome. Distribua – então, sem dizer mais nada, saí da sala.

Já lá fora, saí da calçada, fui para debaixo da sombra da escola e me recostei no muro escorregadio de tanto gelo, feito de uma mistura de pedra e tijolo da qual eram feitos todos os edifícios da Morada da Noite, bem como o muro que cercava o campus. Eu estava tremendo. Com uma só aparição, Kalona voltou a turma inteira contra mim. Não importava o fato de estar na cara que eu não estava babando por ele como todas as outras, nem mesmo por eu tê-lo aborrecido, nada importava. Tudo que aquelas garotas registravam era a sua beleza hipnótica e o fato de ele ter dado atenção especial a mim, acima e além de todas elas.

E elas me odiavam por isso.

Mas era bem pior do que me odiarem. A parte mais assustadora e inacreditável era terem começado a odiar Nyx.

– Eu tenho que tirá-lo daqui – falei em voz alta, transformando as palavras em um juramento. – De um jeito ou de outro, Kalona vai embora desta Morada da Noite.

Caminhei lentamente até a estrebaria, não só por ter saído da última aula mais cedo e ter tempo de sobra antes da sexta aula, de Equitação. Caminhei devagar porque ia escorregar e cair de bunda no chão se não tomasse muito cuidado. Com a minha sorte, ia acabar quebrando alguma coisa e tendo que lidar com um ou dois gessos, além de tudo o mais.

Alguém havia colocado uma mistura de areia e sal na calçada, mas não adiantou muito, já que o temporal não cessava. A chuva gelada vinha em ondas consecutivas, deixando o mundo parecido com uma torta gigante com cobertura de cristais de gelo. Ainda era bonito, mas de um jeito sinistro, como em um sonho estranho. Em uma batalha entre escorregões e deslizes, cruzei os poucos metros que separavam a sala da aula de Teatro e a estrebaria e me dei conta de que não havia como nós seis sairmos da Morada, sem falarmos dos quase dois quilômetros que teríamos de percorrer para chegar ao Convento das Irmãs Beneditinas na esquina das ruas Lewis e Vinte e Um.

Minha vontade era me sentar no meio de todo aquele frio e umidade e cair em lágrimas. Como tiraria nós todos deste lugar? Precisava do Hummer, mas não podia encobri-lo. Assim, só restava fugir a pé, o que não seria rápido o bastante, nem mesmo em circunstâncias normais. No meio de uma tempestade que cobriu de gelo e escuridão as ruas e calçadas do centro de Tulsa, não seria só lento, mas impossível.

Estava quase na entrada da estrebaria quando ouvi aquele grasnado irônico vindo dos galhos do enorme carvalho velho que ficava de sentinela em frente ao edifício. Minha primeira reação foi deslizar rapidinho até a porta para entrar. Na verdade, comecei a correr, até que minha raiva me deteve. Parei, respirei fundo para poder me centrar e ignorei aquela coisa-pássaro com terríveis olhos humanos me encarando e fazendo meus cabelinhos da nuca se arrepiarem todos.

– Fogo, preciso de você – sussurrei, emitindo meus pensamentos na direção sul, que é regida pelas chamas do elemento. Quase instantaneamente senti um calor na pele e algo me esperando e me ouvindo no ar ao meu redor. Virei-me e olhei para os galhos carregados de neve do velho carvalho.

Em vez de um *Raven Mocker*, havia uma imagem terrível e fantasmagórica de Neferet pousada bem no meio da árvore, onde os pesados primeiros galhos começavam a se espalhar. Ela irradiava escuridão e maldade. Não havia brisa, mas seus longos cabelos flutuavam ao seu redor, como se as mechas tivessem vida própria. Seus olhos brilhavam em um tom escarlate agressivo, mais ferrugem do que vermelho. Seu corpo estava semitransparente; sua pele brilhava com uma luz etérea.

Concentrei-me em uma observação que conseguiu derreter meu terror o bastante para que eu conseguisse falar: se o seu corpo está transparente, então ela não está lá de verdade.

– Você não tem mais o que fazer em vez de ficar me espiando, não? – ainda bem que minha voz não tremeu. Cheguei até a empinar o queixo e a olhar feio para ela.

– *Você e eu temos assuntos pendentes* – sua boca não se mexeu, mas ouvi sua voz ecoar sinistramente ao redor.

Imitei uma das expressões de desprezo e soberba de Aphrodite. – Tá, então parece que *você* não tem mais o que fazer ao invés de me espiar. Já *eu* estou ocupada demais para ser incomodada por você.

– *Mais uma vez, você precisa aprender a respeitar os mais velhos* – enquanto eu olhava, começou a sorrir, e sua boca bela e grande foi se esticando e se alargando, até que ela soltou um som horrível, como se estivesse engasgando, e aranhas explodiram pela bocarra afora e sua imagem se desfez em centenas e centenas de agitadas criaturas de muitas pernas.

Cheguei a respirar para soltar um berro daqueles e já tinha começado a recuar às pressas quando ouvi um ruflar de asas e um *Raven Mocker* pousou na forquilha da árvore. Pisquei os olhos, achando que ele ia ser tomado pelas aranhas, mas elas brilharam e mergulharam na noite, sumindo de repente. Havia apenas a árvore, o *Raven Mocker* e meu medo incessante.

– Zzzzoey – a criatura sibilou meu nome. Claro que esse era um dos *Mockers* inferiores, cuja capacidade de falar não chegava nem perto do refinamento de Rephaim. – Vocccccê tem cheiro de verão – ele abriu o bico preto e eu vi a língua bifurcada se agitar esfomeada, como que provando o gosto do meu cheiro.

Tá bem. Tudo tem limite. Neferet me deixou mortinha de medo. E agora esse... esse... *pássaro-mirim* ia tentar me intimidar também? Ah. Que inferno. Não.

— Olha, já estou de saco cheio de vocês, suas aberrações, e do jeito que você, seu papai e a vaca da Neferet acham que podem tomar conta de tudo.

— Papai dizzzzz "Encontre a Zzzzzoey", e eu encontro a Zzzzzoey. Papai dizzzzz "Fique de olho na Zzzzzoey". E eu fico de olho na Zzzzzoey.

— Não. Não. Não! Se quisesse um pai "pé no saco" para ficar me seguindo e tomando conta de mim, eu chamaria o padrastotário. Então eu digo para você, para seu paizinho, para o resto de seus irmãos pássaros-mirins ou sei lá o quê e até para Neferet: larga do meu pé! — levantei as mãos e atirei o fogo sobre ele. Ele berrou e levantou voo, batendo as asas loucamente e voando desengonçado da árvore, afastando-se de mim o mais rápido que podia, deixando para trás o cheiro de penas tostadas e o silêncio.

— Sabe, não é boa ideia deixá-los com raiva — uma voz apareceu. — Eles são sempre irritantes e ficam realmente difíceis de lidar quando alguém mexe em suas penas.

Voltei-me novamente para a estrebaria e vi Stark parado na porta aberta.

28

– Sabe, esta é uma das diferenças entre mim e você. Você quer se dar bem com eles. Eu não quero. Então não estou nem aí se estão com raiva de mim – respondi para ele. Eu canalizei o que me sobrou de medo e transformei em raiva. – E você sabe do que mais? No momento não quero ouvir mais nada sobre isso – ainda soando muito "p" da vida, acrescentei: – Você viu aquilo?

– Aquilo? Você diz o *Raven Mocker*?

– Aquelas aranhas nojentas.

– Havia aranhas na árvore? De verdade? – ele pareceu surpreso.

Soltei um suspiro comprido de frustração.

– Ultimamente não sei mais o que é verdade e o que é mentira por aqui.

– Vi você doida de raiva, jogando fogo para todo lado, rodando como uma bola de praia.

Eu o vi baixar os olhos em direção às minhas mãos e me dei conta não só de que elas estavam tremendo, mas também brilhando com a aura do fogo. Respirei profunda e calmamente, concentrando-me para conter a tremedeira. Então, com uma voz bem mais calma, disse: – Obrigada, fogo. Pode ir agora. Ah, espere. Primeiro, será que antes dava para dar uma aliviada neste gelo para mim? – apontei minhas mãos incandescentes para a parte da calçada entre o local onde eu estava e a estrebaria e, parecendo uma linda miniatura de lança-chamas, meus dedos cuspiram fogo jubilosamente e lamberam alegremente a grossa camada de gelo, transformando-a em uma lama gelada. Mas pelo menos a lama não era escorregadia. – Obrigada, fogo! – gritei quando as chamas morreram em meus dedos e seguiram a toda velocidade para o sul.

Caminhei com dificuldade pela lama de água e gelo e passei pisando firme por Stark, que estava me encarando.

– Que é? – perguntei. – Eu estava cansada de quase cair de bunda no chão.

– Você é mesmo uma figura, sabia? – ele deu aquele seu lindo sorriso arrogante de *bad boy* e, antes que eu conseguisse piscar os olhos, ele me tomou nos braços e me beijou. Não foi um beijo invasivo, vasculhador e cheio de possessividade, como o de Erik. O de Stark era mais um doce ponto de interrogação, ao qual respondi com um claro ponto de exclamação.

Claro que eu devia ter ficado furiosa. Devia tê-lo empurrado, em vez de corresponder (entusiasticamente) ao seu beijo. Eu queria poder dizer que estava bancando a piriguete porque andava muito estressada e morrendo de medo, o que tornava os braços dele a válvula de escape mais fácil, o que implicaria não ser totalmente responsável pelo fato de estar trocando um beijo tipo chupão com Stark bem na porta da estrebaria.

A verdade é menos glamorosa, mas é a realidade. Não o beijei por causa de estresse, medo, fuga nem por causa de nada, a não ser o fato de querer beijá-lo. Eu gostava dele. Realmente gostava muito. Mas não sabia o que faria. Não sabia onde ele se encaixaria em minha vida nem como, especialmente eu tendo vergonha de reconhecer em público o que sentia por ele. Eu podia até imaginar todos os meus amigos surtando. Sem falar nos zilhões de garotas revoltadas que...

E foi quando pensei nos zilhões de garotas abduzidas que Stark andava mordendo e sei lá o quê que finalmente acordei e parei de beijá-lo. Empurrei-o para que saísse da entrada da porta. Corri para dentro do centro esportivo, olhando ao redor de um jeito culpado e suspirando aliviada ao ver que éramos os únicos matando aula.

Havia uma salinha lateral perto do complexo principal do centro esportivo, tipo um almoxarifado de estrebaria. Lá se guardavam arcos, flechas, alvos e outros materiais e equipamentos do centro esportivo. Entrei nele, seguida de perto por Stark, fechei a porta e me afastei alguns passos. Quando ele me olhou *daquele* jeito, com aquele seu sorriso *sexy*, e começou a se aproximar de mim, levantei a mão como um guarda de trânsito.

– Não. Você fique aí que eu fico aqui. Nós precisamos conversar, e isso não vai acontecer se você ficar perto de mim – eu disse.

– Porque você não consegue tirar as mãos de mim?

– Ah, por favor. Consigo muito bem manter as mãos longe de você. Não sou uma das suas abduzidas.

– Abduzidas?

– Sabe, como no filme *Vampiros de Almas*. É assim que chamo essas garotas que você morde e em cujas mentes mexe para que fiquem todas falando *Oooh, o Stark, ele é tão gostoso! Aimeudeus, aimeudeus, aimeudeus*. Sério, é muito irritante. E, aliás, se um dia você tentar essa merda comigo, juro que chamo todos os cinco elementos e desço a porrada. Pode esperar.

– Eu não tentaria fazer isso com você, mas não nego que gostaria de provar de você. Gostaria muito – sua voz estava toda *sexy* outra vez, e ele começou a se aproximar de mim.

– Não! Estou falando sério. É pra ficar longe de mim!

– Tá! Tá! Parece até que vai tirar a calcinha pela cabeça de tão nervosa!

Eu o fuzilei com os olhos.

– Não vou tirar calcinha nenhuma. Não sei se você reparou, mas o bicho pegou de vez, e a coisa está como o diabo gosta. A Morada da Noite está sob o controle de uma criatura que deve ser um demônio. Neferet se transformou em algo provavelmente pior ainda do que um demônio. Meus amigos e eu não temos nenhum tipo de segurança. Não faço a menor ideia do que preciso fazer para começar a dar um jeito nisso tudo e, para completar, estou apaixonada por um cara que já agarrou um monte de garotas do campus e usou seu poder mental para controlar todas elas.

— Você está apaixonada por mim?

— É, que legal, não é mesmo? Eu já tenho um namorado vampiro e um namorado humano, a quem Carimbei. Como diria minha avó, não estou dando conta da agenda.

— Posso dar um jeito no seu namorado *vamp* — Stark levou automaticamente a mão ao arco que estava preso nas suas costas.

— Caramba, não, você *não vai fazer nada com ele!* — berrei. — Vê se enfia isto na sua cabeça: esse arco não é a resposta pronta para os seus problemas. Ele deve ser o último dos seus recursos e não deve nunca, jamais, ser usado contra outra pessoa, seja humano ou vampiro. Você antigamente sabia disso.

— Você sabe o que aconteceu comigo. Não vou pedir desculpas pelo que se tornou minha natureza — agora seu rosto estava petrificado.

— Sua natureza? Você está falando da sua natureza de moleque mimado ou da sua natureza de galinha?

— Estou falando de mim! — ele bateu com o punho no peito. — É isso que sou agora.

— Tá, você precisa me ouvir de uma vez por todas, porque não vou ficar repetindo isso. Se liga! *Todo mundo* tem um lado ruim e *todo mundo* pode escolher entre ceder a esse lado ruim ou combatê-lo.

— Isso não é a mesma coisa que...

— Cala a boca e me escuta! — minha raiva explodiu ao nosso redor. — Não é a mesma coisa para *nenhum de nós*. A única coisa contra a qual algumas pessoas precisam lutar é a vontade de ficar dormindo e perder a primeira aula em vez de levantar o rabo da cama e ir para a escola. Para outras pessoas, é mais sério, tipo ir ou não para uma clínica de reabilitação para ficar longe das drogas e bebidas, ou então ceder e continuar se drogando e enchendo a cara. Para você talvez a escolha seja até mais difícil, optar por lutar por sua humanidade ou ceder à escuridão e ser um monstro. Mas, mesmo assim, é uma *escolha*. A sua escolha.

E ficamos lá, olhando um para o outro. Eu não sabia mais o que dizer. Não podia escolher por ele e de repente entendi que não ia continuar me encontrando às escondidas. Se ele não conseguia ser o tipo de cara do qual me orgulhasse de ter ao meu lado em público, a cena que fazia a dois comigo não valia nada. E isso era algo que ele precisava saber.

– O que aconteceu ontem à noite não vai acontecer outra vez. Não desse jeito – a raiva foi diminuindo, e minha voz ficou mais calma e mais triste quando voltei a falar no silêncio do quartinho.

– Como pode dizer isso depois de me dizer que está apaixonada por mim?

– Stark, o que estou lhe dizendo é que não vou ficar com você se tiver de esconder o fato de estarmos juntos.

– Por causa do seu namorado *vamp*?

– Por causa de você. Erik nos afeta. Eu gosto dele. A última coisa que quero é magoá-lo, mas seria idiotice minha ficar com ele querendo ficar com você ou sei lá com quem, inclusive com o humano com quem estou Carimbada. Então, você precisa entender que Erik não pode me impedir de ficar com você.

– Você realmente gosta de mim, não gosta?

– Gosto, mas juro que não vou ser sua namorada se tiver vergonha de mostrá-lo aos meus amigos. Você não pode ser péssimo com todo mundo e ótimo comigo. O que você é de verdade é aquilo que faz na maioria do tempo. Eu sei que você ainda tem um lado bom, mas esse bem acabará sendo bloqueado pela escuridão que também existe aí dentro, e não vou ficar por perto para ver isso acontecer.

Ele desviou o olhar do meu.

– Eu sabia que era isso que você sentia, mas não achei que me incomodaria tanto ouvi-la dizer isso. Não sei se posso fazer a escolha certa. Quando estou com você, acho que posso. Você é tão forte e tão boa.

— Não sou tão boa assim, caraca. Já fiz muita besteira. E infelizmente é provável que ainda faça mais. Muitas vezes. E foi você quem foi forte ontem à noite, não eu — suspirei de tanto falar.

— Você é boa. Eu sinto isso. Você é boa no fundo do coração, onde realmente conta — Stark falou olhando nos meus olhos.

— Espero que eu seja. Tento ser.

— Então faça isto por mim, por favor — ele diminuiu a distância entre nós antes que eu pudesse detê-lo outra vez. De início ele não me tocou, ficou apenas me olhando nos olhos. — Você ainda não completou a Transformação, mas até os Filhos de Erebus a chamam de Sacerdotisa — e então, ele se ajoelhou e, olhando para mim, levou o punho direito ao coração.

— O que você está fazendo?

— Estou lhe fazendo um juramento solene. Os guerreiros vêm fazendo isso há décadas, jurar solenemente de corpo, coração e alma proteger suas Grandes Sacerdotisas. Sei que ainda sou apenas um novato, mas acredito que já esteja qualificado para me oferecer como guerreiro.

— Bem, também sou só uma novata, então estamos quites — minha voz tremeu um pouco, e tive de piscar muito para limpar as lágrimas que estavam formando poças em meus olhos.

— Aceita meu juramento, minha dama?

— Stark, você entende o que está fazendo? — eu sabia o que significava o juramento solene de um guerreiro para uma Grande Sacerdotisa: um tipo de voto sob o qual muitas vezes o guerreiro passava a vida inteira a seu serviço e que costumava ser mais difícil de romper do que reverter uma Carimbagem.

— Eu sei. Estou fazendo minha escolha. A escolha certa. Estou escolhendo o bem em vez do mal, luz em vez de escuridão. Escolhi pela minha humanidade. Aceita meu voto, minha dama? — ele repetiu.

– Sim, Stark, aceito. E em nome de Nyx eu o submeto a servir à Deusa, bem como a mim mesma, pois servir a mim é servir a ela.

O ar cintilou à nossa volta e surgiu um clarão de luz. Stark gritou e se dobrou sobre si mesmo, então começou a gemer e caiu a meus pés. Ajoelhei-me ao lado dele, puxando-o pelos ombros, tentando ver o que havia de errado.

– Stark! O que aconteceu? Você está...

Ele deu um grito magnífico de alegria e olhou para mim. Lágrimas corriam livremente em seu rosto, mas havia um sorriso radiante nos seus lábios. Então, pisquei os olhos e compreendi o que estava presenciando. Seu quarto crescente fora preenchido e se expandira. Duas flechas encaravam o crescente. Eram ambas decoradas com intrincados símbolos que brilhavam com sua nova cor escarlate em contraste com a pele branca.

– Ah, Stark! – estiquei o braço e gentilmente passei o dedo pelo desenho da tatuagem que o Marcava para sempre como vampiro adulto, o segundo vampiro vermelho adulto do mundo. – Que lindo!

– Eu me Transformei, não é?

Assenti, e meus olhos foram inundados por lágrimas que escorreram pelo rosto. E então eu estava em seus braços, beijando-o, e nossas lágrimas se misturaram enquanto ríamos, chorávamos e nos abraçávamos.

O sinal que indicava o fim da quinta aula soou, assustando-nos um pouco. Ele me ajudou a ficar de pé e, sorrindo, enxugou as lágrimas do meu e do seu rosto. Então a realidade irrompeu em minha felicidade, e me dei conta de que tudo tinha de seguir de acordo com essa nova e impressionante Transformação.

– Stark, quando um novato se Transforma, ele precisa passar por um tipo de ritual.

– Você conhece o ritual?

– Não, só os *vamps* conhecem – de repente uma coisa me ocorreu. – Você tem que procurar Dragon Lankford.

– O instrutor de esgrima?

– É. Ele está do nosso lado. Diga-lhe que fui eu que pedi para você procurá-lo. Diga que você fez um voto para me servir como guerreiro. Ele vai saber o que fazer por você.

– Tudo bem, farei isso.

– Mas não deixe ninguém ver que você se Transformou – não sabia por que isso era importante para mim, mas sabia que devia guardar segredo até que Stark se encontrasse com Dragon. Procurei pelo almoxarifado com os olhos até achar um boné de caminhoneiro, que enfiei na cabeça de Stark. Procurei um pouquinho mais, achei uma toalha e a enrolei ao redor do pescoço. – Levante isto aqui assim – ajeitei a toalha –, e deixe a aba do chapéu abaixada, assim. Você não parece tão estranho. Tipo, tem uma tempestade de gelo acontecendo. Vá procurar Dragon sem ser visto.

– O que você vai fazer? – ele perguntou depois de concordar com a cabeça.

– Vou planejar um jeito de sair daqui. Dragon e sua esposa fazem parte deste plano, e acho que a instrutora de equitação, Lenobia, também. Então, volte aqui assim que puder.

– Zoey, não espere por mim. Suma daqui. Vá para longe, bem longe.

– E você?

– Posso ir para onde quiser. Eu vou ao seu encontro, não se preocupe. Meu corpo não estará ao seu lado o tempo todo, mas você estará sempre em meu coração. Sou seu guerreiro, esqueceu?

– Jamais vou esquecer. Juro. Sou sua Grande Sacerdotisa, e você me fez um juramento. Isso significa que você também está no meu coração – sorri e toquei seu rosto.

– Então é melhor nós dois ficarmos em segurança. Sem coração fica difícil viver. E eu sei disso, já tentei viver assim – ele me disse.

– Mas agora chega disso – respondi.

– Chega disso – ele concordou.

Stark me beijou com tanta delicadeza que fiquei sem fôlego. Então ele recuou, levou o punho ao coração e se curvou formalmente. – Até breve, minha dama.

– Tome cuidado – pedi a ele.

– Se eu não conseguir tomar cuidado, serei rápido – Stark deu seu sorrisinho metido e saiu pela porta.

Quando ele saiu, fechei os olhos, levei minha mão ao coração e baixei a cabeça.

– Nyx – sussurrei –, eu estava dizendo a verdade. Ele está em meu coração. Não sei qual será o resultado disso, mas peço-lhe que mantenha meu guerreiro em segurança e agradeço por lhe dar coragem para escolher o bem.

Nyx não apareceu de repente na minha frente, nem eu esperei que isso acontecesse. Mas senti uma breve e silenciosa presença me ouvindo, e isso bastou. Vi a mão da Deusa agindo em Stark.

Proteja-o... fortaleça-o... ah, e poderia, por favor, me ajudar a descobrir o que vou fazer com ele... Rezei em silêncio até soar o sinal da sexta e última aula.

– Muito bem, Zoey – disse a mim mesma. – Vamos cair fora deste lugar.

29

Quando entrei correndo atrasada na estrebaria, Lenobia me deu um olhar frio e disse: – Zoey, você tem um estábulo para adubar – ela me jogou um forcado e apontou o cercado de Persephone.

Murmurei minhas desculpas, dizendo "sim senhora" e "é pra já", e corri para dentro do estábulo da égua que eu considerava minha desde a chegada à escola da Morada da Noite. Persephone me saudou com um relincho suave, e fui logo acariciar seu rosto e beijar o focinho aveludado, basicamente dizendo-lhe que ela era a melhor, a mais linda e a mais esperta égua de todo o universo. Ela me lambeu o rosto, resfolegou e pareceu concordar com minha opinião.

– Ela adora você, sabia? Ela mesma me disse.

Voltei-me e vi Lenobia parada logo depois da porta do estábulo, recostada à parede. Às vezes me esquecia de como ela era excepcionalmente linda, então, em momentos assim, quando realmente olhava para ela, ficava surpresa de ver como era dona de uma beleza única. Ela é força embalada com delicadeza. Seus cabelos louro-brancos e olhos azul-cinzentos são as coisas mais impressionantes nela, bem, tirando suas incríveis tatuagens de cavalos empinados que a Marcaram como vampira. Ela estava usando, como sempre, camisa branca engomada e calça de montar cor de canela com as barras para dentro de botas de cavalgar inglesas. A não ser pelas tatuagens e pela Deusa bordada em prata sobre o coração, Lenobia fazia um estilo que ficaria chique em um anúncio da Calvin Klein.

— Você conversa mesmo com eles? — eu suspeitava que sim, mas Lenobia jamais se abrira antes sobre seus talentos.

— Não com palavras. Os cavalos se comunicam com sentimentos. Eles são seres passionais e leais, donos de corações tão grandes que abarcam o mundo inteiro.

— Sempre achei o mesmo — disse baixinho, beijando a testa de Persephone.

— Zoey, Kalona tem que morrer.

A aspereza de sua frase me chocou profundamente, e dei uma rápida olhada ao redor, preocupada se havia *Raven Mockers* à espreita, como haviam estado em minhas outras aulas. Lenobia balançou a cabeça e acabou com meus medos.

— Os cavalos desprezam os *Raven Mockers* do mesmo jeito que os gatos, só que é mais perigoso ganhar o ódio de um cavalo do que de um gato. Nenhuma dessas criaturas abomináveis ousa entrar na minha estrebaria.

— E os outros novatos? — perguntei baixinho.

— Estão ocupados demais exercitando cavalos que passaram vários dias presos por causa do temporal, não vão ficar prestando atenção em nós. Então, repetindo, Kalona tem que morrer.

— Ele não vai morrer. Ele é imortal — minha frustração ao dizer e constatar esse fato lamentável ficou clara na minha voz.

Lenobia balançou os cabelos longos e grossos e começou a caminhar de um lado para o outro do estábulo.

— Mas temos que derrotá-lo. Ele está afastando nosso povo de Nyx.

— Eu sei. Não faz nem um dia que voltei e já vi que a coisa está feia. Neferet também está metida em tudo isso — prendi a respiração, esperando para ver se Lenobia continuaria cegamente leal à sua Grande Sacerdotisa ou se estava enxergando a verdade.

— Neferet é pior que todos eles — ela disse amargamente. — Ela, que devia ser mais leal a Nyx, foi quem mais a traiu.

– Ela não é mais a mesma. Voltou-se totalmente para o mal.

Lenobia assentiu.

– Sim, é o que alguns de nós já pensávamos. Tenho vergonha de dizer que fingimos não ver, em vez de enfrentar Neferet quando ela começou a agir de modo estranho. Não a considero mais uma servidora de Nyx. Pretendo transferir meus votos de lealdade a outra Grande Sacerdotisa – ela terminou, olhando para mim de um jeito diferente.

– Eu não! – praticamente guinchei. – Eu ainda nem me Transformei.

– Você foi Marcada e Escolhida por nossa Deusa. Isso já me basta. E também já basta para Dragon e Anastasia.

– E os outros professores? Algum deles também está do nosso lado?

– Não. Todos os outros foram enganados por Kalona – vi uma terrível tristeza atravessar seu rosto.

– E por que vocês não foram?

Ela não teve pressa em me responder.

– Não sei por que ele não nos enganou como fez com a maioria. Dragon, Anastasia e eu já conversamos sobre isso, mas muito brevemente. Todos sentimos sua aura, mas parte de nós consegue permanecer imune a ele o suficiente para conseguir enxergar a criatura destrutiva que realmente é na verdade. Não nos resta dúvida de que você precisa arrumar um jeito de derrotá-lo, Zoey.

Senti-me péssima, indefesa, sem fôlego e jovem demais. A vontade que tive foi de sair balançando os braços e berrando *Eu tenho dezessete anos! Eu não posso salvar o mundo! Eu não consigo nem estacionar em uma vaga apertada!*.

Mas, então, uma doce brisa com cheiro de campo me acariciou o rosto, e ela chegou aquecida pelo sol de verão e úmida como orvalho ao amanhecer, e de repente meu espírito se elevou.

– Você não é simplesmente uma novata. Escute seu interior, filha, e saiba que, para onde essa pequena voz interna a guiar, nós seguiremos também – Lenobia disse com uma voz que me lembrou a da minha Deusa.

Suas palavras misturadas aos elementos me acalmaram, e repentinamente meus olhos se arregalaram. Como podia ter me esquecido?

– O poema! – disse sem pensar, correndo para perto da porta do estábulo de Persephone, onde tinha pendurado minha bolsa. – Uma das novatas vermelhas andou escrevendo poemas proféticos. Ela me deu um que tinha a ver com Kalona logo antes de eu vir para cá.

Lenobia me observou com curiosidade enquanto eu revirava minha bolsa.

– Aqui está! – o papel estava amassado com o poema que só podia ser sobre Stark. Desamassei o outro e me concentrei nele. – Tá... tá... É isto. Este aqui me diz como botar Kalona para correr. Mas... mas está escrito em código poético ou algo assim.

– Deixe-me ler também. Talvez eu possa jogar alguma luz sobre ele.

Segurei o poema para que ela pudesse ver, e Lenobia leu em voz alta enquanto eu acompanhava as palavras.

Aquilo que um dia o prendeu
Ainda há de fazê-lo debandar
Lugar de poder – junção de cinco

Noite
Espírito
Sangue
Humanidade
Terra

Unidas não para conquistar,
Mas sim para dominar
A Noite conduz ao Espírito

*O Sangue une a Humanidade
e a Terra completa.*

– Quando Kalona surgiu de debaixo da terra, ele não estava renascendo, como Neferet tentou nos fazer acreditar, não é? – Lenobia disse, ainda estudando o poema.

– Não. Ele ficou preso lá embaixo por mais de mil anos – respondi.

– Por quem?

– Pelos ancestrais Cherokee de minha avó.

– Isso parece implicar que o que o povo de sua avó fez no passado para prendê-lo já não funciona mais. Desta vez temos que fazê-lo fugir. E, por mim, tudo bem. Precisamos nos livrar dele antes que corroa completamente os laços que nos unem a Nyx – ela tirou os olhos do poema e olhou para mim. – Como foi que o povo Cherokee o prendeu debaixo da terra?

Inalei e soltei o ar lentamente, pensando em como eu queria, do fundo do coração, que vovó estivesse ao meu lado para me orientar.

– Eu só... eu não sei tudo que deveria saber sobre isso! – lamentei.

– Sssh – Lenobia me acalmou, tocando meu braço como se eu fosse um potro nervoso. – Espere, tenho uma ideia.

Ela saiu às pressas do estábulo e voltou correndo pouco depois com uma grossa e macia escova de pelos, a qual ela me entregou. Então, saiu novamente e voltou com um naco de palha. Ajeitou-o junto à parede e nele se sentou. Recostando-se confortavelmente, ela pegou um longo pedaço de palha dourada e o colocou na boca.

– Agora escove sua égua e pense em voz alta. Uma de nós três vai descobrir a resposta.

– Bem – comecei a falar, enquanto escovava o pescoço cor de canela de Persephone. – Vovó me disse que as Ghiguas, ahn, as Sábias de várias tribos se uniram e criaram uma boneca de terra feita especialmente para levar Kalona para dentro de uma caverna, onde o aprisionaram.

– Espere aí, você disse que as mulheres se uniram para criar uma boneca?

– É, eu sei que parece meio doido, mas juro que foi isso que aconteceu.

– Não, eu não estou duvidando do que sua avó disse. Só estou pensando em quantas mulheres se uniram.

– Não sei. Vovó só me disse que A-ya era basicamente o instrumento delas e que cada Gighua lhe deu um dom especial.

– A-ya? Era esse o nome da boneca?

Assenti e olhei para ela por sobre o pescoço da égua.

– Kalona me chama de A-ya.

Lenobia assoviou, chocada.

– Então você é o instrumento através do qual ele será derrotado outra vez.

– Sim, mas não derrotado, apenas espantado para longe – falei automaticamente, e então meu instinto alcançou minha boca e soube que o que estava dizendo era verdade. – Sou eu. Desta vez ele não pode ser aprisionado porque já conta com isso. Mas posso fazê-lo fugir – falei mais com Persephone do que com Lenobia ou comigo mesma.

– Mas desta vez você não é só um instrumento. Você recebeu o livre-arbítrio de nossa Deusa. Escolheu o bem, e é o bem que vai fazer Kalona fugir – Lenobia falou com uma segurança contagiante.

– Espere, como era aquela parte que falava de "cinco"?

Lenobia pegou o poema no chão do estábulo.

– Nele diz *Lugar de poder – junção de cinco*. E aí vem a lista dos cinco: Noite, Espírito, Sangue, Humanidade, Terra.

– São pessoas – eu disse, sentindo brotar em mim uma onda de entusiasmo. – Como Damien disse, é por isso que estão com letras maiúsculas, porque o poema se refere a gente que simboliza essas cinco coisas. E... e aposto que se minha avó estivesse aqui, ela me diria que havia cinco Ghiguas que se juntaram para criar A-ya.

– E no fundo de sua alma você acha que isso faz sentido? É a Deusa lhe falando?

– Faz, sim! Faz sentido – sorri, e meu coração ficou leve.

– O lugar de poder mais óbvio é aqui na Morada da Noite – ela disse.

– Não! – respondi com mais ênfase do que o desejado, fazendo Persephone relinchar, nervosa. Acariciei-a, acalmando-a, e então voltei a falar, com uma voz mais razoável. – Não, dentro da escola o lugar de poder foi infectado por ele. Foi o seu poder, reforçado pelo de Neferet e misturado ao sangue de Stevie Rae que o liberou e... – arfei, dando-me conta das implicações do que acabara de dizer. – Stevie Rae! Eu teria pensado que ela representa a terra. Tipo, é a afinidade dela e tudo mais, mas ela não é terra, é Sangue!

Lenobia sorriu e assentiu.

– Muito bem. Uma já foi. Agora você precisa definir os outros quatro.

– E o lugar – murmurei.

– Sim, o lugar – ela concordou. – Bem, lugares de poder também são ligados ao espírito. Como Avalon, a antiga ilha da Deusa, que é ligada em espírito a Glastonbury. Até os cristãos sentiam o poder ativo no lugar, onde chegaram a construir um convento.

– O quê? – dei a volta por Persephone para parar, toda entusiasmada, na frente de Lenobia. – O que você disse sobre um convento e a Deusa?

– Bem, Avalon não é literalmente deste mundo, apesar de ser um grande lugar de poder. Os cristãos sentiram isso e construíram lá um convento dedicado a Maria.

– Ah, Lenobia, é isso! – tive de piscar com força para limpar de meus olhos as lágrimas de alívio. Então eu ri. – E é perfeito! O lugar de poder fica na Rua Vinte e Um com Lewis, o Convento das Irmãs Beneditinas.

Lenobia arregalou os olhos e sussurrou: – Nossa Deusa é sábia. Agora você só precisa entender quem são os outros quatro e levá-los todos para lá. O resto do poema diz como eles se reúnem...

Ela fez uma pausa, baixou os olhos e leu:

A Noite conduz ao Espírito
O Sangue une a Humanidade
e a Terra completa.

— O Sangue já descobrimos, ou pelo menos espero que seja mesmo ela. Eu disse a Stevie Rae para ir com os novatos vermelhos para o convento quando fiquei sabendo que Kalona ia atrás dela.

— Por que você teve a ideia de mandá-la para lá?

Dei um sorriso tão largo que juro que quase abri os lábios.

— Porque é lá que está o Espírito! O Espírito é a chefe das freiras, irmã Mary Angela. Ela salvou minha avó dos *Raven Mockers* e está cuidando dela lá no convento.

— Uma freira? Para representar o Espírito e derrotar um antigo anjo caído? Tem certeza, Zoey?

— Não derrotar, apenas banir para ganharmos tempo para nos reagruparmos e darmos um jeito de nos livrar dele de uma vez por todas. Sim, eu tenho certeza.

Lenobia hesitou por um breve instante, mas assentiu, enfim.

— Então você identificou o Sangue e o Espírito. Pense. Quem traz em si a Terra, a Noite e a Humanidade?

Voltei a escovar Persephone e então dei risada e tive vontade de bater na minha cabeça.

— Aphrodite. Ela só pode ser a Humanidade, apesar de normalmente não ter muita vontade de ser humana.

— Vou aceitar sua palavra quanto a isso – Lenobia disse causticamente.

— Muito bem, então só faltam a Noite e a Terra – fui logo dizendo. – Como já falei, minha primeira ideia para a Terra teria sido Stevie Rae, por causa da afinidade. Mas no fundo sei que ela é sangue. Terra... terra... – suspirei de novo.

– Poderia ser Anastasia? Seu dom para feitiços e rituais normalmente toma por base a terra.

Pensei nisso, mas infelizmente não senti aquela pontadinha que me indicava ser aquela a resposta certa.

– Não, não é ela.

– Talvez estejamos nos concentrando nas pessoas erradas. O Espírito vinha de fora da Morada da Noite, algo que eu não esperava. Talvez também seja o caso da Terra.

– Bem, pensando assim é melhor mesmo considerar a possibilidade.

– Que pessoa que não seja novato nem vampiro poderia simbolizar a Terra?

– Acho que as pessoas que conheci e que estão mais próximas da terra são do povo da minha avó. Os Cherokee sempre respeitaram a terra, ao invés de usar e abusar dela. A forma tradicional de ver o mundo do povo Cherokee é bem diferente do modo atual – calei-me de repente e apoiei a testa no ombro macio de Persephone, sussurrando um pequeno agradecimento a Nyx.

– Você sabe quem é, não sabe?

– É a minha avó. Ela é a Terra – levantei meus olhos e sorri.

– Perfeito! – Lenobia concordou. – Então você tem todos!

– Menos a Noite. Ainda não descobri quem... – interrompi a frase ao olhar para Lenobia e ver que ela tinha entendido tudo.

– Olhe mais no fundo de si mesma, Zoey Redbird, e creio que você descobrirá quem Nyx escolheu para personificar a Noite.

– Eu não sou... – sussurrei.

– Claro que é você – Lenobia exclamou. – O poema diz claramente: "A Noite conduz ao Espírito". Nenhum de nós teria pensado que o Convento das Irmãs Beneditinas nem a diretora do convento se encaixariam nesse quebra-cabeça poético, mas você nos conduziu direitinho a essas conclusões.

– Se eu estiver certa – disse, ligeiramente abalada.

– Ouça seu coração. Você está com a razão?

Suspirei profundamente e vasculhei meu interior. Sim, lá estava a sensação que eu sabia que vinha da minha Deusa, uma sensação que me indicava que eu estava certa. Olhei nos sábios olhos cinzentos de Lenobia: – Eu estou certa – respondi firmemente.

– Então temos que ir com você e Aphrodite ao Convento das Irmãs Beneditinas.

– Todos nós – eu disse automaticamente. – Tem que ser Darius, as gêmeas, Damien e Aphrodite. Se algo der errado, tenho que estar com eles para formar o círculo mágico. Além disso, minha recepção aqui não foi das melhores e, se botar Kalona para correr não adiantar para os novatos caírem em si e parar com essa obsessão bizarra, acho que não vou voltar tão cedo para a escola. E, naturalmente, ainda temos que lidar com Neferet. Vou precisar de muita ajuda de vocês nesse sentido.

Lenobia franziu a testa levemente, mas assentiu.

– Eu entendo e, apesar de me doer dizer isto, concordo com você.

– Vocês devem vir conosco, você, Dragon e Anastasia. A Morada da Noite não é lugar para vocês no momento.

– A Morada da Noite é nosso lar – ela respondeu.

– Às vezes somos traídos pelas pessoas mais próximas, e nosso lar deixa de ser um lugar onde somos felizes. É duro, mas acontece – disse-lhe olhando nos seus olhos.

– Você parece muito sábia para a idade que tem, Sacerdotisa.

– É, bem, sou fruto de um divórcio e de uma droga de padrasto. Quem diria que viria bem a calhar?

Nós estávamos rindo juntas quando soou o sinal anunciando o fim do dia letivo. Lenobia levantou-se rapidamente.

– Nós devíamos mandar mensagens para os seus amigos. Eles podem se encontrar aqui. Pelo menos aqui estamos longe dos olhos e dos ouvidos dos *Raven Mockers*.

– Já está resolvido. Eles vão estar aqui daqui a pouco.

– Se Neferet souber que vocês vão se encontrar aqui, a coisa vai ficar feia para o nosso lado.

– Eu sei – foi o que disse. *Ah, que inferno,* foi o que pensei.

30

Apesar do fato de ter começado a cair chuva com granizo novamente, Damien, as gêmeas, Aphrodite e Darius chegaram minutos depois de soar o sinal.

– Belo bilhete – Erin disse.

– Muito sagaz de sua parte nos fazer vir para cá sem saber antes da hora para não pensar no lugar – Shaunee continuou.

– Muito bem! – Damien terminou.

– Mas você está pensando nele agora, portanto precisamos manter esses pensamentos protegidos e fazer logo seja lá o que resolvermos fazer – Darius nos alertou.

– Concordo com você. Pessoal, invoquem seus elementos e os convoquem para formar um muro protetor ao redor de seus pensamentos.

– Tudo bem – Erin disse.

– É, andamos praticando – Shaunee confirmou.

– Vocês precisam que eu trace um rápido círculo? – perguntei.

– Não Z., só precisamos que você se acalme um instantinho – Damien pediu. – Nós já estávamos com nossos elementos prontinhos, esperando.

– Horda reduzida de *nerds*, é pra já! – Aphrodite se exaltou.

– Cale a boca! – as gêmeas gritaram.

Aphrodite deu uma risada sarcástica e foi ficar ao lado de Darius, que automaticamente pôs seu braço ao redor dela. Percebi que o corte no rosto dele estava quase completamente curado, havia apenas uma linha rosada onde antes estava um corte medonho. Isso me fez pensar na minha própria cicatriz e, enquanto as gêmeas e Damien estavam ocupados invocando seus elementos e Aphrodite ficava de chamego com Darius, dei as costas para eles e discretamente espiei debaixo da parte da frente da minha blusa. E a cara feia que fiz deixou claro que não gostei do que vi. Tá, minha cicatriz não tinha virado uma fina linha rosada. Além de enrugada e entalhada, ainda estava vermelha e feia. Empinei os ombros. Não, não estava doendo. A ferida só estava um pouco inflamada e delicada ao toque. E feia. Muito, muito feia.

Sempre que pensava na possibilidade de alguém ver minha horrorosa cicatriz (por "alguém" entenda-se Stark, Erik ou até Heath), me dava vontade de chorar. Talvez jamais fosse ficar com algum cara. Com certeza minha vida ficaria menos complicada...

– Cicatrizes de batalhas na guerra entre o bem e o mal têm uma beleza única – Lenobia disse.

Quase pulei. Ela estava perto de mim, mas nem a ouvi chegar. Olhei para ela firmemente. Era totalmente perfeita, absolutamente *livre de cicatrizes* e linda. – Soa bem em tese, mas quando a cicatriz é em você, a realidade é um pouco diferente da teoria.

– Eu sei o que digo, Sacerdotisa – ela então levantou a cortina de cabelos prateados que cobria um dos ombros, deixando à mostra a parte de trás de seu pescoço e, com a outra mão, puxou de lado a pala de sua blusa branca para expor uma terrível cicatriz que descia da linha do cabelo, ia pela nuca e desaparecia, grossa e enrugada, pelas costas abaixo.

– Muito bem! Todos aqui estamos com nossos elementos – Erin gritou.

– É, estamos prontas para pegar no pesado – Shaunee ecoou.

– E então, qual é a última? – Damien disse.

Lenobia e eu trocamos um breve olhar.

– Essa história vai ter de esperar um pouco – ela disse baixinho.

Eu a acompanhei até meus amigos, imaginando que tipo de mal ela teria combatido para terminar com aquelas cicatrizes tão feias.

– Zoey definiu as pessoas mencionadas naquele poema – Lenobia disse sem preâmbulos. – E o lugar de poder aonde elas têm de se encontrar.

Todo mundo olhou para mim.

– É o Convento das Irmãs Beneditinas. Lembrei-me de que uma das razões pelas quais a irmã Mary Angela não ficou totalmente chocada quando lhe mostrei que sabia invocar os elementos foi ela própria ter sentido o poder elemental. Ela disse que seu convento havia sido construído em um lugar de poder espiritual. Não achei nada demais na hora – fiz uma pausa e dei uma risadinha. – Na verdade, não a levei a sério, achei que ela estava fazendo a linha "freira excêntrica".

– Bem, você tem a seu favor o fato de essa freira ser bem diferente – Aphrodite disse.

– Pelo menos em se tratando de uma freira – Darius concordou.

– Ela é o Espírito do qual fala o poema – anunciei.

– Uau, você conseguiu descobrir! – Damien sorriu para mim. – Quais são as demais personificações?

– O Sangue ficou com Stevie Rae.

– Disso ela gosta mesmo – Aphrodite disse entredentes.

– Você é a Humanidade – disse-lhe firmemente, pontuando meu anúncio com um grande sorriso.

– Ótimo. Simplesmente ótimo. Vou dizer de novo, só para ficar registrado: eu não quero ser mordida de novo. Nunca mais – ela olhou para Darius, sua expressão mudou e então acrescentou: – A não ser que seja por você, bonitão.

As gêmeas fizeram barulhos de vômito fingido.

– Terra é a minha avó – continuei, ignorando todos eles.

– Que bom que sua avó já está no convento – Damien disse.

– E a Noite? – Shaunee perguntou.

– É Zoey – Aphrodite respondeu.

Levantei as sobrancelhas para ela.

– Quem mais poderia ser? Qualquer um que não seja retardado nem divida o cérebro com alguém – ela olhou enfaticamente para as gêmeas e para Damien – pode perceber isso.

– Tá, é, eu sou a Noite.

– Então precisamos ir para o Convento das Irmãs Beneditinas – Darius disse, indo, como sempre, direto ao coração da logística de nossa "operação".

Digo "operação" porque normalmente me parece que estou lutando para ter a esperança de que, de algum jeito, esteja fazendo a coisa certa, e não piorando tudo mais ainda, o que não é exatamente uma Operação.

– Sim, e vocês precisam chegar logo lá, antes que Kalona e Neferet causem mais danos ao nosso povo – Lenobia nos alertou.

– Ou comecem uma guerra contra os humanos – Aphrodite completou.

Todo mundo, menos Darius, olhou para ela com perplexidade. E, quando eu mesma a olhei com cara de boba, enxerguei, através da fachada de sua beleza e de como ela sempre parecia totalmente dona de si, as olheiras e o tom vagamente vermelho que ainda não tinha desaparecido do branco dos seus olhos.

– Você teve outra visão – eu disse.

Ela assentiu.

– Ah, droga. E eu morro de novo?

Ouvi Lenobia ofegar, chocada.

– Ahn, longa história – disse-lhe.

– Não, toupeira. Nesta visão não te matam. De novo – Aphrodite respondeu. – Mas tive uma visão da guerra, a mesma que vi antes, só que desta vez reconheci os *Raven Mockers* – ela fez uma pausa, tremendo. – Você sabia que eles estupram mulheres? Não é uma visão das melhores. De qualquer forma, Neferet se uniu a Kalona para conseguir levar a cabo seus planos de guerra.

– Mas, da última vez que você teve uma visão da guerra, salvar Zoey impedia que ela acontecesse – Damien lembrou.

– Sei disso. Sou a Garota das Visões, lembra? O que não sei é por que esta é diferente, a não ser pelo fato de que agora Kalona entrou na história. E, bem, detesto ter que dizer isto, pois é bastante assustador, mas Neferet passou totalmente para o Lado Negro. Ela está se transformando em algo jamais visto por vampiro nenhum.

Algo clicou dentro de mim e, à medida que as peças do quebra-cabeça iam se encaixando, entendi o que estava acontecendo.

– Ela está se transformando na Rainha Tsi Sgili, a primeira vampira Tsi Sgili, e isso é algo que nunca vimos antes – disse isso com uma voz tão fria quanto estava me sentindo.

– É. Foi o que vi – Aphrodite confirmou, pálida. – Também sei que a guerra começa bem aqui, em Tulsa.

– Então o Conselho que eles querem tomar só pode ser o desta Morada da Noite – concluí.

– Conselho? – Lenobia perguntou.

– É muita coisa para explicar agora. Digamos que é bom que eles estejam pensando apenas local, não globalmente – respondi.

– Faz sentido pensarmos que, se fizermos Kalona e, espera-se, Neferet fugirem de Tulsa, quem sabe a guerra não possa ser evitada – Darius disse.

– Ou pelo menos que ela não comece aqui – falei. – E isso nos daria tempo para entender como nos livrarmos dele de uma vez por todas, já que parece que ele é o principal elemento dessa guerra.

– É Neferet – Lenobia disse com uma voz tão calma que quase soou morta. – Ela é o *impeto* por trás de Kalona. Faz anos que ela vem desejando essa guerra contra os humanos – ela me olhou nos olhos. – Talvez você tenha que matá-la.

– Matar Neferet! De jeito nenhum. Não vou fazer isso! – senti-me empalidecer.

– Talvez você tenha que fazer – Darius confirmou.

– Não! – gritei de novo. – Se fosse minha função matar Neferet, não me sentiria tão péssima só de pensar nisso. Nyx me mostraria ser essa a sua vontade, mas não posso acreditar que a Deusa queira que eu mate uma de suas Grandes Sacerdotisas.

– Ex-Grande Sacerdotisa – Damien me lembrou.

– Grande Sacerdotisa é uma função que se pode perder? – Shaunee perguntou.

– Sim, esse não é um daqueles cargos para a vida toda? – Erin também quis saber.

– Além disso, ela é realmente uma Grande Sacerdotisa, agora que está virando a Rainha Tsi Sgili? – Aphrodite acrescentou.

– Sim! Não! – disse sem pensar. – Não sei. Vamos simplesmente pular esse assunto de matar Neferet. Não posso continuar falando nisso.

Vi Darius, Lenobia e Aphrodite trocarem um longo olhar, que fiz questão de ignorar. Então Lenobia disse: – De volta ao plano de escape para todos nós. Acho que isso é algo que precisamos fazer.

– No momento? – Shaunee perguntou.

– Tipo nesse segundo? – Erin completou.

– Quanto antes, melhor – respondi. – Tipo, eu ainda sinto seus elementos, e sei que eles estão protegendo seus pensamentos, mas a verdade é que, se Neferet está tentando entrar em suas mentes, vai saber que algo está acontecendo quando se deparar com o bloqueio dos elementos. Ela só não saberá exatamente o quê – olhei ao redor, em parte esperando vê-la flutuar nas sombras como uma aranha inchada e fantasmagórica. – Ela também apareceu duas vezes para mim na forma de um fantasma nojento, então diria que temos que cair fora daqui. Agora.

– Não estou gostando disso – Erin disse.

– Nem me fale. Mas cair fora daqui será um problema. O tempo certamente não está ajudando em nada. Eu nem consegui caminhar até o prédio principal da estrebaria sem cair de bunda no chão. Tive de usar o fogo para derreter a droga do gelo – falei e dei uma olhada para Shaunee, sorrindo com um pouco de acanhamento.

– Espere, o que você disse quanto a usar o elemento fogo para derreter o gelo? – Lenobia perguntou.

– Eu estava cheia de quase cair o tempo todo. Então me concentrei em jogar fogo na calçada. O gelo derreteu na boa – respondi dando de ombros.

– Na verdade, é mole, mole – Shaunee disse. – Eu mesma já fiz isso. Lenobia pareceu cada vez mais excitada.

– Vocês acham que podem projetar o fogo de modo a derreter o gelo debaixo dos pés ao caminhar em grupo?

– É, acho que sim. Se dermos um jeito de não queimar nossos pés também. Mas só não sei por quanto tempo posso ficar fazendo isso – disse e lancei um olhar questionador para Shaunee.

– Claro, posso ajudar e nem queimaria os pés. Nós duas juntas podemos fazer a coisa durar mais tempo do que se tentássemos sozinhas – ela concordou.

– Além disso, gêmea – Erin interveio –, Vinte e Um com Lewis fica a cerca de um quilômetro daqui. Zoey parece estar bem melhor hoje, de modo que vocês devem conseguir manter o fogo pelo tempo necessário.

– Mesmo resolvendo o problema do gelo, não podemos ir rápido o bastante a pé, e não posso encobrir o Hummer, pois não é material orgânico – eu disse.

– Acho que tenho a solução para você – Lenobia parecia animada. – Venha comigo.

Nós a seguimos até o estábulo de Persephone. A égua estava comendo, feliz da vida, e simplesmente levantou as orelhas em nossa direção enquanto Lenobia a cumprimentava, e abaixava-se perto de uma das patas traseiras do animal, dizendo: – Dá, minha lindinha.

Persephone levantou a perna obedientemente. Lenobia removeu as palhas que estavam grudadas no casco dela e então, ainda segurando a pata da égua, perguntou a Shaunee: – Você pode mandar o fogo esquentar as ferraduras dela?

Shaunee pareceu surpresa com o pedido peculiar, mas respondeu "Mole, mole". Então, ela respirou fundo, ouvi-a sussurrar algo que não entendi direito, e ela apontou o dedo brilhante para o casco de Persephone. – Queima, *baby*, queima! – ela disse. O brilho saiu voando de seu dedo em direção às ferraduras prateadas de Persephone, que logo começaram a brilhar também. Persephone parou de comer, girou a cabeça e olhou de um jeito curioso para o seu casco, relinchou e voltou a comer.

Lenobia tocou a ferradura com o dedo, meio que querendo se certificar se o ferro estava mesmo quente, e logo o tirou da superfície incandescente.

– Funcionou direitinho. Você pode fazer o fogo ir embora agora, Shaunee.

– Obrigada, fogo! Agora volte para mim! – o brilho girou ao redor da égua, fazendo-a resfolegar outra vez, e depois voltou para Shaunee, cujo corpo começou a brilhar até ela franzir a testa e dizer: – Pode se estabilizar.

Lenobia soltou a pata do animal, deu um tapinha carinhoso nas costas dela e disse: – É assim que vocês vão sair daqui e chegar ao convento rapidamente. A cavalo, o que, na minha opinião, é mesmo a melhor maneira de se viajar.

– A ideia tem seus méritos – Darius reconheceu. – Mas como vamos escapar? Os *Raven Mockers* não vão nos deixar passar pelo portão da frente.

Lenobia sorriu.

– Talvez deixem, sim.

31

– Esse plano é maluquice – Aphrodite protestou.

– Mas deve funcionar – Darius respondeu.

– Eu gosto. É meio romântico, com os cavalos e tudo. Além disso, é o melhor que temos – Damien disse.

– É o único plano que temos – lembrei. Lenobia levantou as sobrancelhas, e tratei de completar: – Mas eu também gostei.

– Quanto menos cavalos levarem, mais fácil será passarem despercebidos. Sugiro que cavalguem em duplas – Lenobia aconselhou.

– Três funcionam bem melhor que seis – Erin concordou.

– Mas como vamos chamar Dragon e Anastasia? – perguntei. – Não podemos ir até a sala de esgrima nem à sala de aula de Anastasia. E não quero que a gente se separe.

Lenobia arqueou as sobrancelhas novamente.

– Não sei se vocês já ouviram falar disto, mas tem uma coisa que muitos de nós usamos, chamada telefone celular. Creiam ou não, Dragon e Anastasia têm celulares.

– Ah – senti-me a perfeita idiota, enquanto Aphrodite revirava os olhos para mim.

– Vou ligar para eles e explicar sua parte no plano. Vocês que estão de saia têm de trocar de roupa. Zoey pode lhes mostrar onde temos roupas de equitação extras. Peguem tudo de que precisarem – Lenobia falou enquanto se apressava em direção ao escritório.

— Vou dizer a Dragon que a operação vai começar dentro de trinta minutos.

— Trinta minutos! — senti um nó no estômago.

— Dá tempo de sobra para se trocarem e para a gente colocar as rédeas nos três animais. Ninguém pode usar selas. Seria uma pista óbvia.

Lenobia sumiu dentro do escritório, enquanto Damien perguntava: — Sem selas? Acho que vou ficar enjoado.

— Bem-vindo à turma. Vamos — disse a Aphrodite e às gêmeas. — Vocês precisam substituir essas saias curtas. E o que você tem na cabeça para usar sapatos de salto alto em uma tempestade de gelo?

— São *botas* — Aphrodite respondeu. — E botas fazem parte do vestuário de inverno.

— Botas de saltos finos de oito centímetros não são calçados razoáveis para se usar no inverno — observei, levando-as ao almoxarifado da estrebaria, onde as roupas de equitação estavam cuidadosamente penduradas em meio ao resto do material.

— Sua *nerd* sem senso *fashion* — Aphrodite murmurou.

— Concordo — Shaunee disse.

— Pela primeira vez — Erin acrescentou.

Peguei três rédeas e olhei para minhas amigas balançando a cabeça. — Troquem logo de roupa. Tem *botas de equitação* naquele armário. Façam bom uso do material que lhes é ofertado.

— Que lhes é ofertado? — ouvi Shaunee dizer enquanto eu saía do almoxarifado.

— A amiguinha tem andado demais com a Rainha Damien — Erin lhe respondeu, e eu bati a porta.

Sem saber direito que outros dois cavalos Lenobia escolheria para nos acompanhar, mas com a certeza de que eu ia com Persephone, corri para seu estábulo. Darius havia ido até as janelas altas do estábulo e estava ocupado, empilhando fardos de feno. Sem dúvida ia conferir o tempo e os *Raven Mockers* que pudessem estar à espreita.

– Ahn, Z., posso dar uma palavrinha com você? – Damien perguntou.

– Claro, entre – voltei para o estábulo de Persephone, peguei a escova e comecei a dar uma escovada rápida nela.

– O negócio é o seguinte: não sei cavalgar – Damien ainda estava parado na porta.

– Bem, não seja por isso. Eu faço a pior parte. Apenas sente atrás de mim e se segure.

– E se eu cair? Tenho certeza de que ela é dócil – ele acenou brevemente para Persephone, que ainda estava mastigando seu feno na maior tranquilidade e não prestou a menor atenção em Damien. – Mas ela é grande. Bem grande mesmo. Gigantesca, na verdade.

– Damien, estamos prestes a fugir da escola, correr para salvar nossas vidas e depois tentar banir um ancestral imortal e uma Grande Sacerdotisa *vamp* que passou para o lado do mal, e você está se estressando só porque vai cavalgar na minha garupa?

– Sem sela. Cavalgar atrás de você em um cavalo sem sela – ele enfatizou e depois assumiu: – Sim, sim, eu estou me estressando por causa disso.

Comecei a rir e tive de me apoiar em Persephone porque minha barriga estava doendo de tanto rir. Bem, taí uma lição que a vida *realmente* me ensinou: se você tem bons amigos, não importa o quanto esteja na pior, eles o farão rir.

Enquanto isso, Damien me olhava de cara feia.

– Pode deixar, não vou contar para Jack que você riu da minha cara, para ele não ficar fulo da vida com você. Porque, se ficar, na próxima vez que for comprar um presente para você, ele vai fazer greve e se recusar a supervisionar se o embrulho é de bom gosto.

– Nossa, quanta maldade – mal falei e caí na risada de novo.

– Dá para falar sério? Temos uma guerra para vencer e um mundo para salvar – Aphrodite estava parada com as mãos na cintura bem em frente ao estábulo de Persephone. Estava com sua camisa curta preta de marca (com a palavra *juicy*[20] escrita em dourado sobre os seios) e a calça cor de canela, que pegara emprestada, enfiada para dentro das botas inglesas de equitação. Sem saltos. Salto nenhum.

Dei uma olhada para ela e comecei a rir de novo. Então avistei as gêmeas, que estavam paradas logo atrás. Ambas usavam túnicas de seda Dolce & Gabbana com estampado animal (provavelmente da Saks da Quinta Avenida ou da Miss Jackson's, Deus do céu). Estavam com as bundas moldadas pelo tecido sintético cor de canela das calças de equitação (hihihi), com as barras enfiadas dentro das botas.

Aquilo não tinha preço. Desta vez Damien me acompanhou na histeria.

– Eu odeio essas duas – Aphrodite ressaltou.

– Amiga, estamos descobrindo cada vez mais coisas em comum com você – Erin lhe respondeu.

– Digo o mesmo – Shaunee confirmou, fechando a cara para Damien e para mim.

Infelizmente, as palavras de Lenobia jogaram água fria na pausa para as risadas.

– Falei com Anastasia. Está tudo pronto, apesar de Dragon estar temporariamente indisponível. Ele estava lidando com um caso diferente de Transformação e me pediu para avisá-la, Zoey, que Stark chegou e recebeu cuidados.

– Ela disse Stark? – Damien perguntou.

– Ahn? – as gêmeas quase gritaram juntas.

– Ah, merda – Aphrodite disse.

– O tempo ainda está ruim, e vejo algo se mexendo nas árvores. Acho que eles pretendem nos apanhar assim que sairmos da estrebaria. Melhor ir logo – Darius interrompeu todo mundo e veio se juntar ao grupo novamente, fazendo uma pausa ao ver todos me encarando. – Pelo jeito, perdi alguma coisa.

---

20 Gostosa, apetitosa, suculenta. (N.T.)

– Sim, e Zoey ia agora mesmo nos explicar – Damien me intimava.

Mordi o lábio e olhei para cada um dos meus amigos. *Ora, que inferno.*

– Tá, o negócio é o seguinte. Stark se Transformou. Ele é o segundo vampiro vermelho da história.

– Grande merda – Erin desdenhou. – Ele continua sendo um escroto.

– É, e que merda você tem a ver com a Transformação dele? – Shaunee perguntou.

– Você tem que parar de achar que ele é como Stevie Rae. Eles são completamente diferentes – Damien disse, mais gentilmente do que as demais.

– Ela o ama – Aphrodite deixou escapar.

– Aphrodite! – berrei.

– Bem, alguém tinha que explicar aos mongos essa sua paixão patética – Aphrodite se justificou.

– Você não está me ajudando – repreendi-a.

-- Espere. Volte tudo. Zoey apaixonada por Stark? Acho que nunca ouvi nada mais idiota em toda a minha vida – Erin parecia pasma.

– Bem, tirando a nova lei de habilitação de trânsito de Oklahoma, gêmea. Fala sério. *Aquilo* é a coisa mais idiota que já ouvimos em nossas vidas – Shaunee declarou.

– Verdade. Tirando isso, então. E, Aphrodite, nós só vamos dizer o seguinte: Você perdeu a droga da sua cabeça – agora foi a vez de Erin.

– De novo – agora era Shaunee que ecoava.

Todo mundo olhou para mim.

– Também achei a nova lei de habilitação de trânsito bem idiota – falei de um jeito nada convincente.

– Viu! Eu falei! – Aphrodite retumbou. – Ela tem uma queda séria por Stark.

– Sério mesmo – Erin disse, pasma de novo.

– Eu jamais teria acreditado – Shaunee também.

– Vamos deixá-la explicar! – Damien gritou.

Todo mundo fez silêncio.

Limpei a garganta.

– Bem. Vamos lá. Lembram-se do poema? – todos os meus amigos olharam para mim apertando os olhos, o que não achei muito justo, mas continuei mesmo assim. – Não dizia que eu devia salvar sua humanidade? E eu salvei. Acho. Espero.

– Sacerdotisa, nós o flagramos abusando de uma novata. Como pode perdoar isso? – Darius perguntou.

– Eu não perdoo. Aquilo me dá nojo. Mas me lembro de quando Stevie Rae estava lutando para manter sua humanidade. Ela era pavorosa – olhei para Aphrodite. – Você sabe do que estou falando.

– Sei e não tenho cem por cento de certeza que você possa confiar nela hoje em dia. E digo isso na condição de humana Carimbada com ela.

Pensei que as gêmeas e Damien fossem partir pra cima dela, mas eles ficaram quietos. Finalmente me voltei para Darius. – Stark fez o Juramento do Guerreiro para mim.

– Juramento do Guerreiro! E você aceitou?

– Aceitei. Foi logo depois que ele se Transformou.

Darius deu um profundo suspiro.

– Então Stark está ligado a você até você liberá-lo de seus votos.

– Acho que isso causou sua Transformação. Penso que com os novatos vermelhos a Transformação tem alguma coisa a ver com a escolha entre o bem e o mal.

– Stark fez a escolha certa ao lhe prestar o juramento – Darius se rendeu.

– Gosto de achar que sim – sorri para ele.

– Então isso significa que ele não é mais um canalha? – Erin perguntou.

– Pensei que você o tivesse chamado de cafajeste – Shaunee tentou corrigi-la.

– Gêmea, é a mesma coisa.

– Isso significa que confio nele – afirmei. – E gostaria que vocês lhe dessem uma chance.

– Dar uma chance à pessoa errada agora pode ser nosso fim – Darius me lembrou.

– Eu sei – suspirei profundamente.

– Um vampiro recém-Transformado precisa se recolher ao Templo de Nyx. Dragon me garantiu que Stark está lá em segurança – Lenobia deu uma olhada no relógio. – Temos exatamente dez minutos. Vamos cuidar de coisas mais importantes e deixar o assunto Stark para um momento mais adequado.

– Com certeza – concordei. – O que falta fazer? – eu só esperava que Dragon realmente estivesse mantendo o recém-Transformado Stark bem guardado no Templo de Nyx e que nós realmente conseguíssemos pôr Kalona pra correr daqui, e que com isso nos livrássemos de Neferet também, para que pudéssemos analisar a sinceridade dele em momento mais propício.

Rapidamente colocamos rédeas nos outros dois animais, apropriadamente batizados de Esperança e Destino. Então começou a parte mais difícil do plano.

– Eu ainda acho inseguro – Darius olhava para uma nuvem carregada.

– Tenho que fazer isso. Stevie Rae não está aqui, e sou a coisa mais perto da pura afinidade com a terra – respondi.

– Na verdade nem soa tão difícil assim – Aphrodite tentou argumentar com o irado guerreiro. – Zoey só precisa ir até o muro, discretamente dizer à árvore que já está inclinada para que ela desça mais ainda, e então voltar para cá.

– Eu a levarei até lá – Darius tinha uma voz teimosa.

– Com sua megarrapidez será perfeito. Aliás, estou pronta.

– Como poderei saber se você se saiu bem e que chegou a hora de continuarmos com o resto do plano? – Lenobia me perguntou.

— Eu lhe mandarei o espírito. Se você sentir uma sensação boa de repente, é porque estamos bem e chegou a hora de Shaunee se preparar para soltar o fogo.

— Mas ela precisa se lembrar de que só as *ferraduras* dos cavalos devem estar incandescentes — Lenobia disse, dando um olhar severo para Shaunee.

— Eu sei! Nem é difícil. Pode cuidar das suas coisas. Destino e eu estamos fazendo amizade — Shaunee virou-se para a grande égua baia que ia carregar Erin e ela, e continuou a tagarelar, enquanto sua gêmea escovava o animal e falava sobre cubos de açúcar e um troço chamado *Jazzy Apple*.

— Apenas cuide dela e volte para mim — Aphrodite beijou Darius na boca e foi para perto de Esperança para ajudar Lenobia a terminar de afivelar suas rédeas.

— Bem, Sacerdotisa, podemos? — Darius perguntou. Assenti e o deixei me carregar em seus braços. Ele deu um passo em direção à noite gelada e tempestuosa, e então tudo ficou borrado ao redor de nós enquanto ele seguia meio que na diagonal pelos fundos do terreno em direção ao grande muro que cercava a escola, para a parte onde havia um grande carvalho inclinado sobre ele. Em um dos últimos desastres de inverno em Tulsa, a árvore sucumbira e caíra. Mais ou menos. Dizem (Aphrodite) que em circunstâncias normais o lugar era excelente para dar uma escapada do campus, e eu sabia, por experiência própria, que ela tinha razão.

Hoje não iríamos lidar com circunstâncias normais.

Darius parou rápido demais ao lado da árvore caída, me pôs debaixo dela e sussurrou: — Fique aqui até eu ter certeza de que é seguro.

Ele saiu, e eu me agachei debaixo da árvore, pensando em como estava úmido e frio e como homens podiam ser irritantes. Foi quando ouvi aquele bater de asas repulsivas e decidi me levantar. Rapidamente.

Saí debaixo da lateral da árvore bem a tempo de ver Darius agarrar um *Raven Mocker* pela asa, jogá-lo no chão e cortar-lhe a garganta.

Virei o rosto imediatamente.

– Zoey, venha. Não temos tempo.

Tentando ignorar o cadáver do *Raven Mocker*, corri para a árvore inclinada. Pus minha mão nela e fechei os olhos. Concentrei-me, procurei meu norte interno, que é o ponto da terra, e invoquei: – Terra, preciso de você. Por favor, venha para mim – no meio de uma tempestade de gelo, no ápice do inverno, eu estava, de repente, miraculosamente, cercada pelos aromas de um prado primaveril... de trigo maduro... de acácia em flor. Abaixei a cabeça, agradecida, e continuei. – O que preciso que você faça é duro, e eu não lhe pediria isto a não ser em caso de emergência – respirei fundo e me concentrei na casca de árvore congelada sob a palma de minha mão. – Caia – ordenei. – Perdoe-me, mas tenho que lhe pedir para cair – a pele da árvore estremeceu debaixo da minha mão tão violentamente que caí de costas, ouvi um estalido, que podia jurar que era um grito mortal vindo de dentro dela, e o velho carvalho caiu, batendo no muro já fraco, mandando tijolos e pedaços de pedra para baixo, criando uma fresta na barreira que cercava a escola, pela qual a coisa mais lógica seria fugirmos.

Eu estava respirando com dificuldade e me sentindo bastante abalada, mas automaticamente mandei o espírito avisar Lenobia que havia dado certo. Então me recompus, voltei para perto da árvore caída, não sem vacilar um pouco, e pus as mãos em sua casca: – Obrigada, terra – e então, de repente pensei em acrescentar: – Vá procurar Stevie Rae. Diga-lhe que estamos chegando. Diga-lhe para estar pronta – senti minha audição se aguçar como acontecia quando ordenava algo aos elementos. – Agora vá, terra. Obrigada novamente por me ajudar e sinto muito mesmo por fazer a árvore sofrer.

– Precisamos voltar para a estrebaria – Darius veio em minha direção e me levantou nos braços. – Muito bem, Sacerdotisa.

Pus a cabeça em seu ombro amigo e só senti que estava chorando porque vi as lágrimas escorrendo por seu casaco.

– Vamos cair fora daqui.

32

Os três animais estavam esperando por nós. Erin e Shaunee já estavam montadas em Destino. Shaunee estava "dirigindo". Ela havia tomado aulas particulares de hipismo com salto de obstáculos na escola particular que frequentava antes de ser Marcada, de modo que se proclamava "uma cavaleira quase medíocre". Aphrodite e Damien estavam parados perto de Persephone e Esperança. Damien pareceu a ponto de vomitar a qualquer momento.

– Senti o toque do espírito e presumi que tudo correu bem – Lenobia veio correndo para perto de nós e começou a conferir de novo se as rédeas estavam firmes nos cavalos.

– O muro foi quebrado, mas tive de matar um *Raven Mocker*. Tenho quase certeza de que em breve ele será encontrado – Darius avisou.

– Na verdade, que bom. Só dará mais crédito à ideia de que é pelo muro caído que vocês vão tentar escapar – Lenobia olhou para o relógio. – Hora de montar. Shaunee, está pronta?

– Eu já nasci pronta – Shaunee respondeu.

– Muito bem. E você, Erin?

– Digo o mesmo. Estou pronta.

– Damien?

Ele respondeu, mas falando comigo: – Estou com medo.

Corri para o lado dele e segurei sua mão.

— Também estou. Mas o medo diminui bastante quando me lembro que estamos juntos.

— Mesmo se estivermos juntos em cima de um cavalo?

— Mesmo assim. Além disso, Persephone é uma dama — peguei sua mão e a pressionei contra a suave curva do pescoço de minha égua.

— Aaah, ela é macia e quentinha.

— Venha, vou ajudá-lo a subir — Lenobia disse, agachando ao nosso lado e fazendo apoio com as mãos para Damien subir.

Ele deu um suspiro longo, sentido, e colocou o joelho nas mãos dela, tentando (sem sucesso) conter um gritinho muito *gay* quando ela o empurrou para as costas largas de Persephone.

Antes de Lenobia me ajudar a subir, ela pôs as mãos nos meus ombros e me olhou nos olhos.

— Siga seu coração e seu instinto que tudo vai dar certo Sacerdotisa.

— Farei meu melhor.

— É por isso que tenho tanta fé em você.

Depois que todos acabamos de montar, Lenobia nos levou até as portas deslizantes que se abriam para um curral de exercícios. Antes, ela tinha dado uma rápida saída para abrir o portão externo do curral. Agora não havia mais nada entre nós e o mundo lá fora, exceto um monte de gelo, os portões da frente da escola, um monte de *Raven Mockers*, seu papai e uma Grande Sacerdotisa louca de pedra. Como vocês bem podem imaginar, eu estava bem preocupada com a possibilidade de ter uma diarreia de fundo nervoso. Felizmente, não tive muito tempo para deixar meu corpo pensar duas vezes.

Lenobia abriu as portas. Ela já apagara as luzes desta parte da estrebaria a fim de não projetar nossas sombras. Todos montados e enfileirados, demos uma olhada na escuridão gelada do lado de fora, imaginando o temporal que estava a caminho.

— Vou lhe dar só uns minutinhos para chamar os elementos — Lenobia me avisou. — O súbito aumento de intensidade do temporal será a deixa para Anastasia lançar o feitiço de confusão no outro lado do campus, e não se esqueça de que Dragon está parado em um dos portões da escola. Ele derrubará o *Raven Mocker* que está lá de sentinela assim que ouvir os cavalos chegando. Shaunee, quando você estiver pronta, ponha fogo no estábulo. Quando eu vir as chamas, soltarei o resto dos cavalos. Eles já sabem que devem sair pisando forte pela escola e criar a maior baderna possível.

– Tô ligada – Shaunee assentiu.

– Então, concentre novamente o fogo nos cascos dos cavalos – Lenobia fez uma pausa, mas resolveu confirmar: – Quero dizer, nas ferraduras em seus cascos. Direi a Persephone quando deve ir. Fora isso, tudo que você precisa fazer é se segurar e seguir com ela – ela deu um tapinha carinhoso na minha égua cor de canela. Então olhou para mim e disse: – *Merry meet*, *merry part* e *merry meet* outra vez, Grande Sacerdotisa – ela levou a mão ao coração e me fez uma mesura.

– Que luminosas bênçãos a protejam, Lenobia – respondi agradecida. Ela foi se afastando rapidamente, mas a chamei: – Lenobia, por favor, reconsidere a ideia de sair daqui. Se não nos livrarmos de Kalona, você, Dragon e Anastasia têm de ir para debaixo da terra, seja para os túneis debaixo da estação, o convento ou mesmo para o porão de algum edifício do centro. Essa é realmente a única chance de você ficar em segurança de fato.

Lenobia fez uma pausa e olhou para mim por sobre o ombro. E, antes de se afastar, tinha um sorriso sereno e sábio. – Mas, Sacerdotisa, você vai conseguir.

– Nossa, ela é teimosa – Shaunee disse.

– Vamos simplesmente ter certeza de que ela está certa – respondi. – Bem, estão prontos? – meus amigos assentiram. Respirei fundo e me concentrei. Estávamos voltados para o norte, assim, indiquei a Persephone com o joelho para se voltar para a direita, para ficarmos voltadas para o leste. Não havia tempo para palavras floreadas nem para música inspiradora, só para a ação. Rapidamente invoquei cada um dos elementos, sentindo meus nervos se acalmarem enquanto eles preenchiam o ar e criavam um círculo luminoso que nos uniu. Quando o espírito me preencheu, não me controlei e ri alto. Ainda soando meio tonta de rir, pedi: – Damien, Erin, mandem ver com seus elementos!

Senti Damien levantando as mãos atrás de mim e observei Erin fazer o mesmo. Pude ouvir as palavras que Damien sussurrou para o ar, pedindo que uma brisa gelada começasse a soprar sobre nós de modo caótico, revirando tudo ao redor. Eu sabia que Erin estava pedindo à água algo semelhante, ou seja, um temporal daqueles de naufragar o mundo ao nosso redor.

Preparei-me para ajudá-los a canalizar e a controlar seus elementos para podermos (em tese) seguir dentro da pequena bolha de calma no meio do redemoinho dos elementos.

Os dois elementos responderam instantaneamente. Olhamos para fora e nos deparamos com a noite explodindo em uma tempestade que deve ter deixado os aparelhos de meteorologia de cabeça para baixo.

– Tá – berrei sobre o vento. – É a vez do fogo.

Shaunee levantou os braços, jogou a cabeça para trás e, como se estivesse lançando uma bola de basquete, atirou o fogo que brilhava em suas palmas em direção ao estábulo cheio de palha que Lenobia lhe pedira para destruir. A palha entrou em combustão feroz.

– Agora os cascos dos cavalos – gritei.

– Ajude-me a manter – Shaunee me pediu.

– Vou ajudar, não se preocupe.

– Esquentem as ferraduras! – ela então berrou e apontou para os cascos dos cavalos.

Persephone resfolegou. Abaixou a cabeça e, quando a serragem do quintal da estrebaria começou a soltar fumaça sob seus pés, ela aguçou os ouvidos na direção das ferraduras.

– Cara... Temos que sair daqui antes que suas patas destruam tudo – Damien disse. Ele estava me apertando tão forte que eu estava com um pouquinho de dificuldade para respirar, mas não queria dizer nada que o fizesse perder o equilíbrio.

Eu estava pensando que seria bom mesmo botar fogo na palha quando ouvi uma barulheira atrás de nós e soube que só podia ser Lenobia soltando os cavalos para bagunçar o campus, como se estivessem morrendo de medo do fogo na estrebaria. Persephone balançou a cabeça e deu uma relinchada sarcástica. Senti seus músculos se contraindo, e aquele foi o sinal para apertar as coxas e gritar para Damien:
– Segure firme! Lá vamos nós! – então a égua saiu correndo da estrebaria em direção à noite imensa.

Os três cavalos, lado a lado, galoparam através do curral e saíram pelo portão que Lenobia deixara aberto. Os animais viraram à esquerda, contornando a parte de trás do principal edifício da escola e, antes do que achei que fosse possível, vi o vapor subindo e a névoa se formando em ondas ao nosso redor quando os cascos tocaram o gelo que cobria o asfalto do estacionamento.

Ouvi atrás de nós os gritos de cavalos em pânico e os urros terríveis dos *Raven Mockers*. Rangi os dentes e torci para que as éguas de Lenobia estivessem afugentando alguns dos homens-pássaros.

Os cascos de Persephone chiaram sobre o caminho liso que levava para a estradinha que terminava na escola.

– Ah, Deusa! Olha só! – Damien gritou e apontou para cima do meu ombro e para à direita, para a série de árvores que margeavam a estradinha. Dragon estava lá lutando contra três *Raven Mockers*. Sua espada era um borrão prateado com a qual ele atacava, se desviava e dava voltas. Quando aparecemos, os homens-pássaros tentaram prestar atenção em nós, mas Dragon redobrou o ataque, desviando-se de um deles instantaneamente e fazendo o outro se voltar, chiando, contra ele.

– Vá! – Dragon gritou enquanto passamos galopando por ele. – E que Nyx a abençoe!

O portão estava aberto, o que era com certeza obra de Dragon. Nós surgimos, viramos para a direita e galopamos a deserta e gelada Rua Utica.

No sinal da Rua Vinte e Um, que não estava funcionando, viramos os cavalos para a direita, posicionando-os no meio da rua, mostrando-lhes a direção.

O centro de Tulsa se transformara em um pálido fantasma de si mesmo. Se não estivesse concentrada e não tivesse certeza absoluta de que nossos cavalos estavam descendo a Rua Vinte e Um, teria achado que estávamos completamente perdidos em um mundo estranho e gelado pós-apocalipse. Não havia nada vagamente familiar ao meu redor. Nada de luzes. Nada de carros passando. Nada de gente. O frio, o gelo e a escuridão imperavam. As lindas árvores velhas do centro da cidade estavam cobertas por tanto gelo que muitas delas literalmente se partiram ao meio. Os cabos de energia estavam derrubados, caídos como serpentes preguiçosas ao longo da rua. Os cavalos não deram atenção aos cabos. Seguiram entre árvores e cabos caídos com seus cascos inflamados rompendo o gelo e lançando fagulhas inesperadas sobre as calçadas.

E então, por sobre o ruído dos cascos e os chiados do fogo no gelo, ouvi o terrível bater de asas e o berro, primeiro de um, depois de outro e de mais outro *Raven Mocker*.

— Darius — berrei. — *Raven Mockers*!

Ele olhou para trás e assentiu com uma expressão séria. Então, fez uma coisa que me deixou completamente chocada: tirou um revólver preto do bolso do casaco. Nunca tinha visto nenhum dos Filhos de Erebus carregando armas modernas e, talvez por isso, a arma pareceu completamente deslocada em suas mãos.

Ele disse algo a Aphrodite, que estava agarrada às suas costas. Ela resvalou um pouco para o lado, permitindo que ele girasse o corpo. Darius levantou o braço, apontou e disparou meia dúzia de tiros. O som foi ensurdecedor na noite congelada, mas não chegou nem perto de ser tão sinistro quanto o que veio em seguida: os gritos dos *Raven Mockers* feridos e o *tum!* e *crash!* de seus corpos caindo do céu.

– Olha lá! – Shaunee berrou, apontando para a nossa frente e para a direita. – Estou vendo uma luz!

A princípio não vi nada, mas depois, em meio a um grupo de árvores congeladas, vi tremular uma, depois outra e mais outra bem-vinda luz de velas. Será que era isso mesmo? Aquele era o Convento das Irmãs Beneditinas? A visibilidade estava péssima e tudo estava tão confuso e escuro que eu não sabia se era o convento ou apenas uma das casas transformadas em consultórios de cirurgiões plásticos que se apinhavam nesta parte da rua.

Concentração! Se esse for um lugar de poder, serei capaz de sentir.

Respirei fundo e procurei ouvir meu instinto, então senti uma atração inconfundível que veio do poder combinado do espírito e da terra.

– É ele! – berrei. – É o convento!

Puxamos as cabeças dos cavalos para a direita e saímos da estrada, passando por um canal e um aterro repleto de árvores. Os cavalos tiveram de diminuir o passo para seguir em meio aos galhos caídos e cabos sem energia, e então passamos pelas árvores até chegar a uma clareira. Bem na nossa frente havia um velho e enorme carvalho. Seus galhos mais baixos estavam cheios de pequenas gaiolas de vidro contendo velas alegremente acesas. Havia um estacionamento um pouco depois de uma árvore, atrás do qual só enxerguei a volumosa construção de pedras que era o Convento das Irmãs Beneditinas, ou pelo menos as janelas tive certeza de enxergar, pois havia velas acesas em cada uma delas.

– Bem, vocês podem dispensar os elementos agora e deixar as coisas se acalmarem – as gêmeas e Damien sussurraram com seus elementos e a loucura do temporal começou a se aquietar, deixando a noite apenas fria e nublada.

– Eia! – gritei, e nossas leais e obedientes éguas pararam pouco antes de avistarmos uma figura que inspirava um temor respeitoso, coberta por um hábito preto e uma touca de freira.

– Oi, filha. Eu os ouvi chegando – ela disse, sorrindo para mim.

Desci de Persephone e me joguei nos seus braços.

– Irmã Mary Angela! Que bom ver a senhora!

– Também estou feliz em vê-la – ela respondeu. – Mas, filha, acho melhor adiar os cumprimentos para depois que lidarmos com essas criaturas nas árvores atrás de você.

Girei ao redor a tempo de ver dezenas de *Raven Mockers* pousando nas árvores. Tirando os sons de suas asas, eles estavam em silêncio absoluto, e seus olhos vermelhos cintilavam como demônios atentos.

– Caraca!

33

– Olhe a língua – irmã Mary Angela disse serenamente.

Darius já tinha desmontado e estava ajudando Aphrodite e as gêmeas a descer. Damien não esperou por ajuda; desmontou quase tão rápido quanto eu e já estava de pé ao meu lado.

– Sacerdotisa – Darius se dirigiu à irmã Mary Angela –, a senhora por acaso não guardaria armas de fogo no convento, guardaria?

Ela deu uma risada tão fora de ocasião que chegou a ser reconfortante.

– Ah, guerreiro, é claro que não.

– Não estamos em número suficiente para lutar contra eles, mas temos o círculo – Darius disse enquanto olhava para as árvores repletas de pássaros. – Quem estiver dentro dele estará a salvo.

Darius tinha razão, é claro. Nosso círculo estava intacto. Apesar de estranhamente descentralizado, o fio de prata que nos unia ainda brilhava entre nós.

– Vou voltar à Morada da Noite e trazer ajuda – Darius disse.

Senti frustração em sua voz. Que ajuda traria? Eu não tinha visto nenhum de seus irmãos guerreiros desde que entramos no terreno da escola. Dragon era ótimo na espada, mas nem mesmo ele seria páreo para todos aqueles *Raven Mockers*. As árvores que orlavam o lado do convento que dava para a Rua Vinte e Um estavam repletas de silhuetas sombrias.

Muitos dos galhos das árvores, que já estavam rangendo por causa do gelo não suportaram o peso extra dos *Raven Mockers* e começaram a rachar e a quebrar, produzindo um ruído quase tão terrível quanto os guinchos insolentes dos pássaros.

– Ei, ouvi falar que vocês estão precisando de ajuda aqui.

Nunca em toda minha vida tinha ficado tão feliz ao ouvir uma voz quanto naquele momento, quando escutei o pesado sotaque de Oklahoma de Stevie Rae. Abracei-a com força, cheia de prazer por vê-la em segurança, sem ligar para os segredos que guardava de mim. Dando um suspiro de alívio, vi os novatos vermelhos saírem da escuridão atrás dela.

– Galera do mal! – Kramisha disse, torcendo o nariz para os *Raven Mockers*.

– Vamos enfiar a porrada neles – convocou Johnny B, mal cabendo em si de tanta testosterona e músculos.

– Eles são do mal, mas não vão fazer nada além de ficar olhando – disse outra voz familiar.

– Erik! – gritei. Sorrindo, Stevie Rae me soltou e Erik me tomou em seus braços fortes.

Vi um borrão à minha direita, era Jack correndo para agarrar Damien.

Olhei para Erik e, mesmo no meio da confusão em que estávamos, desejei que as coisas fossem simples e fáceis entre nós dois. Naquele instante quis mesmo que tudo se resumisse a mim e Erik, em vez de Erik e Stark e Kalona e Heath...

– Heath? – perguntei, saindo de seu abraço.

Erik deu um suspiro e apontou com o queixo o edifício do convento.

– Ele está lá dentro. Está bem.

Sorri um pouco constrangida, sem saber o que dizer.

– Zoey, Kalona chegará logo. Os *Raven Mockers* só não estão nos atacando porque não estamos mais tentando fugir. Mas estão de olho na gente. Não se esqueça do que tem de fazer – a voz de Darius quebrou o novo estranhamento entre mim e Erik.

Concordei e voltei-me para irmã Mary Angela. – Kalona vai nos seguir até aqui. Lembra que lhe disse que ele é imortal?

– Um anjo caído – ela enfatizou, balançando a cabeça.

– E lembra o que lhe disse sobre nossa Grande Sacerdotisa? Bem, ela passou totalmente para o lado do mal, e tenho certeza de que vem com ele. Eles são igualmente perigosos.

– Entendo.

– Então ele não pode ser morto, mas acho que sei como espantá-lo daqui, e tomara que Neferet vá com ele. Mas vou precisar de sua ajuda.

– Qualquer ajuda que eu possa lhe dar – respondeu a irmã Mary Angela.

– Ótimo. O que preciso é da senhora... – disse-lhe e então me voltei para Stevie Rae – ...e de você...

– E de mim – Aphrodite ecoou e veio para o meu lado.

– E preciso da minha avó. Sei que vai ser duro para ela, mas preciso dela aqui, ou pelo menos onde quer que seja o centro de poder que eu estou sentindo à nossa volta.

– Kramisha, minha filha, pode chamar a avó de Zoey?

– Sim, senhora – Kramisha disse e saiu às pressas.

– A Gruta de Maria é o centro de nosso poder – irmã Mary Angela apontou atrás de mim e para o lado de onde estávamos; um lugar que estava entre nós, a ponta noroeste de um gramado bem aparado e de uma fileira monstruosa de árvores. Voltei-me para ver o que ela estava apontando e arfei de surpresa, questionando-me como não havia reparado antes. Era a maior capela que jamais vira, feita de grandes peças de arenito de Oklahoma. Cada pedra fora escolhida com cuidado para se encaixar perfeitamente às pedras vizinhas. Tinha formato de tigela, parecendo fotos que eu já tinha visto na parte externa de famosos teatros. Havia um banco dentro da capela, além de vários peitoris de pedra dispostos ao redor do interior curvo em vários lugares, e todas as superfícies disponíveis estavam cobertas por velas, de modo que a capela inteira brilhava à luz de velas e gelo. Ao caminhar naquela direção, olhei para seu arco gracioso acima, que se expandia a vários metros acima de minha cabeça, e arfei ligeiramente. Lá estava, aninhada no alto da estrutura, a mais linda estátua de Maria que já tinha visto na vida. Seu rosto estava sereno em prece, quase sorrindo, olhando para cima. E aos seus pés havia uma profusão de lindas rosas entrelaçadas, como se elas tivessem lhe dado à luz. Observei o rosto de Maria e senti meu coração bater mais ligeiro. Eu a estava reconhecendo. Como não reconheceria? Ela aparecera para mim poucos dias antes na forma da Deusa.

– Dá para sentir o poder deste lugar – Aphrodite disse.

– Uau, essa estátua de Maria é linda mesmo – Jack exclamou. Ele e Damien estavam de mãos dadas, olhando para cima.

– Dê uma olhada no formato da calçada... é perfeito – Stevie Rae chamou minha atenção.

Olhei para baixo. A calçada que conduzia para o local onde havíamos deixado os cavalos se transformava ao alcançar a parte da frente da capela. Ali a calçada ficava bem maior, formando um círculo. Sorri para Stevie Rae. – É perfeito mesmo.

– O que você precisa que façamos, Zoey? – irmã Mary Angela perguntou, mas antes que eu pudesse responder, o rugido de um motor chamou a atenção de todos para as árvores infestadas de pássaros e para a estrada atrás delas.

Com um medo crescente, observei o enorme Hummer preto, o mesmo no qual voltáramos para a escola, sair da estrada. Pisando fundo no acelerador, o veículo veio balançando, jogando terra para os lados, atravessando o bosque de árvores, fazendo os *Raven Mockers* baterem as asas e grasnarem em um frenesi de encorajamento.

– Irmã, fique perto de mim – pedi. – Aphrodite, Stevie Rae, preciso de vocês ao meu lado também.

– Estamos aqui – Aphrodite respondeu, enquanto Erik e Darius saíram da frente e as duas vieram ficar ao meu lado.

– Preciso da minha avó.

– Ela está vindo. Não tema – respondeu irmã Mary Angela.

Finalmente o Hummer parou, tão perto dos cavalos que eles relincharam e recuaram até ficarem dentro do estacionamento. As portas do veículo se abriram e Kalona e Neferet saíram juntos. Ela estava com um vestido preto de seda que se arrastava no chão de tão longo, com um decote profundo que expunha o pingente de ônix alado que pendia entre seus seios. Uma aura negra pulsava ao seu redor, fazendo seu cabelo grosso se levantar e se mover ao redor dos ombros.

– Puta merda – Aphrodite sussurrou.

– É, eu sei – respondi com uma cara séria.

Kalona veio ao lado dela. Ele usava uma calça preta e nada mais. Enquanto se afastava do Hummer com Neferet, suas asas farfalharam e se abriram um pouco, mostrando só um pouquinho de sua grandeza.

– Ah, Maria abençoada! – irmã Mary Angela arfou ao meu lado.

– Não olhe nos olhos dele! – sussurrei para ela. – Ele pode ter um efeito hipnótico sobre as pessoas. Não deixe ele pegar a senhora.

Ela hesitou, observando o homem alado, e então disse: – Ele não me atrai, mas me dá pena. Com certeza é um anjo caído.

– Quantos anos ele parece ter para a senhora? – tive de fazer a pergunta.

– Ancião. Mais velho que a terra.

Não tive tempo de lhe dizer que para mim ele parecia ter uns dezoito anos porque, então, o motorista saiu do Hummer e foi para perto de Kalona e Neferet. Era Stark. Seus olhos encontraram os meus instantaneamente, e ele, muito discretamente, me cumprimentou com a cabeça.

Ouvi Stevie Rae ofegar de surpresa, e os novatos vermelhos atrás de nós ficaram agitados.

– Esse é o garoto que me flechou, não é? – ela perguntou.

– É – respondi.

– Ele se Transformou – Stevie Rae notou. – Ele é um vampiro vermelho.

— Além de ser um rato filho da puta — Aphrodite murmurou, mas tratou logo de se deculpar. — Desculpe, irmã Mary Angela.

— Não confie nele, Zoey — a voz de Darius veio logo atrás de mim. — A senhorita está vendo a quem ele está sendo fiel.

— Darius — eu disse severamente, sem me virar para olhá-lo. — Você precisa confiar em *mim,* e isso significa que precisa confiar em meu julgamento.

— Às vezes seu julgamento é a maior roubada — Erin retrucou.

— Não quando estou escutando a voz de Nyx — respondi.

— E você está escutando agora? — Shaunee perguntou.

Fiquei olhando para Stark, tentando ver nele algum traço de escuridão. Não havia nada; apenas Stark e seu jeito de me olhar bem nos olhos.

— Estou, com toda certeza, escutando a voz de Nyx. Agora vamos fechar o círculo ao nosso redor — instantaneamente, as gêmeas e Damien surgiram entre os demais atrás de mim. Damien foi para o leste do círculo de cimento. Mais senti do que vi Shaunee assumir seu lugar e Erin se situar à nossa esquerda. Por um momento fiquei preocupada por ter de me afastar de Aphrodite, Stevie Rae e irmã Mary Angela para assumir a posição da terra, mas então me dei conta de que a Gruta de Maria estava firmemente posicionada no norte e que o fio de prata que nos unia também estava incluindo a capela.

— Você não pode manter esse círculo para sempre — Kalona me alertou enquanto caminhava lentamente em direção ao nosso pequeno grupo. — Já eu posso persegui-la pela eternidade.

— Meus novatos — Neferet disse, andando ao lado de Kalona e, a não ser pela escuridão que a rondava, estava linda e transmitia serenidade, bem como se espera de uma Grande Sacerdotisa. — Vocês se deixaram levar por Zoey em sua equivocada sede de poder e acabaram se envolvendo em uma situação perigosa, mas ainda não é tarde demais para vocês. Tudo que precisam fazer é renunciar a ela e fechar o círculo, e então serão novamente acolhidos no seio de sua Grande Sacerdotisa.

– Se não tivesse uma freira aqui, eu ia te dizer o que você devia fazer com esse seu seio fedido – Aphrodite bradou.

– Não foi Zoey quem se afastou de Nyx – Erin se manifestou.

– É, todos nós sabemos que você fez isso. Só que Zoey foi a primeira a saber – Shaunee ecoou.

– Estão vendo como as palavras maldosas dela as envenenaram? – Neferet soou triste e muito razoável.

– E o que foi que me envenenou, então? – irmã Mary Angela tomou a palavra ao meu lado. – Eu mal conheço esta garota. Suas palavras não me envenenaram e não poderiam me fazer imaginar a escuridão que sinto você irradiar.

A fachada tranquila de Neferet se rompeu e ela ridicularizou a freira: – Humana, você é uma tola! É claro que você me sente irradiar escuridão. Minha Deusa é a Noite personificada!

A serenidade da irmã Mary Angela não era de fachada, de modo que sua expressão continuou a mesma. Ela disse apenas: – Não, eu conheço sua Nyx e, apesar de ela personificar a Noite, não se dá com as forças das trevas. Seja honesta, Sacerdotisa, e admita que rompeu com sua Deusa em prol dessa criatura – ela apontou Kalona com a mão, e as dobras de seu hábito formaram ondas graciosas. – Nephilium, eu sei quem você é. E em nome de Nossa Senhora digo palavras que já lhe são conhecidas: você deve ir embora daqui e voltar para o reino de onde caiu. Arrependa-se e quem sabe ainda lhe seja permitido conhecer a eternidade no paraíso.

– Não dirija a palavra a ele, mulher! – Neferet gritou, parando de fingir serenidade. – Ele é um deus que surgiu na terra. Você devia se ajoelhar aos seus pés!

Kalona soltou uma risada tenebrosa, que fez os *Raven Mockers* chiarem e se agitarem ao nosso redor.

– Senhoras, não briguem por mim. Eu sou um deus! Tenho muito a oferecer para todas vocês – Kalona falou em resposta a Neferet e a irmã Mary Angela, mas olhando diretamente para mim com seus olhos cor de âmbar.

– Jamais estarei com você – eu disse a ele, ignorando todo mundo à nossa volta. – Minha escolha será sempre pela minha Deusa, e você é o oposto de tudo que ela representa.

– Não pense que... – Neferet começou, mas Kalona levantou a mão, cortando suas palavras.

– A-ya, você é injusta comigo. Olhe bem no fundo de si mesma e encontrará a boneca que foi criada para me amar – houve uma agitação em meio às pessoas atrás de mim e senti uma espécie de "clique" me avisando que nosso círculo havia sido atravessado, o que só acontece quando a própria Deusa permite. Eu quis olhar para trás para ver quem era, mas não consegui desviar os olhos do olhar hipnótico de Kalona. Então ela segurou minha mão, e seu amor quebrou o encanto de Kalona. Com um grito de alegria, olhei para baixo e vi minha avó sentada em uma cadeira de rodas empurrada por Heath. Parecia que estava vindo da guerra. Estava com o braço em uma tipoia e a cabeça enfaixada. Seu rosto ainda estava inchado e manchado pelos hematomas, mas seu sorriso era o mesmo, bem como o doce som de sua voz.

– Será que a ouvi dizer que precisava de mim, minha *u-we-tsi-a-ge-hu-tsa*?

– Vovó, eu sempre vou precisar da senhora – apertei sua mão.

Olhei para Heath, que sorriu para mim.

– Bota o safado para correr daqui, Zo – ele disse e foi para perto de Erik e Darius.

Vovó, enquanto isso, tinha dado um jeito de se levantar. Ela deu dois passos para a frente, olhando para a copa das árvores, onde estavam empilhados vários *Raven Mockers*.

– Ah, filhos das mães de nossas mães! – ela gritou, e sua voz soou como a batida tribal de um tambor noite afora. – O que deixaram que ele fizesse de vocês? Vocês não sentem o sangue das suas mães? Não pensam em como elas sofrem por sua causa?

Para minha perplexidade, vários dos *Raven Mockers* viraram suas cabeças, como se não conseguissem encarar minha avó. Outros começaram a perder o vermelho dos olhos, e percebi a tristeza e a confusão surgindo nas profundezas de suas humanidades.

– Faça silêncio, *Ani Yunwiya!* – a voz de Kalona trovejou ao nosso redor.

Eu sabia que vovó conhecia o antigo nome do povo Cherokee. Lentamente, ela voltou sua atenção para o ser alado.

– Eu o estou vendo, Velho. Será que você não aprende nunca? Será que as mulheres terão que se unir novamente para derrotá-lo?

– Desta vez não, Ghigua. Você não vai me enrolar tão fácil desta vez.

– Quem sabe desta vez não deixemos simplesmente que você se enrole sozinho. Nós somos um povo muito paciente, e você já fez isso antes – vovó respondeu.

– Mas essa A-ya é diferente – Kalona disse. – Sua alma clama por mim em seus sonhos. Não demora muito e seu corpo florescente também passará a clamar por mim, e então eu a possuirei.

– Não – minha voz agora transparecia segurança. – Seu primeiro erro é achar que pode me possuir, como se eu fosse um pedaço de terra. Minha alma se sente atraída por você, sim – finalmente admiti em alto e bom som, e encontrei uma força surpreendente em minha sinceridade. – Mas, como você disse, sou uma A-ya diferente. Tenho livre-arbítrio, e minha vontade é *não* me entregar à escuridão. Então, o negócio é o seguinte: vá embora já. Leve Neferet e os *Raven Mockers* e vá para bem longe, onde possa viver em paz sem fazer mal a mais ninguém.

– Senão? – ele perguntou, achando graça.

– Senão, como disse meu consorte humano, vou botá-lo para correr daqui – respondi, transmitindo firmeza.

Seu olhar de diversão se ampliou, transformando-se em um sorriso encantador.

– A-ya, acho que não vou embora daqui, não. Gostei muito de Tulsa.

– Não se esqueça de que foi você mesmo quem pediu – retruquei. Então falei, com as mulheres ao me redor: – O poema diz: *Unidas não para conquistar, / Mas sim para dominar.* Eu sou a Noite. Eu a levo para irmã Mary Angela, que é o espírito – estendi a mão esquerda para a irmã, que a segurou firme. – Stevie Rae, você é o Sangue. Aphrodite, você é a Humanidade.

Stevie Rae foi para perto da irmã Mary Angela e pegou sua outra mão e então olhou para Aphrodite, que assentiu e segurou sua mão estendida.

– O que elas estão fazendo? – a voz de Neferet estava mais próxima que antes. Levantei os olhos e vi que ela se dirigia a passos rápidos em nossa direção.

– A-ya! Que besteira é essa? – Kalona, também se aproximando de nosso círculo, não parecia mais estar achando graça nenhuma.

– E a Terra completa – estendi a mão para vovó.

– Não deixem a Ghigua se juntar a elas! – Kalona gritou.

– Stark! Mate-a – Neferet ordenou.

– A A-ya não! – Kalona gritou. – Mate a velha Ghigua.

Prendi a respiração e olhei Stark nos olhos, enquanto Neferet dizia: – Mate Zoey. Sem erro desta vez. Aponte para o coração dela! – enquanto ela falava, a escuridão se mexia em sombras ao seu redor. Vi as trevas que abarcavam Neferet se expandindo em direção a Stark, envolvendo-lhe os tornozelos e subindo por seu corpo. Vi claramente a luta que se passava dentro dele. O poder das trevas de Neferet ainda o afetava. Senti um nó no estômago. Será que o Juramento do Guerreiro com o qual se comprometera comigo bastaria para que ele fosse capaz de resistir ao poder de Neferet? Eu queria confiar nele. Tinha decidido confiar nele. Teria sido um erro idiota?

– Não! – Kalona berrou. – Não a mate!

– Não vou dividir você! – Neferet gritou. Seu cabelo girava ao redor de sua silhueta, e ela pareceu aumentar de tamanho. Eu estava certa ao achar que ela não era mais a mesma, nem em corpo, nem em alma. Ela se virou de Kalona para Stark. – Pelo poder através do qual eu o despertei, ordeno-lhe que acerte o alvo. Atire no coração de Zoey!

Fiquei olhando fixo para Stark, tentando fazê-lo escolher o lado do bem e dar as costas à escuridão pesada de Neferet e, assim, pude ver o exato momento em que ele descobriu como escapar dela. Como se estivéssemos novamente naquele quartinho do centro esportivo, ouvi a minha voz dizendo *Você tem meu coração...*, e a sua resposta *Então é melhor ficarmos em segurança. É difícil viver sem coração....*

– É este o alvo que não errarei – Stark falou como se nós dois estivéssemos sozinhos, apesar da gelada distância que nos separava. – A parte do coração de minha dama que tenho como minha – as sombras que envolviam seu corpo sumiram instantaneamente quando ele tomou sua decisão.

Senti uma onda de pânico ao entender o que ele ia fazer.

Apontando direto para mim, ele puxou o arco e atirou.

Quando soltou a flecha, eu gritei: – Ar, fogo, água, terra, espírito! Ouçam-me! Não deixem que a flecha toque nele! – atirei todo o meu poder sobre Stark, canalizando todos os cinco elementos. A flecha tremeu de um jeito bizarro e de repente não estava mais seguindo em direção a mim, mas voltando-se com tudo de volta ao coração de Stark. Estava a poucos centímetros de seu peito quando os elementos a estouraram, desintegrando-a com tanta força que Stark foi jogado para trás e caiu com força no chão, sem ser atravessado pela flecha.

– Sua vadiazinha! – Neferet guinchou. – Você não vai vencer esta batalha!

Ignorando-a, estendi a mão para minha avó.

– E a Terra completa – repeti.

Ela segurou minha mão e, juntas, encaramos o avanço de Kalona e Neferet.

– Não os amaldiçoe – a voz da irmã Mary Angela foi tão serena que pareceu vir de outro mundo. – Ele é acostumado demais à escuridão, à raiva e às pragas.

– Uma bênção – Stevie Rae disse.

— É, gente cheia de ódio não sabe lidar com o amor — Aphrodite lembrou, olhando-me nos olhos brevemente e sorrindo.

— Abençoe-o, vovó. Nós a acompanharemos — pedi.

Então a voz forte de minha avó soou ampliada pelo poder do espírito, do sangue, da noite e da terra, todos unidos pela humanidade do amor.

— Kalona, meu *u-do* — ela usou o termo Cherokee para "irmão". — Esta é minha bênção para você — vovó começou a recitar uma antiga prece Cherokee cujas palavras me eram tão familiares que faziam eu me sentir em casa. — Que os ventos cálidos do Paraíso soprem suavemente em vosso lar...

Nós cinco repetimos: — Que os ventos cálidos do Paraíso soprem suavemente em vosso lar...

— E o Grande Espírito abençoe a todos que entrem aqui...

Desta vez, ao repetirmos a bênção, Damien e as gêmeas recitaram conosco.

Minha avó manteve a voz firme e forte. — Que vossos mocassins tracem caminhos felizes em muitas neves...

Quando nossas vozes se elevaram para repetir as palavras de minha avó, todos dentro do círculo estavam repetindo também. A bênção chegou até a ecoar atrás de nós, e eu soube que as freiras Beneditinas haviam deixado seu santuário para nos fortalecer com suas preces.

Quando vovó recitou a última linha do poema, sua voz estava repleta de amor, calor e grande alegria, tanto que brotaram lágrimas em meus olhos.

— E que o arco-íris sempre toque vosso ombro...

Então ouvi acima do som de nossas vozes, unidas em bênção, o grito agoniado de Kalona. Ele estava parado a meio metro de mim. Neferet estava ao seu lado, com seu belo rosto retorcido de ódio. Ele me estendeu uma das mãos. — Por que, A-ya?

Olhei bem dentro de seus incríveis olhos cor de âmbar e o bani com a verdade. — Porque eu optei pelo amor.

Uma luz cegante feita do fio de prata cintilante que unia nosso círculo emanou de mim e envolveu Kalona e Neferet. O lago formado pelo fio de prata começou a ficar mais apertado. Eu sabia que aquele fio não era feito só de elementos, mas reforçado pela Noite, pelo Espírito, pelo Sangue, pela Humanidade e firmemente fundamentado na Terra.

Kalona soltou um grito terrível e cambaleou para trás. Neferet se agarrou a ele. A escuridão que dela pulsava deu voltas e se retorceu enquanto ela berrava de agonia. Apesar de ele jamais tirar seus olhos dos meus, Kalona abraçou Neferet, abriu suas asas magníficas cor de noite e bateu asas rumo ao céu. Ele pairou por um instante, com as asas batendo contra a gravidade, e então o fio de prata recuou ligeiramente, ganhando impulso antes de estalar como um chicote sobre eles, levando o homem alado e sua Grande Sacerdotisa degenerada cada vez mais para cima, até fazê-los desaparecer pelas nuvens adentro, seguidos pelos *Raven Mockers* que berravam sem parar.

Assim que ele sumiu de vista, senti uma ardência familiar se espalhando pelo meu peito e soube que, da próxima vez que me olhasse no espelho, veria outra Marca da bênção de minha Deusa, apesar de esta estar misturada a cicatrizes e a uma dor profunda, de cortar o coração.

Depois

Nenhum de nós disse nada pelo que pareceu um bom tempo. Então, movimentando-me no piloto automático, agradeci aos elementos, fechando nosso círculo. Entorpecida, ajudei vovó a voltar para a cadeira de rodas. Irmã Mary Angela começou a bancar a mãe de todo mundo, dizendo que todos nós devíamos estar molhados, com frio e cansados, e que tínhamos que ir para dentro do convento, onde nos aguardavam xícaras de chocolate quente e roupas secas.

– Os cavalos – lembrei-me.

– Já estão sob cuidados – irmã Mary Angela assentiu em direção às duas freiras que reconheci do meu trabalho voluntário no Street Cats. Irmã Bianca e irmã Fátima estavam conduzindo os três animais para a pequena construção lateral que agora era uma estufa, mas tinha uma estrutura de pedra bastante pesada, parecendo ter sido um dia uma estrebaria.

Balancei a cabeça, sentindo-me absolutamente exausta, e chamei Darius. Então, seguida de perto por ele, Erik e Heath, caminhei até o corpo caído de Stark. Ele havia tombado ao lado do Hummer e estava bem iluminado pelos faróis enormes do veículo. O tecido da camisa estava gasto sobre o peito, e havia uma marca sangrenta de uma flecha quebrada sobre seu coração. O ferimento parecia terrível. Além de aberto e sangrando, estava também queimado, como se tivesse levado um golpe de ferro quente. Preparei-me. Já o vira morrer uma vez, podia aguentar testemunhar sua segunda morte. Respirei fundo, ajoelhei-me ao seu lado e segurei sua mão. Era isso mesmo. Ele não estava respirando. Mas, assim que o toquei, ele voltou a respirar profundamente, tossiu e abriu os olhos, fazendo uma careta de dor.

– Oi – eu disse baixinho, sorrindo entre lágrimas e agradecendo em silêncio a Nyx por este milagre. – Você está bem mesmo?

Ele olhou para o próprio peito. – Uma queimadura esquisita, mas, além de me sentir como se tivesse sido atropelado pelos cinco elementos, acho que tô bem.

– Você me deu medo.

– Fiquei com medo de mim mesmo.

– Guerreiro, quando você jura servir a uma Grande Sacerdotisa, o objetivo não é matá-la de susto, mas protegê-la da morte – Darius disse, estendendo a mão para ajudar Stark a se levantar.

Stark lhe deu a mão e se levantou, lenta e dolorosamente. – Bem – ele disse com aquele sorrisinho arrogante que eu tanto amava –, acho que servir a esta dama vai acabar gerando a necessidade de se escrever um novo livro de regras.

– Você vai nos contar alguma coisa? – Erik perguntou.

– Sim, não estamos sabendo dessa – Heath completou.

– Ai, caramba – respondi, balançando a cabeça para todos os meus garotos.

– Zoey Passarinha! Olhe lá em cima! – minha avó gritou. Olhei para cima e respirei fundo, imaginando o que poderia ser. As nuvens haviam se dissipado completamente, deixando o céu claro para expor a brilhante lua crescente que, luzindo fortemente, desfez toda a confusão e tristeza que Kalona plantara em meu coração.

Irmã Mary Angela se aproximou de mim. Ela também estava olhando para cima, mas seu rosto se voltou para a estátua de Maria, sobre a qual a lua projetara um lindo raio de luz. – Você sabe que ainda não terminou o problema com aqueles dois – ela disse baixinho, só para eu ouvir.

– Eu sei. Mas, aconteça o que acontecer, minha Deusa estará comigo.

– E seus amigos também, minha filha. Seus amigos também.

Descubra o que irá acontecer em

Tentada

o próximo livro da fascinante série
The House of Night

1

Zoey

A lua crescente que acendia o céu noturno de Tulsa transbordava magia. O gelo que cobria a cidade e o Convento das Irmãs Beneditinas – logo após nosso grande confronto com um anjo caído e uma Grande Sacerdotisa ordinária – brilhava tanto à luz da lua que tudo ao nosso redor parecia tocado pela Deusa. Olhei para o círculo banhado pelo luar em frente à Gruta de Maria, o lugar de poder onde foram personificados, não fazia muito tempo, o Espírito, o Sangue, a Terra, a Humanidade e a Noite, que se uniram para triunfar sobre o ódio e as trevas. A estátua de Maria, cercada por rosas de pedra e aninhada em uma prateleira no alto da gruta, parecia o ponto de referência da luz prateada. Olhei para a estátua. A expressão de Maria era serena; seu rosto coberto de granizo cintilava como se ela estivesse discretamente chorando de alegria.

Levantei os olhos para o céu. *Obrigada.* Fiz uma prece silenciosa para o belo crescente que simbolizava Nyx, minha Deusa. *Estamos vivos, Kalona e Neferet foram embora.*

– Obrigada – sussurrei para a lua.

Escute seu interior...

As palavras me vieram sutilmente, doces como folhas tocadas por uma brisa de verão, roçando minha consciência com tanta leveza que minha mente recém-desperta mal as percebeu, mas o comando sussurrado de Nyx foi impresso em minha alma.

Eu estava vagamente ciente de que havia muita gente (bem, freiras, novatos e uns vampiros também) ao meu redor. Ouvi a mistura de gritos, choro e até de risos que preenchia a noite, mas tudo parecia distante. Naquele momento, as únicas coisas que eu considerava verdadeiras eram a lua lá em cima e a cicatriz que ia de um ombro a outro, atravessando-me o peito. Senti algo latejando por dentro como resposta à minha prece silenciosa, mas não foi um latejamento doloroso. Não mesmo. Foi um calor familiar, um formigamento que me garantiu que Nyx havia, novamente, me Marcado como sendo dela. Eu sabia que, quando fosse olhar pela gola da minha blusa, veria uma nova tatuagem decorando aquela cicatriz sinistra e comprida com delicadas filigranas de safira – sinal de que estava seguindo o caminho da minha Deusa.

– Erik e Heath, procurem Stevie Rae, Johnny B e Dallas, depois deem uma olhada pelo terreno do convento para ver se todos aqueles *Raven Mockers* foram embora mesmo com Kalona e Neferet! – Darius gritou, rompendo meu tranquilo e meditativo clima de prece. E quando eu estava assim e levava um susto, era que nem ligar um iPod alto demais de repente e ter os sentidos invadidos pelo volume excessivo.

– Mas Heath é humano. Um *Raven Mocker* pode matá-lo num segundo – as palavras saíram de minha boca antes que as pudesse calar, provando de vez que ser lunática não era minha única característica debiloide.

Como era de se prever, Heath bufou como um sapo que enfrenta um gato.

– Zo, não sou nenhum fracote!

Erik, aproveitando para enfatizar sua condição de vampiro alto e forte e fazer a linha "meto-porrada-mesmo", deu uma risadinha sarcástica e disse: – Não, você é uma droga de um humano. Peraí, isso quer dizer que você *é mesmo* um fracote, então!

– Quer dizer que derrotamos os demônios e cinco minutos depois Erik e Heath ficam bancando os valentes um para o outro. Que previsível – Aphrodite disse, com aquele jeitinho irônico que era sua marca registrada. Mas, ao chegar ao lado de Darius, sua expressão mudou completamente quando se voltou para o guerreiro Filho de Erebus. – Oi, gostosão. Você está bem?

– Não precisa se preocupar comigo – Darius respondeu. Ele olhou nos seus olhos e praticamente se comunicaram por telepatia, tamanha a química que existia entre eles, mas, em vez de começar a beijá-la daquele jeito bruto que costumava fazer, ele se concentrou em Stark.

Aphrodite tirou os olhos de Darius e fitou Stark. – Putz, eeeca. Seu peito tá totalmente arrebentado.

James Stark estava parado entre Darius e Erik. Tá, bem, *parado* não era bem o termo. Stark estava inquieto e aparentando muita ansiedade.

Ignorando Aphrodite, Erik falou: – Darius, seria melhor levar Stark para dentro. Vou coordenar a busca por Stevie Rae e cuidar para tudo correr bem por aqui – suas palavras pareciam positivas, mas seu tom era do tipo "eu-sou-o-adulto-do-pedaço" e, quando ele bancou o condescendente e disse "Vou até deixar Heath ajudar" –, soou como um babaca afetado.

– Você vai me *deixar* ajudar? – Heath reagiu. – É *a sua mãe* quem vai me deixar ajudar.

– Ei, qual dos dois é o seu suposto namorado? – Stark me perguntou. Mesmo naquele estado terrível em que se encontrava, conseguiu atrair meu olhar ao dizer aquilo. Sua voz estava áspera, e ele pareceu assustadoramente fraco, mas seus olhos emitiam um brilho bem-humorado.

– Eu! – Heath e Erik disseram juntos.

– Ah, fala sério, Zoey, os dois são idiotas! – Aphrodite disse.

Stark começou a rir baixinho, o que se transformou em uma tosse, que mudou de novo, transformando-se em um doloroso ofego. Ele revirou os olhos e desmaiou, mole como uma folha de papel.

Com a rapidez típica de um guerreiro Filho de Erebus, Darius segurou Stark antes que ele caísse no chão.

– Tenho que levá-lo para dentro.

Senti que minha cabeça ia explodir. Caído nos braços de Darius, Stark parecia estar à beira da morte.

– Eu... Eu nem sei onde fica a enfermaria – gaguejei.

– Não tem problema. Vou pedir para um pinguim desses nos mostrar – Aphrodite disse. – Ei, você, freira! – ela gritou para uma das irmãs em trajes branco e preto que saíram correndo do convento para ver o resultado caótico produzido pela batalha que acabara de terminar.

Darius correu atrás da freira com Aphrodite logo atrás. O guerreiro olhou para mim rapidamente. – Não vem conosco, Zoey?

– Assim que puder – antes de começar a resolver meu assunto com Erik e Heath, ouvi uma voz vinda por trás de mim, e aquele sotaque familiar me salvou o dia.

– Vá com Darius e Aphrodite, Z. Eu cuido do Mané e do Manézão aqui. Vamos ver se não restou nenhum daqueles bichos-papões lá fora.

– Stevie Rae, você é a melhor de todas as melhores amigas – virei-me e a abracei rapidamente, adorando ver como ela parecia forte e normal. Na verdade, parecia tão normal que senti algo estranho quando ela recuou, sorriu para mim e vi, pela primeira vez, as tatuagens vermelhas que brotaram de seu crescente completo no meio da testa, que desciam pela lateral do rosto. Senti um calafrio desconfortável.

Sem entender minha hesitação, ela disse: – Não se preocupe com esses dois patetas. Estou acostumada a separar os dois – continuei parada, olhando para ela, e seu sorriso luminoso se desfez. – Ei, você sabe que sua avó está bem, não sabe? Kramisha a levou para dentro logo depois que Kalona foi banido, e a irmã Mary Angela me disse que ia lá dar uma olhadinha nela.

– É, eu me lembro de ver Kramisha ajudando-a com a cadeira de rodas. Só estou... – não completei a frase. Estava só o quê? Como conseguiria colocar em palavras que estava assombrada por uma sensação de que havia algo de errado, e como dizer isso à minha *melhor* amiga?

– Só está cansada e preocupada com um monte de coisas – Stevie Rae disse baixinho.

O que vi brilhar nos seus olhos foi compreensão? Ou foi outra coisa, algo mais sinistro?

– Tô ligada, Z., vou cuidar de tudo aqui. Agora você se preocupe só com Stark – ela me abraçou de novo e me deu um empurrãozinho em direção ao convento.

– Tá. Valeu – foi tudo que consegui dizer, e segui em direção ao convento, ignorando totalmente os dois patetas que estavam parados olhando pra minha cara.

Stevie Rae ainda disse enquanto eu me afastava: – Ei, diga para Darius ou alguém ficar de olho na hora. Falta mais ou menos uma hora para o sol nascer, e você sabe que eu e os novatos vermelhos não podemos pegar sol.

– Tá, vou lembrar. Sem problema – respondi.

O problema era que eu estava achando cada vez mais difícil *esquecer* que Stevie Rae não era mais a mesma.

**INFORMAÇÕES SOBRE NOSSAS PUBLICAÇÕES
E ÚLTIMOS LANÇAMENTOS**

Cadastre-se no site:

www.novoseculo.com.br

e receba mensalmente nosso boletim eletrônico.